Отцы и дети

푸 른 숲
징 검 다 리
클 래 식
0 4 0

아버지와 아들

Отцы и дети

이반 투르게네프 지음

이강은 옮김

푸른숲주니어

'푸른숲 징검다리 클래식'을 펴내며

어린 시절, 할머니께서 조근조근 들려주시던 옛날이야기는 새로운 세상과 통하는 작은 창이었다. 상상의 날개를 달고 떠나는 창 너머 세상으로의 여행은 들어도 들어도 질리지 않는 재미와 마음속 깊은 곳을 울리는 감동을 선사해 주곤 했다. 그뿐 아니라 우리의 삶을 어떻게 꾸려 가야 하는지 곰곰이 생각해 보게 하는 지혜를 가르쳐 주었다. 말하자면 우리는 그 이야기들을 통해 '삶'을 배운 셈이다.

우리가 문학 작품을 읽어야 하는 까닭 또한 '삶을 배운다'는 점에서 크게 다르지 않다. 우리는 한 편 한 편의 문학 작품을 만나 사랑을 배우고, 우정을 배우고, 진실을 배우고, 지혜를 배운다.

그런 점에서 '푸른숲 징검다리 클래식'은 참 의미가 깊다. 오랜 세월을 거치며 각 나라의 문학사에 확고히 자리매김한 작품들을 한데 모았기 때문이다. 문학을 사랑하는 사람들이 즐겨 읽어 세계적인 명저로 일컬어지는 작품들……. 이를테면 우리 부모 세대, 아니 그 이전 세대부터 즐겨 읽었던 작품들로 많은 이들에게 삶의 의미와 가치를 일러주고, 또 '인생'이란 망망대해에서 등대 역할을 담당했던 것들이다.

세월이 흘러 사람들이 사는 모습도 달라지고 생각도 달라졌다. 그러나 시대와 장소를 뛰어넘어 변하지 않는 것이 있다. 바로 '삶' 이다. 사람이 있는 곳이라면 어디든지 존재하는 삶은 항상 저마다 의 무게를 떠안고 있다. 그 무게는 진실이라는 옷을 입고 문학 작품 속에 영원한 생명을 불어넣는다. 우리는 그것을 '고전'이라 부른다.

그러나 제아무리 훌륭한 고전이라 해도 독자가 읽고 소화할 수 없다면 아무런 소용이 없다. 지나치게 방대한 분량과 길고 어려운 문장은 책을 읽으려는 청소년들의 의지를 꺾을 뿐 아니라 좌절감 마저 불러일으킨다.

'푸른숲 징검다리 클래식'은 바로 그러한 점을 염두에 두고 기획 된 세계 명작 시리즈이다. 작품이 본디 지닌 맛과 재미를 고스란히 살리면서 우리 청소년들이 읽고 소화하기 쉽게 글을 다듬었다.

그리고 본문 뒤에는 현직 국어 교사들이 직접 쓴 해설을 붙였다. 작가나 작품에 대한 풍부한 설명은 물론, 그 작품들이 지니고 있는 현재적 의미까지 상세하게 짚어 보이고 있다. 아울러 해설 곳곳에 관련 정보를 담은 팁과 시각 자료를 배치해, 읽는 재미를 넘어 보는 재미까지 만끽할 수 있도록 했다.

아무쪼록 '푸른숲 징검다리 클래식'을 통해 우리 청소년들의 삶 이 더욱더 깊고 풍성해지기를……

2006년 4월
기획위원 강혜원·전종옥·송수진

| 차례 |

비사리온 벨린스키를 추억하며, 이 작품을 그에게 바칩니다.

제 1 장
마리노 마을

"표트르, 아직도 안 보이는가?"

1859년 5월 20일, 마흔 살쯤 되어 보이는 지주가 ○○○ 대로 옆에
있는 여관의 계단을 내려서며 하인에게 물었다. 지주는 몸에 꽉 끼
는 체크무늬 바지에 먼지가 부옇게 앉은 외투를 걸치고 있었다. 모
자는 아예 쓰지 않았다.

새파랗게 젊은 하인은 자그마한 얼굴에 볼살이 통통하고 턱에는
솜털이 보송보송했다. 작은 눈 속의 눈동자는 자못 흐리멍덩해 보
였다. 하지만 한쪽 귀에만 걸린 터키석 귀걸이나 포마드 기름을 번
지르르하게 발라 넘긴 머리에서는 한껏 멋을 부린 태가 났다. 그야
말로 신세대 중의 신세대라는 사실을 여실하게 드러내고 있었다.
그는 고개를 길게 빼서 주변을 살피고는 정중하게 대답했다.

"예, 그렇습니다."

"안 보인다고?"

지주가 되물었다.

"예, 안 보입니다."

하인이 다시 한 번 대답했다.

지주는 한숨을 내쉬고 벤치에 걸터앉았다. 몸을 잔뜩 웅크리고는 곰곰이 생각에 잠기는가 싶더니 천천히 주위를 둘러보았다.

그동안에 이 사람을 독자 여러분에게 간단히 소개해 볼까 한다.

이름은 니콜라이 페트로비치 키르사노프. 이 여관에서 십오 킬로미터가량 떨어진 곳에 농노가 이백 명쯤 되는 큰 영지를 가지고 있다. 농노 해방으로 농민들과 농지를 나눈 뒤로는, 십만 제곱미터에 이르는 이 영지를 '농장'이라고 불렀다. (1857년, 러시아는 농노 해방 계획을 발표했다. 농노들은 자유의 몸이 됐지만, 먹고살 길이 막막해 땅값을 비싸게 치르고 토지를 사야 했다. 여전히 대부분의 토지는 지주의 몫이었다.—옮긴이)

그의 아버지는 1812년 전쟁(나폴레옹이 이끈 프랑스군이 러시아를 침공한 전쟁—옮긴이)에 야전 사령관으로 참전한 군인이었다. 글을 읽고 쓰는 데는 약했지만 악한 구석이라고는 찾아볼 수 없는, 선량하디선량한 품성으로 평생 힘든 일만 떠맡으며 살았다. 처음에는 연대 하나를 지휘하는 정도였지만 곧 사단장까지 승진했다. 지위가 지위인지라 그 지방에서만큼은 꽤 유명세를 누렸다.

니콜라이는 형 파벨과 마찬가지로 (형에 대해서는 나중에 말하기로 하자.) 러시아 남부 지역에서 태어났고, 열네 살이 될 때까지는 집에서 교육을 받았다. 말하자면 윗사람의 비위나 맞추려는 부관들과 그저 그런 장교들, 그리고 질이 낮은 가정교사들에게 둘러싸인 채 자란 셈이다.

어머니는 콜랴진 가문 출신으로, 처녀 때는 아가테라는 영어식 이름을 썼다. 그러다 결혼 후 장군의 부인이 되자 아가포클레야라는 정식 이름을 사용했다. 장군 남편을 둔 '사모님'답게 언제나 화려한 모자에 버석거리는 비단옷을 걸치고 다녔다. 교회에 갈 때마다 가장 먼저 십자가 앞으로 나서서 큰 소리로 떠들곤 했다. 그리고 아침마다 아이들에게 손에 입을 맞추게 하고, 잠자리에 들기 전에는 잊지 않고 축복의 말을 건넸다. 한마디로 제 멋에 겨워 만족스러운 삶을 살았다.

장군의 아들인 니콜라이는 용감하기는커녕 줄곧 겁쟁이라는 별명을 달고 다녔다. 그렇거나 말거나, 형 파벨과 마찬가지로 그에게도 군에 입대해야 할 나이가 다가왔다. 그런데 다행인지 불행인지, 입영 통지서를 받은 바로 그날 다리를 다쳐서 두 달 동안이나 침대 신세를 졌다. 그 바람에 군에 입대는 하지 않았지만, 평생 절름발이로 살게 되었다.

이 일로 몹시 실망한 아버지는 둘째 아들의 진로를 무관에서 문관으로 바꿔 버렸다. 그러고는 아들이 열여덟 살이 되자마자 페테르부르크로 데려가 대학에 입학시켰다. 마침 니콜라이의 형 파벨이 근위대 장교로 페테르부르크에서 근무하고 있었던 때라, 두 사람은 한방에서 같이 지내게 되었다. 대신에 외종숙뻘인 고위 관료 일리야 콜랴진이 그들을 멀찍이서 감독하고 있었다. 아버지는 커다란 회색 편지지에다 군대 서기가 대필한 편지를 아주 가끔씩 보내오곤 했다. 편지지 끝에는 '육군 소장 피오트르 키르사노프'라는 서명이 있었고, 그 주변은 아주 고급스런 무늬로 장식되어 있었다.

1835년에 니콜라이는 대학을 졸업했다. 같은 해에 키르사노프 장군은 상관에게 흠이 잡혀 자리에서 물러나게 되었다. 그길로 키르사노프 부부는 페테르부르크로 상경해 타브리체스키 공원 옆에 집을 얻었다. 그리고 상류층과 지식인층이 즐겨 모이는 사교 클럽에 입회 원서를 내었다. 그런데 얼마 지나지 않아, 키르사노프 장군이 뇌졸중으로 갑자기 쓰러져 세상을 떠나고 말았다. 장군의 부인도 오래지 않아 남편의 뒤를 따랐다. 결국 두 사람은 낯선 도시에서의 외로운 생활에 적응할 새도 없이 홀연히 세상을 떠나고 말았다.

그 무렵 니콜라이는 세들어 살던 집의 주인이자 하급 관리인 프레폴로벤스키의 딸 마리야와 사랑에 빠졌다. 마리야는 예쁘장한 데다 학술 잡지에 실린 논문을 찾아 읽을 만큼 똑똑했다. 니콜라이는 부모님의 장례식을 치르자마자 마리야와 결혼식을 올렸다. 그리고는 아버지 연줄로 겨우겨우 들어갔던 황실 영지의 관리부 자리를 내던져 버렸다.

니콜라이 부부는 시내에 아담한 집을 구해 얼마간 살다가 시골로 이사해서 완전히 정착을 했다. 그리고 얼마 후 아들 아르카디를 낳았다. 시골에서의 삶은 아주 조용하고 행복했다. 부부는 잠깐도 떨어져 있는 일 없이 함께 책을 읽고 피아노를 치며 노래를 부르곤 했다. 아내는 꽃을 심거나 새장을 돌보는 것으로 시간을 보내고, 남편은 가끔 사냥을 나가거나 농사일을 돌보았다. 아르카디도 별 탈 없이 무럭무럭 자랐다. 그렇게 십 년이 꿈처럼 흘러갔다.

1847년에 니콜라이의 아내가 세상을 떠났다. 니콜라이는 그 충격으로 몇 주 만에 머리가 하얗게 세어 버렸다. 조금이라도 마음을 다잡아 보려고 외국 여행을 계획했지만, 하필이면 그때 1848년 혁명이 일어나 수포로 돌아가고 말았다. (프랑스에서 2월 혁명이 일어나자, 황제 니콜라이 1세는 러시아에 그 영향이 미칠까 봐 걱정한 나머지 외국 여행을 금지했다.―옮긴이)

니콜라이는 어쩔 수 없이 시골에 머물며 아주 오랫동안 아무 일도 하지 않고 지냈다. 그러다 1855년에 아들을 대학에 입학시키기 위해 페테르부르크로 데려갔다. 그 후 그곳에서 겨울을 세 차례 보냈다.

그리고 1859년 5월, 여러분은 이제 백발이 다 된, 퉁퉁하게 살이 오르고 등이 약간 굽은 니콜라이의 모습을 보고 있는 것이다. 그는 지금 대학 졸업장을 손에 쥐고 돌아올 아들을 기다리고 있다.

하인은 대문에서 멀찌감치 떨어진 채 파이프 담배를 입에 물었다. 니콜라이는 고개를 떨군 채 낡은 계단을 하염없이 바라보았다. 제법 몸집이 크고 깃털이 얼룩덜룩한 병아리 한 마리가 노란 발로 계단을 한 걸음씩 오르내리고 있었다. 난간 위에는 지저분한 고양이가 웅크려 앉아 한껏 거드름을 피우며 못마땅하다는 듯이 그 모양을 지켜보고 있었다. 햇볕이 따갑게 내리쬐는 바깥과 달리, 어둑한 현관 안쪽에서는 막 구워 낸 흑빵 냄새가 풍겨 나왔다. 니콜라이는 몽상에 젖어들었다.

'아르카디가 대학을 졸업하다니…….'

니콜라이의 머릿속에는 이 말이 자꾸만 맴돌았다. 뭔가 다른 것을 떠올리려 애써도 다시 되풀이될 뿐이었다. 먼저 저세상으로 간 아내도 떠올랐다.

'에휴, 이 기쁜 날을 함께하지 못하고!'

그는 침울한 목소리로 중얼거렸다. 그때 통통하게 살찐 회청색 비둘기가 큰길로 내려앉더니, 우물 근처의 물이 괸 곳으로 잽싸게 내달렸다. 그 모습을 물끄러미 바라보고 있던 니콜라이의 귀에 마차 바퀴 소리가 들려왔다.

"이제야 오시나 봅니다."

하인이 대문에서 몸을 드러내며 소리쳤다.

니콜라이는 벌떡 일어나 한길 저편을 뚫어져라 바라보았다. 드디어 세 필의 말이 끄는 마차가 나타났다. 마차에 학생 모자가 어른거리는가 싶더니, 귀하디귀한 아들의 얼굴이 서서히 드러났다.

"아르카디! 아르카디!"

니콜라이는 이렇게 외치고는 두 손을 흔들며 뛰어나갔다.

잠시 후, 그는 아직 수염도 나지 않은 어린 학사의 먼지투성이 뺨에 입술을 문질러 대고 있었다.

"아버지, 우선 먼지부터 털고요. 아버지 옷까지 더러워지겠어요."

아르카디는 아버지의 입맞춤을 즐겁게 받으며 낭랑한 목소리로 말했다.

"괜찮다, 괜찮아."

니콜라이는 다정하게 미소를 지으며 아들과 자신의 외투를 손으로 가볍게 털었다.

"의젓하구나, 의젓해!"

니콜라이는 한 발짝 물러나 이렇게 덧붙이고는 곧바로 여관을 향해 걸음을 바삐 옮겼다.

"자, 이쪽으로, 이쪽으로. 말을 이리로."

그는 아들보다 훨씬 더 상기된 얼굴로 재촉을 했다. 아르카디는 아버지를 멈춰 세우며 말했다.

"아버지, 그 전에 제 친구를 소개해 드릴게요. 바자로프예요. 편지에서 자주 말씀드렸지요?"

니콜라이는 얼른 발길을 돌려서 막 마차에서 내려서는 청년에게로 다가갔다. 그 청년은 술이 달린 길고 헐렁한 외투를 걸치고 있었다. 니콜라이는 외투 밖으로 삐져나온 그의 손을 꽉 잡았다.

"잘 왔네. 만나서 반가워."

니콜라이가 말했다.

"예브게니 바실리치 바자로프입니다."

바자로프는 이렇게 대답하며 외투 깃을 젖혀 얼굴을 드러내 보였다. 넓은 이마에 길고 마른 얼굴이었다. 콧등은 야트막한데 코끝은

뾰족했다. 커다란 두 눈에는 초록빛이 감돌았고, 붉은 모래색 구레나룻이 감싸고 있었다. 차분한 미소가 어린 얼굴에서 자신감과 지성이 묻어났다.

"바자로프, 모쪼록 즐거운 시간 보내길 바라네."

니콜라이가 말했다. 바자로프는 얇은 입술을 달싹거리다가 모자를 살짝 들어 올려 대답을 대신했다.

"자, 어떻게 할까, 아르카디? 바로 말을 바꿔 맬까? 아니면 좀 쉬었다 가겠니?"

니콜라이가 아들을 향해 물었다.

"집으로 갈게요, 아버지. 말을 매라고 하세요."

"그래그래, 알았다. 표트르, 들었지? 어서 준비하게."

표트르는 멀리서 고개를 숙여 인사하고는 문 뒤쪽으로 사라졌다.

그때 니콜라이가 걱정이 배인 목소리로 입을 열었다. 아르카디는 여관 안주인이 가져다준 물을 마시고 있었고, 바자로프는 파이프에 불을 붙여 물고는 마부에게 다가가고 있었다.

"내 마차가 2인승인데, 네 친구는 어떡하면 좋을지……."

아르카디가 목소리를 낮추어 말했다.

"걱정 마세요. 저 친구는 제 마차를 타면 돼요. 그리고 어려워하실 필요 없어요. 대단한 친구이긴 하지만 성격이 아주 소탈하거든요."

마침 니콜라이의 마부가 말을 끌고 왔다. 바자로프가 그걸 보고 자기가 타고 온 마차의 마부에게 말했다.

"이보게, 털북숭이! 빨리빨리 몸을 놀려야지."

바지 뒤춤에 손을 찔러 넣고 있던 다른 마부가 끼어들었다.

"미튜하, 들었지? 나리께서 너더러 털북숭이라시잖아. 틀린 말은 아니지?"

미튜하는 모자를 살짝 흔들어 보이고는 말들의 고삐를 풀어 냈다.

"자, 자, 서두르게. 이따 내가 술 한턱 내겠네!"

니콜라이가 소리쳤다. 잠시 뒤 마차에 말들이 모두 매였다. 아들은 아버지와 함께 2인승 마차에 올랐고, 표트르는 그 앞 마부석에 앉았다. 바자로프도 마차에 뛰어올라 가죽 베개에 머리를 묻었다. 마차 두 대가 동시에 출발했다.

"자, 드디어 우리 학사님이 돌아왔구나!"

니콜라이는 아들의 어깨와 무릎을 매만지며 말했다.

"큰아버지는요? 건강하시죠?"

아르카디는 어린아이처럼 순수한 마음으로 들떠 있었지만, 흥분을 애써 가라앉히고 일상적인 대화를 나누려 노력했다.

"건강하시지. 처음엔 함께 마중을 나오려고 했는데, 웬일인지 중간에 마음을 바꾸셨단다."

"아버지, 오래 기다리셨어요?"

"음, 한 다섯 시간 정도 된 것 같구나."

"아버지도 참!"

아르카디는 아버지에게로 몸을 획 돌리더니 쪽 소리가 나도록 뺨에 입을 맞추었다. 니콜라이는 살며시 미소를 지었다.

"널 위해 아주 좋은 말을 준비해 놓았단다. 척 보면 알 거야. 그리고 네 방도 새로 도배를 해 뒀지."

"아버지, 혹시 바자로프가 쓸 방도 있을까요?"

"준비하면 되지."

"아버지, 바자로프를 잘 부탁드려요. 저에겐 정말 소중한 친구거든요."

"안 지는 얼마 안 된 것 같은데?"

"예, 그래요."

"그래서 그런지 아직은 낯이 설구나. 전공은 뭐지?"

"자연과학 계열이에요. 그런데 바자로프는 모르는 게 없어요. 내년에 의사 자격 시험을 치른대요."

"아, 의학과인 게로구나?"

니콜라이는 이렇게 되묻고는 이내 입을 다물었다. 잠시 후, 그는 표트르를 부르더니 손가락으로 먼 곳을 가리켰다.

"저기 가는 사람들, 우리 농부들 맞지?"

표트르는 니콜라이의 손끝이 가리키는 곳을 바라보았다. 재갈을 물리지 않은 말들이 끄는 짐마차 몇 대가 좁은 길을 빠르게 달려가고 있었다. 각각의 마차에는 가죽옷을 대강 걸친 농부가 한두 명씩 올라앉아 있었다.

"예, 그렇습니다."

표트르가 중얼거리듯 대답했다.

"어디로 가는 거지? 시내에 가는 건가?"

"예, 술집으로 몰려가는 것 같습니다."

표트르는 경멸스런 표정을 짓더니, 마치 동의라도 구하려는 듯이 마부에게로 몸을 기울였다. 그러나 마부는 들은 척도 하지 않았다. 그는 요즘 세대의 사고방식과는 거리가 먼 생각을 가지고 있었기 때문이다.

니콜라이가 아들을 보며 말했다.

"올해엔 우리 소작인들이 속을 참 많이 썩이는구나. 소작료를 통 내지를 않아. 대체 뭘 어떻게 해야 하는지, 원."

"일꾼들은 어때요? 일을 잘해요?"

니콜라이는 "으응……." 하고 우물거리다가 힘겹게 말을 이었다.

"누군가 자꾸 그 사람들을 선동하는 것 같아. 그래서 그런지 다들 일을 제대로 해 보려는 마음이 없어. 마구(馬具, 말을 타거나 부리는 데 쓰는 기구―옮긴이)나 죄 망가뜨리지. 농사짓는 시늉들만 하는 통에 밭도 겨우 갈았단다. 옥도 갈아야 빛이 나는 법인데, 벌써부터 수확철이 걱정되는구나……. 그런데 아르카디, 너도 이제 농사일에 흥미가 좀 생긴 모양이로구나?"

아르카디는 아버지의 질문에 대답하지 않고 화제를 다른 데로 돌렸다.

"우리 집에는 그늘이 없어서 좀 불편해요."

"그렇지 않아도 북쪽 발코니에 커다란 차양을 만들어 두었어. 그래서 이젠 밖에서도 식사를 할 수 있지."

"와, 별장이 따로 없겠는데요. 하긴 그런 게 다 무슨 소용이겠어요? 여긴 공기만으로도 최고인걸요! 음, 이 향기! 정말 이 세상 어디에도 여기처럼 향기로운 공기는 없을 거예요. 저 하늘은 또 어떻고요……."

아르카디는 갑자기 말을 멈추고 곁눈질로 뒤를 살피더니 그대로 입을 다물었다. 니콜라이가 말했다.

"물론이지. 게다가 네가 태어난 곳이니, 여기 있는 모든 것이 너에겐 특별할 수밖에……."

"아니요, 아버지. 사람은 어디서 태어나든 다 마찬가지예요."

"하지만……."

"아녜요, 전혀 상관없어요."

니콜라이는 아들의 옆모습을 물끄러미 보았다.

마차가 오백 미터쯤 더 달려간 뒤에야 부자간의 대화가 다시 활발해졌다. 니콜라이가 먼저 입을 열었다.

"내가 편지로 말했는지 모르겠다만, 네 유모 예고로브나가 세상을 떠났단다."

"정말이요? 아, 불쌍한 유모! 프로코피치는 아직 살아 있죠?"

"물론이지. 투덜거리는 것도 여전하단다. 세월이 참 많이 흘렀지만 마리노 마을은 아직 그대로야."

"영지 관리인도 그대로인가요?"

"아, 관리인은 바뀌었어. 더 이상 농노 출신의 자유민은 쓰지 않기로 결심했거든. 적어도 책임이 무거운 일은 맡기지 않을 작정이야."

그때 아르카디가 눈짓으로 표트르를 가리켰다. 니콜라이는 아들의 눈짓을 보고 프랑스 어로 나지막하게 말했다.

"저자도 실은 자유민이다. 하지만 귀족 집안에서 일을 했지. 새 관리인은 평민 출신인데, 일을 제법 하는 것 같더라. 일 년에 250루블을 주기로 했어."

니콜라이가 손가락으로 이마와 눈썹을 문지르며 말을 이었다. 이것은 마음이 불편할 때 나오는 버릇이었다.

"마리노 마을에 변화가 없다는…… 건 사실이 아니야. 너에게 미리 말해 두었어야 했는데……."

그는 잠시 머뭇거리다가 프랑스 어로 말을 이었다.

"엄격한 도덕주의자들 입장에서는 내가 이렇게 말하는 것이 못마땅하겠지만……. 이건 숨겨서는 안 될 일이다. 너도 알다시피, 난 언제나 나 나름의 원칙을 갖고 아들을 대했으니까. 네가 쓴소리를 한다 해도 별수 없지……. 내 나이에……. 그러니까 간단히 얘기하면 여자 문젠데, 너도 들은 바가 있겠지만……."

"페네치카 말인가요?"

아르카디가 가벼운 목소리로 물었다. 순간, 니콜라이의 얼굴이 벌게졌다.

"제발 그렇게 큰 소리로 말하지 말아 다오……. 그래, 그 여자가 집에 들어와 살고 있단다. 마침 작은 방이 두 개 있어서…… 집에 들였지. 아니, 사실 다시 내보내도 상관은 없다만……."

"아니, 왜요, 아버지?"

"네 친구가 지내기에 불편할 수도 있고……."

"바자로프요? 그런 건 전혀 걱정하실 것 없어요. 그런 것쯤은 충분히 받아들일 수 있는 친구예요."

"아무리 그렇다 해도 불편하지 않겠니? 너도 그렇고……. 게다가 곁채는 엉망이라서 쓰기가 그렇고……."

"아버지, 그게 뭐 부끄러운 일이라고……. 그렇게 미안해하실 거 없어요."

"부끄러워해야 할 일이지."

니콜라이의 얼굴이 점점 더 붉어졌다.

"아버지, 정말로 그러실 필요 없어요!"

아르카디는 부드럽게 미소를 지었다. 그런 일로 뭘 저렇게 미안해하시나, 하는 표정으로. 착하고 여린 아버지에 대한 너그러운 사랑이 그의 마음을 빼곡히 채웠다.

"그만하세요, 제발."

아르카디는 그런 일쯤은 신경 쓰지 않을 만큼 자기도 이제 어른이 되었다는 생각에 즐거움을 느끼며 다시 한 번 말했다.

니콜라이는 이마를 계속 문지르면서 손가락 새로 아들을 바라보았다. 무엇인가 가슴을 쿡 찌르는 듯한 느낌이 들었다. 그러나 곧바로 그런 느낌을 품은 자신을 도리어 질책했다.

"자, 여기서부터 우리 영지로구나."

나콜라이가 한참 만에 입을 열었다.

"저기 저 앞쪽도 우리 숲이지요?"

아르카디가 물었다.

"전에는 그랬지. 그런데 얼마 전에 팔았단다. 금년 안으로 나무를 다 베어 낼 모양이야."

"왜 파셨어요?"

"돈이 좀 필요해서. 저 땅도 곧 농민들에게 넘어갈 거란다."

"소작료도 받지 못하고요?"

"언젠가는 내지 않겠니?"

"저 숲은 참 아깝네요."

아르카디는 주위를 찬찬히 둘러보기 시작했다.

물론, 그림처럼 아름다운 풍경이라고는 할 수 없었다. 밭 너머에 또 밭이 오르락내리락하면서 멀리 지평선까지 펼쳐져 있었다. 이따금씩 보이는 작은 숲 사이로 키 작은 관목에 둘러싸인 골짜기가 구불구불하게 이어졌다. 예카테리나 황제 시절의 고풍스러운 지도에서나 볼 수 있는 풍경이었다.

기슭이 무너져 내린 강줄기와 허술하게 제방을 쌓은 저수지, 나지막한 오두막들이 옹기종기 모여 있는 작은 마을도 눈에 들어왔다. 농가의 지붕들은 꺼멓게 퇴색하거나 반쯤 무너져 내려앉았다. 벽을 나뭇가지로 엮어 세운 헛간들은 비스듬히 기울어진 채 커다란 문을 텅 빈 탈곡장을 향해 하릴없이 벌리고 있었다. 칠이 벗겨져 벽돌이 고스란히 드러난 교회와 기울어진 십자가, 그리고 그 주변의 황폐한 무덤들…….

아르카디의 가슴이 조금씩 죄어들었다. 지나가는 농민들은 마치 일부러 그러기라도 한 것처럼 하나같이 누더기 옷을 걸치고 형편없이 야윈 말을 타고 있었다. 길가의 버드나무들은 껍질이 마구 벗겨지고 가지가 꺾인 채 흡사 거적을 걸친 거지처럼 서 있었다. 도랑가에는 털이 듬성듬성한, 가죽만 남은 소들이 탐욕스럽게 풀을 뜯고 있었다. 그 모습이 꼭 정체를 알 수 없는 죽음의 매서운 발톱에서 겨우 도망쳐 나온 것처럼 느껴졌다. 이 화창한 봄날에 그토록 무력하고 불쌍한 동물의 모습을 보고 있자니, 눈보라와 추위에 뒤덮인 음울한 겨울의 환영이 눈앞에 하얗게 떠오르는 듯했다.

아르카디는 생각에 잠겼다.

'이곳은 결코 넉넉한 지방이 아니다. 자족이라든가 근면이라든가 노동이라든가 하는 것은 아예 존재하지 않는다. 저들을 이대로 둬서는 안 돼. 개혁이 필요해……. 하지만 어디에서부터 어떻게 손을 대야 할까……?'

그러는 동안에도 봄은 무르익고 있었다. 주위의 모든 것이, 숲과 나무와 풀이 찬란한 푸른빛을 머금어 가면서 따스한 봄바람의 숨결 속에서 부드럽게 일렁였다. 종달새의 노랫소리가 끊이지 않았고, 물떼새가 풀밭 위를 깡충거리며 뛰어다녔다. 갈가마귀들은 봄에 파종한 밀밭의 연녹색 물결 위를 점점이 까맣게 수놓았다.

그런 풍경에 시선을 빼앗긴 사이, 아르카디의 고민은 조금씩 옅어졌다. 외투를 벗고 어린애처럼 쾌활한 표정으로 아버지를 바라보았다. 니콜라이는 다시금 아들을 꼭 끌어안았다.

"거의 다 왔구나. 저기 언덕에 올라서면 집이 보일 거야. 아르카디, 네가 다시 돌아오다니 꿈만 같아. 네가 싫지 않다면 앞으로 농장 일을 좀 도와 다오. 이젠 서로 마음을 합쳐서 살아야지. 서로 이해해 가면서 말이야. 안 그러냐?"

니콜라이가 말했다.

"그럼요. 오늘 날씨가 기가 막히게 좋네요."

아르카디가 대답했다.

"네가 돌아온 걸 환영하는 게지. 정말 완벽한 봄날이로구나. 푸시킨의 봄날이 절로 떠오르는걸.《예브게니 오네긴》에 나오는 시 기억나지? 그대가 오시면 나는 왜 슬플까요. 봄이여, 봄이여, 사랑의 계절이여! 그 얼마나……."

그때였다.

"아르카디! 성냥 좀 주게. 파이프에 불을 붙일 수가 없어."

뒤따라오던 마차에서 바자로프의 목소리가 들려왔다.

니콜라이는 금세 입을 다물었다. 아버지의 시 낭송에 귀를 기울이고 있던 아르카디는 주머니에서 급히 은제 성냥갑을 꺼내 표트르에게 가져다주라고 했다.

"담배 피우겠나?"

바자로프가 다시 소리쳤다.

"그래, 좋아."

아르카디가 대답했다.

잠시 후, 표트르가 다가와 성냥갑과 담배 한 개비를 건네주었다. 아르카디는 천천히 담배를 피워 물었다. 그러자 독하고 시큼한 담배 냄새가 순식간에 주위를 에워쌌다. 담배라고는 피워 본 적이 없는 니콜라이는 역한 기분을 느낀 나머지, 아들이 눈치채지 않게 살짝 고개를 돌렸다.

십오 분쯤 후, 마차는 새로 지은 목조 건물 앞에 멈춰 섰다. 벽에는 회칠이 되어 있었고, 함석을 얹은 지붕은 붉은색으로 칠해져 있었다. 이곳이 바로 신자유 농촌으로 불리는 마리노 마을이었다. 하지만 정작 농민들은 이곳을 '소작인 마을'이라고 불렀다.

하인들이 현관 앞으로 우르르 몰려나오지는 않았다. 열두어 살쯤 되어 보이는 소녀가 모습을 나타내더니, 뒤이어 청년 하나가 걸어 나왔을 뿐이다. 표트르를 빼닮은 그 청년은 가문의 문장이 새겨진 흰색 단추가 달린 회색 제복을 입고 있었다. 아르카디의 큰아버지 파벨 키르사노프의 하인이었다. 그는 말없이 다가와 마차의 문을 차례로 열어 주었다.

니콜라이는 아들과 바자로프를 데리고 어두침침한 현관을 지나 현대식으로 꾸민 응접실로 들어섰다. 그들이 응접실로 막 들어설 때, 문 뒤쪽에서 젊은 여인의 얼굴이 언뜻 비쳤다.

"아, 드디어 집에 왔구나. 이제 저녁을 먹고 쉬는 일만 남았네."

니콜라이가 모자를 벗고 머리카락을 쓸어 올리며 말했다.

"먹는 건 참 중요한 일이죠."

바자로프가 기지개를 켜며 대답하고는 푹신한 소파에 털썩 주저앉았다.

"그래그래, 저녁을 먹읍시다. 되도록 빨리 먹자고."

니콜라이는 공연히 발로 바닥을 치며 서둘렀다.

"아, 마침 프로코피치가 왔군."

그때 예순 살가량 돼 보이는, 마르고 가무잡잡한 남자가 응접실로 들어섰다. 하얗게 센 머리카락에 청동 단추가 달린 연미복을 입고 목에는 장밋빛 스카프를 두르고 있었다. 그는 앞니를 드러내고 활짝 웃더니, 아르카디의 손에 입을 맞췄다. 그런 다음 바자로프를 향해 고개를 까딱하고는 문 쪽으로 가서 뒷짐을 지고 섰다.

"이보게, 프로코피치. 드디어 아르카디가 돌아왔네. 자네 눈엔 어떤가, 저 아이 모습이?"

니콜라이가 감격에 겨워 말했다.

"아주 훌륭하십니다요."

프로코피치는 다시 활짝 웃는가 싶더니, 곧바로 짙은 눈썹을 찡그리며 정중하게 물었다.

"식사를 준비해 올릴까요?"

"그래그래. 참, 그 전에 바자로프가 쓸 방을 보는 게 좋지 않겠나?"

"아닙니다. 말씀은 감사합니다만 그러실 필요 없습니다. 아, 제 가방과 이 거적때기나 방에 좀 가져다 두게 해 주시면 고맙겠습니다."

바자로프는 헐렁한 외투를 벗으며 말했다.

"그러지. 프로코피치, 외투를 좀 받아 주겠나?"

프로코피치는 뭔가 난감한 표정으로 바자로프의 '거적때기'를 받아 머리 위로 높이 들고 까치발로 물러났다.

"아르카디, 너는 방에 가 보지 않아도 되겠니?"

니콜라이가 아들에게 물었다.

"저는 좀 씻어야겠어요."

아르카디가 문 쪽으로 향하는 순간, 보통 키의 남자가 응접실로 들어섰다. 영국식 양복에 최신 유행의 넥타이를 맨 채 반짝거리는 에나멜가죽 반장화를 신고 있었다. 아르카디의 큰아버지 파벨 키르사노프였다.

언뜻 보기에는 마흔다섯 살쯤 되어 보였다. 짧게 깎아 올린 은빛 머리칼이 우아하게 반짝였다. 주름살 하나 없는 얼굴은 매우 깐깐해 보였는데, 마치 조각칼로 섬세하게 다듬은 듯이 깨끗하고 단정했다. 젊었을 때는 대단한 외모였을 듯했다. 맑고 까만 두 눈이 특히 아름다웠다. 젊은 시절의 몸매를 고스란히 지니고 있는 그의 모습은, 금세라도 지상에서 하늘로 솟아오를 것만 같은 열정을 여전히 간직하고 있었다.

파벨은 바지 주머니에서 손을 빼서 조카에게 내밀었다. 눈처럼 하얀 소맷부리에는 오팔 커프스단추가 달려 있었고, 그 밖으로 비어져 나온 기다란 손가락이 매우 아름다웠다. 그중에서도 깔끔하게 손질한 장밋빛 손톱은 특히 도드라져 보였다.

그는 유럽식으로 악수를 한 다음, 러시아식으로 입을 세 번 맞추었다. 향수가 짙게 배인 콧수염을 조카의 뺨에 문지르며 파벨은 이렇게 말했다.

"잘 돌아왔다, 아르카디. 환영한다."

니콜라이가 파벨에게 바자로프를 소개했다. 파벨은 미소를 지으며 고개를 가볍게 까닥였을 뿐 손은 내밀지 않았다. 그러고는 조카를 향해 하얀 치아를 드러내며 덧붙였다.

"하도 늦길래 오늘 못 오는 줄 알았다. 도중에 무슨 일이 있었던 게냐?"

"아니요, 별일 없었어요. 지금, 배고픈 늑대가 된 것 같아요. 아버지, 프로코피치에게 서두르라고 좀 해 주세요. 금방 돌아올게요."

아르카디가 대답했다.

"잠깐만, 나도 같이 가자고."

소파에 앉아 있던 바자로프가 급히 몸을 일으키면서 목청을 돋우었다. 두 청년이 밖으로 나가자마자 파벨이 물었다.

"누군가, 저 사람?"

"아르카디의 친구랍니다. 아주 똑똑한 청년이라는군요."

"여기 머물 모양이지?"

"예."

"저 텁석부리가?"

"예, 그렇답니다."

파벨은 손톱으로 탁자를 톡톡 두드렸다.

"그새 아르카디 녀석이 꽤나 자유분방해졌구먼. 어쨌든 녀석이 돌아와서 기쁘네."

저녁 식사 자리에서는 대화가 별로 없었다. 특히 바자로프는 거의 말을 하지 않고 먹어 대기만 했다. 니콜라이는 농장 생활의 여러 가지 일들에 대해, 곧 시행될 정부 정책들과 각종 위원회에 대해, 그리고 농기계를 도입해야 할 필요성에 대해 자신의 견해를 열심히 늘어놓았다. 파벨은 식탁 주변을 천천히 오가면서 포도주를 간간이 홀짝였다. (그는 늘 저녁을 먹지 않았다.) 그러다 한 번씩 "아! 에헤! 흠!" 하고 감탄사에 가까운 소리를 내뱉곤 했다.

아르카디는 페테르부르크의 소식을 몇 가지 전했다. 그런데 어쩐지 어색한 느낌을 떨칠 수가 없었다. 이제 겨우 어린애 티를 벗은 청년이, 자신을 여전히 어린애로 여기는 어른들 앞에서 느끼는 껄끄러운 감정이라고나 할까. 아르카디는 쓸데없이 얘기를 길게 끌기도 하고, 굳이 '아버지' 대신 '아버님'이라고 말해 보려고 입속으로 우물거리기도 했다. 심지어 포도주를 잔에 가득 채운 뒤 단숨에 들이키기도 했다.

그러다 저녁 식사가 끝나자, 마치 약속이라도 한 듯이 각자 흩어져 버렸다. 바자로프가 잠옷 차림으로 아르카디의 침대에 걸터앉아서 파이프 담배를 빨면서 이렇게 말했다.

"자네 큰아버님은 좀 괴짜로군. 이런 시골에서 귀족 취향이 너무 심하신 거 아냐? 손톱도 그래. 어디다 전시해도 되겠던데!"

"바자로프, 자넨 우리 큰아버지가 젊었을 때 얼마나 멋쟁이였는지 몰라서 그래. 언제 기회가 생기면 그분의 역사에 대해 얘기해 주지. 얼마나 많은 여자들에 둘러싸여 살았는지 말이야."

아르카디가 대답했다.

"아, 그렇게 대단하셨어? 하지만 다 추억이지. 안됐지만 이런 시골구석에서 누가 그런 걸 알아주겠어? 칼라는 돌처럼 빳빳하게 풀을 먹이셨더군. 턱은 또 어찌나 말끔하게 면도를 하셨던지. 지나가던 개가 다 웃겠던걸."

"그만해. 그래도 좋은 분이야."

"쇠락한 시대의 징표지! 하지만 자네 아버님은 좋은 분이신 것 같더군. 농장 일보다는 시 낭독에 더 재능이 있으신 듯하지만. 하여튼 선량한 분인 건 틀림없어."

"우리 아버진 진짜로 좋은 분이야."

"근데 자네 아버님은 잔뜩 긴장하고 계시던데? 정말 고풍스런 낭만주의자이시더군. 그렇게까지 예민하게 신경을 곤두세우고 사시면, 머지않아 평형 감각이 무너지실 텐데……. 그만 자게! 내 방에는 영국식 세면대는 있던데, 방문에 자물쇠는 없더군. 그나마 다행이지. 어쨌든 영국식 세면대는 진보 아니겠나?"

바자로프는 이렇게 말하고 아르카디의 방을 나섰다.

아르카디는 혼자 남게 되자 비로소 아늑한 기분에 젖어들었다. 고향 집에 돌아와 익숙한 침대에 누워 잠을 잔다는 것은 매우 달콤한 일이었다. 더구나 지금 덮고 있는 것은 그 다정하고 바지런한 유모의 손길이 닿은 이불이 아니던가. 아르카디는 예고로브나를 떠올리고는 한숨을 지으며 기도했다. 부디 천국에 머물기를……. 그러나 자신을 위해서는 아무것도 빌지 않았다.

아르카디와 바자로프는 바로 잠이 들었지만, 다른 사람들은 오랫동안 잠을 이루지 못했다. 니콜라이는 아들이 돌아온 기쁨에 취해 쉽게 흥분을 가라앉힐 수가 없었다. 그는 침대에 누웠지만 촛불을 끄지 않고 팔베개를 한 채 오래오래 생각에 잠겨 있었다.

파벨은 자정이 한참 지나도록 서재의 벽난로 앞 안락의자에 앉아 있었다. 옷은 갈아입지 않았고, 에나멜 반장화만 실내화로 갈아 신었다. 손에는 《갈리냐니》(파리에서 발간한 영어 잡지로, 자유주의를 표방했다.—옮긴이) 최신호를 들고 있었지만 정작 읽고 있지는 않았다. 그는 사그라지는 듯하다가 다시 파랗게 불꽃을 일으키는 난로를 물끄러미 바라보았다. 그의 생각이 어디를 떠돌고 있는지 알 길은 없었다. 하지만 단순히 과거 속을 헤매고 있지는 않은 게 분명했다. 그의 얼굴에는 뭔가를 골똘히 생각하는 듯한 표정이 어려 있었다. 추억에만 사로잡힌 사람은 그런 표정을 짓지 않는다.

한편, 뒤쪽 작은 방에는 잠 못 들고 있는 젊은 여인이 커다란 옷궤 위에 앉아 있었다. 페네치카였다. 하늘색 옷을 입고 까만 머리에 하얀 스카프를 두른 그녀는 뭔가에 귀를 기울이는 듯하다가 살짝 졸기도 하고 때로는 열린 문 쪽을 건너다보기도 했다. 문 너머 아기 침대에서 새근거리는 숨소리가 들려오고 있었다.

제 2 장

영락없는 허무주의자

이튿날 아침, 바자로프는 제일 먼저 일어나 집을 나섰다.

'흠, 여긴 정말 형편없는 땅이로군.'

그는 주위를 둘러보며 속으로 중얼거렸다. 니콜라이는 농민들과 토지를 나눈 후, 저택과 부속 건물을 짓고 농장을 만들었다. 또 정원에 연못을 만들고 우물도 두 개나 팠다. 하지만 나무는 뿌리를 잘 내리지 못했고, 연못은 물이 마르기 일쑤였다. 심지어 우물에는 소금기마저 감돌았다. 사람들이 모여 앉아 차도 마시고 점심도 먹는 정자 근처에는 라일락과 아카시아만 무성하게 자랐다.

바자로프는 정원에 나 있는 오솔길로 걸어가 축사와 마구간을 둘러보았다. 그러다 농가의 사내아이 둘을 만나 금세 친해지게 되었다. 얼마 뒤에는 집에서 일 킬로미터 정도 떨어진 곳으로 함께 개구리를 잡으러 갔다.

"개구리는 잡아서 뭘 하려고요?"

한 아이가 이렇게 물었다. 바자로프는 아랫사람들이 무례하게 구는 걸 용납하지 않는 성격이지만, 누구든 자신을 쉽게 신뢰하도록 만드는 데는 특별한 재주가 있었다.

"개구리 배를 갈라서 속이 어떻게 생겼는지 보려고 그런다. 우리도 두 발로 걸어 다닌다는 것만 빼면 속은 개구리하고 똑같거든. 그러니까 개구리 배 속을 보면 우리 배 속이 어떻게 생겼는지 알 수 있다는 거지."

"그걸 알아서 뭐 하게요?"

"네가 병이 나서 내가 고쳐 줘야 할 때 실수를 하지 않을 수 있지."

"그럼, 나리는 의사 선생님이세요?"

"응."

"야, 바시카! 너도 들었지? 너나 나나 개구리나 똑같대. 진짜 괴상하지?"

"난 개구리 무서워."

일곱 살쯤 되어 보이는 바시카가 몸을 움츠리며 말했다. 바시카는 밝은 황갈색 머리칼에 깃을 세운 코트를 입고 있었다. 그런데 발은 맨발이었다.

"뭐가 무서워? 물기라도 할까 봐?"

"자, 어서 물속에 들어가라. 이 꼬마 철학자들아!"

바자로프가 말했다.

그 무렵, 침대에서 막 일어난 니콜라이는 아르카디의 방으로 건너갔다. 아들은 벌써 일어나 옷을 갖춰 입고 있었다. 아버지와 아들은 함께 차양을 친 테라스로 나갔다. 난간 옆 탁자 위에는 라일락 꽃 다발이 놓여 있었고, 그 옆에선 사모바르(차를 끓이는 러시아의 전통 주전자―옮긴이)가 끓고 있었다. 어제 도착했을 때 마중 나왔던 소녀가 다가와 가녀린 목소리로 말했다.

"페도시야 니콜라예브나(페네치카의 존칭―옮긴이)께서는 오늘 몸이 좋지 않아서 나오실 수 없다고 하십니다. 차를 직접 따라 드실지, 아니면 두냐샤를 보내 드리는 게 좋을지 여쭤 보라고 하셨습니다."

니콜라이가 서둘러 말을 받았다.

"내가 직접 따라 마신다고 전하거라. 아르카디, 차를 마시자꾸나. 어떻게 줄까? 크림? 아니면 레몬을 넣을까?"

"크림이요."

아르카디는 이렇게 대답하고 잠시 머뭇거리다가 입을 열었다.

"아버지?"

니콜라이는 긴장한 얼굴로 아들을 물끄러미 바라보았다.

"왜 그러느냐?"

아르카디가 시선을 내리깔며 말했다.

"저, 아버지……. 버릇없게 들리실 수도 있지만 솔직하게 여쭐게요. 화 안 내실 거지요?"

"그래, 말해 보렴."

"그럼, 용기를 내서 말씀드릴게요. 페네……, 아니 그분이 여기 나

오시지 않는 건 제가 있기 때문이죠?"

니콜라이는 살며시 고개를 돌리며 말했다.

"그럴지도 모르지. 저 혼자 생각에…… 부끄러워서……."

아르카디는 고개를 들고 아버지를 바라보았다.

"그럴 필요 없어요. 제가 지금까지 단 한 번이라도 아버지의 생활 방식을 간섭한 적 있나요? 더구나 저는 아버지가 잘못된 선택을 하실 리 없다고 확신해요. 그분과 한지붕 밑에서 살기로 하셨다면, 그럴 만한 상대니까 그러셨겠지요. 그리고 이유가 무엇이든 자식으로서 아버지께서 하시는 일에 이러쿵저러쿵할 수 없어요. 무엇보다도 아버지가 이제껏 한 번도 제 자유를 구속하신 적이 없는데, 제가 어찌 감히 아버지가 하시는 일을 가타부타할 수 있겠어요?"

처음에는 아르카디의 목소리가 설핏 떨렸다. 그는 자신이 참으로 포용력 있는 사람이라고 느끼면서, 동시에 아버지에게 훈계조의 말을 늘어놓고 있다는 사실을 깨달았다. 그래서 마지막 말은 짐짓 부드러운 어조를 띠었다.

니콜라이는 또다시 손가락으로 눈썹과 이마를 문지르며 우물거렸다.

"고맙구나, 아르카디. 그 사람이 그럴 만한 가치가 없었다면……. 그래, 가벼이 생각하고 한 일은 아니야. 그런데 너와 이런 얘기를 나누기는 좀 거북스럽구나. 너도 짐작하겠지만, 그 사람 입장에서는 네 앞에 나타나기가 쉽지 않겠지."

"그러면 제가 먼저 찾아뵙지요."

아르카디는 속에서 치솟는 관대한 마음에 사로잡힌 나머지, 큰 소리로 말하며 의자에서 벌떡 일어섰다. 니콜라이는 안절부절못하는 표정으로 엉거주춤하게 몸을 일으켰다.

"아르카디, 이걸 어째야 할지……. 저기, 내가 아직 너에게 말하지 않은 것이……."

그러나 아르카디는 아버지의 말을 마저 듣지 않고 테라스에서 곧장 뛰쳐나갔다. 니콜라이는 아들의 뒷모습을 바라보다가 황망한 표정으로 의자에 털썩 주저앉았다. 가슴이 마구 뛰기 시작했다…….

그 순간에 어떤 생각을 했는지는 잘라 말하기 어렵다. 앞으로 자신과 아들의 관계가 이상해질 것이라고 생각했는지, 혹은 이런 경우에는 아들이 모른 척해 주는 게 아버지를 훨씬 더 존중해 주는 것이라고 생각했는지, 아니면 자신이 뭔가 일을 딱 부러지게 처리하지 못했다고 자책했는지……. 아니, 어쩌면 그 모든 감정이 한꺼번에 뒤섞여 있었는지도 모르겠다.

얼마 후, 부산한 발소리와 함께 아르카디가 테라스로 돌아왔다.

"아버지, 서로 인사를 나눴어요!"

아르카디는 다정하면서도 승리자 같은 표정으로 소리쳤다.

"그분은 오늘 몸이 좋지 않아서 나중에 나오시겠대요. 그런데 아버지! 제게 동생이 생겼다는 말씀을 왜 진작 하지 않으셨어요? 미리 말씀해 주셨으면 어제저녁에 키스를 했을 텐데……."

니콜라이는 무언가 말을 할 듯 입을 달싹이다가, 두 팔을 활짝 벌리며 자리에서 일어났다. 그러자 아르카디가 냉큼 달려가 아버지의 목을 감싸 안았다.

"이건 뭐, 아직도 끌어안고 있는 건가?"

그때 뒤쪽에서 파벨의 목소리가 울렸다.

아버지와 아들은 한마음으로 이 순간에 파벨이 등장한 것을 내심 반겼다. 사뭇 감동적이긴 하지만, 한시라도 빨리 벗어나고 싶은 순간이 우리에게 종종 있지 않은가.

"뭘 그렇게 놀라요? 기다리고 기다리던 아들이 돌아왔는데! 어제 저녁에는 얼굴도 제대로 보지 못했다고요."

니콜라이가 쾌활한 목소리로 대답했다.

"놀라는 게 아니야. 나도 이놈을 좀 안아 보고 싶어서 그런다."

파벨이 장난스레 말했다.

아르카디가 큰아버지에게 다가가 뺨에다 입을 맞추었다. 향기로운 콧수염의 감촉이 다시 한 번 느껴졌다. 파벨은 탁자 앞에 자리를 잡아 앉았다. 그는 우아한 영국식 슈트에 자그마한 터키모자를 쓰고 있었다. 거기에 아무렇게나 맨 넥타이는 시골 생활의 자유로움을 고스란히 드러내 보였다. 셔츠는 줄무늬만 있어서 무난한 느낌이었지만, 빳빳하게 세운 깃은 말끔하게 면도한 턱을 자못 날카롭게 떠받치고 있었다.

파벨이 아르카디에게 물었다.

"네 친구는 어디 있니?"

"지금 집에 없어요. 아침마다 일찍 일어나서 여기저기 돌아다니는 게 취미거든요. 그런데 그 친구에게는 신경 쓰지 말아 주세요. 워

낙 격식 차리는 걸 싫어해서요."

"그래, 알았다. 그런데 우리 집에는 오래 머물 계획인 거니?"

파벨이 빵에 버터를 바르면서 물었다.

"두고 봐야 알 것 같아요. 고향 집에 가는 길이었거든요."

"고향이 어딘데?"

"우리 현인데요, 여기서 팔십 킬로미터 정도 떨어진 곳이에요. 거기에 그리 크지 않은 영지가 있대요. 그 친구 아버지는 군대에서 의사로 근무했대요."

"그래그래……. 음, 바자로프라고 했지? 어쩐지 성이 귀에 익는다 했더니만. 니콜라이, 아버지가 근무하신 사단에 그런 이름의 군의관 있었잖아. 기억나지?"

"듣고 보니 그랬던 것 같네요."

"틀림없어. 그 의사가 바로 그 친구 아버지였군. 흠!"

파벨은 콧수염을 실룩이며 다시 물었다.

"그래, 바자로프라는 청년은 어떤 친구냐?"

"바자로프가 어떤 친구냐고요? 큰아버지, 정말 궁금하세요?"

아르카디는 미소를 머금은 얼굴로 되물었다.

"말해 보거라."

"그 친구는 허무주의자예요."

"뭐?"

니콜라이는 곧바로 이렇게 되물었고, 파벨은 버터나이프로 버터한 조각을 찍어 들다가 허공에서 손을 멈추었다. 아르카디가 다시

한 번 말했다.

"허무주의자라고요."

"허무주의자라니? 그럼 그 친구는 아무것도 인정하지 않는다는 말이니?"

니콜라이가 놀란 얼굴로 다시 물었다.

"아무것도 존중하지 않는다고 하는 게 맞겠지."

파벨은 버터나이프를 쥔 손을 다시 움직이기 시작했다. 잠시 뒤, 아르카디가 큰아버지의 말을 바로잡았다.

"모든 것을 비판적으로 대한다는 뜻이에요."

"그게 그거 아니냐?"

파벨이 물었다.

"아니요, 그렇지 않아요. 허무주의자는 그 어떤 권위에도 고개를 숙이지 않거든요. 또 어떤 원칙을 신앙처럼 떠받들지도 않고요. 그 원칙이 아무리 존경받는 것이라고 해도 말이에요."

"그래서 어떻다는 거냐? 그게 좋다는 말이냐?"

파벨이 말을 잘랐다.

"사람에 따라 다르겠지요. 어떤 사람에게는 좋을 수도 있고, 또 어떤 사람에게는 나쁠 수도 있겠지요."

"그렇겠지. 하여튼 내가 보기에, 우리 식은 아닌 것 같다. 우리 같은 구시대 사람들은 네가 말하듯 신앙처럼 떠받드는 원칙 없이는 단 한 발짝도 내디딜 수 없거든. 그런데 너희가 그 모든 것을 다 바꿔 버렸어. 그래도 너희 나름대로 잘 살겠지. 우린 그저 너희를 지켜

볼 뿐이고……. 전에는 헤겔주의자가 납시더니만 이젠 허무주의자로구나. 바닥도 없는 텅 빈 허공에서 존재하는 것은 아니길 바란다. 그건 그렇고, 동생! 코코아 한잔 마시고 싶은데.”

니콜라이가 방울을 흔들며 “두냐샤!” 하고 큰 소리로 불렀다. 그런데 두냐샤 대신 페네치카가 테라스에 나타났다. 페네치카는 스물세 살 남짓한 젊은 여인으로, 하얗고 고운 살결에 검은색 머리카락과 눈동자를 지녔다. 그녀는 커다란 코코아 잔을 파벨 앞에 살며시 내려놓았는데, 부끄러워 어쩔 줄 몰라 하는 것 같았다. 눈길을 아래로 떨군 채 손가락 끝으로 탁자를 간신히 짚고 서 있었다.

파벨은 자기도 모르게 눈썹을 움찔했고, 니콜라이는 당혹스러운 표정을 지었다.

“잘 잤소, 페네치카?”

니콜라이는 우물거리며 인사를 건넸다.

“예, 안녕히 주무셨어요?”

그녀는 나지막하지만 또랑또랑한 목소리로 대답했다. 그리고 자신을 향해 다정하게 미소를 짓는 아르카디를 곁눈질로 바라보며 조용히 밖으로 나갔다.

테라스에는 잠시 침묵이 흘렀다. 파벨은 코코아를 홀짝이다 갑자기 고개를 들고는 속삭이듯이 말했다.

“저기 허무주의자께서 이쪽으로 오고 있네.”

바자로프가 정원의 꽃밭 사이로 걸어오고 있었다. 겉옷과 바지는 온통 흙탕물에 젖어 있었다. 둥그렇게 생긴 낡은 모자챙에도 진흙이 달라붙어 있었다. 오른손에 든 작은 자루 속에는 뭔가가 살아 꿈틀 거리고 있었다. 그는 거침없이 테라스로 다가와 머리를 까닥였다.

"안녕히 주무셨습니까? 아침 차 시간에 늦어서 죄송합니다만, 이 포로들을 가둬 놓고 금방 돌아오겠습니다."

"거기에 뭐가 들어 있나?"

파벨이 물었다.

"개구리입니다."

"먹으려는 거야, 아니면 기르려는 거야?"

"실험용입니다."

바자로프는 심드렁하게 대답하고는 이내 집 안으로 사라졌다.

"해부를 할 셈인가 보군. 원칙은 믿지 않지만 개구리는 믿는 모양 이야."

파벨이 빈정거렸다.

아르카디는 불만스런 눈길로 큰아버지를 바라보았고, 니콜라이 는 그저 어깨만 으쓱했다. 파벨은 자신의 비아냥 섞인 농담이 별 호 응을 얻지 못하자, 새로 들어온 관리인에 대한 얘기로 화제를 돌렸 다. 관리인이 어제저녁에 찾아와서 일꾼 하나가 빈둥거리면서 도통 일을 하지 않는다고 불평을 늘어놓고 갔다는 것이다.

"거의 이솝 같은 놈이라 하더군. 무슨 일에나 바보같이 무턱대고 덤벼들고 말이야. 그저 좀 붙어 있다 금세 떠나 버릴 놈이라더군."

얼마 안 있어, 바자로프가 다시 테라스로 돌아왔다. 그는 탁자 앞에 앉더니 서둘러 차를 마시기 시작했다. 형제는 말없이 그 모습을 지켜보았고, 아르카디는 아버지와 큰아버지를 번갈아 살펴보았다. 한참 만에 니콜라이가 침묵을 깨고 물었다.

"멀리 갔다 왔나?"

"사시나무 숲 근처에 작은 늪이 하나 있더군요. 거기까지 갔다 왔어요. 도요새를 다섯 마리나 그냥 날려 보냈지 뭐예요. 아르카디, 자네였다면 총을 쏘아 잡을 수도 있었을 텐데."

"사냥은 하지 않나 보지?"

"네."

이번에는 파벨이 말을 걸었다.

"전공은 의학이라고 했던가?"

"네, 그렇죠. 넓게는 자연과학이라고 합니다만."

"게르만 인들이 최근에 그 분야에서 엄청난 성공을 거두었다고들 하던데."

"예, 그 방면에서는 독일인들이 스승인 셈이지요."

바자로프가 대수롭지 않게 대꾸했다.

파벨은 독일인 대신 게르만 인이라는 단어를 사용해 슬쩍 비꼬려 했지만 아무도 속뜻을 눈치채지 못했다.

"독일인들을 상당히 높게 평가하는 모양이군."

파벨은 짐짓 점잖게 물었다. 속으로 은근히 화가 치밀어 올랐기 때문이다. 바자로프의 거리낌 없는 태도가 그의 귀족주의적 기질을 자극하고 있었다. 이 별 볼일 없는 시골 의사의 아들 녀석이 조금도 주저하는 기색 없이 대답도 대충대충 하는 데다 목소리까지 거칠고 무례했던 것이다.

"그런 셈이지요."

"그거 아주 훌륭한 겸손의 미덕이로군."

파벨은 몸을 쭉 뻗고 머리를 뒤로 젖히면서 말했다.

"그런데 좀 전에 아르카디에게 들어 보니, 자네는 어떤 권위도 인정하지 않는다고 하던데……. 정말로 그런가?"

"예, 제가 왜 그런 걸 인정해야 합니까? 제대로 된 일에 대해서만 동의할 수 있을 뿐, 그 외에 뭐가 더 필요하겠습니까?"

"그럼, 독일 사람들은 항상 옳은 일만 한다는 건가?"

파벨은 이렇게 말하면서, 구름 저편의 먼 곳으로 떠나는 사람처럼 아득한 표정을 지었다.

"다는 아니죠."

바자로프는 입씨름이 지겹다는 듯, 짧게 하품을 하며 대답했다.

파벨은 마치 '네 친구, 정말 예의 바르구나.' 하고 비웃는 듯한 얼굴로 아르카디를 바라보았다. 그러고는 애써 감정을 누르며 다시 말을 걸었다.

"나는 독일 사람들을 그다지 좋게 보지 않아. 러시아에 사는 독일인들이야 어떤 인간들인지 잘 알 테니 더 말할 것도 없지. 독일에 사는 독일인들도 내 체질에는 영 맞지 않아. 물론, 옛날 사람들이야 그런대로 괜찮았지. 실러라든가……. 그래, 괴테 같은 시인도 있었군. 하지만 요즘에는 화학자니 유물론자니 하는 작자들만 나대고 있으니, 원……."

"제대로 된 화학자 한 사람이, 훌륭하다고 정평 난 시인보다 스무 배는 더 유익할 겁니다."

바자로프가 파벨의 말을 끊었다.

"아, 그렇다면 자네는 예술을 인정하지 않는다는 얘긴가?"

파벨은 마치 졸음을 쫓아내려는 사람처럼 눈썹을 치켜뜨면서 말했다.

"그건 돈을 버는 기술이나 치질을 고치는 기술 이상의 것이 못 되지요!"

바자로프가 경멸 어린 웃음을 띠며 언성을 높였다.

"지금 한 말이 농담이 아니라면, 바로 그런 게 모든 걸 부정하는 태도인 모양이구먼. 그러니까 자네는 오직 과학만을 신봉한다?"

"저는 아무것도 믿지 않는다고 이미 말씀드렸을 텐데요. 그리고 과학이라니, 대체 어떤 과학을 말씀하시는 겁니까? 일반적인 과학이요? 직업이나 지식과 마찬가지로, 과학에도 여러 종류가 있습니다. 일반적인 과학이라면 존재하지 않는다고 생각합니다."

"대단한 청년이군. 그러면 자네는 세상의 관례나 제도 같은 것들도 부정하는 건가?"

"절 심문하시는 건가요?"

바자로프가 날카로운 목소리로 반문했다. 파벨의 안색이 약간 창백해졌다. 니콜라이는 이 대화를 더 이상 지켜보아선 안 되겠다는 생각이 들어서 얼른 둘 사이로 끼어들었다.

"그 문제에 대해서는 다음에 또 논의하도록 합시다. 바자로프, 나는 자네가 자연과학을 공부하고 있다는 사실이 매우 반갑네. 듣기로는 독일의 화학자 리비히가 밭작물에 쓰는 비료에 관해 놀라운 사실을 발견했다던데……. 자네가 내 농사일에 도움이 될 만한 조언을 해 줄 수도 있겠어. 그게 뭐든 유익한 충고가 되리라 믿네."

"제가 할 수 있는 일이 있다면 기꺼이 도와 드려야지요. 하지만 어느 세월에 리비히를 따라갈 수 있을지는 모르겠습니다! 이 분야에서 우리 러시아는 알파벳으로 치면, 아직 A자조차도 모르는 상태여서요."

'저것 보게. 정말로 영락없는 허무주의자로구먼.'

니콜라이는 속으로 이렇게 중얼거렸다.

"그래도 뭔가 도움이 될 만한 게 있겠지. 참, 형님. 이제 관리인을 만나러 갈 시각입니다."

"그렇구나."

파벨이 의자에서 몸을 일으키며 대답했다. 그러고는 아무에게도 눈길을 주지 않고 혼잣말하듯 중얼거렸다.

"저렇게 똑똑한 청년들과 멀어진 채, 다섯 해나 이런 촌구석에 묻혀 살고 있는 게 큰 재앙이지. 그새 바보가 되어 버린 게야. 배운 걸 잊지 않고 살려고 발버둥을 쳐 봐야 기껏 듣는 말이라고는, 그런 건 다 부질없다, 정신이 제대로 박힌 사람은 그따위에 더 이상 매달리지 않는다, 너는 시대에 뒤떨어진 얼간이다, 이런 소리니……. 뭘 어쩌겠어! 청년들이 우리보다 더 똑똑한 게 당연한 일인데."

파벨은 몸을 천천히 돌리더니 밖으로 느릿느릿 걸어 나갔다. 니콜라이도 그 뒤를 따라나섰다. 두 사람이 문밖으로 사라지자마자 바자로프가 아르카디에게 차가운 목소리로 물었다.

"뭐야, 자네 큰아버님은 항상 저러시나?"

"바자로프, 자네가 심했어. 큰아버지를 화나시게 만들었잖아."

"그렇다고 시골 귀족주의자의 입맛이나 맞추고 있을 수는 없잖아! 그건 그저 자기도취일 뿐이야. 사교계에서 놀던 버릇이 남아 있으신 거지. 허영심 말이야. 아직도 거기서 벗어나지 못했다면, 차라리 페테르부르크에서 할 일을 찾아보시는 게 낫지 않겠어? 하지만 그건 내 알 바 아니고! 그보다 내가 아까 희귀한 물방개를 잡았는데. 혹시 '디티스쿠스 마르기나투스'라고 아나? 이따가 그놈을 보여줄게."

"큰아버지는 자네가 생각하는 그런 분이 아니야. 조롱이 아니라 동정을 받아 마땅한 분이시지."

"굳이 반박하지 않겠어. 그런데 무슨 근거로 그렇게 말하는데?"

"들어 봐……."

아르카디는 큰아버지의 인생 역정에 대해 이야기하기 시작했다.

제 3 장
달콤하고 쌉싸름한 밀회

파벨도 어릴 때는 동생 니콜라이처럼 집에서 자랐다. 그러다가 나중에 육군 유년 학교에 보내졌다. 그는 어릴 때부터 남달리 외모가 빼어났다. 그래서 그런지 매사에 자신감이 넘쳤는데, 한편으로는 조금 냉소적이면서도 익살맞은 구석이 있었다. 그런 면모 때문일까? 파벨과 몇 마디를 나누고 나면, 누구든 그를 싫어할 수가 없었다.

장교가 되었을 때도 마찬가지였다. 모두가 그를 떠받들어 주었고, 스스로도 자신감에 취해서 공연히 바보짓을 하는가 하면 거드름을 있는 대로 부리기도 했다. 신기하게도 그 모든 것이 그에게 아주 잘 어울렸다. 그런 그를 여자들은 넋을 잃고 바라보았고, 남자들은 멋쟁이라고 부르며 질투 어린 시선을 보냈다.

앞서 말했듯이, 그는 동생과 한집에서 살았다. 형제는 조금도 닮은 데가 없었지만 서로를 진심으로 사랑했다. 니콜라이는 다리를 약간 절었고, 키가 작은 편이었다. 잘생긴 두 눈에는 늘 근심이 어려 있었고, 머릿결은 고왔으나 숱이 적었다. 그는 게으름 피우기를 좋아했지만 책만큼은 부지런히 읽었다. 하지만 사람들과의 접촉은 가능한 한 피하는 편이었다.

반면에 파벨은 하루저녁도 집에서 그냥 보내는 법이 없었다. 그는 용감함과 기민함으로 명성을 얻었지만, (심지어 사교계 청년들 사이에 체조를 유행시킨 적도 있었다.) 독서라고 해 봐야 프랑스 책 대여섯 권을 읽은 게 전부였다. 그렇거나 말거나, 스물여덟 살에 대위로 진급할 만큼 전도양양한 청년인 것만은 틀림없었다. 그런데 갑자기 모든 것이 돌변했다…….

당시 페테르부르크 사교계에 가끔 모습을 나타내는 부인이 있었다. 지금도 많은 사람들이 그 모습을 기억하는 R 공작의 부인이었다. R 공작은 훌륭한 집안에서 나고 자라 격식에는 밝았지만 좀 미련한 편이었다. 그리고 이 둘 사이에는 아이가 없었다.

그녀는 자유롭게 외국 여행을 다니면서 분방한 생활을 이어 가고 있었다. 아무에게나 추파를 보내며 쾌락에 빠져 지냈다. 점심시간이 되기도 전에 응접실로 젊은 남자들을 끌어들여 깔깔대며 장난질을 벌였다.

하지만 밤이면 어디서도 안식을 찾지 못하고 눈물을 흘리며 기도를 하곤 했다. 우수에 젖은 표정으로 손을 비벼 대며 날이 새도록 방 안을 서성거리거나, 성경의 시편을 펼쳐 놓은 채 창백한 얼굴로 우두커니 앉아 있었다. 하지만 날이 밝으면 다시 사교계의 부인으로 돌아가 여기저기 활보하며 웃고 떠들어 댔다. 마치 조금이라도 마음을 끄는 구석이 있으면 그 어디에라도 몸을 던질 태세였다.

그녀의 몸매는 놀랄 만큼 아름다웠고, 길게 땋아 무릎 아래까지 흘러내린 금발은 더없이 탐스러웠다. 하지만 그녀를 미인이라고 부르는 사람은 없었다. 얼굴에서 예쁜 것은 눈뿐이었는데, 그것도 잿빛 눈 자체라기보다는 거기에 담긴 표정이 이목을 끌었다. 그녀의 눈빛은 거침없이 담대한가 싶다가도, 낙심한 것처럼 깊은 시름에 잠겨 있었다. 한마디로, 수수께끼 같은 눈빛이었다. 그녀의 혀가 공허한 이야기를 지껄이고 있을 때도 눈빛만큼은 뭔가 깊은 의미를 담고 있는 듯이 영롱하게 반짝였다.

파벨은 무도회에서 그녀를 만나 마주르카를 추었다. 그는 춤을 추는 내내 단 한마디도 하지 않는 그녀를 보고 홀딱 빠지고 말았다. 여자의 마음을 차지하는 데 선수였던 그는 곧바로 목적을 달성했다. 여자를 쉽게 차지하면 그만큼 마음이 빠르게 식는 법이건만, 이상하게도 이번에는 그렇지가 않았다. 오히려 그 반대였다. 시간이 갈수록 더욱 고통스럽고 강렬하게 그녀에게 빠져들었다. 그녀가 몸을 허락한 순간에도 뭔가 비밀스런, 그 누구도 근접할 수 없는 뭔가가 여전히 남아 있는 것만 같았다.

하긴, 그녀의 영혼 속에 무엇이 둥지를 틀고 있는지 누가 알 수 있으랴! 어쩌면 그녀는 자신도 알지 못하는 신비한 힘에 사로잡혀 의지와 상관없이 그 힘에 농락당하고 있는 건지도 몰랐다. 그녀의 보잘것없는 지성으로는 감히 그 힘을 억누를 수 없었는지도……. 아무튼 그녀의 행동은 하나같이 비상식적이었다. 심지어 남편의 의심을 살 게 뻔한 편지를 써서 잘 알지도 못하는 남자에게 보낸 적도 있었다.

하지만 그녀의 사랑은 묘하게도 애수를 불러일으켰다. 자신이 선택한 남자 앞에서는 웃지도 않고, 농담을 하지도 않았다. 그저 야릇한 표정으로 물끄러미 바라만 볼 뿐이었다. 때로는 그 표정이 느닷없이 싸늘한 공포로 바뀌기도 했다. 그러면 마치 죽은 사람처럼 창백한 낯빛을 한 채 침실에 틀어박혀 있곤 했다. 하녀가 침실의 열쇠 구멍에 가만히 귀를 대고 있으면 끊어질 듯 이어지는 흐느낌이 들려왔다.

파벨은 달콤한 밀회를 끝내고 집으로 돌아올 때마다 가슴이 찢기는 듯한 괴로움에 휩싸였다.

'내가 더 이상 무엇을 바라고 있단 말인가?'

그는 매번 스스로에게 이렇게 묻곤 했다. 그럴수록 가슴은 더욱 아프고 쓰라렸다.

하루는 보석에 스핑크스가 새겨진 반지를 그녀에게 선물했다.

"이게 뭐예요? 스핑크스 아녜요?"

그녀가 물었다.

"그렇습니다. 스핑크스는 바로 당신입니다."

"나라고요?"

그녀는 수수께끼 같은 눈빛으로 그를 찬찬히 바라보았다.

"내게 너무 과분해요."

그녀는 옅은 미소를 지었다.

파벨은 R 공작 부인의 사랑을 받는 동안에도 항상 마음이 무거웠다. 그러다 그녀의 사랑이 식어 갈 무렵에는 거의 미칠 지경이 되었다. 질투심으로 몸부림을 치며 어디든 그녀를 따라다녔다. 그의 집요함에 질린 나머지, 그녀는 아예 외국으로 떠나 버렸다. 그는 주변 사람들의 만류에도 불구하고 공작 부인을 뒤쫓아 갔다.

그렇게 낯선 타국에서 4년여의 세월을 보냈다. 그녀를 뒤쫓아 다니기도 하고, 어떻게든 잊으려고 몸부림을 치기도 하면서…… 자신의 나약함을 수없이 부끄럽게 여기며 자책했지만, 그로서도 자신의 마음을 어쩔 수가 없었다. 그녀의 공허하면서도 매혹적인 인상이 그의 영혼 속에 너무도 깊게 아로새겨져 있었던 것이다.

파벨은 독일 남서부 바덴에서 우연히 R 공작 부인과 마주쳤다. 그들은 한동안 전처럼 다정하게 지냈다. 그녀가 그토록 열정적으로 그를 사랑한 적은 여태 없었을 정도였다. 그러나 한 달 만에 모든 것이 끝장나고 말았다. 사랑의 불꽃은 마지막으로 활활 타올랐다가 영원히 꺼져 버리고 말았다. 이별을 피할 수 없다는 사실을 직감한 그는 친구로라도 남아 달라고 사정했다. 하지만 그런 여자와 어떻게 우정이 가능할 수 있으랴. 그녀는 어느 날 조용히 바덴을 떠났다.

파벨은 러시아로 돌아와 예전처럼 살아가려고 노력했다. 하지만 한번 벗어난 길에서 되돌아오기란 여간 힘든 게 아니었다. 한동안은 뭔가에 중독된 사람처럼 계속 방황했다. 그러다가 다시 사교계에 모습을 드러내기 시작했다. 두세 번의 새로운 사랑이 그의 곁을 스쳐 갔다. 하지만 그는 이미 자신을 비롯해서 어느 누구에게도 아무런 기대가 없었다. 새로운 시도를 딱히 원하지도 않았다.

어느새 그는 나이가 들어 백발이 되었다. 저녁마다 클럽에 나가 인상을 쓰고 앉아 있거나, 독신으로 지내는 친구들과 무의미한 언쟁을 벌이는 것이 일과가 되었다. 누구나 알다시피, 이것은 좋은 징조가 아니었다. 물론, 결혼에 대해서는 생각조차 하지 않았다. 십 년의 세월이 그렇게 쓸모없이 흘러갔다.

그러던 어느 날, 파벨은 클럽에서 식사를 하던 중에 R 공작 부인의 사망 소식을 들었다. 정신 착란 상태에 빠진 채 파리에서 최후를 맞이했다는 것이다. 그는 식탁에서 일어나 클럽의 이 방 저 방을 오랫동안 서성이며 돌아다녔다. 그러다 카드를 치는 패거리 옆에서 못 박힌 듯이 우두커니 서 있었다.

며칠 후 그는 소포를 하나 받았다. 그 속에는 파벨이 공작 부인에게 선물했던 반지가 들어 있었다. 그녀는 스핑크스 위에 십자 모양을 새겨 넣었다. 십자가가 바로 해답이라는 듯이…….

이것이 1848년 초의 일이었다. 그즈음 니콜라이는 아내를 여의고 페테르부르크에 올라와 있었다. 파벨은 동생이 시골에 정착한 뒤로 거의 만나지 못했다. 공작 부인을 처음 알게 된 무렵에 있었던 니콜라이의 결혼식에도 참석하지 못했다. 외국에 나갔다가 돌아왔을 때는 동생 부부가 사는 시골에서 두어 달 정도 머무를 계획이었지만,

겨우 일주일 만에 홀연히 떠나고 말았다. 형제간의 처지가 너무도 달랐던 것이다.

1848년에는 상황이 바뀌었다. 니콜라이는 아내를 저세상으로 떠나보냈고, 파벨은 옛 연인과의 추억을 지워 가고 있었다. 물론 니콜라이에게는 바른 생활 감각이 남아 있었고, 눈앞에서 아들이 무럭무럭 자라고 있었다. 반면에 파벨은 고독한 독신으로서 불안정한 시기에 접어들고 있었다. 젊음은 온전히 사라졌지만, 아직 노년이라 할 만큼은 아니었다. 희망 같은 회한, 회한 같은 희망이 어린 시기였다. 이 무렵이 파벨에게는 가장 힘든 시기였다. 과거를 상실함으로써 모든 것을 잃어버린 셈이었기 때문이다.

어느 날 니콜라이가 파벨에게 말했다.

"이제는 더 이상 마리노 마을로 오시라고 하지 않겠습니다. (그는 죽은 아내 마리야를 기리기 위해 자신의 영지를 마리야의 마을, 즉 '마리노'라고 불렀다.) 형님은 제 아내가 살아 있을 때도 시골집에서 지내는 걸 적적해하셨는데…… 이젠 더 우울한 곳이 되었거든요."

"그때 난 참 어리석었지. 그때에 비하면 지금은 다소 영리해졌다고나 할까. 적어도 마음의 평안은 찾았다고 할 수 있겠지. 이젠 불러만 준다면 네 마을에서 영원히 머물 준비가 돼 있어."

파벨이 대답했다. 니콜라이는 대답 대신 형을 꼭 끌어안았다.

그러나 이런 대화를 주고받고도 파벨이 자신의 생각을 행동으로 옮기기까지는 일 년 반이란 시간이 걸렸다. 그러나 일단 마리노 마을에 정착한 뒤로는 좀처럼 떠나지 않았다. 심지어 니콜라이가 아들과 함께 페테르부르크에서 보낸 세 번의 겨울 동안에도…….

그때부터 파벨은 독서에 매달리기 시작했다. 대부분 영어로 된 책을 읽었다. 그는 영국식 문화를 좋아했다. 근처에 사는 지주들과 어울리는 경우는 매우 드물었고, 투표하러 갈 때나 마차를 타고 외출을 하는 정도였다. 투표소에 가서도 대부분은 침묵을 지켰는데, 때때로 자유주의적인 언동을 해서 지주들을 놀라게 만들기도 했다. 그렇다고 새로운 세대를 대변하는 인물들과 가까이 지내는 것도 아니었다.

몇몇 사람들은 그를 오만하다고 비난했지만, 대개는 그의 귀족적인 태도를 존경했다. 그가 사람들의 존경을 받는 이유는 꽤 여러 가지가 있었다. 항상 멋지게 차려입고서 특급 호텔의 최고급 객실에 머문다거나, 프랑스 국왕 루이 필립(1848년 2월 혁명으로 왕위에서 밀려나 영국으로 망명했다.—옮긴이)이 마련한 만찬에서 웰링턴 장군(영국 군인이자 정치가로, 1815년 워털루 전투에서 프러시아군과 합동해 나폴레옹을 격퇴했다.—옮긴이)과 함께 식사한 적이 있다거나…….

그뿐이 아니었다. 여행을 할 때 진짜 은으로 만든 화장품 가방과 목욕통을 가지고 다닌다거나, 몸에서 언제나 '고결한' 향수 냄새가 난다거나, 카드 치는 솜씨가 보통이 아닌데도 내기에서는 항상 지기만 한다거나……. 이 모든 것이 흠잡을 데 없이 높은 품격을 증명한다는 것이다. 부인들은 우수에 젖은 그의 모습에 시시때때로 매혹됐지만, 그는 그런 것에 전혀 관심을 보이지 않았다.

마침내 아르카디가 이야기를 끝맺으면서 덧붙였다.

"이제 좀 알겠지, 바자로프? 자네가 우리 큰아버지에 대해 잘못 생각하고 있다는 걸 말이야! 이런 얘기까지 하고 싶진 않지만, 큰아버지는 가진 돈을 몽땅 털어서 우리 아버지를 곤경에서 구해 주신 적도 있어. 심지어 상속받은 영지를 두 분이 나누지도 않았는걸. 누구에게나 기꺼이 도움을 주고자 하시는 분이야. 게다가 항상 농민들 편에 서려고 하신다니까. 물론 그들과 얘기할 때면 얼굴을 찌푸리면서 향수에 연방 코를 대시긴 하지만."

"그렇겠지. 저리 신경이 예민하시니."

"어쨌든 마음만은 지고지순한 분이야. 결코 어리석은 분도 아니고. 내게 유익한 충고도 참 많이 해 주셨어. 특히 여자를 대하는 법 같은 것 말이야. 어쨌든 그런 분을 경멸하는 건 죄악이라고."

아르카디의 말에 바자로프가 반발했다.

"아니, 경멸이라니! 대체 누가 누구를 경멸한단 말인가? 난 그저 사랑이라는 카드 한 장에 인생을 걸었다가 실패하고서, 맥이 빠진 나머지 아무것도 할 수 없을 정도로 몰락한 남자라면……, 심하게 말해서 수컷도 아니란 생각이 들어. 자네는 그분이 불행하다고 했지? 물론 나보다야 자네가 그분을 더 잘 알겠지만, 내가 보기에 그분은 아직 어리석은 생각을 다 버리지 못했어. 《갈리냐니》 잡지를 읽고, 한 달에 한 번쯤 농민에게 매질을 면제해 주는 것만으로 자신이 아주 능력 있는 사람이라고 착각하고 있는 거겠지."

"그분이 받은 교육과 그분이 살아온 시대도 고려해 줘야지."

바자로프가 아르카디의 말을 낚아챘다.

"교육이라고? 사람은 스스로 배워야 하는 거야. 대체 시대라는 게 뭐야? 내가 왜 시대에 따라 좌우되어야 하지? 시대가 나를 따르도록 하는 편이 낫지 않나? 그런 것은 다 허망하고 타락한 이야기야! 대체 남녀 사이에 무슨 신비로운 관계가 있다는 거야? 우리 같은 자연과학자들의 눈에는 그게 어떤 관계인지 빤히 보이지. 자네도 해부학을 공부해 봐. 그러면 자네가 말한 공작 부인의 그 수수께끼 같은 눈빛이 어디서 나오는 것인지 알게 될 거야. 자네 큰아버님 이야기는 죄다 낭만주의야. 잠꼬대, 퇴폐, 예술이지. 그런 얘기는 집어치우고 물방개나 보러 가는 게 어때?"

두 친구는 바자로프의 방으로 향했다. 방 안에서는 소독약 냄새와 싸구려 담배 냄새가 뒤섞여 풍겨 나오고 있었다.

제 4 장

아버지의 여자

파벨은 동생이 관리인과 나누는 대화를 더는 듣고 있을 수가 없었다. 키가 크고 마른 관리인은 폐병 환자처럼 달착지근한 목소리에 교활한 눈매를 지니고 있었다. 그는 니콜라이의 모든 지적에 대해 연신 "아이고, 아닙니다. 잘 아시지 않습니까요?" 하고 대답했다. 그러면서 농민들을 모두 술주정뱅이에 도둑놈으로 몰아붙였다.

얼마 전에 새로 도입한 농사법은 마치 기름을 치지 않은 바퀴처럼 삐걱거렸고, 생나무로 만든 가구처럼 쩍쩍 갈라졌다. 니콜라이는 시시때때로 한숨을 내쉬거나 곰곰이 생각에 잠겨들었다. 돈 없이는 문제를 해결하기 힘들다는 것을 잘 알고 있지만, 손안의 돈은 이제 거의 다 떨어지고 없었다.

니콜라이가 경영난으로 머리를 쥐어짤 때마다, 파벨은 여러 차례에 걸쳐 기꺼이 돈을 내주었다. 그런데 지금은 파벨 역시 가진 게 아무것도 없었다. 차라리 자리를 피하는 것이 좋겠다는 생각이 들었다. 농장 일과 관련된 자질구레한 문제들이 그의 기분을 우울하게 했다. 게다가 니콜라이는 갖은 열성과 노력을 기울이고도 그만큼의 성과를 거두지 못하고 있었다. 그런데도 동생이 무엇을 잘못하고 있는지 지적할 능력이 없었다.

'니콜라이가 일을 아주 잘하는 것은 아니야. 뭔가에 속고 있어.'

그는 속으로 이렇게 중얼거렸다. 반면에 니콜라이는 형의 능력을 높이 평가하면서 언제나 조언을 구하고자 했다.

"저는 마음이 여리고 약해요. 평생 시골에서만 살아서 그런가 봐요. 하지만 형님은 많은 사람들을 겪어 봤으니까 사람에 대해 아주 잘 아시지요? 독수리처럼 매서운 눈매를 지니셨잖아요."

파벨은 이런 말을 들을 때마다 그저 얼굴을 돌릴 뿐 딱히 부정을 하지 않았다. 그는 니콜라이를 서재에 남겨 놓고 복도를 따라 걸어갔다. 그러다가 나지막한 문 앞에서 주저하듯이 멈춰 섰다. 콧수염을 잡아당기듯 매만지다가 방문을 똑똑 두드렸다.

"누구세요? 들어오세요."

페네치카의 목소리가 들려왔다.

파벨이 "나요!"라고 대답하며 문을 열었다. 아이를 안고 의자에 앉아 있던 페네치카는 파벨을 보고 깜짝 놀라 벌떡 일어났다. 그녀는 심부름하는 소녀에게 아이를 얼른 맡겼다. 소녀는 아이를 안고 방을 나섰고, 페네치카는 황급히 머릿수건을 고쳐 썼다.

"방해가 됐다면 미안하오. 부탁하고 싶은 것이 있어서. 오늘 시내에 심부름을 보낼 때, 내 녹차도 좀 사 오라고 해 줘요."

파벨은 그녀를 바라보지도 않고 말했다.

"잘 알겠습니다. 얼마나 사 오라고 하면 될까요?"

페네치카가 공손하게 물었다.

"오백 그램이면 충분할 것 같소. 아, 그런데 이 방의 모양이 지난번과 좀 다른 것 같군요. 저기 커튼도 걸려 있고."

그는 방 안을 둘러보며 페네치카의 얼굴을 흘깃 살폈다. 순간, 페네치카는 당황스런 표정을 지었다.

"예, 얼마 전에 니콜라이 페트로비치가 사 주었습니다."

"그렇군요. 이 방에 와 본 지가 오래돼서……. 이제 이 방도 꽤 그럴듯해졌군요."

"모두 니콜라이 페트로비치가 돌봐 준 덕분입니다."

페네치카가 속삭이듯 대답했다.

"전에 있던 곁채보다 여기가 훨씬 더 좋지요?"

파벨이 공손하게, 그러나 미소를 띠지 않은 얼굴로 물었다.

"예, 훨씬 좋습니다."

"그곳에는 지금 누가 머물고 있지요?"

"세탁부가 쓰고 있습니다."

"아!"

파벨은 더 이상 할 말을 찾지 못하고 입을 다물었다. 페네치카는 손가락을 만지작거리며 붙박인 듯이 서 있었다. 잠시 후, 파벨이 다시 입을 열었다.

"그런데 왜 아기를 데리고 나가게 했소? 난 아기를 좋아해요. 이리로 데려와 보라고 해요."

페네치카는 당황스럽기도 하지만, 한편으로는 기쁘기도 해서 얼굴이 발갛게 달아올랐다. 파벨을 내심 어려워하고 있는 데다, 그가 말을 걸어 온 적이 한 번도 없었기 때문이다.

"두냐샤, 미챠를 데리고 와요! 아니, 잠깐만! 아기 옷을 갈아입히고 데려와야겠습니다."

페네치카는 이렇게 말하고 문 쪽으로 황급히 움직였다.

"아니, 아무래도 괜찮소."

파벨이 말했다.

"금방 돌아오겠습니다."

페네치카는 이렇게 대답하고 재빠르게 문밖으로 나갔다.

혼자 남은 파벨은 방 안을 주의 깊게 살펴보았다. 크기는 작지만 아주 깨끗하고 아늑해 보였다. 벽 쪽에는 하프 모양의 등받이 의자가 나란히 놓여 있었다. 키르사노프 장군이 생전에 폴란드로 원정을 나갔을 때 사 온 것들이었다. 한쪽 구석에는 얇은 망사 커튼을 친 작은 침대가 있었고, 그 옆에는 뚜껑이 둥글고 몸체에 철띠를 두른 옷궤가 놓여 있었다.

그 반대편 구석에는 기적의 성자인 니콜라이 성상 앞에 촛불이 켜져 있었다. 창턱에는 지난해에 만든 잼을 담아 둔 병들이 꼼꼼하게 봉해진 채 진열돼 있었다. 병뚜껑에는 페네치카가 직접 커다란 글씨로 '잼'이라고 써 두었다. 니콜라이가 몹시 좋아하는 것이었다.

천장에 긴 끈으로 매달아 놓은 새장 속에는 짧은꼬리방울새 한 마리가 들어 있었다. 방울새가 쉴 새 없이 지저귀며 뛰어다니는 통에 새장이 연방 흔들리며 요동을 쳤다. 그 서슬에 모이로 준 삼씨가 톡톡 소리를 내며 자꾸만 마룻바닥에 떨어져 내렸다.

작은 서랍장 위쪽 벽에는 니콜라이의 사진들이 걸려 있었다. 오다가다 들른 사진사들이 찍어 준 것으로 조악하기 그지없었다. 페네치카의 사진도 하나 걸려 있었는데, 그것이야말로 진정 실패작이었다. 짙은 색 사진틀 속에 담긴 그 사진은 어색하게 웃는 듯한 표정만 있을 뿐, 얼굴 생김새조차 제대로 알아볼 수가 없었다. 페네치카 사진 위에는 가죽 망토를 걸친 예르몰로프 장군(러시아 장군이자 외교관으로, 카프카스 원정과 나폴레옹 전쟁 등에 참여했다.―옮긴이)이 위엄 있는 자세로 저 멀리 카프카스 산맥을 노려보고 있었다.

오 분가량 흘렀을까. 옆방에서 바스락거리는 소리와 속삭임이 들려왔다. 파벨은 서랍장에서 기름을 입힌 책을 한 권 꺼내 몇 페이지 들춰 보았다. 마살스키의 역사 소설《저격병》이었다.

그때 문이 열리면서 페네치카가 미챠를 품에 안고 들어왔다. 아기는 머리를 말끔히 빗어 넘긴 얼굴에, 소매를 레이스로 장식한 붉은 루바시카(남성용 블라우스로, 러시아의 전통 의상―옮긴이)를 입고 있었다. 건강한 아기들이 다 그렇듯, 숨을 쌕쌕 몰아쉬고 온몸을 버둥대며 사방으로 손을 내뻗었다.

"어이구, 이놈 봐라."

파벨이 환하게 웃으며 반기고는 집게손가락으로 미챠의 토실토
실한 턱살을 간질였다. 새장 속의 방울새에 눈이 가 있던 아기가 까
르르 웃어 대었다.

"미챠, 큰아버님이셔."

페네치카가 아기에게 얼굴을 가까이 대고 살짝 흔들면서 말했다.

"이제 몇 개월이지요?"

파벨이 묻자, 페네치카가 답했다.

"육 개월입니다. 열하루 뒤면 칠 개월이 됩니다."

그때 두냐샤가 스스럼없이 끼어들었다.

"팔 개월이 아니고요?"

페네치카가 두냐샤의 말을 곧장 바로잡았다.

"아니, 무슨 말이에요? 곧 칠 개월이에요."

아기가 활짝 웃으며 손가락으로 엄마의 코와 입술을 마구 움켜쥐
었다.

"이 장난꾸러기!"

페네치카는 얼굴을 피하지 않고 환하게 웃음을 지으며 말했다.

"내 동생을 많이 닮았군요."

파벨은 혼잣말하듯 중얼거리고는, 왠지 슬픈 표정으로 페네치카
를 물끄러미 바라보았다. 그녀는 아기에게 거듭 속삭였다.

"큰아버님이셔."

그때였다. 갑자기 방 안에 니콜라이의 목소리가 울려 퍼졌다.

"아, 형님, 여기 계셨군요!"

파벨은 급히 뒤를 돌아보고는 얼굴을 찌푸렸다. 하지만 기쁨에 차 있는 동생의 얼굴을 보고 미소로 답하지 않을 수가 없었다.

"아기가 참 잘생겼어. 차를 좀 사다 달라고 부탁하러 왔다가……."

파벨은 이렇게 말하고 나서 시계를 보더니 곧바로 방을 나섰다.

"직접 찾아오신 건가?"

니콜라이가 페네치카에게 물었다.

"예, 방문을 두드리고 들어오셨어요."

"그렇군. 아르카디는 그 후로 다시 오지 않았지?"

"오지 않았어요. 제가 곁채로 다시 옮겨 가야 하지 않을까요?"

"그건 또 왜?"

"왠지 그게 나을 것 같아서요."

니콜라이는 이마를 문지르며 더듬거렸다.

"음……, 아니. 이제 와서 새삼스레 그럴 필요까지야……. 잘 잤니, 요 뚱보야?"

그는 활기 띤 얼굴로 아기에게 다가가 뺨에 입을 맞췄다. 그리고 조금 더 몸을 숙여서 미챠의 붉은 루바시카를 감싸고 있는, 우유처럼 하얀 페네치카의 손에 살며시 입술을 가져다 댔다.

"아이, 뭐 하시는 거예요!"

페네치카는 나지막이 속삭이며 눈을 내리감았다가 다시 살짝 치떴다. 그리고 부드러운 미소가 담긴 눈으로 니콜라이를 은근히 바라보았다.

니콜라이가 페네치카와 알게 된 사연은 이랬다. 삼 년 전쯤, 니콜라이는 먼 도시의 여관에서 하룻밤을 묵게 되었다. 그는 안내받은 방이 너무나 깨끗하고 침구가 청결해서 기분이 사뭇 좋았다.

주인 여자는 쉰 살가량 된 러시아 여인이었다. 정갈한 옷차림은 물론, 품위 있고 지적인 얼굴에 말씨 또한 격조가 있었다. 니콜라이는 그녀가 아주 마음에 들어서 차를 마시며 이야기를 나누었다. 그 무렵, 니콜라이는 새 저택으로 막 이사한 뒤여서 일꾼을 찾고 있는 중이었다. 여주인은 손님이 줄어 살기가 팍팍하다고 푸념을 늘어놓았다. 니콜라이는 그녀에게 자기 집에 와서 가정부로 일하지 않겠느냐고 제안했다. 그녀의 남편은 딸 하나만 남기고 죽은 지 오래라 했다. 그 딸이 바로 페네치카였다.

이 주일 뒤, 아리나 사비시나(다들 새로운 가정부를 이렇게 불렀다.)는 딸과 함께 마리노 마을로 와서 곁채에 머물기 시작했다. 니콜라이의 선택은 훌륭했다. 아리나는 집안의 질서를 잡아 가기 시작했다. 당시 열일곱 살이던 페네치카에 대해서는 아무도 주목을 하지 않았다. 그녀는 바깥에 모습을 드러내는 일조차 드물었다. 니콜라이는 일요일이나 교회 한쪽 구석에서 그녀의 하얀 옆얼굴을 언뜻언뜻 볼 수 있을 뿐이었다. 그렇게 일 년 남짓한 세월이 흘렀다.

어느 날 아침, 아리나가 서재로 찾아와 평소와 다름없이 정중하게 인사를 하고는 부탁이 하나 있다고 말했다. 벽난로에서 불꽃이 튀어 딸의 눈에 들어갔는데, 도와줄 수 있겠느냐는 것이었다. 니콜라이는 여느 지주들처럼 간단한 응급 처치를 할 줄 알았다. 그리고 마침 집에 구급약을 갖추고 있었다. 그는 아리나에게 즉시 환자를 데려오라고 했다. 페네치카는 주인 나리가 부른다는 소리에 깜짝 놀라 쩔쩔맸지만, 결국 어머니 뒤를 따라 집 안으로 들어갔다.

니콜라이는 그녀를 창가로 데려가서 두 손으로 머리를 잡고 염증으로 빨갛게 부어 오른 눈을 자세히 살펴보았다. 그리고 찜질 세척을 해야 한다고 이르고는 자기 손수건을 잘라서 찜질하는 법을 가르쳐 주었다. 페네치카가 설명을 듣고 막 일어서서 나가려 할 때였다.

"나리 손에 입을 맞춰야지, 이 미련한 것아……."

아리나가 딸에게 야단을 쳤다. 니콜라이는 선뜻 손을 내밀지 못하고 주저하다가, 고개 숙인 페네치카의 머리에 입을 맞췄다.

페네치카의 눈은 곧 나았지만, 그녀의 인상은 니콜라이의 머릿속에서 쉽게 지워지지 않았다. 겁먹은 듯이 머뭇머뭇하며 자기를 올려다보던 페네치카의 얼굴이 내내 어른거렸다. 부드러운 머릿결의 감촉 또한 손바닥에 오래도록 남아 있었다. 조금 벌어진 두 입술 사이로 햇빛을 받아 진주처럼 빛나던 치아도 눈앞에 선했다. 교회에서 그녀를 만날 때마다 눈길이 향하는 것을 어쩔 수가 없었다. 어떻게든 말을 한번 건네 보고 싶었다.

처음 한동안 페네치카는 그를 피하는 듯이 보였다. 한번은 해질 무렵에 호밀밭 사이의 좁다란 샛길에서 둘이 마주치게 되었다. 그녀는 니콜라이를 피하려고 쑥부쟁이와 수레국화가 무성하게 뒤엉킨 호밀밭 속으로 급히 들어갔다. 조그만 들짐승처럼 누런 호밀 이삭 사이로 이쪽을 살피고 있는 페네치카의 작은 머리를 본 니콜라이는 웃음을 참으며 소리쳤다.

"안녕, 페네치카! 난 절대로 잡아먹지 않아요."

"안녕하세요?"

페네치카는 숨은 채로 나지막이 인사를 건넸다.

그 후로 페네치카는 조금씩 그에게 알은척을 했지만, 그 앞에 나설 때는 여전히 수줍어했다.

그런데 어느 날 갑자기 아리나가 콜레라로 숨을 거두고 말았다. 이제 페네치카는 의지할 사람이 없었다! 제 어머니를 닮아 깔끔한 것을 좋아하고 생각은 깊었으며 행동거지가 반듯했지만, 아직 젊은 데다가 몸 붙일 곳 없는 외로운 처지였다. 니콜라이 역시 선량하고 겸손한 사람이었다. 그러니 더 이상의 설명이 필요가 없었다.

바로 그날, 바자로프도 페네치카와 인사를 나누었다. 아르카디와 함께 정원을 거닐면서 왜 참나무가 뿌리를 잘 내리지 못하는지를 설명하던 참이었다.

"이곳에는 포플러 나무를 좀 더 심는 게 좋겠어. 전나무나 보리수 같은 것도 괜찮겠고. 저기 정자 주변의 나무들은 뿌리를 잘 내렸거든. 아카시아나 라일락 같은 건 생명력이 강해서 애써 돌보지 않아도 잘 자라지. 그런데 저기 누가 있는 것 같은데?"

페네치카가 미챠를 데리고 나와 두냐샤와 정자에 앉아 있었다. 바자로프가 그들을 보고 걸음을 멈추자, 아르카디는 오래 알고 지낸 사이처럼 페네치카를 향해 가볍게 고개를 숙여 보였다.

"누군가? 아주 괜찮아 보이는데!"

바자로프는 그들을 지나치자마자 아르카디에게 물었다.

"누구 말이야?"

"몰라서 묻나? 괜찮은 여자는 딱 한 명뿐이었잖아."

아르카디는 잠시 머뭇거리다가, 페네치카에 대해 짤막하게 알려 주었다.

"하하! 과연 자네 아버님은 눈이 높으셔. 보통 분이 아니신걸. 그건 그렇고, 인사라도 해야 하지 않나?"

바자로프는 이렇게 말하고는 곧장 뒤돌아서 정자 쪽으로 성큼성큼 걸어갔다.

"바자로프! 아직 그건……."

아르카디가 깜짝 놀라서 뒤쫓아 가며 소리쳤다.

"걱정 마. 우리가 촌사람도 아니고……. 이래 봬도 도시물을 꽤 먹었잖아."

바자로프는 페네치카에게 다가가 모자를 벗고 정중하게 인사를 건넸다.

"처음 뵙겠습니다. 아르카디의 친구입니다."

페네치카는 자리에서 일어나 말없이 그를 바라보았다. 바자로프가 말을 이었다.

"아기가 아주 예쁘군요! 그런데 뺨이 왜 이리 빨갛지요? 이가 나고 있나요?"

"예, 이가 네 개 났는데 또 잇몸이 붓기 시작했어요."

페네치카가 걱정스런 얼굴로 대답했다.

"어디 좀 볼까요? 아, 걱정 마세요. 난 의사예요."

바자로프가 아기를 받아 안았다. 신통하게도 아기는 조금도 싫은 기색을 보이지 않았다.

"어디 보자. 괜찮군요. 정상이에요. 혹시라도 무슨 일이 있거든 언제든 불러도 돼요. 아기 어머니도 별 탈 없지요?"

"예, 건강합니다."

"다행입니다. 그쪽도요?"

바자로프가 두냐샤를 바라보며 물었다. 두냐샤는 집 안에서는 아주 얌전했지만, 문밖에만 나오면 곧잘 웃음을 터뜨렸다. 이번에도 푸르르 웃음으로 답했다.

"다들 참 다행입니다. 자, 여기 장군님을 돌려 드리지요."

페네치카가 아기를 받아 안더니 나지막한 목소리로 말했다.

"어쩜 이리도 얌전히 있는지 모르겠네요."

"나한테 오면 아기들이 다 얌전해져요. 나만의 비결이 있거든요."

바자로프가 웃으며 말했다.

"아기들은 누가 절 사랑하는지 다 안대요."

두냐샤가 한마디 거들었다.

"정말 그런가 보네요. 우리 미챠도 낯을 많이 가려서 다른 사람에게는 통 가지를 않거든요."

페네치카도 맞장구를 쳤다.

"그럼 제게도 오겠지요?"

조금 멀찍이 서 있던 아르카디가 다가오며 말했다. 그가 손을 내밀어 미챠를 안으려 하자, 머리를 뒤로 젖히며 금세 울음을 터트렸다. 그러자 페네치카가 몹시 난처한 표정을 지었다.

"난 다음에 낯이 좀 더 익으면 안아 줄게."

아르카디는 이렇게 말하고는 발길을 돌렸다.

두 청년은 곧 그곳을 떠났다.

"그분 이름이 뭐랬지?"

바자로프가 물었다.

"페네치카……."

아르카디가 대답했다.

"그분은 사람을 가리지 않아서 마음에 드는걸. 하긴 뭐, 괜히 어색해할 필요가 있어? 아기 어머니인데 뭐가 문제 되겠어?"

"그야 그렇지만, 우리 아버지는……."

바자로프가 아르카디의 말을 가로막았다.

"자네 아버님도 문제 될 건 없지."

"아니, 난 생각이 좀 달라."

"그래, 알 만해. 재산 상속 문제가 걸려 있다는 거지?"

"아니, 나를 그따위 생각이나 하는 사람으로 본단 말이야? 나는 단지 아버지가 정식으로 결혼식을 올려야 한다는 생각이 들었을 뿐이야."

아르카디가 발끈하며 화를 냈다.

"오호! 정말 관대한 생각인걸. 그런데 자네는 결혼에 너무 큰 의미를 부여하고 있어."

두 청년은 입을 다문 채 얼마쯤 더 걸어갔다.

바자로프가 다시 입을 열었다.

"자네 아버님 농장을 내가 좀 둘러보니까, 가축도 형편없고 말들도 정상이 아니야. 시설은 엉망이고 일꾼들은 천하의 게으름뱅이들뿐이고. 관리인은 바보 아니면 사기꾼일 텐데, 아직은 어느 쪽인지 모르겠어."

"바자로프, 오늘 상당히 까탈스러운데?"

"설사 지금은 선량한 농부라 해도, 머지않아 자네 아버님을 속여먹을걸. '러시아 농민은 신도 삼켜 버린다.'는 말 알지?"

"난 왠지 자꾸 큰아버지 생각에 동의하게 되네. 자네는 러시아 인들에 대해 뭔가 잘못 생각하고 있는 것 같아."

"그게 뭐가 문제야? 자기 비하를 잘한다는 거? 그게 러시아 인의 유일한 장점이지. 중요한 건 2 곱하기 2는 4라는 거야. 그 밖의 것은 다 쓸데없지."

"자연도 쓸데없나?"

아르카디는 곰곰이 생각에 잠긴 채 알록달록하게 펼쳐진 들판을 바라보았다. 들판은 저물어 가는 햇살을 받으며 아름답고 부드럽게 빛나고 있었다.

"자네 식으로 보자면 자연도 쓸데없지. 자연은 신전이 아니라 공장이야. 사람은 거기서 일하는 노동자고."

바로 그 순간, 저택에서 첼로 소리가 나직하게 들려왔다. 슈베르트의 〈기다림〉이었다. 능숙한 솜씨는 아니었지만, 풍부한 감성이

담긴 연주였다. 달콤한 멜로디가 꿀물처럼 달콤하게 하늘로 퍼져
갔다.

"누구지?"

바자로프가 놀라워하며 물었다.

"아버지."

"자네 아버님이 첼로를 켜신다고?"

"응."

"아버님 연세가 어떻게 되시지?"

"마흔넷."

바자로프는 느닷없이 크게 웃음을 터트렸다.

"뭐가 그리 우스운데?"

"생각해 봐! 나이 마흔넷에 한 집안의 가장이…… 이런 시골에
서…… 첼로를 켜고 있다니!"

바자로프는 웃음을 멈추지 못했다. 그러나 아르카디는 스승처럼
떠받들던 친구 앞에서 이번에는 미소를 지을 수가 없었다.

제 5 장

세대 차이

이 주일가량이 지났다. 마리노 마을에서의 생활은 그럭저럭 흘러 가고 있었다. 아르카디는 하는 일 없이 빈둥거렸고, 바자로프는 연구에 매달렸다.

그사이에 집안사람들은 바자로프에게 익숙해졌다. 격의 없는 태도나 불쑥불쑥 내던지는 말투에 어느 정도 길들여졌다. 특히 페네치카는 바자로프와 아주 친밀해져서, 미챠가 경련을 일으킨 날 밤에는 사람을 보내 그를 깨우기도 했다. 한밤중에 일어난 바자로프는 아무렇지도 않다는 듯이 하품을 하며 두 시간여 가까이 아기를 돌봐 주었다.

반면에 파벨은 바자로프를 몹시 미워했다. 그는 바자로프를 오만 불손하고 뻔뻔한 독설가에 천하의 몹쓸 무뢰한이라 생각했다. 바자로프가 감히 자신을 존중하지 않을 뿐만 아니라, 심지어 경멸하고 있다는 의심을 거두지 않았다. 니콜라이는 이 젊은 허무주의자를 존중하면서도 혹시나 아르카디에게 좋지 않은 영향을 끼치지는 않을지 내심 걱정을 했다. 그래도 바자로프의 말을 기꺼이 경청하고, 물리나 화학 실험에도 즐겨 참여했다. 바자로프가 가지고 온 현미경에 몇 시간이고 꼼짝없이 매달려 있기도 했다.

하인들은 바자로프가 막 대해도 자신들의 상전이 아니라는 생각에 친근하게 굴었다. 두냐샤 역시 바자로프와 시시덕거리기를 좋아했다. 메추라기 새끼처럼 그의 옆을 달려 지나가며 곁눈질로 의미심장하게 바라보곤 했다. 표트르는 자존심이 하늘을 찌르지만 좀 아둔한 편이었다. 구태여 장점을 찾는다면 태도가 점잖고, 더듬거리긴 하지만 글자를 읽을 줄 안다는 것 정도였다. 그도 바자로프가 말을 걸면 금세 얼굴이 환해지면서 히죽거렸다. 하인의 자식들도 강아지처럼 바자로프 뒤를 졸졸 따라다녔다.

다만 늙은 프로코피치만이 그를 못마땅하게 여기고 있었다. 그래서 식탁에서 시중을 들 때마다 아주 마뜩잖은 표정을 짓곤 했다. 심지어 바자로프를 '백정'이나 '협잡꾼'으로 부르는가 하면, 구레나룻을 기른 모습이 영락없는 덤불 속의 돼지 같다고도 했다. 프로코피치는 저 나름대로 파벨 못지않게 귀족주의자였던 것이다.

마침내 일 년 중 가장 좋은 시절인 유월이 찾아왔다. 화창한 날씨가 계속됐다. 멀리서 콜레라가 번진다는 소식이 들려오긴 했지만, 이 지역 사람들은 그런 일에 이미 만성이 돼 있어서 별로 관심을 두지 않았다. 바자로프는 아침마다 일찍 일어나 이삼 킬로미터 밖까지 걸어가곤 했는데, 딱히 산책을 하려는 의도는 아니었다. 목적 없는 산책 따위는 질색인 그가 그렇게 나돌아 다니는 것은 풀이나 곤충을 채집하기 위해서였다. 가끔 아르카디도 동행을 했는데, 돌아오는 길에는 늘 논쟁이 벌어졌다. 그때마다 아르카디는 바자로프보다 말을 더 많이 하고도 항상 지기만 했다.

그들의 외출이 평소보다 길어진 어느 날, 니콜라이는 기다리다 못해 정원으로 나가 정자 근처를 서성거렸다. 그런데 갑자기 빠른 발걸음 소리가 나더니, 두 청년의 목소리가 들려왔다. 그 둘은 정자 너머에서 걷고 있어서 니콜라이의 모습을 미처 보지 못했다.

"자네는 우리 아버지를 아직 잘 몰라."

아르카디의 목소리였다. 니콜라이는 숨을 죽였다.

"아니, 아주 좋은 분이시지만 시대에 뒤처진 건 맞잖아. 그분의 무대는 이제 끝났다고."

바자로프가 소리쳤다. 니콜라이는 귀를 기울였지만, 아르카디는 더 이상 아무 말도 하지 않았다.

'시대에 뒤처진 사람'은 이 분여 동안 꼼짝없이 서 있다가 맥 빠진 걸음걸이로 천천히 발걸음을 옮겼다. 집으로 향하는 동안에도 바자로프의 목소리는 계속 들려왔다.

"그저께 보니까 푸시킨을 읽고 계시더라고. 제발 그런 건 아무짝에도 쓸데없다고 말씀 좀 드리게. 어린애도 아니고, 이젠 그런 터무니없는 취향과는 작별하셔야지. 요즘 세상에 낭만주의자라니! 뭔가 좀 실용적인 걸 읽으시라고 해."

"이를테면 어떤 거?"

"우선 루트비히 뷔히너의《힘과 물질》같은 게 좋겠지."

"그래,《힘과 물질》은 쉽게 씌어진 책이니까……."

아르카디는 순순히 동의했다.

그날 점심 식사를 마친 후, 니콜라이는 형의 서재에 앉아서 어렵사리 말을 꺼냈다.

"어느새 우리가 시대에 뒤처진 사람이 되고 말았어요. 우리 무대는 막을 내렸다는 거지요. 뭐 어쩌겠어요? 그건 바자로프 말이 맞을지도 몰라요. 사실 마음 아픈 점이 하나 있긴 하지만요. 전 이번에 아르카디하고 함께 지내면서 친해지고 싶었거든요. 그런데 저는 계속 이 뒤에 있고, 그 애는 저만치 앞으로 가 버려서…… 서로 이해할 수 없는 지경이 되고 말았네요."

파벨은 더 이상 참을 수 없다는 듯 소리를 버럭 질렀다.

"아니, 그 애가 왜 저만치 앞에 가 있다는 건가? 아르카디가 어떤 점에서 우리와 그렇게 다르다는 거지? 저 허무주의자라는 돼먹지 못한 나리께서 그 애를 세뇌시킨 거야. 꼴도 보기 싫은 돌팔이 의사 나부랭이 같으니라고! 내가 보기에 그 녀석은 사기꾼에 불과해. 개구리 따위를 잡아다가 무슨 수작을 부리려는 건지, 원."

"형님, 그렇게 말씀하시면 안 돼요. 바자로프는 영리한 청년이고, 그 분야에 대해 많은 걸 알고 있어요."

"게다가 그 구역질나는 오만함이라니!"

"예, 오만한 것은 맞아요. 그러지 않을 수가 없겠지요. 다만 제가 납득할 수 없는 건 말이지요. 저도 나름대로 시대에 뒤떨어지지 않으려고 노력할 만큼 했다는 겁니다. 농민들의 생활 대책을 세워 주기도 하고 농장도 일으켰잖아요. 심지어 이 지역에서는 날 두고 혁신적이라고까지 말하지 않습니까? 독서도 하고 공부도 해서, 어떻게든 현대적인 수준을 따라가려고 노력했는데……. 제 무대가 끝났다니요? 그런데 형님, 이제 저 스스로도 제 무대가 완전히 끝났다는 생각이 드네요."

"왜 그렇게 생각하지?"

"제가 푸시킨을 읽고 있었어요. 《집시》였던 것 같은데요……. 갑자기 아르카디가 와서 아무 말 없이 책을 슬쩍 빼앗는 겁니다. 그러고는 제 앞에 다른 책을, 그것도 독일어 책을 내려놓고는 씩 웃으며 나가더라고요. 푸시킨 책은 가져가고 말입니다."

"저런! 그래, 어떤 책을 주고 갔나?"

"바로 이겁니다."

니콜라이는 코트 주머니에서 책을 꺼냈다. 뷔히너의 《힘과 물질》이었다. 파벨은 책을 받아 들고 이리저리 살펴보더니 신음을 내뱉었다.

"흠! 아르카디 선생께서 자네 교육에 관심이 많은 모양이네. 그래서 좀 읽어 보았나?"

"예, 조금."

"그래, 어떻던가?"

"제가 멍청한지, 이 책이 엉터리인지 모르겠어요. 분명 제가 멍청한 것이겠지요?"

"독일어 실력이 녹슨 건 아니고?"

파벨이 물었다.

"독일어를 읽을 줄은 알아요."

파벨은 책을 다시 들춰 보고는 동생을 힐끗 바라봤다. 둘 다 잠시 동안 입을 다물고 있었다.

"참, 콜랴진에게서 편지가 왔습니다."

니콜라이가 화제를 바꾸려는 듯 입을 열었다.

"마트베이 일리치에게서?"

"예, 시찰차 ○○○현에 왔답니다. 이제 높은 자리에 올랐다며, 그래도 친척이라고 우리를 만나고 싶다네요. 형님을 모시고 아르카디랑 시내로 좀 나오라는군요."

"갈 생각인가?"

파벨이 물었다.

"아니요, 형님은요?"

"나도 가고 싶은 마음이 없네. 뭐 먹을 게 있다고 오십 킬로미터나 되는 거리를 꾸역꾸역 가겠어? 마트베이 그자는 제 잘난 모습을 자랑하고 싶어서 그러는 거야! 겨우 3등관 주제에 뭐 그리 잘났다고! 내가 옷을 벗지만 않았다면 지금쯤 시종무관장은 됐을 거다. 그러나저러나 우리가 시대에 뒤떨어진 사람이라 이거지?"

"그래요, 형님. 이제 관이라도 짜 놓고 가만히 누워 있어야 하나 봅니다."

니콜라이는 한숨을 푹 쉬었다. 그걸 보고 파벨이 중얼거렸다.

"아니야, 난 그렇게 쉽게 물러나지 않을 거야. 그 돌팔이하고 한판 붙는 날이 올 테지만."

'한판'은 바로 그날 저녁에 차를 마시면서 벌어졌다. 파벨은 미리 전투 태세를 갖추고 응접실로 내려왔다. 그리고 적을 향해 덤벼들 기회를 틈틈이 노렸다. 하지만 기회는 생각처럼 쉽게 찾아오지는 않았다.

바자로프는 '키르사노프 노인들'(그는 두 형제를 이렇게 불렀다.) 이 있는 자리에서는 보통 말을 많이 하지 않았다. 더구나 그날 저녁 에는 기분이 별로 좋지 않아서 말없이 찻잔만 기울이고 있었다. 파 벨은 초조하게 혼자 이를 갈고 있었다. 그러다 마침내 고대하던 순 간이 찾아왔다.

이웃에 사는 지주에 대한 이야기가 나왔을 때였다.

"한마디로 건달이죠, 귀족입네 하는……."

페테르부르크에서 그 지주와 마주친 적 있는 바자로프가 무심하 게 한마디 내뱉었다. 그때 파벨이 떨리는 입술로 말을 건넸다.

"질문을 한 가지 해도 되겠나? 자네가 말한 '건달'과 '귀족'을 같 은 뜻으로 받아들여도 되겠나?"

"저는 그냥 '귀족입네.' 한다고 했습니다만."

바자로프가 느릿느릿 차를 한 모금 마시면서 대답했다.

"분명히 그렇게 말했지. 하지만 나는 자네가 귀족들을 '귀족입네.' 하는 사람들과 똑같이 보고 있다고 생각하네만. 어쨌든 나는 그런 생각에 동의할 수 없네. 사람들은 나를 자유주의적이고 진보적인 사람이라고들 하지. 나는 그런 사람이기 때문에 귀족들, 즉 진정한 귀족들을 존경하고 있네. 의사 나리, 잘 생각해 보게나."

파벨은 끓어오르는 분노를 삭이듯 말을 계속했다.

"영국 귀족들은 말이야. 자신들 권리를 내세우는 동시에 다른 사람들의 권리를 존중하지. 그들은 자신에 대한 의무를 다하기를 요구하고, 또 그만큼 자신들의 의무를 다한다네. 귀족 계급은 영국에 자유를 가져왔지. 의사 나리, 자신의 장점에 대한 이해 없이는, 자기 자신에 대한 존중 없이는 그 어떤 토대도, 그러니까 사회라는 건물의 토대도 존재할 수 없다는 거네. 의사 나리, 개인은 아주 중요하네. 인간 개인이란 그 위에 모든 것을 세울 수 있는 바위처럼 굳건해야만 하거든. 나는 자네가 내 습관이나 옷차림, 결벽성을 우습게 여긴다는 걸 잘 알고 있어. 내 비록 이런 시골 촌구석에 묻혀 살고 있지만, 품격을 잃지 않으려고 항상 노력하고 있네."

"큰아버님은 지금 스스로를 존중하느라 팔짱을 끼고 앉아 계시는 건가요? 거기에서 개인을 위한 무엇을 찾을 수 있다는 겁니까? 큰아버님이 자신을 존중하지 않는다 해도 결과는 마찬가지가 아닐까요?"

바자로프가 발끈하며 말했다. 그러자 파벨의 안색이 순식간에 창백해졌다.

"그건 전혀 별개의 문제야. 내가 지금 팔짱을 끼고 앉아 있는 이유를 자네에게 꼭 설명해야 할 필요는 없을 것 같네. 내가 말하고 싶은 것은 귀족주의가 하나의 원칙이라는 거야. 우리 시대에 원칙 없이 사는 사람은 비도덕적이거나 쓸모없는 인간들뿐이라는 거지. 안 그런가, 니콜라이?"

"귀족주의, 자유주의, 진보, 원칙."

바자로프는 한 단어씩 곱씹어 내뱉고는 말을 이었다.

"외국에서 들여온 쓸데없는 관념어가 왜 이리 많죠? 러시아 인에게 그런 단어들은 아무짝에도 쓸모가 없습니다."

"그러면 자네는 무엇이 필요한가? 자네 말을 듣고 있자면 우리는 인류도 아니요, 인류의 법칙들도 모르는 사람들 같구먼. 천만에, 역사의 논리는……."

"그 논리라는 게 대체 뭡니까? 그런 것 없이도 우린 잘 삽니다."

"아니, 어떻게 그럴 수 있나?"

"배가 고프면 큰아버님도 분명 빵 조각을 입으로 가져가시겠지요? 거기에 무슨 논리가 필요합니까? 그런 추상적인 단어들이 무슨 소용이 있어요?"

파벨은 황급히 손을 내저었다.

"난 자네 말을 도저히 이해할 수가 없네. 자네는 러시아 인들을 모욕하고 있어. 원칙이나 법칙을 어떻게 인정하지 않을 수가 있나? 그럼, 자네는 도대체 무엇을 위해서 살아가는가?"

"큰아버지, 제가 이미 말씀드렸잖아요. 저희는 권위를 인정하지 않는다고요."

그때 아르카디가 끼어들었다.

"유익하다고 인정하는 것들을 위해 삽니다. 오늘날 가장 유익한 것은 부정(否定)이지요. 그래서 지금 부정하고 있는 겁니다."

바자로프가 말했다.

"모든 걸 말인가?"

"예, 모든 걸요."

"어떻게 그럴 수가? 예술과 시뿐만 아니라……. 아니, 말하기도 두렵네만……."

"모든 것을요."

바자로프는 차분하게 다시 말했다. 파벨은 그에게서 눈을 떼지 못했다. 이렇게까지 나오리라고는 미처 생각지 못했기 때문이다. 아르카디는 흡족한 마음에 얼굴까지 벌겋게 상기되었다.

니콜라이가 입을 열었다.

"자네는 모든 것을 부정한다고 하는데, 정확히 말하자면 파괴라고 하는 게 맞겠지……. 하지만 건설도 해야 하는 것 아닌가?"

"그건 저희가 해야 할 일이 아니지요……. 우선 깨끗이 청소를 해야 하니까요."

"민중의 삶이 그걸 요구하고 있어요. 저희는 그 요구를 수행해야 해요. 개인적 이기주의에 빠져 있을 권리가 없거든요."

바자로프의 말이 끝나자마자, 아르카디가 엄숙한 표정으로 덧붙였다.

그런데 아르카디의 마지막 말이 바자로프의 귀에 거슬린 모양이었다. 뭔가 철학의 냄새가, 그러니까 낭만주의의 냄새가 풍겼기 때문이다. 바자로프는 철학을 낭만주의라고 불렀다. 하지만 그는 아직 미숙한 제자를 질책할 필요까지는 느끼지 못했다.

파벨이 갑자기 소리를 버럭 질렀다.

"그건 아니지! 자네들은 러시아 사람의 요구와 욕구를 제대로 대변하고 있지 않아! 러시아 사람은 자네들이 생각하는 그런 민족과 달라. 무엇보다 전통을 성스럽게 여기고 또 가부장적이지. 신앙심 없이는 하루도 살 수가 없는……."

"그 말씀에 반대하지는 않겠습니다. 옳은 말씀이라고 생각하고, 충분히 동의할 수 있습니다."

바자로프가 파벨의 말을 가로막았다.

"그래, 내 말이 옳다면……."

"그렇다 해도 그것이 증명하는 것은 아무것도 없습니다."

"네, 아무것도 증명하지 못합니다."

아르카디는 자신만만한 목소리로 바자로프의 말을 반복했다. 마치 노련한 체스 기사가 상대편 말이 아슬아슬한 행보를 보이고 있다고 확신할 때와 같이 당당한 어투였다.

파벨은 깜짝 놀란 얼굴로 되물었다.

"어째서 아무것도 증명하지 못한다는 건가? 자네들은 자기 민족을 적대시하겠다는 건가?"

바자로프가 목소리를 높였다.

"설사 그렇다고 한들 뭘 어쩌겠습니까? 천둥이 칠 때마다 사람들은 예언자 엘리야가 마차를 타고 하늘을 내달리는 것이라고 생각하지요. 그런 생각에 제가 기꺼이 동의해야 합니까? 게다가 러시아 사람들이 죄다 그렇다고 하시면, 저는 러시아 인이 아니란 말씀인가요?"

"지금까지 말한 내용으로 보아서 자네는 러시아 인이라고 할 수 없어. 나는 자네를 러시아 인으로 인정할 수가 없네."

바자로프는 마치 위에서 내려다보듯이 오만한 태도로 대답했다.

"제 할아버지도 농사를 지으셨습니다. 이 집에서 일하는 농민들 중 아무나 붙잡고 저와 큰아버님 가운데 누가 더 러시아 사람 같은지 물어보시죠. 큰아버님은 아마도 그들과 말 한마디 나누실 줄 모를 겁니다."

"하지만 자네는 그들과 이야기를 나누면서 동시에 경멸하겠지."

"경멸받을 만한 일을 했다면 당연히 경멸받아야지요! 큰아버님은 제 사상을 자꾸 비난하시는데, 제 사상에 아무 근거가 없다고 누가 단언할 수 있습니까? 큰아버님이 내세우시는 민족정신이 제게는 없다고 누가 단정지을 수 있나요?"

"나 원! 허무주의자가 참 필요하기도 하겠구먼!"

"필요하고 안 하고는 스스로 판단할 문제가 아니지요. 큰아버님도 스스로를 쓸모없는 존재라고 생각하지는 않으실 것 아닙니까?"

"자, 자, 여러분! 제발 인신 공격성 발언은 삼갑시다."

니콜라이가 이렇게 소리치며 일어섰다. 파벨은 미소 띤 얼굴로 동생의 어깨에 손을 얹어 다시 자리에 앉혔다.

"걱정하지 않아도 돼. 나는 저 의사 선생의 인품이 다른 사람을 가차 없이 비웃을 수 있는 수준이라는 사실을 잊지 않을 테니까."

그리고 바자로프를 바라보며 말을 이었다.

"그런 주장이 새롭다고 생각하나? 천만의 말씀이네. 자네가 지금 설교하는 '유물론'이란 것은 한두 번 유행한 게 아니야. 게다가 그때마다 늘 근거가 없는 것으로……."

"또 관념어를 꺼내시는군요! 저는 아무것도 설교하지 않습니다. 그런 습성을 가지고 있지 않거든요."

바자로프가 말허리를 끊었다. 그도 서서히 화가 나기 시작하는지, 안색이 구릿빛으로 변해 갔다.

"그러면 뭘 한다는 건가?"

"바로 얼마 전의 일을 말씀드리자면, 저희는 우리나라 관리들이 뇌물을 챙겨 먹고 있다는 사실을 지적했습니다. 그리고 우리나라에는 제대로 된 도로도, 상업도, 재판도 없다는 사실을 알렸지요."

"아, 그래그래. 그러니까 자네들은 고발자라는 거지? 자네들이 지금껏 한 고발에는 나도 대부분 동의하네. 하지만……."

"하지만 이 나라의 곪아 터진 종기에 대해 입으로만 떠들어 대는 것은 아무짝에도 쓸데가 없다고 생각합니다. 그저 천박한 독단으로 나아가는 것일 뿐이죠. 결국 이 나라 지성인들, 즉 소위 진보적이라고 불리는 사람들도 쓸모가 없다는 사실을 깨달았습니다. 고발자들도 마찬가지입니다. 예술이니, 무의식적 창조니, 의회 정치니 하면서 쓸데없는 일에 사로잡혀 떠들어 대고 있다는 것을 자각했기 때문입니다. 그따위 것이 다 무슨 소용입니까? 당장 먹어야 할 빵이 문제인데요. 조잡하기 짝이 없는 미신이 숨통을 조이고, 회사는 하나둘 무너져 가고, 농민들은 술값이 될 만한 것이면 뭐든지 끌고 나가 술집에 처박힌 채 정신이 빠질 때까지 마셔 대는, 이런 판국에 말입니다."

파벨이 바자로프의 말허리를 잘랐다.

"그래, 자네는 그런 확신에 차 있기 때문에 이제 그 무엇도 진심으로 받아들일 수 없다는 거로군."

"예, 그 무엇도 받아들이지 않기로 결심했지요."

바자로프가 침울한 목소리로 대답했다. 그는 왜 자신이 이 시골 지주 앞에서 핏대를 올리고 있는지 알 수가 없어 화가 울컥 치밀어 올랐다.

"그럼 비난만 하는 건가?"

"예, 비난만 합니다."

"그런 게 허무주의라는 건가?"

"그런 게 허무주의입니다."

바자로프가 파벨의 말을 그대로 받았다. 이번에는 다소 도발적인 어조였다. 파벨은 이맛살을 찌푸리더니 이상할 정도로 차분한 목소리로 말했다.

"그런데 자네는 어째서 다른 고발자들을 욕하는가? 그 사람들과 마찬가지로 자네들도 단지 말로만 떠들어 대고 있으면서."

"다른 건 몰라도 그 말씀은 받아들일 수 없습니다."

바자로프가 이를 악물며 대답했다.

"어째서? 자네들은 뭔가 행동을 하고 있다는 뜻인가? 아니면 행동하려고 마음먹고 있다?"

바자로프는 잠시 동안 아무 대답도 하지 못했다. 파벨은 흥분으로 몸이 바르르 떨렸지만 애써 자제심을 발휘하며 말을 이어 갔다.

"흠……! 행동한다, 깨부순다……. 도대체 그 이유도 모르면서 뭘 어떻게 깨부순다는 건가?"

"우리가 바로 힘이기 때문에 깨부수는 것이지요."

그때 아르카디가 끼어들었다. 파벨은 조카를 흘깃 보고는 가소롭다는 듯이 미소를 지었다.

"예, 원래 힘이란 게 그런 거죠. 이유 같은 건 없습니다."

아르카디는 선언하듯이 말하고는 자세를 바로잡았다. 파벨은 더이상 참을 수가 없어서 호통을 치고 말았다.

"가엾은 녀석 같으니! 너도 생각이 있다면 그 알량한 오기로 러시아에서 뭘 하겠다는 건지 생각 좀 해 보거라! 힘이라! 야만적인 칼미크족(몽골 유목 민족의 후예—옮긴이)에게도 힘은 있다. 뭐 때문에 그 힘이 필요하단 말이냐? 우리에게 정작 소중한 것은 문명이야. 안그러냐, 응? 제아무리 엉터리 환쟁이나, 하룻저녁에 단돈 5코페이카를 받는 삼류 악사라도 자네들보다는 쓸모가 있을 것이야. 그래도 그 사람들은 문명의 대변자들이잖아! 자네들은 스스로를 앞서가는 진보적인 사람이라고 생각하는지 모르겠지만, 저 야만적인 칼미크족의 마차에 앉아 있는 편이 더 어울려! 힘이라! 그래, 힘 있는 나라들! 잘들 기억해 두게. 자네들은 다 해야 한 줌도 안 되지만, 더 없이 신성한 자신들의 신앙을 짓밟히지 않으려는 사람들은 수백만 이라는 사실을 말이야. 오히려 그들이 자네들을 짓밟아 뭉개 버릴 걸세!"

"짓밟힌 곳에 길이 나겠지요. 하지만 그 말씀이 맞는지는 알 수 없습니다. 저희는 그렇게 적은 수가 아닙니다."

바자로프가 침착한 목소리로 대답했다.

"자네들이 정말로 우리 국민 전체를 움직일 수 있다고 생각하나?"

"촛불 하나에 모스크바가 다 타 버렸다는 사실을 모르시나요?"

바자로프가 말했다.

"그렇지, 그래. 처음엔 악마처럼 오만하게 굴다가 나중엔 사람을 우롱하려고 덤벼드는, 바로 그런 것들에 청년들이 빠져드는 법이지. 아직 세상 물정 모르는 애송이들의 마음을 사로잡는 것이지. 여기도 보라고! 이 친구는 자넬 거의 숭배하듯 하는구먼. 저 꼴하고는. (이 말을 들은 아르카디는 고개를 돌린 채 얼굴을 잔뜩 찌푸렸다.) 그런데 이 전염병이 이미 아주 널리 퍼져 가고 있다지? 요즘 화가들은 로마에 가도 바티칸 성당에는 눈길도 주지 않는다더군. 라파엘로 같은 화가는 권위의 상징과도 같아서 바로 바보 취급을 한다 이 말이지. (실제로 투르게네프는 라파엘로의 그림을 아주 높게 평가했다.─옮긴이) 재주도 없고 볼만한 작품도 내놓지 못하는 자들이 말이야. 자네 말대로라면 그자들이 훨씬 더 훌륭하다는 거겠지만.

안 그런가?"

"제 생각에 라파엘로는 한 푼어치의 쓸모도 없습니다. 다른 화가들이라고 해서 그보다 나을 것도 없고요."

바자로프가 답했다.

"브라보! 잘 들었지, 아르카디? 요즘 청년이라면 이 정도는 돼야지! 청년들이 자네 뒤를 졸졸 따르는 것도 다 그럴 만해! 옛날엔 청년들이 공부를 열심히 했지. 그래야 무식하다는 소리를 듣지 않았으니까. 그런데 요즘 청년들은 그저 '세상 모든 게 다 헛것이다!'라고 해 버리면 그걸로 만사 끝이지. 허무주의자라나 뭐라나."

"그토록 내세우시던 자존심마저 내버리시는군요."

바자로프가 냉담한 어조로 비꼬았다. 아르카디는 화가 나서 얼굴이 벌게졌다.

"논쟁이 너무 심하게 번진 것 같습니다⋯⋯. 이제 그만하는 게 좋겠습니다."

바자로프는 이렇게 말하며 자리에서 일어섰다. 그리고 한마디 덧붙였다.

"만일 큰아버님이 우리의 생활 중에서, 가정생활이든 사회생활이든 어느 것이든 좋습니다만, 부정하지 않아도 좋을 만한 제도를 단하나라도 제시해 주신다면, 저도 기꺼이 큰아버님 견해에 동의하겠습니다."

"그런 거라면 몇 백만 가지라도 들 수 있지. 몇 백만이라도! 예를 들어 우리 농촌에는 공동체라는 게 있지."

파벨이 언성을 높였다. 바자로프의 입술이 차가운 냉소로 일그러졌다.

"아, 농촌 공동체에 대한 것이라면, 동생분하고 말씀하시는 게 낫겠군요. 동생분이야말로 그 실상을 잘 아실 테니까 말이죠. 공동체라든가, 연대 보증이라든가, 금주 규범이라든가 하는 것들의 실상을 말입니다."

바자로프가 말했다.

"그렇다면 가족은 어떤가? 그래, 가족 제도는 우리 농민 사회에 엄연히 존재하고 있지!"

파벨이 소리쳤다.

"큰아버님을 위해 그 문제는 더 이상 언급하지 않는 것이 좋겠습니다. 며느리와 관계한 시아버지에 대한 얘기도 들은 적 있으시죠? 큰아버님, 하루나 이틀 시간을 두고 생각해 보시죠? 지금 당장 뭔가를 찾아내긴 어렵지 않겠습니까? 우리 사회의 모든 부분에 걸쳐서 하나하나 잘 생각해 보시기 바랍니다. 그동안에 아르카디와 저는……."

"모든 것을 우롱하시겠다, 그거지?"

파벨이 말을 가로챘다.

"아닙니다. 개구리를 해부하려고 합니다. 가자, 아르카디. 그럼 또 뵙겠습니다."

두 친구가 자리를 떠났다. 형제는 둘만 남게 되자, 한동안 말없이 서로를 멀뚱멀뚱 바라보기만 했다. 먼저 입을 연 것은 파벨이었다.

"저게……, 저게 바로 요즘 젊은이라는 거야! 저런 것이 우리의 후계자라니!"

"후계자라……."

니콜라이는 한숨을 쉬며 침울한 목소리로 되뇌었다. 그는 논쟁이 진행되는 동안, 안절부절못하며 그저 아르카디만 힐끔거렸다.

"형님, 제가 아까 무슨 생각을 했는지 아세요? 언젠가 어머니와 말다툼을 벌인 적이 있어요. 어머니는 제 말은 들으려고도 하지 않고 역정만 내셨지요. 결국 저는 이렇게 말씀드렸어요. '어머니, 어머닌 저를 이해하실 수 없어요. 우리는 세대가 달라요.' 그러자 어머니는 무섭게 화를 내셨지요. 그때 전 속으로 이렇게 생각했답니다. '어쩌겠어? 좋은 약은 입에 쓰지만 먹지 않으면 안 되는 거야.' 그런데 이제 우리 차례가 되었네요."

파벨이 동생의 말에 고개를 저었다.

"넌 사람이 너무 좋아서 탈이야. 나는 저런 애송이들보다 우리가 더 옳다고 확신하네. 말투야 좀 구식일지 몰라도, 우린 저따위 뻔뻔스런 자만심을 가지고 있지는 않지……. 요즘 젊은 것들은 왜 저렇게 오만불손한지 몰라."

"차를 더 드릴까요?"

그때 페네치카가 방 안으로 고개를 들이밀며 물었다. 그녀는 응접실에서 열띤 목소리가 들려오는 바람에, 차마 안으로 들어가지 못한 채 서성거리고 있었던 것이다.

"아니, 이제 사모바르를 치우라고 해."

니콜라이는 이렇게 대답하고 일어나서 그녀에게로 다가갔다. 파벨은 동생에게 프랑스 어로 저녁 인사를 건네고 자기 서재로 들어가 버렸다.

삼십 분 뒤, 니콜라이는 정원으로 나와 정자 쪽으로 걸음을 옮겼다. 우울한 생각이 엄습했다. 아들과의 거리감을 이렇게 크게 느낀 적은 처음이었다. 게다가 그 간격은 날이 갈수록 커져 가리라는 예감이 들었다. 매년 겨울마다 페테르부르크로 가서 새로 나온 책을 읽으며 하루 종일 매달렸던 노력들이 모두 수포로 돌아가는 셈이었다. 청년들의 대화에 열심히 귀를 기울였던 것도 헛일이요, 그들의 열띤 토론에 한마디 끼어들었다고 기뻐했던 일도 다 헛일이 되었다.

'저 애들에게는 우리가 갖지 못한 뭔가가 있어. 젊음 때문만은 아니야. 우리와 달리, 지주 냄새가 덜하기 때문일까?'

니콜라이는 고개를 푹 숙이고 한 손으로 얼굴을 문질렀다.

'하지만 시를 부정한다는 것은…… 예술이나 자연에 공감하지 못한다는 건가? 어떻게 그럴 수가 있지?'

그는 주위를 둘러보았다. 벌써 저녁이 깊어 가고 있었다. 태양은 사시나무 숲 너머로 몸을 숨겼다. 숲 그림자가 적막한 들판을 가로질러 끝없이 뻗어 가고 있었다. 농부가 하얀 말을 타고 숲 근처의 어두워진 길을 바삐 지나가고 있었다.

나뭇잎은 검푸르렀고, 하늘은 석양에 물들어 붉은빛이 감돌았다. 꿀벌들이 라일락 꽃 속에서 졸린 듯이 게으르게 붕붕거리고, 홀로 쭉 뻗어 나온 나뭇가지에는 날벌레들이 무리 지어 날고 있었다.

'이 얼마나 아름다운가!'

니콜라이는 감상에 젖어 좋아하는 시 한 구절을 입에 올리려다가 아르카디와 《힘과 물질》이 떠올라 그만 입을 다물어 버렸다. 그저 우두커니 서서 자기만의 슬프고도 달콤한 상념에 빠져들었다. 그는 원래 몽상에 빠지기를 좋아했다. 시골 생활을 하면서 그런 일이 점점 더 많아졌다. 실제로 여관에서 아들을 기다리며 몽상에 빠졌던 것이 바로 얼마 전이 아니던가.

문득 죽은 아내가 떠올랐다. 하지만 집안일에 여념이 없는 주부의 모습이 아니라, 젊은 시절의 처녀 모습이었다. 날씬한 몸매에 순진하고 호기심 넘치는 눈빛, 단정하게 땋아 내려 아이처럼 가느다란 목덜미를 덮고 있던 머리카락…….

그녀를 처음 만났을 때 니콜라이는 대학생이었다. 하숙집 계단에서 우연히 그녀와 몸을 스쳤던 일이 눈에 선하게 떠올랐다. 그녀는 고개를 살짝 숙이고는 깜짝 놀란 표정으로 달아나려 했다. 그리고 계단 모퉁이를 돌기 전에 그를 한 번 훔쳐보았다. 그 후 수줍어 가슴 설레던 첫 방문, 수없이 더듬거리며 나눈 대화, 어색한 미소, 망설임과 우수, 격정, 그리고, 그리고 마침내 숨 막힐 듯한 기쁨…….
그 모든 것은 어디로 사라졌단 말인가! 그녀는 그의 아내가 됐고, 그는 행복했다. 세상 그 누구보다도…….

'그토록 달콤한 첫 순간들은 왜 영원한 불멸의 삶이 되지 못한단 말인가?'

마리야 곁에서 그녀의 따스한 숨결을 다시 한 번 느껴 보고 싶었다. 상상의 날개를 펼치자, 정말로 아내가 그에게로 다가오는 것만 같았다…….

"니콜라이 페트로비치, 어디 계세요?"

그때 가까이에서 페네치카의 목소리가 들렸다. 그는 흠칫 놀랐다. 마음이 아리거나 미안하지는 않았다……. 그는 아내와 페네치카를 비교하려는 마음조차 먹은 적이 없었다. 하지만 페네치카가 그를 찾아 나섰다는 사실에 마음이 언짢아졌다. 그녀의 목소리가 불현듯 자신의 나이를, 백발이 된 머리를, 현실 속의 모습을 떠올리게 만들었던 것이다. 지나간 추억의 안개 속에서 이제 막 피어오르려던 마법의 세계가 한번 흔들리더니 이내 자취를 감추고 말았다.

"나 여기 있소. 곧 갈 테니 먼저 가시오."

페네치카는 말없이 그가 앉아 있는 정자 안을 들여다보고는 사라졌다. 그는 정신을 차리고 깜짝 놀랐다. 몽상에 잠겨 있는 동안 벌써 어둠이 까맣게 내려앉아 있었다. 주변은 온통 캄캄하고 적막했다. 페네치카의 희고 작은 얼굴이 그의 앞에 어른거리며 지나갔다. 그는 몸을 일으켜 집으로 돌아가려고 했다. 그러나 몽상에 부푼 마음은 쉽게 가라앉지 않았다. 그는 정원을 천천히 거닐기 시작했다.

깊은 생각에 잠겨 발끝을 응시하다가 고개를 들자, 하늘엔 벌써 별이 떠올라 반짝이고 있었다. 몸이 지칠 정도로 한참을 걸어도 뭔가 채워지지 않는 막연한 불안감이 마음을 떠나지 않았다. 지금 그의 마음속에서 일어나고 있는 일들을 바자로프가 안다면 얼마나 비웃을 것인가! 아르카디도 분명 뭐라고 하겠지. 마흔넷이나 된 사람이, 농장 경영주이자 가장인 사람이 눈물을, 그것도 아무 이유도 없이 눈물을 찔끔거리고 있다니. 그건 첼로를 연주하는 것보다 백 배는 더 눈꼴사나운 일이리라.

니콜라이는 계속 거닐었다. 그는 아늑하고 따스한 자신의 보금자리로 들어설 용기가 생기지 않았다. 환하게 불이 켜진 창문들이 그를 반갑게 맞이할 준비를 하고 있었지만, 니콜라이는 이 어둠과 정원을 떨치고 들어갈 수가 없었다. 얼굴에 닿는 신선한 바람의 감촉과 울적함, 그리고 이 가슴 설레는 불안까지도…….

그러다가 길모퉁이에서 파벨과 마주쳤다.

"무슨 일이야? 유령같이 창백한 얼굴로. 음, 몸이 좋지 않은 게로군. 안으로 들어가 좀 눕지그래?"

파벨이 니콜라이에게 물었다. 니콜라이는 자신의 기분을 짤막하게 설명하고 얼른 자리를 피했다.

파벨은 정원의 가장자리에 서서 시름에 잠긴 얼굴로 먼 하늘을 올려다보았다. 그러나 그의 아름다운 검은 눈에는 별빛 외에는 아무것도 비치지 않았다. 그는 애당초 낭만주의자가 아니었다. 그저 멋이나 부릴 줄 알 뿐, 건조하기 짝이 없는 그의 영혼은 몽상 같은 것에 빠져드는 법이 절대로 없었다.

그날 밤, 바자로프가 아르카디에게 말을 건넸다.

"근사한 생각이 떠올랐어. 자네 아버님이 오늘 높은 자리에 계신 친척으로부터 초대를 받으신 듯해. 그런데 자네 아버님은 가지 않겠다고 하시더군. 우리가 ○○○현으로 가 보는 게 어떨까? 자네도 함께 초대받은 것 같던데. 날씨도 좋은데 핑계 김에 시내 구경이나 하자고. 대엿새쯤 돌아다니면 좋지 않겠어?"

"그리고 다시 여기로 돌아올 거야?"

"아니, 난 아버지께 가 봐야지. ○○○현에서 삼십 킬로미터 정도만 가면 돼. 뵌 지 꽤 됐거든. 찾아가서 위로를 해 드려야지. 우리 아버지는 아주 재미있는 분이셔. 게다가 난 외아들이잖아."

"고향 집에 오래 있을 작정이야?"

"그럴 생각은 없어. 금방 지루해질 게 뻔해."

"그럼 페테르부르크로 돌아가는 길에 다시 여기에 들를 셈이야?"

"모르겠어, 봐서……. 그런데 ○○○현은 어떻게 할 거야? 갈 거지?"

"그러지, 뭐."

아르카디는 일부러 심드렁하게 대답했다. 친구의 제안이 내심 기뻤지만 쉽게 마음을 드러내서는 안 된다고 생각했다. 어쨌든 그도 자칭 허무주의자가 아니던가!

다음 날, 그는 바자로프와 함께 ○○○현으로 출발했다. 마리노 마을의 청년들은 그들이 떠나는 것을 몹시 아쉬워했다. 두냐샤는 눈물을 글썽이기까지 했다. 하지만 나이 든 사람들은 안도의 숨을 가볍게 내쉬었다.

제 6 장
고위 관료

우리의 두 친구가 찾아간 ○○○현은 비교적 젊은 축에 드는 지사가 관할하고 있었다. 현지사는 진보주의자이면서 폭군이었다. 부임한 지 일 년도 안 돼, 종마 사육장을 운영하고 있는 귀족 단장과 말다툼을 벌였다. 뿐만 아니라 현청 관리들과도 걸핏하면 마찰을 빚었다. 갈등이 점점 커지자, 마침내 페테르부르크 중앙 정부가 나섰다. 사태를 수습하기 위해 진상 조사 특별 위원을 파견한 것이다. 그 위원장으로 선정된 사람이 바로 키르사노프 형제의 후견인이었던 일리야 콜랴진의 아들, 마트베이 일리치 콜랴진이었다.

갓 마흔을 넘긴, 역시 '젊은 축'에 속하는 그는 벌써 국가 고위직을 꿈꾸고 있었다. 그는 양쪽 가슴에 별 모양의 훈장을 하나씩 달고 다녔다. (그중 하나는 외국에서 받아 온 별 볼일 없는 것이었다.) 그 역시 진보주의자로 알려져 있었는데, 여타 고위급과는 다른 면모가 엿보였다. 그는 스스로를 아주 고귀한 인물로 알았다. 그래서 그런지 허영심이 하늘을 찌를 지경이었다. 하지만 이런 속내를 쉽게 드러내지는 않았다. 타인을 대할 때면 아주 호의적인 시선으로 상대의 말에 귀를 기울이고, 언제 어디서든 사람 좋은 미소를 지었다. 그래서 처음에는 '정말 대단한 놈'이라는 명성까지 얻었다. 하지만 정작 업무를 처리할 때는 연막전술을 벌이며 모호하게 넘어가기 일쑤였다.

마트베이는 프랑수아 기조(당대 프랑스의 정치가이자 역사가이며 자유주의자. 수상을 역임했다.—옮긴이)를 대단히 존경했고, 누구 앞에서든 그 이야기를 늘어놓으려고 했다. 자기는 완고한 보수주의자도, 시대에 뒤떨어진 관료주의자도 아니라는 점을 내세우는 동시에, 사회의 주요 현상에 지대한 관심을 가지고 있다는 점을 드러내고 싶었던 것이다. 심지어 현대 문학의 발전에 대해서도 관심을 표하곤 했다.

한마디로 그는 눈치 빠른 궁정 관리이자 교활한 인물일 뿐, 결코 그 이상이 되지는 못했다. 실무를 처리할 때도 핵심을 파악하지 못해 삐그덕거리기 일쑤였다. 그래도 자신의 이익이 걸린 일만큼은 잘 챙겼다.

마트베이는 세련되면서도 선하고 너그러운 태도로 아르카디를 맞이했다. 하지만 자신의 초대를 받고도 두 사람이나 오지 않았다는 사실을 알고는 깜짝 놀라는 눈치였다.

"자네 아버님은 옛날부터 좀 괴짜였지."

그는 화려한 벨벳 실내복의 술을 손가락으로 비비 돌리며 말했다. 그러다가 갑자기 제복을 차려입은 젊은 관리를 향해 걱정스러운 표정으로 "그게 뭐였지?" 하고 대뜸 소리쳤다. 너무 오래 입을 다물고 있었던 나머지, 입술이 아예 붙어 버린 청년은 무슨 말인지 모르겠다는 표정으로 자신의 상관을 바라보았다. 마트베이는 부하를 무작정 당황시켜 놓고선 더 이상 그에게 관심을 보이지 않았다.

우리네 고관들은 대체로 부하를 당황시키길 좋아한다. 그런 목적을 달성하기 위해 구사하는 방법도 아주 여러 가지다. 그중 그들이 가장 선호하는 수법은 다음과 같다.

먼저, 갑자기 아주 평범한 단어를 이해하지 못하는 척하며 아무것도 들리지 않는 시늉을 한다. 이를테면 "오늘이 무슨 요일이지?" 하고 묻는다.

"오늘은 금요일입니다, 각하."

부하는 아주 정중하게 보고한다.

"뭐? 무슨 요일이라고? 방금 뭐라고 했는가?"

고관은 긴박하게 추궁하듯 되묻는다.

"오늘은 금요일입니다, 가……가……각하."

"뭐라고? 금요일이 뭐야? 무슨 날이라고?"

"금요일은, 가……가……각……, 일주일 가운데 하루입니다."

"아니, 자넨 지금 그걸 내게 가르치려는 겐가?"

스스로 자유주의자라고 말하고 다니는 마트베이도 어쩔 수 없는 고관이었다.

그는 아르카디에게 이렇게 충고했다.

"현지사를 한번 찾아뵙는 게 좋겠어. 권력자에게 굽실거리라는 고리타분한 조언을 하려는 게 아니야. 현지사는 아주 괜찮은 사람이니까 한번 만나 봬라는 거지. 자네도 이곳 사람들과 안면을 트고 싶지 않나? 설마 곰처럼 사는 건 아니겠지? 현지사가 모레 성대한 무도회를 열 거라고 해."

"아저씨도 무도회에 참석하실 건가요?"

아르카디가 물었다.

"그럼, 날 위해 여는 건데. 춤은 출 줄 아나?"

"추긴 춥니다만, 아주 서툽니다."

마트베이가 아주 딱하다는 표정으로 말했다.

"그러면 되나? 여긴 미인들도 많은데. 젊은 사람이 춤을 못 춘다면 그것이야말로 수치지. 안 그래? 아, 내가 이렇게 말한다고 고리타분한 사람이라 여기진 마. 지혜가 발에 있다고 생각하는 것은 아니지만 바이런주의(바이런 시풍의 낭만주의. 우울한 서정과 저항성, 암울한 미래 인식 등을 특징으로 한다.―옮긴이)는 우습잖아. 그의 시대는 이제 끝났어."

"저, 아저씨, 바이런주의 때문에 그런 게 아니라……."

"내가 이곳 아가씨들을 소개해 주지. 내 날개에 품어 줄 테니 걱정할 것 없어. 응?"

마트베이가 흡족한 미소를 지었다.

그때 하인이 들어와 세무국장의 도착을 알렸다. 세무국장은 입술 언저리가 쭈글쭈글하고 눈매가 서글서글한 노인네였다. 그는 자연을, 그 자신의 표현에 따르면 '꿀벌들이 꽃들에게서 뇌물을 거두어들이는' 여름날을 특히나 좋아한다고 했다.

아르카디는 곧장 그 자리에서 물러났다. 그리고 묵고 있던 여관으로 돌아와, 현지사를 만나러 같이 가자고 바자로프를 한참 동안 설득했다.

"할 수 없군! 이미 탄 배니까! 이왕 지주 구경을 하러 왔으니 한번 가 보자고!"

마침내 바자로프가 승낙했다.

현지사는 두 청년을 친절하게 맞이했지만 자리를 권하기는커녕 자신도 선 채로 말을 건넸다. 그는 매 순간 분주한 사람이었다. 아침부터 제복과 넥타이로 몸을 빈틈없이 졸라매고는 식사도 하는 둥 마는 둥 하며 이런저런 일들을 처리하곤 했다.

그는 이 현에 온 뒤로 '부르달루'라는 별명을 얻었다. 언뜻 프랑스 선교사 '부르달루 루이'를 떠올리기 쉽지만, 사실은 '헛소리'라는 뜻을 지닌 '부르다(bourda)'에서 온 이름이었다. 요컨대 '쓸데없는 잔소리꾼'이라는 뜻이었다. 그는 아르카디와 바자로프를 무도회에 초대한다 하고선 채 이 분도 지나지 않아 다시 똑같은 말을 했다. 심지어 두 사람을 형제라고 착각해서 같은 성으로 불러 댔다.

두 사람이 현지사의 저택을 나와 숙소로 돌아갈 때였다. 지나가는 마차에 타고 있던 중간키의 사내가 갑자기 그들을 보고 뛰어내 렸다. 슬라브주의자들이 즐겨 입는 벤게르카(늑골 장식이 있는 짧은 조끼―옮긴이) 차림이었다. 그는 큰 소리로 바자로프를 부르며 달려 들었다. 바자로프는 걸음을 멈추지 않고 말했다.

"아, 이게 누구야? 시트니코프 아닌가! 어쩐 일이야, 여긴?"

"이렇게 만날 줄은 생각도 못 했는데……. 우연도 이런 우연이 다 있을까?"

시트니코프는 이렇게 대답하고는 마차를 되돌아보며 댓 번 손짓 을 하고 소리쳤다.

"내 뒤를 따라와! 아버지가 이곳에 볼일이 있는데……."

그는 작은 도랑을 건너뛰며 말을 이었다.

"나더러 다녀오라고 하셔서……. 바자로프 씨가 여기에 와 있다 는 소식을 듣고 막 숙소에 다녀오는 길이야……. (실제로 두 사람 이 여관에 돌아와 보니 모서리를 꺾어 접어 놓은 명함이 놓여 있었 다.) 혹시 현지사께 다녀오는 건 아니겠지?"

"바로 거기서 오는 중이야."

"와, 그렇다면 나도 그분께 가 봐야지……. 그런데 바자로프, 소개 좀 해 주지? 이쪽은……."

"시트니코프, 키르사노프."

바자로프는 여전히 걸음을 멈추지도 않은 채 대충 말했다.

시트니코프는 아르카디 옆으로 다가가 히죽 웃어 보이면서 사치 스럽기 이를 데 없는 장갑을 서둘러 벗었다.

"만나서 반가워. 난 오래전부터 바자로프와 알고 지냈어. 제자나 다름없거든. 바자로프가 내 인생을 바꿔 놓은 거나 마찬가지니까."

아르카디는 바자로프의 제자라고 자처하는 시트니코프를 물끄러미 바라보았다. 자그마한 얼굴에 그런대로 잘생긴 편이었다. 하지만 표정은 어딘가 불안하면서도 다소 멍청해 보이는 구석이 있었다. 마치 꾹 눌러서 움푹 들어간 것 같은 작은 두 눈에는 불안한 빛이 어려 있었다. 짧게 끊기는 웃음소리도 왠지 어색해서 듣기가 불편했다. 그는 계속 말했다.

"바자로프가 권위라는 것을 인정해서는 안 된다고 말했을 때 난 진심으로 탄성을 질렀지! 눈앞이 확 트이는 것 같았다고나 할까. '드디어 사람다운 사람을 발견했구나!' 하는 생각이 들었거든. 그건 그렇고, 바자로프, 이 근처에 꼭 한번 만나 볼 만한 부인이 있어. 자네를 전적으로 이해해 줄 사람이야. 찾아가기만 하면 대환영일걸. 그 부인에 대해 들은 적이 있나?"

"대체 어떤 부인인데?"

바자로프는 달갑지 않은 목소리로 물었다.

"예브독시야 쿠크시나 부인인데 정말로 대단한 여자야. 한마디로 진보적이지. 감이 딱 오지 않나? 지금 당장 그 부인에게 가 보는 게 어때? 바로 이 근처거든. 같이 가서 아침을 먹자. 아직 식사 전이지?"

"그렇긴 한데."

"딱이네. 쿠크시나 부인은 남편과 헤어진 상태라 거리낄 것이 전혀 없어."

"미인인가?"

바자로프가 물었다.

"아, 아니. 뭐 딱히 그렇다고 할 수는 없지."

"그럼 무슨 영화를 보겠다고 그 부인에게 우릴 끌고 가려는 건데?"

"아하, 농담도……. 농담도 여전하네……. 아마도 부인이 샴페인 한 병쯤은 내줄걸."

"바로 그거군! 역시 실속 있는 사람다워. 그건 그렇고 자네 아버님은 여전히 주류 판매를 하시나?"

"그렇지, 뭐."

시트니코프가 서둘러 대답하며 새된 소리로 웃음을 터트렸다.

"어때, 가는 거지?"

"글쎄, 어째야 되나?"

"사람들 사는 모습을 보고 싶다고 했잖아. 가 보자고."

아르카디가 나직이 말했다.

"키르사노프, 함께 갑시다."

시트니코프가 얼른 말을 받았다.

"그런데 이렇게 몰려가도 괜찮을까?"

"괜찮다니까! 쿠크시나 부인은 대단한 사람이라고. 샴페인 세 병! 내가 보증하지!"

시트니코프가 소리쳤다.

"뭘로?"

"이 목을 걸지."

"차라리 자네 아버님 돈지갑을 거는 게 낫겠네. 하여튼 가 보지."

아브도챠 예브독시야 쿠크시나는 작은 귀족 저택에 살고 있었다.

집 앞, 삐딱하게 걸린 문패 위에 초인종 손잡이가 달려 있었다. 실내모를 쓴 여자가 그들을 맞이했다. 그녀의 모습은 딱히 하녀처럼 보이지 않았다. 진보적으로 보이고자 하는 집주인 여자의 의지를 드러내 주는 차림새였다. 시트니코프가 아브도챠 예브독시야 부인을 찾자 옆방에서 가느다란 목소리가 들려왔다.

"빅터(러시아 이름인 '빅토르'를 영어식으로 '빅터'라고 부르고 있다.—옮긴이), 당신이에요? 들어와요."

실내모를 쓴 여자는 바로 돌아서 들어가 버렸다.

"혼자가 아닙니다."

시트니코프는 이렇게 말하며 벤게르카를 획 벗어 던졌다. 그러자 셔츠인지 여성용 외투인지 알 수 없는 헐렁한 웃옷이 드러났다. 그는 아르카디와 바자로프에게 활기찬 시선을 던졌다.

"상관없어. 들어와요!"

목소리가 다시 들려왔다.

그들은 방으로 들어섰다. 응접실이라기보다 작업실 같은 분위기가 났다. 서류와 편지, 그리고 포장을 뜯지도 않은 러시아 잡지가 먼지투성이 탁자 위에서 이리저리 뒹굴고 있었다. 담배꽁초도 여기저기 수북이 쌓여 있었다.

아직 젊다고 해야 할 부인은 가죽 소파에 반쯤 누운 채로 그들을 맞았다. 잔뜩 헝클어진 금발머리에 그리 깨끗하달 수 없는 비단 원피스를 입고 있었다. 짧은 두 팔에는 커다란 구슬 팔찌를 차고, 머리에는 레이스로 만든 스카프를 두르고 있었다.

그녀는 소파에서 일어나 누레진 담비 모피를 덧댄 벨벳 외투를 끌어다 아무렇게나 어깨에 걸치면서 "안녕하세요, 빅터?"라며 인사하고 시트니코프에게 손을 내밀었다.

"바자로프, 키르사노프."

시트니코프는 바자로프가 소개하던 방식을 그대로 흉내 냈다.

"어서 오세요."

쿠크시나는 바자로프에게 시선을 멈추며 대답했다. 동그란 두 눈 사이에 약간 들린 작은 코가 발그스름하니 외롭게 솟아 있었다. 그녀는 "당신을 알아요."라고 덧붙여 말하고는 바자로프에게 손을 내밀었다.

바자로프는 얼굴을 찌푸렸다. 이 자그마한 신여성의 얼굴 생김새는 특별히 보기 흉한 데가 없었지만, 어쩐지 표정이 불쾌감을 주었다. 불현듯 그는 그녀에게 '아니, 왜 그러십니까? 배고파요? 지루해요? 아니면 뭐, 겁나는 일이라도 있나요? 뭘 그렇게 조바심을 내고 그래요?'라고 물어보고 싶다는 생각이 들었다.

시트니코프와 마찬가지로 그녀의 영혼 역시 매우 불안해 보였다. 거리낌 없이 말하고 행동했지만 어딘가 몹시 어색했다. 그녀는 자신이 아주 마음이 너그럽고 담백한 사람이라고 생각하는 게 분명했다. 하지만 정작 행동거지는 내키지 않는 일을 억지로 하는 것처럼 보였다. 즉 자연스럽지가 않았다.

그녀가 다시 반복해 말했다.

"네, 당신을 알고말고요. 바자로프, 담배 피울래요?"

어느새 안락의자에 벌렁 누워서 한쪽 다리를 쳐들고 있던 시트니코프가 말을 가로챘다.

"담배도 담배지만, 아침 좀 주시죠. 우린 지금 배가 몹시 고프거든요. 샴페인도 좀 주시고요."

"정말 백수건달이 따로 없어. 안 그래요, 바자로프? 건달 맞죠?"

쿠크시나는 이렇게 응수하고 웃음을 터뜨렸다.

"인생의 안락함을 사랑할 뿐이지요. 그렇다고 해서 자유주의자가 되는 데 지장이 있는 것은 아니랍니다."

시트니코프가 거드름을 피우며 말했다.

쿠크시나는 "아니, 있어. 지장이 있지요!" 하고 큰 소리로 말하고는 하녀에게 아침 식사를 차리고 샴페인을 준비하라고 지시했다. 그리고 바자로프를 향해 덧붙여 말했다.

"그렇지요? 내 생각과 같으리라고 믿어요."

바자로프가 반대했다.

"아닙니다. 고기 한 점이 빵 한 조각보다 낫지요. 화학적인 견지에서도 말입니다."

"혹시 화학을 전공하고 있나요? 그거라면 난 죽고 못 살아요. 내가 직접 접착제를 발명하기까지 했답니다."

"접착제요?"

"예, 근데 왜 그랬는지 알아요? 인형 머리를 망가뜨리지 않으려고요. 나도 꽤 실용적인 사람이랍니다. 하지만 아직 다 만든 건 아니에요. 리비히 책을 좀 더 읽어야지요. 그런데 《모스크바 통보》에 실린 여성 노동에 대한 키슬랴코프의 글을 읽었나요? 꼭 읽어 봐요. 여성 문제에 관심 있죠? 학교 문제도요? 친구분은 뭘 공부하고 있어요? 아, 이름이 뭐라고……."

쿠크시나는 상대에게 대답할 여유도 주지 않고 제멋대로 질문을 던졌다. 버릇없는 아이들이 제 유모에게 막무가내로 어리광을 부리는 듯한 어투였다.

"아르카디 키르사노프입니다. 전 아무것도 하지 않습니다."

아르카디가 대답했다. 쿠크시나가 호호호 웃음을 터트렸다.

"그거 멋지군요! 담배는 피우나요? 빅토르, 그런데 나 당신에게 화낼 일이 있어요."

"왜요?"

"당신 또 조르주 상드(여성 해방을 주창한 프랑스 여성 작가―옮긴이)를 칭찬하고 다닌다면서요? 그 여자는 퇴물이에요! 어떻게 감히 그 여자를 랠프 에머슨(미국의 사상가. 직관적 통찰을 중시하고 물질보다 정신을 강조했다.―옮긴이)과 비교할 수 있어요? 양육이든 생리학이든, 아무 생각이 없는 여자예요. 난 그 여자가 발생학에 대해서는 들어 본 적도 없을 거라고 확신해요. 아아, 이 문제에 대한 엘리셰비치의 논문은 얼마나 탁월한지 몰라요! 그는 천재적인 신사지요! 바자로프, 이리 와서 앉아요. 아마 당신은 모르겠죠? 난 지금 당신이 엄청 두려워요."

"무슨 말인지…… 알아듣게 말해요."

"당신은 위험한 신사예요. 날카로운 비평가지요. 오, 맙소사! 나 정말 우습죠. 꼭 초원의 분방한 여지주처럼 말하고 있네요. 하긴 지주는 맞죠. 직접 영지를 관리하니까. 예로페이라는 마름이 있기는 하답니다. 아주 놀랄 만한 인물이죠. 제임스 쿠퍼 소설에 나오는 개척자 패스파인더와 똑같아요. 여긴 참고 살기 힘든 도시예요. 안 그래요? 하지만 별수 없지요!"

"도시가 다 그렇지요."

바자로프가 무뚝뚝하게 대꾸했다.

"온갖 사소한 이해관계들! 진짜 끔찍해요! 전에는 겨울이면 모스크바에 가서 살다 오곤 했는데……. 이젠 거기에 내 남편, 무슈 쿠크신께서만 살고 있죠. 이젠 모스크바도…… 예전 그 모습이 아니겠지요. 난 외국으로 나갈까 해요. 작년에도 한번 시도했는데……."

"물론 파리겠지요?"

바자로프가 물었다.

"파리와 하이델베르크예요."

"하이델베르크는 왜죠?"

"화학자 로베르트 분젠이 거기에 살잖아요."

바자로프는 대답할 말을 찾지 못했다.

"피에르 사포즈니코프라고…… 혹시 알아요?"

"아니요, 모릅니다."

"리지야 호스타토바 집에 늘 드나드는 사람인데. 어쨌든 그분과 동행하기로 했어요. 하느님께 감사하게도 딸린 자식 없이 자유로운 몸이니……. 아, 내가 무슨 말을! 하느님께 감사라니!"

쿠크시나는 담뱃진으로 누렇게 변한 손가락으로 담배를 한 대 말더니 혀로 침을 바른 뒤 불을 붙여 물었다. 그때 하녀가 쟁반을 들고 들어왔다.

"아, 식사가 나왔군요! 한잔하지요? 빅토르, 병 좀 따 봐요. 그건 당신 전문이지."

"물론 내 전문이지."

시트니코프는 이렇게 말하고는 또다시 새된 소리로 웃음을 터뜨렸다.

"이 지역에는 미인들이 좀 있습니까?"

석 잔째 술잔을 비우고 나서 바자로프가 물었다.

쿠크시나가 대답했다.

"있죠. 하지만 다들 머리가 텅 비었어요. 내 친구 중에 오딘초바라고 굉장한 미인이 있죠. 평판이 좀 그렇긴 하지만……. 그런 거야 무슨 문제가 되겠어요? 앞뒤가 좀 막혀서 생각의 폭이 좁다는 게 문제일 뿐이지요. 교육 제도를 전면적으로 바꿔야 해요. 전부터 생각해 온 건데, 이 나라는 여성 교육에 있어선 참 엉터리예요."

시트니코프가 말을 받았다.

"그런 여자들하고는 아무 일도 못 할 겁니다. 경멸을 받아 마땅하죠. 난 그런 여자들을 치가 떨리게 경멸합니다! 그런 여자들 가운데 우리들의 대화를 이해할 수 있는 사람은 단 한 명도 없을걸요. 우리 같이 진실한 남자들 입에 올릴 만한 가치도 없어요."

"아니, 그들이 꼭 우리 대화를 이해할 필요는 없지."

바자로프가 말했다.

"누구에 대해 말하는 거죠?"

쿠크시나가 끼어들었다.

"미인들 말입니다."

"뭐라고요? 그렇다면 결국 당신은 피에르 프루동(여성 해방과 남녀 평등에 반대한 프랑스의 사회 사상가―옮긴이)과 같은 생각이라는 거군요."

바자로프가 거만하게 몸을 곧추세웠다.

"나는 누구와도 견해를 같이하지 않습니다. 난 내 생각을 할 뿐이지요."

"권위를 타도하라!"

시트니코프가 소리쳤다. 그는 자신이 추종하는 사람 앞에서 자신을 표현할 절호의 기회를 얻은 것을 무척 기뻐했다.

"하지만 토머스 매콜리(영국의 자유주의 역사학자―옮긴이)는……." 하고 쿠크시나가 말을 꺼냈다.

"매콜리를 타도하라! 당신은 그런 부인네들을 감싸려는 거예요?"

시트니코프가 으르렁거리듯 소리치더니 힐난조로 물었다.

"여성의 권리를 위해서죠. 난 마지막 피 한 방울까지 걸고 여성의 권리를 위해 투쟁할 겁니다."

"타도하라! 나도 여성의 권리를 부정하지는 않습니다."

시트니코프는 또 한 번 외치며 말을 받았다.

"아니요, 내가 보기에 당신은 슬라브주의자예요!"

"아닙니다. 난 슬라브주의자가 아네요. 하기야 물론……."

"아니, 아니, 아니! 슬라브주의자가 맞아요. 당신은 고리타분한 가부장제를 추종하는 사람이에요. 손에 채찍이라도 들면 더 어울리겠네요!"

그때 바자로프가 끼어들었다.

"채찍은 좋은 거지요. 그런데 우리는 마지막 한 방울까지 탈탈 털린 것 같군요……."

"무슨 방울이요?"

쿠크시나가 매서운 목소리로 물었다.

"샴페인 말입니다, 쿠크시나 부인. 부인의 피 말고 샴페인 얘기입니다."

"난 여성이 공격당하면 가만히 듣고 있을 수가 없어요. 여자들더러 뭐라고 할 시간에 차라리 쥘 미슐레(프랑스의 역사학자이자 사회사상가. '르네상스'라는 용어를 만들었다.—옮긴이)의 《사랑》을 읽어 봐요. 정말 대단한 책이에요! 자, 이제 사랑에 대해 이야기합시다."

쿠크시나는 힘이 부치는지 소파 위의 쿠션에 팔을 떨구며 말했다.

"방금 전에 당신이 얘기하던……, 오딘초바 부인이라고 했던가요? 그 부인은 어떤 분인가요?"

바자로프가 먼저 입을 열었다. 그러자 시트니코프가 끼어들었다.

"매혹적인 여자지. 엄청나게 매혹적인! 곧 소개해 줄게. 똑똑하고 부자인 데다 과부야. 아직 머리가 충분히 깨지 못한 것은 유감이지만…….. 그런 여자는 우리 쿠크시나 부인과 좀 친하게 지내면서 배워야 해. 부인, 당신의 건강을 위해! 자, 건배합시다! 챙, 챙, 챙챙챙! 챙, 챙, 챙챙챙!"

쿠크시나가 장난기 섞인 목소리로 말했다.

"빅토르, 당신은 장난꾸러기야."

아침 식사는 오래 계속됐다. 샴페인 한 병을 비우자 또 한 병, 또 한 병, 그러다 결국 네 번째 병까지 나왔다. 쿠크시나는 쉴 새 없이 지껄였고, 시트니코프는 연방 맞장구를 쳤다. 온갖 주제가 다 흘러 나왔다. 결혼이란 무엇인가? 편견인가, 범죄인가? 인간은 태어날 때 다 똑같은가? 개성이란 무엇인가?

마침내 취해서 얼굴이 새빨개진 쿠크시나가 조율도 안 된 피아노 건반을 두드리며 탁한 음성으로 노래를 부르기 시작했다. 처음에는 집시 노래를, 다음에는 〈꿈결의 그라나다〉를 불렀다. 시트니코프는 머리에 숄을 두르고 노랫말에 맞춰 숨을 거두는 연인 역을 연기했다.

그대 입술은 내 입술에
뜨겁게 입맞추며 녹아 내리네.

아르카디가 더 이상 참지 못하고 목소리를 높여 말했다.

"여기는 꼭 정신병원 같군."

가끔씩 냉소적인 말을 한 마디씩 던지며 술만 열심히 마셔 대던 바자로프가 크게 하품을 하더니 자리에서 일어났다. 그는 아르카디와 함께 집주인에게 작별인사도 하지 않고 밖으로 나왔다. 시트니코프가 곧바로 뒤따라 쫓아 나왔다.

"어땠어? 내가 말했잖아, 대단한 여자라고. 우리나라엔 저런 여자들이 더 많아야 돼! 저 여자는 일종의 고결한 도덕적 현상이랄 수 있어. 안 그래?"

그는 이쪽저쪽으로 왔다 갔다 하며 두 사람의 기분을 살피듯 물었다.

"너희 아버지의 저런 가게도 역시 도덕적 현상인가?"

바자로프가 때마침 눈에 띈 술집을 손가락으로 가리키며 물었다. 시트니코프는 깔깔깔 웃음을 터트렸다. 그는 사실 자신의 출신 배경을 부끄러워하고 있었다. 거기에 바자로프가 갑자기 '너'라고 지칭하자 친근감의 표시라 여기고 기뻐해야 할지, 깔보였다고 화를 내야 할지 자기 자신도 알지 못했다.

제 7 장

고요한 연못에 악마가 깃들어 산다

며칠 뒤 현지사가 주최하는 무도회가 열렸다. 마트베이는 그야말로 '파티의 주인공'이었다. 귀족 단장은 만나는 사람마다 자기가 이 자리에 참석한 것은 단지 마트베이를 존경하기 때문이라고 말하고 다녔다. 현지사는 무도회 석상에서조차 자기 자리에서 꼼짝하지 않은 채 그저 '지시'를 내리기만 했다.

마트베이의 부드럽고 상냥한 태도는 오히려 그의 근엄함을 빛내 주었다. 누구에게나 친절하게 대하면서도, 어떤 사람에게는 꺼림칙한 표정을, 또 어떤 사람에게는 존경 어린 표정을 더하곤 했다. 부인들 앞에서는 '진정한 프랑스 기사'나 된 듯이 그럴싸하게 인사말을 늘어놓으며 고위 관료답게 굵직한 목소리로 연신 웃음을 터뜨렸다.

마트베이는 아르카디의 등을 다정하게 두드리며 큰 소리로 '조카'라고 불러 댔다. 하지만 낡은 연미복을 걸친 바자로프에게는 깔보는 듯한 시선을 힐끗 던지고는 볼만 움찔거리며 알아듣기 힘든 말을 우물거렸다. 시트니코프에게는 손가락 하나를 들며 미소를 짓고는 곧바로 얼굴을 돌려 버렸다. 쿠크시나는 무도회용 치마 비슷한 것도 걸치지 않고선, 손에는 때 묻은 장갑을 끼고 머리에는 극락조 깃털을 꽂고 나타났다. 마트베이는 이런 모습을 보고도 "매혹적이시군요."라고 말했다.

문관들은 벽 쪽에 다닥다닥 모여 있었고, 무관들은 중앙으로 나와 열심히 춤을 췄다. 아르카디는 진짜로 춤이 서툴렀다. 그런데 바자로프는 아예 춤을 출 줄 몰랐다. 둘은 한쪽 구석에 자리를 잡고 우두커니 앉아 있었다. 그때 시트니코프가 다가왔다. 그는 얼굴에 경멸 어린 조소를 띤 채 가시 돋친 말을 내뱉으며 불손한 시선으로 주위를 휘휘 둘러보았다. 그는 그런 자신의 모습에 취해 있는 것 같았다. 그러다 갑자기 표정이 싹 변해서는, 아르카디를 향해 큰 목소리로 말했다.

"오딘초바야. 그 여자가 왔어."

아르카디는 주위를 둘러보았다. 홀 입구에 키가 크고 몸매가 호리호리한 부인이 검은 옷을 입은 채 서 있었다. 기품 있고 당당한 모습이 멀리서도 한눈에 시선을 사로잡았다. 옷 밖으로 드러난 두 팔은 맵시 있는 몸매를 따라 아름답게 드리워져 있었다. 윤기 나는 머리에 꽂은 푸크시아 꽃들이 부드러운 어깨선을 따라 아름답게 흘러내렸다. 약간 튀어나온 이마 아래 밝은 눈동자는 차분하면서도 지적으로 빛났다. 하지만 생각이 깊어 보이는 시선은 아니었다. 입술에는 보일락 말락 하게 미소가 감돌았다. 전체적으로 우아하면서도 부드러운 품격이 넘쳐났다.

"저 여자와 아는 사이라고 했나?"

아르카디가 시트니코프에게 물었다.

"잘 알지. 소개해 줄까?"

"이번 카드리유(네 쌍이 함께 추는 춤―옮긴이)가 끝나면."

바자로프도 오딘초바에게 관심을 보였다.

"뭔가 격이 다른데?"

음악이 끝나자, 시트니코프는 아르카디를 오딘초바에게 데리고 갔다. 그런데 어쩐지 시트니코프도 그녀와 잘 아는 사이는 아닌 것 같았다. 그녀는 말 한마디 제대로 못 하고 우물쭈물하는 시트니코프를 의아한 눈길로 바라보았다. 하지만 아르카디의 성(姓)을 듣고는 금세 얼굴에 반가워하는 기색이 떠올랐다. 그러더니 니콜라이 페트로비치의 아들이 아니냐고 물었다.

"예, 그렇습니다."

"당신 아버님을 두 번인가 뵌 적이 있어요. 소식도 자주 듣고 있고요. 만나게 돼서 아주 반가워요."

그녀는 이렇게 말했다. 그 순간, 부관 하나가 새처럼 재빠르게 다가와서 그녀에게 카드리유를 청했다. 그녀는 기꺼이 승낙했다.

"정말로 춤을 출 겁니까?"

아르카디가 공손하게 물었다.

"추지요. 왜 내가 춤을 추지 않을 거라고 생각해요? 혹시 너무 늙었다고 생각하나요?"

"천만에요, 그럴 리가요……. 그럼, 이따가 나하고 마주르카(여러 쌍이 원형으로 둘러서 함께 추는 춤─옮긴이)를 한번 추겠습니까?"

"좋아요."

오딘초바는 환하게 미소를 지으며 대답했다. 그러고는 깔보는 것은 아니지만, 마치 시집간 누나가 남동생을 보는 듯한 눈길로 아르카디를 지그시 바라보았다.

오딘초바는 아르카디보다 고작 몇 살 위인 스물아홉이었다. 그런데도 아르카디는 그녀 앞에서 자신이 매우 어린 남학생이 된 것 같은 기분이 들었다.

마트베이가 당당한 태도로 그녀에게 다가와 입에 발린 말을 늘어놓았다. 아르카디는 한쪽으로 물러섰지만 눈으로는 계속 그녀를 뒤쫓았다. 카드리유를 추는 동안에도 시선을 떼지 못했다.

그녀는 춤을 추는 상대와도 아주 자연스럽게 이야기를 주고받았다. 고갯짓과 눈짓은 단아했고, 두 번쯤 조용히 웃음을 지었다. 코는 대부분의 러시아 인들처럼 조금 높았고, 피부는 아주 깨끗하다고 할 수는 없었다. 하지만 아르카디는 이제까지 이렇게 매혹적인 여성을 만나 본 적이 없었다. 그녀의 목소리가 귓전을 맴돌며 좀처럼 떠나지 않았다. 그녀의 모든 것이 남달라 보였다. 입고 있는 옷의 주름까지도 맵시 있게 느껴졌다.

이윽고 마주르카의 전주가 시작되었다. 아르카디는 그녀 곁에 앉아서 말을 건네려고 했지만, 공연히 손으로 머리카락만 쓸어 올릴 뿐 한마디도 하지 못했다. 가슴이 오그라들었다. 하지만 걱정은 생각보다 오래가지 않았다. 오딘초바의 침착함이 그에게도 고스란히 전이되었다. 십오 분여가 지났을 때 그는 이미 아버지와 큰아버지, 페테르부르크와 시골 생활에 대해 이런저런 이야기를 늘어놓고 있었다.

오딘초바는 부채를 살짝 접었다 폈다 하며 고상한 태도로 그의 말에 귀를 기울였다. 그의 수다스런 이야기는 남자들이 그녀에게 춤을 청할 때마다 중단되곤 했다. 그사이에 시트니코프도 두 번이나 그녀에게 춤을 청했다. 춤추고 돌아와 다시 부채를 들며 자리에 앉을 때도 그녀의 가슴은 숨가쁜 기색조차 없었다. 그녀가 돌아오면 아르카디는 다시 이야기를 늘어놓기 시작했다.

아르카디는 그녀의 눈과 아름다운 이마, 다정하면서도 정숙하고 지적인 얼굴을 하염없이 바라보았다. 그녀와 이렇게 가까이 앉아 있다는 사실만으로도 너무나 행복했다. 말수가 많지는 않았지만, 그녀의 말에는 삶의 연륜이 묻어났다.

"시트니코프가 당신을 소개할 때 옆에 서 있던 사람은 누구죠?"

그녀가 물었다. 그러자 아르카디가 되물었다.

"아, 보셨군요? 정말 잘생겼지요? 바자로프라고, 내 친구입니다."

아르카디는 이번에는 '내 친구'에 대해 이야기하기 시작했다. 감탄사를 섞어 가며 어찌나 상세하게 설명하는지, 오딘초바는 새삼스레 고개를 돌려서 바자로프를 주의 깊게 살펴보았다.

어느새 마주르카가 끝나 가고 있었다. 아르카디는 부인과 헤어질 때가 되었다는 사실이 못내 아쉬웠다. 그녀와 함께한 시간이 얼마나 멋졌던가!

이윽고 음악이 멈췄다. 오딘초바가 자리에서 일어나며 말했다.

"덕분에 즐거웠어요. 조만간 나를 방문하겠다고 그랬죠? 친구하고 같이 와요. 세상 그 무엇도 믿지 않겠다는 용기를 지녔다니, 꼭 만나 보고 싶군요."

현지사가 오딘초바에게 다가와, 만찬이 준비되었다며 사려 깊은 표정으로 팔을 내밀었다. 현지사를 따라가던 오딘초바는 뒤를 돌아보며 미소를 짓고는 고개를 숙여 보였다. 아르카디는 공손하게 인사를 하고 그녀의 뒷모습을 바라보며 생각했다.

'나 같은 존재는 벌써 잊었겠지.'

순간, 아르카디는 뭔가 형언하기 힘든 자괴감을 느꼈다.

아르카디가 구석 자리로 돌아오자마자 바자로프가 물었다.

"어때? 흐뭇했나? 방금 귀족이 지나가면서 '저 여자, 저것 참, 에헤, 참.' 그러던데. 얼간이 같은 작자의 말이긴 하지만, 자네가 보기에 '저 여자, 에헤, 참.'이 무슨 뜻인 것 같나?"

"글쎄, 전혀 모르겠는걸."

아르카디가 대답했다.

"이거 봐라! 자네, 정말 순진하군!"

"그자가 왜 그렇게 말했는지 모르겠다는 거야. 정말 사랑스러운 여인이잖아. 물론 차갑고 단정한 구석이 있다 보니……"

바자로프가 아르카디의 말을 가로챘다.

"고요한 연못에 악마가 깃들어 산다……. 왜 그런 말 있잖아. 차갑다고 했지? 그 점에 바로 매력이 있는 거지. 자네가 아이스크림을 좋아하는 것과 같지 않겠나?"

아르카디가 중얼거렸다.

"그럴지도 모르지……. 하여튼 난 잘 모르겠어. 그 부인은 자넬 만나 보고 싶어 하던데. 숙소로 함께 찾아오라고 하더라고."

"자네가 나에 대해 뭐라고 늘어놨을지 상상이 가. 아무튼 잘했어. 같이 가지, 뭐. 그녀가 시골의 범속한 암사자이든, 쿠크시나류의 해방녀이든, 보기 드물게 예쁜 어깨를 가졌다는 사실은 분명하니까. 그것만으로도 충분하잖아."

아르카디는 바자로프의 냉소적인 어투에 기분이 상했지만, 한두 번 겪는 일도 아니어서 구태여 불평하진 않았다. 그러나 그는 다른 이유를 들어 바자로프를 비난했다.

"자네는 왜 여성들의 자유사상을 인정하지 않나?"

"왜냐고? 이 친구야, 내가 관찰해 본 결과, 여자들 중에서 자유사상가라는 것들은 다 못난이들뿐이라서."

대화는 여기서 중단됐다.

두 사람은 만찬이 끝나자마자 곧바로 자리를 떴다. 쿠크시나는 드러내 놓고 티를 내지는 않았지만, 그들의 뒤통수에 대고 신경질적인 비웃음을 날렸다. 둘 중 누구도 자신에게 관심을 보이지 않아서 자존심이 크게 상한 모양이었다. 그녀는 맨 마지막까지 무도회에 남아, 새벽 3시가 넘도록 시트니코프를 붙잡고 마주르카를 추어 댔다. 이 교훈적인 볼거리를 마지막으로 현지사의 축제는 막을 내렸다.

이튿날 바자로프가 아르카디와 함께 오딘초바가 묵고 있는 호텔 계단을 오르며 이렇게 말했다.

"그 귀부인께서 포유류의 어느 부류에 속하는지 좀 보자고. 내 코는 벌써 안 좋은 냄새가 난다고 그러는데."

"하도 놀라서 입을 다물 수가 없군! 어떻게 자네가 그처럼 편협한……."

바자로프는 대수롭지 않다는 듯이 아르카디의 말을 가로막았다.

"무슨 뚱딴지 같은 소리야! 우리들 어법으로는 '좋지 않다'가 '좋다'라는 뜻인 거 몰라? 자네야말로 오늘 그 입으로 저 여자가 이상한 결혼을 했다고 말하지 않았나? 하지만 내 생각에 돈 많은 노인네와 결혼하는 것은 조금도 이상할 게 없어. 오히려 아주 합당한 일이지. 난 풍문 따위는 믿지 않지만, 우리 교양 있는 지사님 말씀처럼, 거기에도 나름대로 타당한 근거가 있다고 생각해."

아르카디는 아무 대꾸도 없이 호텔 방문을 두드렸다. 제복을 입은 젊은 하인이 두 사람을 큰 방으로 안내했다. 러시아 호텔이 다 그렇듯이, 방 안에 가구는 많지 않았지만 꽃은 한가득 꽂혀 있었다.

잠시 뒤 오딘초바 부인이 간소한 실내복 차림으로 모습을 드러냈다. 봄날의 햇빛 때문인지 전날보다 더 젊어 보였다. 아르카디는 바자로프를 소개했다. 오딘초바는 어제와 마찬가지로 더할 나위 없이 침착했다. 이에 반해 어쩔 줄 몰라 하는 바자로프의 모습을 보면서 아르카디는 속으로 놀라움을 금치 못했다. 바자로프도 스스로에게 화가 많이 났다.

'이게 무슨 꼴이냐! 여자 앞에서 주눅이 들다니!'

그는 시트니코프 못지않게 무례하게 안락의자에 기대앉아 일부러 거침없이 말했지만, 오딘초바는 맑은 두 눈으로 그를 차분히 응시했다.

안나 세르게예브나 오딘초바는 투기꾼이자 도박꾼인 세르게이 로크테프의 딸이었다. 아버지는 당대에 소문난 미남이었다. 그는 페테르부르크와 모스크바에서 십오 년가량 요란하게 호시절을 누리다가 결국 도박으로 재산을 다 날리고 낙향했다.

하지만 시골로 내려온 지 얼마 안 돼 변변한 재산도 없이 두 딸을 남기고 세상을 떠났다. 열두 살 난 카챠와 스무 살 된 안나였다. 자매의 어머니는 몰락한 X 공작 가문 출신으로, 남편이 페테르부르크에서 한창 잘나갈 때 이미 죽었다.

안나는 아버지가 죽고 난 뒤 매우 힘든 상황에 처했다. 페테르부르크의 화려한 환경에서 자란 그녀가 집안 살림과 재정 문제를 직접 감당하고 외로운 시골 생활을 견디기란 쉽지 않았다. 근방에는 누구 하나 알고 지내는 사람도, 의논 상대가 되어 줄 만한 사람도 없었다. 아버지 세르게이는 이웃들을 경멸하며 교제를 꺼렸고, 이웃들은 그들대로 그를 경멸했기 때문이다.

안나는 기지를 발휘했다. 이모 아브도챠 X 공작 부인에게 편지를 써 시골로 모셔 온 것이다. 조카딸 집에 자리 잡은 심술 사납고 허영심 가득한 노부인은 제일 좋은 방을 독차지하고서 아침부터 저녁까지 툴툴거리며 잔소리만 늘어놓았다. 잠깐 정원을 산책할 때조차도 자기에게 딸린 몸종을 거느리고 나갔다. 그 몸종은 삼각 모자를 쓰고 푸른 술이 달린 낡은 연두색 제복을 입고 음울한 표정으로 그녀를 따라다녔다. 안나는 이모의 온갖 변덕과 심술을 견디면서 동생을 돌보는 일에만 열심이었다. 마치 시골구석에 묻혀 살 수밖에 없다고 체념한 듯이 보였다.

그러나 운명은 그녀를 가만히 내버려 두지 않았다. 오딘초프라는 마흔여섯 살의 아주 부유한 남자를 만나게 된 것이다. 그는 그녀에게 홀딱 빠져서 청혼을 했다. 괴짜에다 결벽증이 있을뿐더러 투실투실하게 살까지 찐 데다 성격은 침울하고 비관적인 남자였다. 하지만 어리석거나 악독한 사람은 아니었다. 그녀는 고민 끝에 청혼을 받아들였다. 남편은 결혼 육 년 만에 세상을 떠나면서 그녀에게 전 재산을 남겨 주었다.

안나는 남편이 죽은 뒤, 거의 일 년 동안 마을을 벗어나지 않았다. 그러다가 동생과 함께 외국에 나갔지만 독일에서만 좀 머물렀을 뿐 곧 싫증을 내고 돌아왔다. 그리하여 ○○○현에서 사십여 킬로미터 떨어진 니콜스코예 마을이 그녀의 터전이 되었다. 그곳에는 웅장하고 화려한 저택, 갖가지 온실까지 갖춘 멋진 정원이 있었다. 죽은 남편 오딘초프는 마음에 드는 것은 무엇이든 다 손에 넣고야 마는 사람이었다.

안나는 시내에 모습을 드러내는 일이 거의 없었고, 일 때문에 나가는 경우에도 결코 오래 머물지 않았다. 현 사람들은 그녀를 좋아하지 않았고, 오딘초프와의 결혼을 격렬하게 비판했다. 심지어 그녀가 제 아버지의 사기 행각을 도왔다는 둥, 외국에 나갔던 것도 뭔가 잘못을 숨겨야 했기 때문이라는 둥 하면서 터무니없는 소문을 퍼뜨리기도 했다. 그녀도 이런 소문들을 들었지만 그저 한쪽 귀로 듣고 한쪽 귀로 흘려 버렸다. 발 없는 말에는 개의치 않을 만큼 자유로우면서도 단호한 성격의 소유자였던 것이다.

오딘초바는 안락의자 등받이에 살짝 등을 기대고 앉아 두 손을 무릎 위에 포개고 바자로프의 말에 귀를 기울였다. 바자로프는 평소와 달리 말이 아주 많았다. 상대의 환심을 사려고 애쓰는 모습이 역력했다. 아르카디는 그의 그런 모습에 또 한 번 놀랐다. 오딘초바의 표정으로 봐서는 그에게 어떤 인상을 받았는지 알 수가 없었다. 그녀는 한결같이 상냥했다. 아름다운 두 눈은 호기심으로 반짝였지만, 흥분이 담겨 있다기보다는 오히려 평온해 보였다.

사실 그녀는 처음에 바자로프가 취했던 불손한 태도에, 마치 악취나 소음을 접했을 때처럼 기분이 불쾌했다. 하지만 바자로프가 마음의 동요를 감추려고 그렇게 행동했다는 것을 눈치채고는 되레 그 점에 호감을 느꼈다. 속물적인 것에 대해서는 거부감이 있었지만, 어느 모로 봐도 바자로프는 속물적인 인간은 아니었던 것이다.

그날 아르카디는 시종 놀라움을 금치 못했다. 바자로프가 총명한 여자 앞에서 늘 그렇듯, 오딘초바에게도 자신의 신념과 견해를 늘 어놓으리라고 예상했다. 그녀 자신도 '세상 그 무엇도 믿지 않겠다는 용기'를 지닌 사람을 만나 보고 싶다고 말하지 않았던가. 그런데 예상과는 달리, 바자로프는 의학과 식물학 등에 대해서만 이야기하고 있었다. 게다가 오딘초바는 고립된 삶 속에서 시간을 허비하고만 있었던 것은 아닌 듯했다. 좋은 책을 많이 읽은 티가 역력하게 났다.

그녀는 음악 얘기를 꺼냈다가 바자로프가 예술을 인정하지 않는다는 것을 눈치채고는, 아르카디가 민요의 가락에 대해 얘기하고 있는데도 식물학으로 슬그머니 화제를 돌려 버렸다. 아르카디를 여전히 남동생처럼 대하고 있었던 것이다. 아르카디의 청년다운 선량함과 순수함을 높이 산 것처럼 보이긴 했지만, 어디까지나 그뿐이었다.

세 시간쯤 지난 뒤, 두 친구는 자리에서 일어나 작별을 고했다. 오딘초바는 그들을 다정하게 바라보며 아름다운 흰 손을 내밀었다. 그리고 잠시 생각에 잠기더니, 조금 망설이는 듯한 목소리로 제안했다.

"니콜스코예 마을에 있는 우리 집에도 한번 방문해 줄래요? 좀 따분해도 괜찮다면……."

"부인, 과분한 영광이 아닐 수 없습니다……."

아르카디가 큰 소리로 대답했다.

"바자로프, 당신은요?"

바자로프는 고개를 숙여 보였다. 여기서 아르카디는 또 한 번 놀랐다. 바자로프가 얼굴을 붉혔던 것이다.

거리로 나오자, 아르카디가 먼저 말을 꺼냈다.

"어때? '그 여자, 에헤, 참.'이라는 견해에 동의하나?"

"알 게 뭐야! 얼마나 냉정한지 봤잖아!"

바자로프는 이렇게 받아치고는 잠시 말이 없다가 덧붙였다.

"공주. 번쩍거리는 왕관에다 질질 끌리는 옷자락만 있으면 딱이지……."

"우리네 공주님들은 러시아 어를 못 하신다네."

아르카디가 일침을 놓았다.

"아이고, 그러신가요? 그래도 어려운 시절에 우리 평민들의 빵 맛을 좀 보신 모양이지요."

"어쨌든 매력 있잖아."

아르카디가 중얼거렸다. 바자로프가 감탄 어린 목소리로 말했다.

"정말 풍만한 육체지! 당장이라도 해부대 위에 올려놓고 싶더군."

"제발, 바자로프! 무슨 말을 그렇게 하나?"

"이 샌님 같은 친구하고는! 알았어. 화내지 마. 내 말은 아주 일급품이라 그 말이야. 그 마을에나 한번 가 보자고."

"언제?"

"당장, 내일 모레라도. 여기서 할 일이 더 있겠어? 쿠크시나 부인집에서 샴페인이나 마실 거야? 아니면 그 자유주의 고관이라는 친척 어른의 설교를 들을 거야? 우리 집도 거기서 그리 멀지 않고. 니콜스코예 마을은 ○○○로를 따라가다 보면 나오는 거지?"

"맞아."

"좋았어! 꾸물거릴 것 없어. 꾸물거리는 건 바보들이나 하는 짓이지. 하긴 똑똑한 체하는 놈들도 마찬가지지만. 그 풍만한 육체를 두고 그럴 순 없지!"

이틀 뒤, 두 친구는 마차를 타고 니콜스코예 마을로 향하는 도로를 달리고 있었다. 맑게 갠 날씨에 너무 덥지도 않았다. 살이 잘 오른 역마들은 꼬리를 가볍게 흔들며 다정하게 발맞춰 달려갔다. 아르카디는 도로를 바라보며 자신도 모르게 미소를 지었다.

바자로프가 갑자기 소리쳤다.

"축하해 줘. 오늘 6월 22일이 바로 내 명명일이야. 내 수호천사께서 날 돌봐 주실지 두고 보자고. 우리 집에서는 오늘쯤 올 줄 알고 기다리고 계시겠지만."

그는 목소리를 낮춰 덧붙였다.

"기다리시다 말겠지. 무슨 대수겠어!"

안나 세르게예브나 오딘초바의 저택은 사방이 훤히 내려다보이는 약간 경사진 언덕 위에 서 있었다. 멀지 않은 곳에 노란색 석조 건물이 보였다. 하얀 원주 기둥 위에 초록색 지붕을 얹은 교회였다. 현관 위쪽에는 '그리스도의 부활'을 묘사한 이탈리아식 벽화가 있었다. 교회 뒤쪽으로는 마을의 농가가 두 줄로 길게 늘어서 있었는데, 초가지붕 위로 굴뚝이 여기저기 삐죽삐죽 솟아 있었다.

지주의 저택은 교회 건물과 같은 양식이었다. 노란색 외벽과 초록색 지붕, 하얀색 원주 기둥이 있었고, 현관 위 삼각 창문에는 가문의 문장이 그려져 있었다. 이런 건물은 몇 십 년 전에 유행했던 것으로, 알렉산드르 양식이라고 불렸다. 두 건물 모두 오딘초프의 승인하에 이 지역 건축가가 지었다. 저택은 울창한 나무들에 둘러싸여 있었고, 잘 손질된 전나무 사이로 난 오솔길이 현관 앞마당으로 이어져 있었다.

현관에서 두 친구를 맞은 것은 제복 차림에 키가 큰 하인 두 사람이었다. 그중 하나는 집사를 부르러 뛰어갔다. 곧 집사로 보이는, 까만 연미복을 입은 뚱뚱한 사내가 나타나 양탄자가 깔린 계단을 따라 별실로 안내했다. 거기에는 세면도구와 침대 두 개가 준비돼 있었다. 집 안의 모든 것이 청결하고 어디서나 좋은 냄새가 풍겼다. 마치 장관 댁 응접실쯤 되는 것 같았다. 집사가 말했다.

"오딘초바 부인께서는 삼십 분 뒤에 뵙겠다고 하셨습니다. 무엇이든 분부하실 일이 있으면 말씀하십시오."

"무엇이든 분부하실 일은 없지만, 보드카나 한잔 내주면 고맙겠소."

바자로프가 대꾸했다.

"알겠습니다."

집사는 약간 의아해하는 표정으로 대답하고 장화를 끌면서 물러갔다.

바자로프가 말했다.

"으리으리하군! 뭐랬더라? 공주, 그래 정말로 공주님 저택이야."

아르카디가 응수했다.

"그냥 공주가 아니라 훌륭한 공주님이지. 우리 같은 대귀족 나리들을 초면에 이렇게 초대해 주셨으니 말이지."

"특히 이 몸은 미래의 의사 나리이자, 의사의 아드님 되시고, 게다가 교회 문지기의 후손 되시는 분이란 말이야……. 참, 내가 교회 문지기 손자라는 건 알고 있지?"

바자로프는 잠시 말을 멈췄다가 입술을 일그러뜨리며 덧붙였다.

"하지만 너무 제멋에 취해 계신 거 아냐? 제멋에 사는 마나님이라 이거지! 우리도 연미복이라도 입고 왔어야 했던 거 아냐?"

아르카디는 그저 한쪽 어깨만 으쓱해 보였지만, 그 역시 약간은 거북함을 느끼고 있었다.

삼십 분 뒤, 바자로프와 아르카디는 응접실로 안내를 받았다. 천장이 높은 널찍한 방은 아주 화려하게 꾸며져 있었다. 금빛 꽃무늬가 있는 갈색 벽지를 따라 고급 가구들이 억지로 구색을 갖춘 듯이 놓여 있었다. 오딘초프가 생전에 모스크바에서 사들인 가구들이었다. 한가운데 놓인 소파 위에는 푸석푸석한 금발 남자의 초상화가 걸려 있었는데, 손님들을 별로 달가워하지 않는 눈빛이었다.

"남편 초상화겠지."

바자로프가 아르카디에게 이렇게 속삭이고는 콧등을 찡그리며 덧붙였다.

"그냥 도망갈까?"

바로 그 순간, 오딘초바가 들어왔다. 그녀는 실크 원피스를 입고 있었다. 머리를 귀 뒤로 매끈하게 빗어 넘겨 아가씨같이 깨끗하고 청순한 얼굴을 드러냈다.

그녀가 입을 열었다.

"약속을 지켜 줘서 고마워요. 부디 편한 시간이 되길 바라요. 여긴 정말 괜찮은 곳이랍니다. 참, 내 여동생에 대해 말했던가요? 피아노를 아주 잘 친답니다. 바자로프 씨는 별 관심이 없을 테지만, 아르카디 씨는 음악을 좋아하지요? 내 동생 말고도 연로하신 이모님이 이 집에 같이 살고 있습니다. 카드놀이를 하러 가끔 들르는 이웃도 한 분 있고요. 자, 이제 좀 앉아요."

오딘초바는 또박또박, 마치 외워서 낭송하듯이 짤막하게 인사말을 하고는 아르카디에게 말을 걸었다. 그녀의 어머니는 아르카디의 어머니를 잘 알 뿐 아니라, 아르카디 부모님의 연애 이야기까지 들었을 만큼 친밀한 사이였다고 했다. 아르카디는 자기 어머니에 대해 열심히 이야기했다. 그러는 동안 바자로프는 사진첩을 들춰 보았다.

그때 목에 푸른 목걸이를 한 멋진 보르조이(긴 털과 뾰족한 얼굴형이 특징적인 대형견―옮긴이) 한 마리가 마룻바닥에 발자국 소리를 내면서 응접실로 들어왔다. 그 뒤로 열여덟 살쯤 되어 보이는 여자가 따라 들어왔다. 검은 머리에 피부가 까무잡잡했는데, 밉지 않은 얼굴에 작고 까만 눈을 지니고 있었다. 손에는 꽃이 가득 담긴 광주리가 들려 있었다.

"우리 카챠예요."

오딘초바가 고갯짓으로 동생을 가리켰다. 카챠는 가볍게 무릎을 구부려 인사하고 언니 옆에 자리를 잡고서 꽃을 다듬기 시작했다. 피피라고 불리는 개는 꼬리를 흔들며 다가와, 손님들 손에 차가운 코를 문질러 댔다.

"네가 다 꺾었니?"

오딘초바가 물었다.

"네."

카챠가 대답했다.

"이모님은 차 드시러 안 오신대?"

"오실 거예요."

카챠는 말할 때마다 약간 수줍어하는 듯하면서도 아주 상냥한 미소를 지었다. 올려 뜬 눈은 다정한 듯하면서도 쏘아보는 것 같았다. 보송보송한 솜털이 난 얼굴과 희끗희끗한 반점이 비치는 장밋빛 손, 가녀린 어깨⋯⋯, 그 모든 것에서 아직 새파란 풋내가 났다. 그녀는 내내 얼굴을 붉히고 있었다.

오딘초바가 바자로프에게 관심을 돌렸다.

"예의상 사진첩을 보고 계신 거지요? 그런 건 재미없을 거예요. 우리하고 뭐든 같이 이야기하지요."

바자로프가 가까이 다가와서 물었다.

"무엇에 대해 얘기할까요?"

"뭐든 원하는 대로요. 미리 밝혀 두지만, 나는 지독하게 따지기 좋아하는 논쟁꾼이에요."

"당신이요? 내 눈에는 지극히 침착하고 냉정해 보이는데, 논쟁을 하려면 뭔가에 깊이 빠져야 되거든요."

"어째서 나에 대해 그렇게 단정하는 거죠? 난 성격이 급하고 고집 스러워요. 카챠에게 물어봐요. 그리고 아주 쉽게 빠져드는 편이죠."

바자로프는 오딘초바의 얼굴을 빤히 바라보았다.

"그렇군요. 논쟁을 원하면 그렇게 하지요. 당신은 스위스 작센 지방의 풍경 사진을 보고 있는 나에게 흥미를 느끼지 못할 거라고 말했지요. 내게 예술적 이해가 없다고 생각했나 봅니다. 옳은 지적입니다. 하지만 이 풍경 사진들은 지질학적 관점에서 산의 형세를 보는 것만으로도 충분히 흥미롭습니다."

"지질학적 관점을 위해서라면 이런 사진들보다 전문 서적을 찾아보는 게 낫지 않을까요?"

"천만에요. 사진은 책에서 수십 쪽에 걸쳐 설명하는 것을 한눈에 보여 주거든요."

오딘초바는 잠시 입을 다물고 있었다.

"그렇다면 예술적 가치라는 건 무의미하다는 얘기인가요? 어떻게 당신은 예술 없이 살아갈 수가 있지요?"

그녀는 탁자에 팔꿈치를 얹으며 입을 열었다. 그 바람에 그녀의 얼굴이 바자로프에게 바짝 가까워졌다.

"오히려 묻고 싶군요. 대체 그런 게 왜 필요합니까?"

"적어도 인간을 알고 연구하기 위해서는 필요하지 않나요?"

바자로프는 웃음을 터뜨렸다.

"첫째, 그러기 위해서라면 인생의 경험이 필요하겠지요. 둘째, 개개의 인간을 연구하는 것은 쓸데없는 일입니다. 모든 인간은 몸도 영혼도 다 서로 닮았거든요. 우리들 모두 뇌와 비장, 심장, 폐를 가지고 있는데, 모두 다 똑같은 구조입니다. 정신적 자질이라는 것도 마찬가지입니다. 모양이 조금씩 다르다 해도 별 의미는 없지요. 따라서 단 한 사람의 표본만 있으면, 나머지 사람들에 대해서도 당연히 알 수 있는 것입니다. 숲 속의 나무와도 같다고 할까요? 자작나무를 조사하기 위해 한 그루 한 그루에 일일이 매달리는 식물학자는 없습니다."

꽃을 고르고 있던 카챠는 무슨 말인지 모르겠다는 듯이 눈을 치켜떴다가, 바자로프의 눈길과 마주치자 금세 얼굴이 붉게 물들었다. 오딘초바는 고개를 저었다.

"숲 속의 나무와 같다고요? 그럼 당신은 어리석은 사람과 지혜로운 사람, 선한 사람과 악한 사람 사이에 아무런 차이가 없다고 생각하나요?"

"아닙니다. 있지요. 아픈 사람과 건강한 사람의 차이처럼 말입니다. 결핵 환자의 폐는 나나 당신의 폐와 구조가 같지만 상태는 확연하게 다르지요. 우리는 육체의 질병이 왜 생기는지에 대해서는 정확하게 알지 못합니다. 하지만 정신의 질병은 잘못된 교육에서 비롯되는 것이 분명합니다. 사람들 머릿속에 뿌리박힌 온갖 쓸데없는 것들은, 한마디로 사회가 추악하기 때문에 발생하는 것이지요. 사회를 개조하면 그런 질병은 사라질 겁니다."

바자로프는 긴 손가락으로 볼수염을 쓰다듬으며 방 안을 둘러보았다. 오딘초바가 물었다.

"사회를 바꾸면 어리석은 사람도, 악한 사람도 사라질 거란 말인가요?"

"올바른 사회 구조 속에서는 어리석든 지혜롭든, 악하든 선하든 다 똑같아지겠지요."

"아, 이제 알겠네요. 모든 사람이 다 똑같은 비장을 가지게 될 거란 말이지요?"

"바로 그겁니다, 부인."

오딘초바가 아르카디를 향해 물었다.

"당신도 같은 생각인가요, 아르카디?"

"전적으로 동의합니다."

아르카디가 대답하자 카챠가 그를 힐끗 바라보았다.

오딘초바가 다시 말했다.

"두 사람은 나를 정말 놀라게 만드네요. 하지만 차차 또 얘기를 나누기로 하지요. 지금 우리 이모님께서 차를 드시러 오는 것 같은데, 그분 귀를 편하게 해 드려야 하거든요."

잠시 후 오딘초바의 이모인 X 공작 따님이 응접실로 들어왔다. 손바닥만 한 주름투성이 얼굴에 깡마르고 조그만 몸집을 한 여인이었다. 회색 가발 아래 두 눈이 심술 사나워 보였다. 그녀는 손님들에게 인사도 제대로 하지 않고 벨벳 안락의자에 앉았다. 그녀 말고는 누구도 앉을 수 없는 의자였다. 카챠가 얼른 발밑에 받침대를 가져다 댔다. 노파는 고마워하기는커녕 그녀를 쳐다보지도 않았다. 허깨비 같은 몸을 뒤덮은 노란 숄 아래에서 두 손을 조금 움직였을 뿐이다.

"안녕히 주무셨어요, 이모님?"

오딘초바가 목소리를 높여 인사했다.

노파는 대답을 하는 대신, 피피가 두어 걸음 머뭇거리며 다가오는 것을 보고 이렇게 투덜거렸다.

"이놈의 개가 또 들어왔어. 쉿! 저리 가!"

카챠가 피피를 부르며 문을 열었다.

피피는 산책을 나가는 줄 알고 좋아라 따라나섰다가 등 뒤에서 문이 바로 닫히자 발톱으로 문을 긁어 대며 낑낑거렸다.

오딘초바가 말했다.

"차가 준비됐을 거예요. 자, 다들 가시죠. 이모님, 차 드시러 가요."

공작 따님은 말없이 일어나 앞장서서 응접실을 나섰다. 모두들 그 뒤를 따라 식당으로 향했다. 제복을 입은 아이가 탁자에서 바닥 긁는 소리를 내며 의자를 빼냈다. 역시 공작 따님을 위한 특별한 의자로 쿠션이 여러 개 놓여 있었다. 카챠는 여러 잔에 차를 따르고는 가문의 문장이 그려진 찻잔을 공작 따님 앞에 맨 먼저 바쳤다. 노파는 찻잔에 꿀을 타면서 잠긴 목소리로 물었다.

"그래, 이반 공작은 뭐라고 써 보냈지?"

그 말에 대답하는 사람은 아무도 없었다. 바자로프와 아르카디는 집안사람 모두 그녀를 공손하게 모시고 있지만, 실제로는 아무도 그녀에게 주의를 기울이고 있지 않다는 것을 금세 알아차렸다.

'공작 가문을 내세우려고 갖춰 놓은 것뿐이군.'

바자로프는 속으로 생각했다.

차를 마신 다음, 오딘초바는 산책을 나가자고 제안했다. 하지만 빗방울이 듣는 것을 보고 공작 따님을 제외한 모두가 다시 응접실로 돌아왔다. 얼마 후 카드놀이를 좋아하는 포르피리 플라토니치라는 이웃 사람이 찾아왔다. 닳아서 짧아진 책상 다리처럼 짤막한 다리에 머리가 희끗희끗한 뚱보였는데, 너무나 공손해서 도리어 우스꽝스러울 정도였다.

언젠가부터 바자로프와 격의 없이 이야기를 나누던 오딘초바가 카드놀이를 옛날식으로 편을 먹고 한판 하지 않겠느냐고 물었다. 바자로프는 시골 의사가 되기 위해서 미리 연습해 둘 필요가 있겠다며 기꺼이 동의했다. 그러자 오딘초바가 경고했다.

"바자로프 씨, 조심하세요. 포르피리와 내가 이길 거니까요. 그리고 카챠, 너는…… 아르카디 씨에게 뭐든 한 곡 연주해 드리렴. 이분은 음악을 좋아하니까."

카챠는 내키지 않는 얼굴로 피아노 앞으로 갔다.

아르카디는 음악을 좋아하는 것이 분명한데도, 마지못한 표정으로 카챠를 따라 자리에서 일어섰다. 어쩐지 오딘초바가 자신을 밀어내는 것만 같아서였다.

카챠는 피아노 뚜껑을 들어 올리며 아르카디를 쳐다보지도 않은 채 나지막하게 물었다.

"어떤 곡을 칠까요?"

"뭐든지 좋아하는 걸로요."

아르카디 역시 무심하게 대답했다.

"어떤 음악을 좋아하는데요?"

카챠는 자세를 조금도 바꾸지 않고 되물었다.

"고전파요."

"모차르트, 괜찮아요?"

"모차르트, 좋습니다."

카챠는 모차르트의 〈C단조 소나타 환상곡〉을 연주하기 시작했다. 다소 건조하기는 했지만 연주 솜씨는 매우 훌륭했다. 그녀는 입술을 꼭 다문 채 악보에서 눈을 떼지 않고 피아노를 연주했다. 곡이 끝날 때쯤에는 얼굴이 달아오르고 머리카락이 짙은 눈썹 위로 조금 흘러 내려와 있었다.

아르카디는 마지막 악장에서 큰 감동을 받았다. 명랑하고 편안한 선율이 매혹적으로 흐르다가, 갑자기 비극적일 정도로 침울한 애수의 격정이 분출되는 바로 그 부분⋯⋯.

카챠는 연주를 끝낸 뒤, 건반에 손을 얹은 채로 물었다.

"이만해도 될까요?"

아르카디는 더 이상 수고를 끼치고 싶지 않다고 말했다. 그러고는 이 소나타를 그녀 스스로 골랐는지, 아니면 누군가가 추천한 건지를 물었다. 카챠는 그의 말들에 간단하게 대답하고는 혼자만의 생각 속으로 빠져들었다.

그러는 동안 바자로프는 카드놀이에서 계속 지고 있었다. 오딘초바의 카드 솜씨는 아주 능숙했고, 포르피리 역시 자기 몫을 너끈히 해냈다. 바자로프는 결국 돈을 잃고 말았다. 푼돈이었지만 기분이 좋을 리가 없었다.

얼마 후 손님방으로 돌아와 단둘이 있게 되자, 아르카디가 감탄사를 늘어놓았다.

"정말 대단하지? 오딘초바 부인 말이야."

"그래, 뇌가 있는 여자야. 많은 일을 겪은 것 같기도 하고."

"무슨 뜻이야, 바자로프?"

"좋은 뜻에서 한 말이야, 이 친구야! 그 여잔 아마도 영지 관리도 아주 잘하고 있을 거야. 하지만 정말로 멋진 사람은 그 동생이야."

"뭐라고? 그 가무잡잡한 여자 말이야?"

"응, 그래. 아주 순수하잖아. 때 묻지 않아서 말도 잘 못 하고……. 그런 여자야말로 한번 사귀어 볼 만하지. 뭐든 만들어 낼 수 있는 원석이라고나 할까? 사실 그 언니는 너무 닳아빠졌어."

바자로프의 말에 아르카디는 아무 대답도 하지 않았다. 그들은 자리에 누운 채 각자 저 나름의 생각에 빠져 있었다.

한편, 그 시각에 오딘초바도 이 두 사람에 대한 생각을 하고 있었다. 그녀는 솔직 담백한 태도와 단호한 판단력을 지닌 바자로프가 마음에 들었다. 그에게는 그녀가 이제까지 접하지 못했던 새로운 뭔가가 있었다. 바로 그 점이 그녀의 호기심을 자극했다.

오딘초바는 어떤 편견에도 사로잡히지 않았다. 그렇다고 어떤 강력한 신념을 지닌 것도 아니었다. 한번 의심을 품으면 결코 그냥 넘어가는 법이 없지만, 그렇다고 거기에 매달려 안달복달하는 일은 결코 없었다.

만약 부유하지 않아서 독립적으로 살 형편이 못 됐다면, 어떤 열정에 빠져 삶의 투쟁에 몸을 던졌을지도 모른다. 불행인지, 다행인지 지루한 만큼 가볍게 살아왔다. 그저 가끔 어쩌다 가슴 두근거리는 일이 생길 뿐 긴장감 없는 일상을 이어 왔던 것이다. 간혹 그녀의 눈앞에 무지개가 피어오르기도 했지만, 그것이 사그라져도 별달리 아쉬워하지 않고 평온한 일상으로 돌아왔다. 상상 속에서는 일상의 도덕 법칙을 넘어서도 문제 될 리 없건만, 그럴 때마저 그녀의 피는 조용히, 그 매혹적이고 매끈한 몸속을 잠잠히 흐를 뿐이었다.

사랑에 실패한 여자들이 그렇듯이, 그녀는 항상 뭔가를 갈망하고 있었다. 하지만 그것이 무엇인지는 그녀 자신도 알지 못했다. 모든 것을 갈망하는 것 같지만, 사실은 아무것도 갈망하지 않았다. 그녀는 고인이 된 남편을 간신히 참고 견뎌 냈다. 그래서 남자들을 은근히 혐오하고 있었다. 그녀가 보기에 남자들이란 지저분하고 둔하고 생기 없는, 쓸데없이 성가시기만 한 존재였다.

'저 의사, 참 이상한 사람이야.'

그녀는 호화로운 침대에 누워 레이스로 장식된 베개를 베고 가벼운 비단 이불을 덮으며 생각했다. 한껏 기지개를 켜고 미소를 지었다가 두 팔로 머리를 받쳤다. 그러다가 프랑스 소설을 펼쳐 들고 두

장쯤 건성으로 훑어보다가 책을 손에서 떨어뜨리고는 금방 잠에 빠져들었다.

다음 날 아침, 오딘초바는 아침 식사를 마치자마자 바자로프와 식물 채집을 나갔다가 점심 식사 직전에야 돌아왔다. 아르카디는 아무 데도 가지 않고 카챠와 한 시간가량 함께 있었다. 그는 그녀와 함께 있는 동안 시간가는 줄을 몰랐다. (카챠는 먼저 나서서 어제저녁의 소나타를 다시 연주해 주었다.) 그러나 집으로 돌아온 오딘초바를 보는 순간, 아르카디의 마음 한켠이 몹시 아팠다.

그녀는 다소 지친 듯한 모습으로 마당을 걸어 들어왔다. 뺨은 발갛게 상기되어 있었고, 둥근 밀짚모자 아래의 두 눈은 밝게 빛나고 있었다. 손끝으로 가녀린 들꽃 한 송이를 쥐고 꽃대를 돌리고 있었다. 어깨에 걸친 가벼운 망토가 팔꿈치에 닿았고, 모자의 리본은 가슴팍까지 흘러내렸다. 그녀를 뒤따르는 바자로프는 언제나처럼 자신만만하고 당당해 보였다. 아르카디는 밝고 다감한 그 얼굴 표정이 왠지 마음에 들지 않았다.

바자로프는 아르카디에게 중얼거리듯, "안녕하시오!" 하고 인사를 던진 후 자기 방으로 들어갔다. 오딘초바 역시 아르카디에게 대충 손짓을 하고는 무심히 지나쳐 갔다.

'안녕하시냐고……? 우리가 오늘 처음 보나? 왜 저런 식으로 인사를 해?'

아르카디는 고개를 갸우뚱거렸다.

누구나 잘 알 듯이, 시간이라는 것은 새처럼 날아가는가 하면 벌레처럼 느리게 기어가기도 한다. 하지만 시간이 빨리 가는지, 더디가는지조차 의식하지 못할 때, 그럴 때가 가장 좋은 법이다. 아르카디와 바자로프가 오딘초바 집에서 보낸 이 주일이 바로 그런 나날이었다. 그것은 오딘초바가 지켜 온 생활의 질서 덕분이라고 말할 수 있다.

그녀는 자신이 세운 규칙을 엄격하게 지켜 나갔고, 다른 사람들도 그에 따르도록 했다. 하루 일과는 시간표에 따라 진행되었다. 아침 8시면 모두들 차를 마시러 한자리에 모여 앉았다. 차를 마시고나서 아침 식사 전까지는 각자 하고 싶은 일을 했고, 오딘초바 자신은 관리인과 집사, 그리고 창고지기와 이런저런 일을 처리했다. 저녁 만찬 전에 집안 사람들은 다시 모여 앉아 대화를 하거나 책을 읽었다. 저녁에는 산책 또는 카드놀이를 하고 음악을 들었다. 밤 10시 30분이 되면 오딘초바는 자기 방으로 들어가, 다음 날의 일정을 지시한 다음 잠자리에 들었다.

바자로프는 무슨 의식을 치르는 것처럼 꽉 짜인 일상이 별로 마음에 들지 않았다.

'꼭 레일 위를 달리는 것 같군.'

특히나 제복을 차려입은 하인들과 너무 예의를 차리는 시종들이 바자로프의 민주주의적 감성을 건드렸다. 그럴 바에는 차라리 영국식으로 연미복에 흰 넥타이를 매고 식사를 하는 편이 나을 거라는 생각이 들었다. 한번은 이 점에 대해 오딘초바에게 말을 꺼냈다. 그녀는 그의 말을 다 듣고 나서 이렇게 말했다.

"당신이 그렇게 생각하는 건 당연해요. 하지만 시골에서의 삶은 질서가 필요하지요. 질서가 없다면 금세 따분하고 권태로워질 테니까요."

그러고는 전과 다름없는 생활을 이어 갔다.

니콜스코예 마을의 영지에 도착한 지 며칠 되지 않아 두 청년에게는 변화가 일기 시작했다. 오딘초바는 언제나 의견이 갈리는 듯하면서도, 은근히 바자로프를 총애하고 있었다. 그런데도 바자로프는 전에 없이 불안한 기색을 나타냈다. 그는 초조감을 제대로 감추지 못했고, 뭔가 안달 난 사람처럼 한자리에 오래 앉아 있지 못했다.

한편 아르카디는 오딘초바를 향한 사랑을 깨닫고 남몰래 우울해했다. 그렇다고 해서 카챠와 잘 지내지 못하는 것은 아니었다. 오히려 그런 우울함이 카챠와 가까워지는 데 많은 도움이 되었다.

카챠 역시 뭔가 좀 수치스럽고 께름칙하긴 했지만, 아르카디와의 우정을 즐겁게 받아들였다. 그러나 이 두 사람은 오딘초바가 있는 자리에서는 서로 이야기도 나누지 않았다. 카챠는 언니의 예리한 시선 앞에서 늘 움츠러들었고, 아르카디는 사랑에 빠진 사람들이 으레 그렇듯이 연모의 대상을 앞에 두고 다른 이에게 관심을 돌릴 수가 없었다.

아르카디는 카챠와 단둘이 있는 것이 편하고 좋았다. 그는 자신에게 오딘초바를 사로잡을 힘이 없다는 것을 잘 알고 있었다. 어쩌다가 오딘초바와 둘만 있게 되기라도 하면, 아르카디는 수줍어서 어쩔 줄을 몰라 했다. 오딘초바 쪽에서도 무슨 말을 꺼내기가 난처했다. 그녀에게 그는 너무나 어리게 느껴졌기 때문이다.

아르카디로서는 카챠와 지내는 것이 편했고, 오딘초바로서는 바자로프와 함께하는 것이 좋았다. 그리하여 두 쌍은 잠시 함께 있다가도 이내 짝을 지어 헤어졌다. 특히 산책을 나가면 더욱더 그랬다. 카챠는 자연을 숭배하다시피 했고, 아르카디 역시 드러내 놓고 인정하지는 않았지만 자연을 몹시 사랑했다. 이처럼 거의 두 편으로 나뉘어 지내면서, 두 친구 사이도 서서히 멀어졌다. 그렇게 둘의 관계는 조금씩 달라지기 시작했다.

바자로프는 아르카디와 함께 이야기를 나눌 때, 오딘초바에 대해 입에 올리지 않았다. 더 이상 그녀의 '귀족주의적 행태'에 야유를 보내지도 않았다. 바자로프와 아르카디는 대화하는 횟수 자체가 전에 비해 눈에 띄게 줄어들었다. 바자로프는 뭔가를 감추기 위해 아르카디를 피하려는 것만 같았다. 아르카디는 이런 사실을 의식하고 있었지만 마음속에만 담아 두고 있었다.

이러한 '새로운 현상'의 진짜 원인은 오딘초바를 향한 바자로프의 감정에 있었다. 바자로프는 그 감정으로 괴로워하며 스스로에게 화를 내고 있었다. 만일 누군가 그의 마음속에 일고 있는 감정을 엿보고 혹시 사랑에 빠진 게 아닌지 떠보려 했다면, 바자로프는 분명 펄쩍펄쩍 뛰며 노발대발했을 것이다. 바자로프는 원래 여성의 외적인 아름다움을 찬양하는 여성 애호가였다. 그러나 이상적 사랑이나 낭만적 사랑은 황당하고 어리석은 것이라고 쭉 말해 왔다. 기사도

적인 감정 역시 기형적이고 병적인 것으로 치부했다.

'마음에 드는 여자가 있다면, 제 것으로 만들기 위해 노력해 볼 일이다. 하지만 잘 안 된다면 당장 포기해 버려라. 세상에 여자가 어디한둘이냐.'

그런데 지금 오딘초바가 그의 마음에 든 것이다. 그녀에 대한 뜬소문들, 그녀가 보여 준 자유롭고 독립적인 사고방식, 그녀가 노골적으로 내비치고 있는 호의……. 이 모든 것이 자신에게 유리하게 여겨졌다. 그러나 곧 바자로프는 그녀를 '제 것'으로 만들 수 없다는 사실을 깨달았다. 한층 더 놀라운 사실은 자신이 그녀를 포기할 수 없다는 깨달음이었다. 그녀를 떠올리기만 해도 피가 끓어올랐다. 이전까지는 도저히 용납할 수 없었던, 오히려 조롱해 왔던 그 뭔가가 자존심을 완전히 뒤흔들고 있었다.

그는 오딘초바와 대화할 때마다 낭만적인 것들에 대해 이전보다도 훨씬 더 경멸 어린 말을 늘어놓았다. 하지만 혼자 있을 땐 어느새 낭만주의자가 되어 버린 자신을 발견하고 분개해 마지않았다. 그럴 때마다 숲 속을 정신없이 쏘다니며 발에 차이는 나뭇가지를 마구 짓밟았다. 건초 더미를 쌓아 둔 헛간에 들어가 두 눈을 질끈 감고 잠을 청해 보기도 했다. 하지만 언제나 뜻대로 되지는 않았다. 그녀의 순결한 두 팔이 그의 목에 감기고, 도도한 입술이 그의 키스를 받아들이는 상상에 휩싸이곤 했다. 그는 현기증을 느끼며 잠시 넋을 잃고 있다가, 온갖 '수치스러운' 생각에 빠져 있는 자신을 발견하고 분노했다. 마치 악마에게 홀린 것만 같았다.

그러다가 문득 오딘초바에게도 뭔가 변화가 생겼다고 생각했다. 사실 바자로프가 오해하고 있는 것만은 아니었다. 그는 오딘초바의 상상력을 강하게 자극했고, 그녀의 마음을 서서히 차지해 가고 있었다. 그녀는 바자로프에 대해 점점 더 많은 생각을 하고 지냈다. 그가 눈에 보이지 않는다 해서 못 견디는 것은 아니었지만, 그가 나타나면 이내 얼굴 가득 생기를 띠었다. 단둘이 마주하는 자리도 마다하지 않았다. 심지어 바자로프가 그녀에게 화를 내도, 그녀의 취향이나 습관을 비난해도 즐거이 대화를 나누었다.

어느 날 정원을 산책하다가 바자로프가 침울한 목소리로 곧 시골에 계신 아버지에게 가 볼 생각이라고 말했다. 그녀는 심장을 찔린 사람처럼 이내 얼굴이 창백해졌다. 바자로프가 떠나겠다고 말한 것은 다른 뜻이 있어서가 아니었다. 그는 말을 꾸며 대는 짓은 결코 하지 않는 사람이었다.

그날 아침, 바자로프는 아버지의 집사인 티모페이치를 만났다. 이 노인은 바자로프를 키워 준 사람이기도 했다. 세상사에 빤해서 눈치가 매우 빨랐다. 그는 누르스름한 머리칼과 세파에 시달린 붉은 얼굴, 눈물이 그렁그렁한 두 눈을 하고서 갑자기 바자로프 앞에 나타났다.

"아, 할아범! 그간 잘 지냈어요?"

바자로프가 크게 소리쳤다.

"안녕하십니까, 도련님."

정중하게 인사를 하며 환하게 미소를 짓는 티모페이치의 얼굴에 주름살이 가득 번졌다.

"어쩐 일이에요? 날 데려오라고 하시던가요?"

티모페이치는 우물쭈물하며 말했다.

"천만에요, 도련님. 그럴 리가 있겠습니까? 나리의 심부름으로 시내에 나갔다가 도련님 소식을 듣고 들른 거랍니다. 도련님이 보고 싶어서요……."

"거짓말 하지 마세요. 시내를 이쪽으로 가나요?"

바자로프가 말을 막았다.

티모페이치는 그저 우물쭈물할 뿐 아무 대답도 하지 못했다.

"아버진 안녕하시고?"

"예, 하느님의 은총으로요."

"어머닌?"

"마님도 하느님 은총으로 안녕하십니다, 도련님."

"나 기다리느라 안달이 나셨지요?"

티모페이치는 작은 머리를 옆으로 돌리며 말했다.

"아이고, 도련님도. 어찌 기다리시지 않겠습니까요! 도련님을 보고 싶어 하는 그 모습을 보면 제 가슴이 다 찢어지는 것 같습니다. 참말입니다요!"

"아, 알았어요, 알았어! 더 말할 거 없어요. 가서 곧 가겠다고 말씀드려요."

"예, 알겠습니다."

티모페이치가 한숨을 쉬며 대답했다.

잠시 뒤 그는 두 손으로 모자를 푹 눌러쓰고 대문 옆에 세워 둔 초라한 마차에 올라탔다. 이윽고 마차가 덜그덕거리며 떠나갔다. 말 머리가 향해 있는 곳은 시내 쪽이 아니었다.

그날 밤 오딘초바는 자기 방에서 바자로프와 마주 앉아 있었다. 아르카디는 응접실을 서성이며 카차의 피아노 연주를 감상했다. 공작 따님은 2층 자기 방으로 물러나 있었다. 그녀는 손님들을 대체로 못마땅해했는데, 그중에서도 바자로프와 아르카디를 '신종 망나니'라고 부르며 유난히 혐오했다. 그래서 방에 돌아가기만 하면 하녀가 있든 없든 화를 내며 욕지거리를 퍼부었다. 오딘초바도 그런 사실을 잘 알고 있었다.

"왜 떠나려는 거예요. 약속은 어떻게 하고요?"

오딘초바가 먼저 입을 열었다. 바자로프는 깜짝 놀라며 되물었다.

"약속이라니, 무슨?"

"잊었어요? 내게 화학을 가르쳐 준다고 했잖아요."

"어쩔 수 없습니다. 아버지께서 기다리고 계셔서 더 이상 꾸물거릴 수가 없어요. 대신 펠루즈와 프레미가 쓴《일반 화학 개론》이라는 책을 추천해 줄게요. 알기 쉽게 씌어져 있으니, 그 책을 보면 웬만한 건 다 이해할 수 있을 겁니다."

"책이 대신할 수 없는 것이 있다고 말하지 않았던가요? 정확히 기억하지는 못하지만……. 내가 하려는 말이 무엇인지는 잘 알겠지요……?"

"어쩔 수 없습니다."

바자로프는 힘없이 고개를 저었다.

"왜 꼭 가려는 거예요?"

오딘초바가 목소리를 낮추어 물었다.

바자로프는 그녀를 물끄러미 바라보았다. 그녀는 머리를 의자 등받이에 기댄 채 양팔을 포개어 가슴에 얹고 있었다. 그물 모양 갓을 씌운 희미한 램프 불빛 때문인지 얼굴이 몹시 창백해 보였다.

"왜 이곳에 남아 있어야 하지요?"

바자로프가 반문하자, 오딘초바는 고개를 약간 돌렸다.

"왜라니요? 여기서 지내는 동안, 즐겁지 않았다는 말인가요? 아니면 당신이 떠나도 아쉬워할 사람이 없다고 생각하는 건가요?"

"예, 그렇다고 믿습니다만."

오딘초바는 잠시 입을 다물었다.

"그럼 잘못 생각했네요. 난 당신의 그 말을 믿지 않겠어요. 진심으로 그렇게 말할 수는 없을 테니까요."

바자로프는 미동도 하지 않고 앉아 있었다.

"바자로프, 왜 아무 말도 하지 않는 거예요?"

"내가 무슨 할 말이 있겠습니까? 그 어떤 사람에 대해서도 아쉬워할 필요는 없습니다. 하물며 나 같은 사람에 대해서는 더더욱."

"그건 또 왜죠?"

"나는 지극히 현실적일 뿐 재미있는 사람은 못 됩니다. 말도 잘 못하고요."

"그렇지 않다는 말이 듣고 싶은 건가요, 바자로프?"

"나는 그런 식으로 말하는 사람이 아닙니다. 아직 잘 모르는가 보군요. 나는 당신이 소중하게 여기는, 우아한 생활 방식과는 맞지 않습니다."

오딘초바는 손수건 끝을 잘근잘근 씹었다.

"마음대로 생각해요. 하지만 당신이 떠나면 나는 많이 외로울 거예요."

"아르카디가 남아 있을 겁니다."

바자로프가 말하자, 오딘초바는 어깨를 조금 으쓱거렸다.

"그래도 외로울걸요."

"정말입니까? 하지만 쓸쓸함은 그리 오래가지 않을 겁니다."

"어째서요?"

"생활의 질서가 흐트러지면 권태로워진다고 당신이 말하지 않았던가요? 당신은 아주 질서정연하게 생활하고 있으니, 쓸쓸함이나 우수처럼 우울한 감정이 끼어들 틈이 있겠습니까?"

"내가 질서정연하다고요……? 내가 아주 잘 살아가고 있다는 말인가요?"

"그럼요! 이제 곧 시계가 10시를 가리키면 당신은 나를 내쫓을 거 아닙니까?"

"아니, 내쫓지 않겠어요. 바자로프, 그대로 있어요. 이 창문을 좀 열고……. 답답하군요."

바자로프가 일어나 창을 밀었다. 창문이 요란한 소리를 내며 활짝 열렸다. 바자로프는 창문이 그렇게 벌컥 열릴 줄은 미처 몰랐다.

아마도 손이 떨려서 그랬던 모양이었다. 이윽고 어둡고 부드러운 밤이 방 안으로 밀려들었다. 칠흑 같은 하늘에는 수선거리는 나뭇잎과 신선한 공기가 가득했다.

오딘초바가 말했다.

"커튼을 내리고 이리로 와서 앉아요. 당신이 떠나기 전에 이야기를 더 나누고 싶어요. 당신에 대해 뭐든 얘기해 줘요."

"난 당신과 대화할 때 늘 유용한 화제를 고르려고 노력합니다."

"당신은 너무 조심스러워요……. 난 당신에 대해 알고 싶어요. 당신 가족에 대해서도요……."

'왜 저런 말을 하는 거지?'

바자로프는 속으로 생각했다.

"그런 것들은 재미없는 이야기예요. 특히나 당신에게는 말입니다. 우리는 보잘것없는 사람들입니다……."

"당신이 보기에 나는 한마디로 귀족이라는 거군요?"

바자로프는 눈을 들어 오딘초바를 물끄러미 바라보더니 제법 단호한 목소리로 대답했다.

"그렇습니다."

오딘초바는 엷은 웃음을 지었다.

"당신은 사람들이 모두 비슷해서 따로 연구할 필요가 없다고 하지만, 내 생각에 당신은 나에 대해 잘 몰라요. 언젠가는 내 얘기를 당신에게 들려줄게요. 하지만 오늘은 당신 이야기가 듣고 싶어요."

"난 당신을 잘 모릅니다. 어쩌면 당신 말대로 인간이란 누구나 하나의 수수께끼일지도 모르지요. 그래서 당신처럼 지성과 미모를 갖춘 사람이 왜 이런 시골에 묻혀 사는지 알 수 없는 것 아닐까요?"

순간, 오딘초바는 생기 띤 목소리로 바자로프의 말을 가로챘다.

"예? 뭐라고요? 내가…… 미모를 갖추었다고요?"

바자로프는 얼굴을 찌푸리며 말했다.

"그런 말이 아니고요. 내 말은 왜 당신이 이런 시골에 살고 있는지 이해할 수 없다는 겁니다."

"이해할 수가 없다? 하지만 당신은 나름대로 해석을 내렸겠죠?"

"예, 그렇지요……. 내 생각엔 당신이 자신을 너무나 아껴서, 그리고 안락함과 평온함 외의 다른 일에는 무관심해서 이렇게 한곳에 오래 머물러 사는 것 같습니다."

오딘초바의 입가에 또 한 번 엷은 웃음이 번졌다.

"내가 뭔가에 빠져들 수 있다는 걸 아직 믿지 않는군요."

바자로프가 눈을 치켜뜨며 그녀를 바라보았다.

"호기심을 가질 수는 있겠죠. 아마도 그 이상은 안 될 겁니다."

"정말요? 아, 이제 알겠네요. 우리가 왜 마음이 맞는지. 당신은 나하고 닮았어요."

"우리가 마음이 맞는다……?"

바자로프가 공허하게 중얼거렸다.

"네……. 아! 당신이 떠나려 한다는 사실을 깜박하고 있었네요."

바자로프가 자리에서 일어섰다. 그윽한 향기가 감도는 어둑하고 고즈넉한 방 안에서 램프가 흐릿하게 타오르고 있었다. 커튼이 한

번씩 흔들릴 때마다 밤의 여운을 타고 가슴이 저릿해졌다. 어디선가 들려오는 밤의 비밀스런 속삭임……. 오딘초바는 꼼짝하지 않고 앉은 채 가슴 깊은 곳에서 밀려오는 알 수 없는 흥분을 느꼈다, 조금씩 조금씩……. 그것은 바자로프에게도 고스란히 전해졌다. 바자로프는 문득 이 젊고 아름다운 여인과 단둘이 있다는 사실을 깨달았다.

"어디 가요?"

그녀가 물었다. 그는 아무 대답도 없이 다시 의자에 앉았다. 그러자 오딘초바가 창문을 바라보며 말을 이었다.

"당신은 나를 하는 일 없이 그저 향락에 젖어 사는 사람이라고 생각하는군요. 하지만 난 내가 참 불행한 여자라는 생각이 들어요."

"당신이 불행하다고요! 어째서요? 설마 떠도는 소문 따위 때문에 그러는 건 아니겠지요?"

오딘초바는 이맛살을 찌푸렸다. 바자로프가 자신의 말을 그런 식으로 받아들인 것에 화가 나서였다.

"소문 따위에는 신경 쓰지 않아요, 바자로프. 나도 자존심이 있거든요. 그런 소문 따위에 흔들릴 정도는 아닙니다. 내가 불행하다고 느끼는 것은…… 삶에 대한 욕망이랄까, 열망이 없다는 거지요. 설마 하는 눈빛이군요. 레이스가 치렁치렁하게 달린 옷을 입고 벨벳 안락의자에 몸을 누이고 있는 '귀족'이 왜 저런 말을 하나, 싶은 거죠? 사실 당신이 말하는 그 안락함을 좋아하는 게 맞아요. 하지만 다른 한편으로는 꼭 살아야겠다는 욕심이 별로 없어요. 하기야 당신 생각에는 이런 것도 모두 낭만주의겠지만요."

바자로프는 고개를 가로저었다.

"당신은 건강합니다. 누구의 간섭도 받지 않고 살고 있고요. 게다가 부자입니다. 그 이상 뭘 더 원하는 거죠?"

오딘초바는 한숨을 푹 쉬었다.

"뭘 더 원하냐고요? 난 너무 늙고 지쳤어요. 너무 오래 살았다는 생각이 들어요."

그녀는 바자로프와 눈이 마주치자 얼굴을 슬쩍 붉혔다.

"그동안 참 많은 일들이 있었어요. 페테르부르크에서의 생활, 부유한 가정, 지독한 가난, 아버지의 죽음, 불행한 결혼, 그리고 남들 다 하는 외국 여행……. 그런데 그중에 추억하고 싶은 것이 하나도 없네요. 그저 머나먼 길이 남아 있을 뿐이죠, 목적도 없는……. 더 앞으로 나아가고 싶은 생각도 없어요……."

"환멸을 느낀다는 건가요?"

바자로프가 물었다.

오딘초바는 잠시 뜸을 들이다가 말을 이었다.

"아니, 만족스럽지 않다는 거죠. 그래요, 차라리 뭔가에 깊이 빠져들 수라도 있다면……."

"사랑을 하고 싶은가 보군요. 하지만 당신은 사랑을 할 수 없을 겁니다. 바로 거기에 당신의 불행이 있지요."

오딘초바는 외투 소매를 물끄러미 바라보았다.

"정말로 내가 사랑을 할 수 없을까요?"

"그럴 겁니다. 방금 내가 거기에 당신의 불행이 있다고 한 말은 취소합니다. 오히려 그런 일에 휘말린 쪽이 동정받을 만큼 불행한 사람일 테니까요."

"그런 일이라니요?"

"사랑 말입니다."

"당신이 그걸 어떻게 알아요?"

"그렇다고들 하니까요. 게다가 당신은 너무나 엄격합니다."

바자로프는 몸을 앞으로 기울인 채 의자 모서리의 장식을 만지작거렸다.

이윽고 오딘초바가 대답했다.

"그럴지도 모르지요. 난 전부를 걸어야 한다고 생각하거든요. 목숨까지 거는 거지요. 남의 목숨을 가지려면 자기 목숨을 내놓아야 하잖아요. 그래야 후회할 것도, 되돌릴 것도 없겠지요."

"그래요? 아주 공평한 조건이군요. 그런데 왜 지금껏 원하는 걸 얻지 못했는지…… 놀라울 뿐입니다."

"뭔가를 위해 자신의 모든 걸 내던지는 게 그렇게 간단한 일이라고 생각하나요?"

"이것저것 따지면서 자신의 값어치를 계산한다면 쉽지 않겠지요. 하지만 그런 생각을 버리면 아주 쉬운 일입니다."

"자신의 값어치를 계산하지 않을 수 있나요? 나 자신이 아무 값어치가 없다면 누구에게 바칠 필요도 없는 거잖아요."

"자신의 값어치는 자기가 계산하는 게 아닙니다. 가치를 규정하는 것은 어디까지나 다른 사람의 몫입니다. 여기서 중요한 것은 자신을 온전히 바칠 수 있느냐, 하는 것이죠."

오딘초바는 의자 등받이에 기댔던 몸을 일으켰다.

"당신은 마치 모든 걸 경험해 본 사람처럼 말하는군요."

"말을 하다 보니 그렇게 됐군요, 오딘초바 부인. 잘 알겠지만 이쪽은 내 전문 분야가 아닙니다."

"당신은 자신을 다 바칠 수 있나요?"

"모르겠습니다. 섣불리 장담하고 싶진 않습니다."

오딘초바는 얼마 동안 아무 말도 하지 않았다. 바자로프도 입을 꾹 다물었다. 그때 응접실에서 피아노 소리가 들려왔다.

"카챠는 왜 이렇게 늦게까지 피아노를 치는지 모르겠네……."

그제야 오딘초바가 입을 열었다. 바자로프는 자리에서 일어났다.

"이제 정말 늦었습니다. 부인도 쉬어야지요."

"잠깐만요, 서두를 것 없어요……. 한마디만 더 하고 싶어요."

"무슨 말을요?"

"잠깐만요."

오딘초바가 속삭이듯 말했다. 그녀의 두 눈이 바자로프를 똑바로 바라보았다. 그는 방 안을 한 바퀴 도는 듯하더니 갑자기 그녀에게 다가갔다. 그러고는 그녀의 손을 꽉 잡으며 "자, 그럼 안녕히."라고 말한 뒤 서둘러 방을 나갔다.

바자로프가 손을 얼마나 꽉 쥐었던지, 오딘초바는 하마터면 비명을 지를 뻔했다. 그녀는 불이 붙은 것처럼 화끈거리는 손을 후후 불었다. 그러다가 화들짝 놀란 사람처럼 벌떡 일어나 문 쪽으로 황급히 걸어갔다. 마치 바자로프가 돌아와 주기를 바라는 것마냥……

그때 하녀가 은쟁반에 물을 받쳐 들고 방으로 들어왔다. 오딘초바는 하녀에게 물러가라고 이른 뒤 다시 자리에 앉아 생각에 잠겼다. 흐트러진 머리채가 어깨 위로 검은 뱀처럼 흘러내렸다. 그 후로도 한참 동안 램프는 꺼지지 않고 타올랐다. 그녀는 차가운 밤공기에 얼어붙은 두 팔을 이따금 손으로 문지르며 오랫동안 앉아 있었다.

바자로프는 두 시간쯤 지난 뒤에야 밤이슬에 젖은 장화를 끌고 침실로 돌아왔다. 잔뜩 헝클어진 머리에 한없이 우울한 표정을 짓고 있었다. 그때까지 아르카디는 코트를 걸친 채 책상 앞에 앉아 있었다.

"아직 안 잤어?"

바자로프는 화가 난 듯한 목소리로 물었다.

"오늘은 꽤 오랫동안 부인과 함께 있었군그래."

아르카디는 대답 대신 이렇게 말했다.

"그래, 자네가 카챠와 피아노를 치는 동안 난 부인과 함께 있었지."

"난 피아노를 치지 않았어……"

아르카디는 뭔가 말을 꺼내려다 입을 다물었다. 눈물이 쏟아질 것만 같았다. 하지만 빈정대기 잘하는 친구 앞에서 눈물을 보이고 싶지는 않았다.

제 8 장

어쭙잖은 고백

이튿날 아침 차를 마시는 자리에 오딘초바가 모습을 나타냈을 때, 바자로프는 한참이나 고개를 숙이고 찻잔만 바라보았다. 그러다 고개를 획 들어 그녀를 바라보았다. 그녀의 눈은 마치 그 시선에 이끌리기라도 한 듯이 곧장 바자로프에게로 향했다. 그녀의 얼굴이 하룻밤 사이에 많이 야윈 것 같았다. 그녀는 곧 자기 방으로 돌아갔다가 아침 식사를 할 때까지 나오지 않았다. 아침부터 비가 흩뿌리고 있어서 산책을 나가기는 어려웠다.

모두들 응접실로 모여들었다. 아르카디는 잡지를 찾아 읽기 시작했다. 공작 따님은 언제나처럼, 처음에는 마치 그가 무슨 무례한 짓이라도 저지른 것처럼 증오의 눈빛으로 쏘아보았다. 하지만 아르카디는 이 노파에게 전혀 관심을 두지 않았다.

그때 오딘초바가 바자로프를 불렀다.

"바자로프! 내 방으로 가요……. 물어볼 게 있어요……. 어제 말한 책 얘긴데요……."

오딘초바는 일어나 문 쪽으로 걸어갔다. 공작 따님은 '저거 봐, 저거! 놀라 자빠지겠군!' 하는 표정으로 주위를 둘러보더니 다시 아르카디에게로 눈길을 돌렸다. 아르카디는 그녀의 시선에는 아랑곳없이 옆에 앉은 카챠와 눈짓을 주고받으며 큰 소리로 잡지를 읽어 나갔다.

오딘초바가 빠른 걸음걸이로 자기 방을 향해 걸어갔다. 바자로프는 서둘러 그 뒤를 따랐다. 고개를 숙인 그의 귀에 비단 옷자락의 사각거리는 소리가 울렸다. 두 사람은 각각 전날 밤에 앉았던 자리에 그대로 앉았다.

"그 책 제목이 뭐라고 했죠?"

그녀가 먼저 입을 열었다. 바자로프가 대답했다.

"펠루즈와 프레미의 《일반 화학 개론》이라고……. 그리고 가노의 《실험 물리학》 초급 교재도 추천합니다. 삽화도 아주 좋고, 또 이 책은 대체로……."

오딘초바가 손을 뻗었다.

"바자로프, 미안해요. 사실 이리로 오라고 한 이유는 책 얘기를 하려는 게 아니에요. 어제 하던 이야기를 다시 하고 싶어서예요. 어제는 너무 갑작스럽게 나가서……. 괜찮겠지요?"

"예, 그럼요. 그런데 어젯밤에 우리가 나눈 이야기가 뭐였죠?"

오딘초바는 바자로프를 힐끗 바라보며 말했다.

"아, 아마 행복에 대해서였죠? 이를테면 우리는 왜 음악을 듣거나, 저녁 모임에 참석하거나, 마음 맞는 사람들과 대화를 할 때조차 우리가 가진 그대로 행복을 인정하지 못하고, 다른 곳에 진짜 행복이 따로 있다고 느끼는 걸까요? 혹시 그런 생각 해 본 적 없어요?"

바자로프는 대번에 반박을 하고 나섰다.

"남의 떡이 커 보인다는 속담이 있지요. 게다가 어젯밤에는 스스로의 삶에 만족을 못 한다고 말하지 않았어요? 나는 그런 생각 같은 건 하지 않습니다."

"이런 생각을 하는 내가 우스운가요?"

"아닙니다. 그렇게 생각하지 않아요."

"정말인가요? 진짜로 알고 싶은 게 있어요. 지금 무슨 생각을 하고 있어요?"

"뭐라고요? 무슨 얘기를 하는지 모르겠군요."

"나는 오래전부터 당신과 터놓고 이야기를 나누고 싶었어요. 스스로 잘 알고 있을 테지만, 당신은 보통 사람들과 좀 달라요. 아직 젊고 창창하기도 하고요. 앞으로 뭘 할 거죠? 어떤 미래를 그리고 있나요? 내가 궁금한 건, 어떤 목적을 향해 나아가고 있느냐는 거예요. 진정으로 마음속에 들어 있는 것 말이에요. 그러니까 한마디로 당신이 어떤 사람인지 궁금하다는 거예요."

"나를 놀라게 하는군요, 부인. 내가 자연과학도라는 걸 잘 알잖아요. 그런데 누구냐는 것은……. 장래에 시골 의사가 되려 한다는 걸

이미 말했을 텐데요."

"왜 자꾸 그런 말만 하는 거죠? 당신 자신도 그걸 믿고 있지 않잖아요. 아르카디 씨라면 몰라도 당신은 그런 사람이 아니에요……."

"아니, 아르카디는 왜……."

"그만! 당신이 그 정도 일에 만족할 리가 없어요. 당신같이 자존심 강한 사람이 시골 의사라니! 그런 대답으로 나를 멀리하려는 건가요? 나를 완전히 믿지 못하기 때문이죠. 바자로프, 나라면 당신을 이해할 수 있을 거예요. 당신처럼 가난한 시절을 보냈고, 자존심도 강했어요. 당신처럼 많은 시련을 겪어 왔다고요."

"고마운 말씀입니다만, 나는 생각을 제대로 표현하지 못하는 데다, 당신과는 거리가 상당히 있어서……."

"거리라뇨? 또 그 얘기인가요? 내가 귀족이라는? 말도 안 돼요. 바자로프, 그 점에 대해서는 이미 당신에게 모든 것을……."

바자로프가 그녀의 말을 가로막았다.

"그것만이 아닙니다. 미래에 대해 생각하고 말해 봐야 무슨 소용이 있지요? 우리 뜻대로 되지 않는 것이 미래 아닌가요? 뭔가 할 수 있는 기회가 온다면 더할 수 없이 좋겠지요. 하지만 오지 않는다 해도 쓸데없이 기대에 차서 미리부터 잡담을 늘어놓지 않는다면 크게 불만스러울 일도 없습니다."

"우정 어린 대화를 잡담이라고 하다니요? 혹시 당신은 내가 여자라서 신뢰하지 못하나요? 여자를 깔보는군요."

"아니요, 당신을 깔보지 않습니다. 그건 당신도 잘 알잖습니까?"

"아니, 난 모르겠어요……. 도대체 당신이 미래에 대해 말하고 싶어 하지 않는 이유를 잘 모르겠어요. 지금 당신 안에 일어나고 있는 일에 대해서도……."

"내 안에 일어나고 있는 일이요? 마치 내가 국가나 사회라도 되는 것같이 말하는군요. 그런 것에는 관심 없어요. 게다가 사람이 제 마음속에서 '일어나고 있는 일'을 어떻게 항상 소리쳐 말할 수 있겠습니까?"

"왜 마음속에 품은 걸 말할 수 없나요?"

"당신은 그럴 수 있나요?"

바자로프가 되물었다.

"예, 할 수 있어요."

오딘초바는 잠시 망설이다가 대답했다. 바자로프는 고개를 숙였다가 천천히 말했다.

"당신은 나보다 행복한 사람이군요."

오딘초바는 무슨 말이냐는 듯이 눈을 동그랗게 뜨고 그를 바라보았다. 그러고는 이렇게 말했다.

"좋을 대로 생각해요. 어쨌든 내 마음은 우리가 만난 것이 무의미하지 않다고 말하고 있네요. 우린 좋은 친구가 될 수 있다고……. 난 당신이 곧 그 자제심과 망설임을 다 벗어 버릴 거라고 확신해요."

"망설임하고…… 또 뭐라고 했지요? 자제심이라고 했나요?"

"예."

바자로프는 자리에서 일어나 창가로 다가갔다.

"그럼 당신은 내가 망설이는 이유를 알고 싶은가요? 정말로 내 안에서 일어나고 있는 일을 알고 싶습니까?"

"예."

오딘초바는 왠지 모를 두려움을 느끼면서 대답했다.

"솔직하게 말해도 화내지 않을 건가요?"

"예."

"분명히 말했습니다."

바자로프는 등을 진 채로 말을 이었다.

"그럼 말하죠. 당신을 사랑합니다. 바보같이, 미친 듯이……. 자, 이제 궁금한 건 다 알아냈지요."

오딘초바는 두 팔을 앞으로 내밀었다. 바자로프는 유리창에 이마를 대고 가만히 서 있었다. 그는 가쁜 숨을 몰아쉬며 온몸을 떨고 있었다. 그것은 첫 고백의 달콤한 두려움 때문이 아니었다. 그의 마음속에서 욕망이, 강렬하고도 고통스러운 욕망이 몸부림치고 있었기 때문이다. 그것은 마치 증오와도 같은 욕망이었다.

그 순간, 오딘초바는 그가 두려우면서도 가여웠다.

"바자로프."

그녀의 목소리에는 꾸밈없는 다정함이 묻어 있었다. 바자로프가 몸을 돌려 뜨거운 시선으로 그녀를 바라보았다. 그러고는 갑자기 다가와 그녀의 두 손을 잡고 가슴으로 끌어당겼다.

오딘초바는 곧바로 뿌리치지는 않았다. 그러나 잠시 후 품에서 벗어나 한쪽 구석으로 물러난 뒤 그를 가만히 바라보았다. 그는 다시 그녀에게 달려들 기세였다.

"당신, 나를 이해하지 못했군요."

그녀는 당황한 표정으로 다급히 속삭였다. 한 발만 더 내디딘다면 비명이라도 지르겠다는 듯이……. 바자로프는 입술을 깨물고 방에서 황급히 나갔다.

삼십 분쯤 지난 뒤, 하녀가 바자로프의 쪽지를 들고 왔다. 거기에는 단 한 줄, "내가 오늘 당장 떠나야 합니까, 아니면 내일 아침까지머물러도 되겠습니까?"라고 씌어 있었다. 오딘초바는 "왜 떠나야하지요? 나는 당신을 이해하지 못했고, 당신도 날 이해하지 못했어요."라고 써서 답장을 보냈다. 그러고는 혼자 생각에 잠겼다.

'난 나 자신도 이해하지 못하고 있어.'

그녀는 뒷짐을 지고 방 안을 왔다 갔다 했다. 가끔은 창가에 서 있거나 거울 앞에서 손수건으로 목덜미를 문질렀다. 그녀는 무엇 때문에 바자로프의 마음을 그토록 '알아내'려 애쓴 걸까? 이런 일이벌어지리라는 것을 꿈에도 몰랐던 걸까?

"내 잘못이야. 난 일이 이렇게 될 줄은 정말 몰랐어."

그녀는 자신에게 짐승처럼 달려들던 바자로프의 모습을 떠올리고는 얼굴을 붉혔다.

"그게 아니라면?"

그녀는 갑자기 우뚝 멈춰 서서 머리를 흔들었다. 그러고는 거울에 비친 자신의 모습을 바라보았다. 고개를 살짝 젖힌 채, 반쯤 감긴듯한 눈과 입술, 얼굴에는 의미를 알 수 없는 미소가 번져 있었다.

그녀는 자신의 이런 모습이 몹시 당혹스러웠다.

마침내 그녀는 마음을 단호하게 정했다.

'아니야. 어떻게 될지 누가 알겠어? 장난칠 일이 아니야. 어쨌든 침착해야 해.'

그녀는 침착함을 잃지 않으려 애썼다. 그러나 이유를 모를 슬픔에 눈물이 흘러내렸다. 모욕을 당했다는 생각 때문은 아니었다. 오히려 자신이 잘못했다고 느끼고 있었다. 그녀는 혼란스러운 감정들을 가만히 들여다보았다. 그 너머로 보이는 것은 심연이 아닌 공허……, 아니 추함이었다.

자제력 강하고 그 어떤 선입견 앞에서도 초연한 오딘초바라도 식사 자리에 나서기가 어색한 것은 사실이었다. 하지만 어쨌든 식사 시간은 무사히 지나갔다. 포르피리가 찾아와서 여러 가지 재밌는 얘기를 들려준 덕분이었다.

그는 방금 시내에서 돌아오는 길이었다. 그는 현지사 부르달루가 자기 구두에 박차를 달아 두라고 부하들에게 특별 지시를 했는데, 그 이유는 급한 용무가 있을 때 어디로든 그들을 끌고 가기 위해서였다는 둥의 이야기를 늘어놓았다.

아르카디는 낮은 소리로 카챠와 소곤거리면서도 공작 따님에게 공손하게 응대해 주고 있었다. 바자로프는 입을 꾹 다문 채 침울한 표정으로 침묵을 지켰다. 오딘초바가 두 번이나 대놓고 그의 얼굴을 쳐다보았지만, 그는 굳은 얼굴로 눈을 내리깐 채 시선을 주지 않왔다.

식사가 끝난 후, 오딘초바는 모두를 이끌고 정원으로 나갔다. 그녀는 뭔가 할 말이 있다는 듯한 바자로프의 모습을 보고 일행으로부터 몇 걸음 떨어져 나왔다. 그러자 바자로프가 곧바로 다가왔다. 그는 눈을 맞추지 않고 힘없이 중얼거렸다.

"사과를 해야겠습니다, 부인. 내게 화를 내어도 할 말이 없습니다."

"무슨 소리예요? 난 화나지 않았어요, 바자로프. 그저 좀 슬플 뿐이에요."

오딘초바가 대답했다.

"그건 더 안 좋은 일이군요. 어쨌든 나는 이미 충분히 벌을 받았습니다. 내 처지가 참으로 한심하기 짝이 없습니다. 나한테 물었죠? 왜 떠나느냐고요. 난 이대로 있을 수가 없고 있고 싶지도 않습니다. 내일 아침에 떠나겠습니다."

"바자로프, 당신은 왜……."

"왜 떠나느냐고요?"

"아니, 내가 하고 싶은 말은 그게 아니에요."

"엎질러진 물을 담을 수는 없습니다, 부인……. 시간이 문제였을 뿐, 언제든 일어날 일이었습니다. 결국 난 떠나야 합니다. 내가 여기에 남아 있기 위해선 단 하나의 조건이 있습니다. 하지만 그 조건은 결코 채워질 수 없겠지요. 무례를 무릅쓰고 말하자면, 당신은 나를 사랑하지 않으니까요. 그렇지요?"

바자로프의 눈이 짙은 눈썹 아래에서 잠깐 반짝였다.

오딘초바는 아무 대답도 하지 않았다. 그저 이 사람이 두렵다는 생각만이 머릿속을 아프게 스쳐 갔다.

"그럼, 실례했습니다."

바자로프는 그녀의 생각을 엿보기라도 한 듯이, 이렇게 말하고는 집 쪽으로 황급히 걸음을 옮겼다.

오딘초바는 말없이 그의 뒤를 따라가다가 카챠를 불러 팔짱을 꼈다. 그녀는 밤늦도록 동생을 놓아주지 않았다. 카드놀이에는 굳이 끼지 않았다. 아르카디는 뭔가 이상한 기미를 느끼고 그녀를 유심히 살폈다.

바자로프는 제 방에 틀어박혀 있다가 차를 마실 때가 되어서야 모습을 나타냈다. 오딘초바는 뭔가 다정한 말을 하고 싶었지만, 어떤 말을 꺼내야 할지 알 수가 없었다. 다행히 뜻하지 않은 일이 그녀를 난처한 상황에서 구해 주었다. 집사가 시트니코프의 방문을 알린 것이다.

이 젊은 진보주의자가 메추라기처럼 방 안으로 날아드는 모습은 말로 형용하기 어려울 지경이었다. 그는 자신을 초대한 적 없는, 심지어 잘 알지도 못하는 부인 댁을 방문하는 일에 아무런 거리낌이 없었다. 자기도 잘 아는 지성적인 사람들이 이 집에 손님으로 머물고 있다는 사실을 어디선가 주워듣고 무턱대고 들이닥친 것이었다.

그래 놓고선 자신이 저지른 무례에 지레 주눅이 들어서 미리 준비했던 변명과 인사를 꺼내지도 못했다. 대신 쿠크시나가 오딘초바의 안부를 궁금해했다는 둥, 아르카디가 자기에 대해 엄청난 칭찬을 하지 않았냐는 둥 하면서 허튼소리를 주워섬겼다. 하지만 여기까지 말하고는 그만 말이 막혀서 허둥대다가 자기 모자를 깔고 앉아 버렸다.

그러나 누구 하나 그를 내쫓으려고 하지 않았다. 오히려 오딘초바가 이모와 여동생을 소개해 주자, 그는 다시 기운을 얻어서 재잘대기 시작했다. 어쨌든 시트니코프의 출현으로 모든 것이 한결 수월하고 단순해졌다. 모두들 평소보다 배불리 식사를 하고, 평소보다 삼십 분이나 일찍 각자의 방으로 흩어졌다.

"언젠가 자네가 내게 이렇게 말했지? '왜 그렇게 침울해 있어? 분명히 무슨 성스러운 의무라도 끝내신 모양이야?'라고. 이젠 내가 자네에게 그렇게 물을 차례로군."

아르카디가 침대에 누워 바자로프에게 물었다.

두 청년은 언제인가부터 은근히 서로를 비아냥거리는 사이가 돼 있었다. 그건 각자 불만을 감추고 있거나, 털어놓기 어려운 의심을 품고 있다는 신호였다.

"난 내일 시골집으로 갈 거야."

바자로프가 말했다. 아르카디는 깜짝 놀라서 팔꿈치로 바닥을 짚고 윗몸을 일으켰다. 한편으로는 왠지 기쁘기도 했다.

"아하! 그래서 그렇게 침울해하는 거야?"

바자로프가 하품을 하면서 말했다.

"너무 많이 알려고 하면 빨리 늙는데."

"그럼 오딘초바 부인은 어떻게 해?"

"부인이 어때서?"

"부인이 자네를 보내 주겠느냐고······."

"내가 부인에게 고용된 사람인가?"

아르카디는 잠시 생각에 잠겼다. 바자로프는 자리에 누워 벽 쪽으로 얼굴을 돌렸다. 몇 분 동안인가 침묵이 흘렀다. 아르카디가 갑자기 큰 소리로 바자로프를 불렀다.

"바자로프!"

"왜?"

"나도 내일 자네와 함께 떠나야겠어."

바자로프는 아무 대답도 하지 않았다. 아르카디가 계속 말했다.

"난 집으로 돌아갈 거야. 자네는 나하고 같이 호흘로프스키 마을까지 간 다음에, 거기서 페도트에게 말을 빌려 타고 가면 돼. 나도 자네 부모님을 뵙고 싶지만, 자네에게나 자네 부모님께 부담이 되고 싶지 않아. 나중에 우리 집에 들를 거지?"

"뭐, 내 짐이 거기 있으니."

바자로프는 몸을 돌리지 않은 채로 대답했다. 아르카디는 곰곰 생각에 잠겼다.

'왜 내게 이유를 묻지 않지? 자기처럼 나도 갑작스럽게 떠난다는데? 그런데 나는 왜 가는 거지? 이 친구는 또 왜?'

아르카디는 상념을 이어 갔다. 만족스런 답은 찾지 못한 채 가슴속에 쓰라림만 가득했다. 이제 겨우 익숙해진 생활을 접기가 몹시

아쉬웠다. 하지만 혼자 남아 있는다는 것은 아주 어색한 일이었다.

'두 사람 사이에 무슨 일이 있었던 거야. 내가 왜 혼자 남아 그 여자 앞에서 얼씬거리겠어? 그랬다간 난 마지막 것까지 잃게 되는 거야.'

그는 오딘초바 부인을 떠올렸다. 아름답고 젊은 미망인의 모습은 이내 다른 모습으로 바뀌었다.

'카챠가 안됐어!'

자기도 모르게 눈물이 흘러내렸다. 아르카디는 베개에 얼굴을 파묻으며 중얼거렸다.

"저 바보 같은 시트니코프 자식은 대체 뭘 얻어먹겠다고 여기까지 찾아온 거야?"

바자로프는 침대 위에서 몸을 뒤척거리더니 이렇게 말했다.

"아르카디, 내 보기엔 자네가 더 바보야. 시트니코프 같은 자들은 우리에게 아주 필요한 존재지. 특히 내겐 그런 얼간이들이 꼭 필요하거든. 하느님께서 벽돌이나 굽고 있을 수는 없잖아."

'오호, 그렇단 말이지!'

그 순간, 바자로프의 자만심이라는 심연이 눈앞에 모습을 훤히 드러냈다.

"그럼 우리가 하느님이라는 건가? 아니, 신은 자네 한 사람이고 나도 얼간이 쪽이겠지?"

"맞았어. 자넨 정말 바보야!"

바자로프가 침울한 목소리로 말을 받았다.

이튿날 아르카디가 바자로프와 함께 떠나겠다고 말했을 때, 오딘초바는 별달리 놀라지 않았다. 그녀의 얼굴엔 피곤한 기색이 역력했다. 카챠는 아무 말 없이 어두운 얼굴로 그를 바라보았다. 공작 따님은 숄 밑으로 성호를 그었다.

한편, 시트니코프는 당황해서 어쩔 줄 몰라 했다. 그는 이제 막 최신식의 서구형 양복을 차려입고 아침 식사 자리에 나오던 참이었다. 속옷을 너무나 많이 가져와서 시중드는 하인을 놀라게 한 것이 바로 어제저녁이었는데, 갑자기 두 친구가 자기를 남겨 둔 채 떠나려고 하다니! 그는 숲 밖으로 쫓겨 나온 토끼처럼 종종거리며 왔다 갔다 하더니, 잠시 후 비명을 지르듯이 큰 소리로 선언했다. 자기도 떠나야겠다고……. 오딘초바 부인은 말리는 시늉도 하지 않았다.

이 불행한 젊은이가 아르카디를 향해 한 가지 제안을 했다.

"내 마차로 자네 집까지 데려다주도록 하지. 바자로프는 자네 마차를 타고 가면 될 터이고. 그게 편하지 않겠나?"

"괜찮아. 길도 전혀 다른데. 우리 집까지 멀기도 하고."

"아니, 괜찮아. 난 시간도 많고 또 그쪽에 일도 있거든."

"술을 팔러 가나 보지?"

아르카디는 대놓고 모욕을 주듯이 물었다. 하지만 깊은 절망에 빠져 있던 시트니코프는 평소와 달리 그런 말에 웃음조차 띠지 못했다. 그가 다시 중얼거렸다.

"내 마차가 아주 안락해서 하는 말이야. 마침 좌석도 넉넉하고."

"자꾸 거절하면 시트니코프 씨가 실망하겠어요."

그때 오딘초바가 끼어들었다. 아르카디는 그녀를 바라보고 고개를 꾸벅 숙였다.

일행은 아침 식사를 마치자마자 출발했다. 오딘초바는 바자로프에게 손을 내밀며 말했다.

"다시 만날 수 있겠지요?"

"원한다면. 그럼 또 만나요."

바자로프가 대답했다.

아르카디는 먼저 현관 앞으로 나와 시트니코프의 마차에 올라탔다. 바자로프는 아르카디의 여행 마차에 자리를 잡았다.

얼마 후 호흘로프스키 마을에 도착해, 여관 주인 페도트가 말을 바꿔 매는 것을 기다리고 있을 때였다. 아르카디는 바자로프가 탄 마차가 다가오자, 아무렇지 않다는 듯이 미소를 지으며 말했다.

"바자로프, 함께 가지. 갑자기 자네 집에 가고 싶어졌어."

"타."

바자로프는 내뱉듯이 말했다. 기세 좋게 휘파람을 불며 자기 마차 주위를 살피던 시트니코프는 이들의 대화를 듣고 입이 딱 벌어졌다. 하지만 아르카디는 냉정하게 자기 짐을 옮기고 바자로프 옆자리에 올라탔다. 그리고 방금 전까지 동행자였던 이에게 공손하게 고개 숙여 인사하고는 이렇게 소리쳤다.

"자아, 출발!"

그들이 탄 마차는 마구 달려 나가더니, 금세 시야에서 사라져 버렸다. 시트니코프는 황당해서 어쩔 줄 몰라 하며 마부를 돌아보았다. 마부는 말꽁무니 뒤에서 채찍을 가지고 장난을 치고 있었다. 시트니코프는 마차에 뛰어오르더니, 지나가던 농부를 보고 공연히 호통을 쳤다.

"모자를 벗어 인사도 안 하나, 이 바보놈들아!"

그의 마차는 아주 늦은 시각에야 시내에 도착했다. 그래서 다음 날에나 쿠크시나 부인 집에 가서 그 '건방지고 무례한 놈들'에 대해 닥치는 대로 욕을 퍼부을 수 있었다.

한편, 아르카디는 마차에 오르자마자 바자로프의 손을 꽉 잡고는 오랫동안 아무 말도 하지 않았다. 바자로프도 이 억센 악수와 침묵의 의미를 이해하고 고맙게 받아들이는 것 같았다.

전날 밤에 그는 한숨도 자지 못했다. 벌써 며칠째 거의 아무것도 먹지 못한 상태였다. 푹 눌러쓴 모자 아래로 우울하고 날카로운 옆모습이 조금 드러났다.

"어이, 친구."

마침내 바자로프가 입을 열었다.

"담배 한 개비 줘 봐……. 이것 좀 봐. 내 혀가 누렇지?"

"노오랗군."

아르카디가 대답했다.

"음, 그래……. 그래선지 담배 맛도 없어. 기계가 맛이 갔어."

"요즘 자네, 참 많이 변했어."

아르카디가 말했다.

"괜찮아, 곧 좋아지겠지! 어머니가 걱정하실까 봐 그게 좀 문제로군. 배가 불룩 튀어나오도록 하루에 열두 번도 더 먹이지 않고서는 견디지 못하시는 분이라……. 뭐, 아버지는 괜찮으시겠지. 세상 풍파를 다 겪어 본 분이니까. 아, 이 담배 정말 못 피우겠네."

그는 이렇게 말하고 길가의 먼지구름 속으로 담배를 휙 내던졌다.

"영지까지 이십오 킬로미터쯤 되나?"

아르카디가 물었다.

"이십오 킬로미터. 어디 저 박식한 친구에게 물어볼까?"

그는 마부석에 앉아 있는 농부를 가리켰다. 페도트 집안의 일꾼이었다.

그 '박식한 친구'는 이렇게 대답했다.

"그런 걸 누가 아나요? 여기 사람들은 킬로 같은 건 안 잽니다요."

그러고는 마차를 끄는 가운데 말이 '대가리'를 휘젓거나 뻗댄다며 욕을 퍼부어 댔다.

잠시 후, 바자로프가 말했다.

"그래, 맞다. 이 철없는 친구야, 오늘의 교훈을 잊지 말도록 해. 뭐, 그런 걸 물어! 우리 인간은 그저 가느다란 실 한 오라기에 매달려 온갖 골칫거리를 저 스스로 지어내 인생을 망치지. 언제 어디서 저 바닥 모를 깊은 구렁으로 떨어질지도 모르는 처지에 말이야."

"그건 또 무슨 말이야?"

"아무것도 아니야. 그저 우리 둘 다 바보 같은 짓을 했다는 거지. 따져 보고말고 할 것도 없어! 진료할 때 깨달은 건데, 아픔을 아는 사람은 반드시 그걸 극복해 낸다는 거야."

"무슨 말인지 모르겠군. 자네가 뭐 아픔을 겪은 것도 아니잖아?"

"그럼 이렇게 설명해 보지. 손가락 하나라도 여자에게 넘겨주느니, 차라리 길바닥의 돌을 쪼개고 있는 편이 낫겠다. 이게 내 생각이야. 그런 건 모두⋯⋯."

바자로프는 자기가 애용하던 '낭만주의'라는 단어를 내뱉을 뻔했지만, 꾹 참고 대신에 '쓸데없는 것'이라고 말했다.

"우리 둘 다 여자들 사이에 끼어들어 재미를 봤지만, 그런 건 다 내던져 버려야 한다는 거야. 사내란 그따위 시시한 일에 매달려서는 안 돼. 사내는 야수와 같아야 한다는 스페인 격언도 있잖아. 그런데 이보게."

바자로프는 마부석의 농부를 불러 물었다.

"자네는 아내가 있나?"

농부가 윤곽이 흐릿하고 판판한 얼굴을 돌려 바라보았다.

"아내요? 있습죠. 왜 없겠습니까?"

"아내를 때리나?"

"아내를요? 그럴 때도 있죠. 하지만 덮어놓고 때리는 경우야 없죠."

"그렇군. 그럼 아내도 자넬 때리나?"

농부가 고삐를 당기며 말했다.

"무슨 말씀이십니까, 나리. 무슨 농담을 그리⋯⋯."

그는 화가 난 게 분명했다.

"들었지, 아르카디! 그런데 우린 둘 다 언어맞은 거야⋯⋯. 배웠다는 사람들은 다 이 모양이지."

아르카디가 억지웃음을 지었지만, 바자로프는 얼굴을 옆으로 돌렸다. 아르카디에게는 이십오 킬로미터가 오십 킬로미터나 되는 것처럼 아득하게 느껴졌다.

마침내 눈앞에 완만한 구릉의 비탈에 자리한 자그마한 마을이 펼쳐졌다. 바자로프의 부모님이 살고 있는 마을이었다. 농가 옆으로 어린 자작나무 숲에 둘러싸인 지주의 집이 보였다. 지붕을 짚으로 이은 집이었다. 바자로프가 말했다.

"아, 저기 집 앞에 아버지가 나와 계신 것 같은데. 마차 방울 소리를 들으셨나? 그래, 우리 아버지가 맞군. 아니, 그런데 머리가 백발이 되셨네. 불쌍한 우리 아버지!"

제 9 장

바자로프의 시골집

바자로프는 마차 밖으로 몸을 반쯤 내밀었다. 아르카디는 머리만 내민 채 집 앞 계단에 서 있는 친구의 아버지를 보았다. 바자로프의 아버지 바실리는 큰 키에 몸이 몹시 야위었는데, 옛날 군복을 걸치고 있었다. 파이프를 입에 문 채 다리를 쩍 벌리고 서서는 햇빛 때문인지 기름한 눈을 가늘게 떴다.

드디어 마차가 멈췄다.

"마침내 왔구나."

바자로프의 아버지가 파이프를 입에 문 채로 말했다. 파이프를 잡은 손가락이 가늘게 떨렸다.

"자, 어서 내리거라. 한번 안아 보자."

그가 아들을 막 끌어안았을 때, "예브게니, 예브게니." 하고 부르는 여자 목소리가 들려왔다. 곧이어 흰 실내모를 쓰고 알록달록한 블라우스를 입은 어머니가 모습을 나타냈다. 그녀는 '아!' 하고 외마디 소리를 내고는 비틀거렸다. 바자로프가 얼른 부축하지 않았다면 그 자리에서 쓰러지고 말았을 것이다. 그녀는 투실투실한 팔로 아들의 목을 끌어안고는 가슴에 얼굴을 묻었다.

아버지는 깊은 숨을 내쉬며 눈을 더 가늘게 떴다.

"자, 됐어. 됐어요, 여보. 아리나, 그만!"

그는 아르카디와 눈짓을 나누며 아내를 달랬다. 그때까지 아르카디는 마차 옆에 가만히 서 있었다. 마부석의 농부도 한쪽으로 고개를 돌리고 있었다.

"보기 민망하구먼! 자, 이제 그만하구려."

"오, 오, 여보, 바실리…… 얼마나 오랫동안 이 아이를, 우리 귀여운 예브게니를……."

어머니는 더듬더듬 말을 삼켰다. 그리고 팔을 풀지 않은 채 눈물 젖은 얼굴을 들어 다정한 눈길로 아들의 얼굴을 바라보았다. 행복하고도 밝은 눈길이었다. 그녀는 다시 아들의 품에 안겼다.

아버지가 말했다.

"그래, 그러는 것도 무리는 아니지. 그래도 이제 집 안으로 좀 들어갑시다. 손님도 오셨잖소. 미안합니다."

그는 아르카디를 바라보며 이렇게 덧붙이고는 구두 뒤축을 가볍게 부딪쳐 인사를 했다.

"여자들이란 마음이 약해서, 더구나 어머니의 마음이란……."

하지만 정작 이렇게 말하는 당사자의 입술과 눈썹도 가볍게 떨리고 있었다. 감정을 억누르는 기색이 역력했다. 그는 아무렇지 않은 듯이 보이려고 애를 쓰고 있었다. 아르카디는 그런 그를 바라보며 답례로 머리를 숙였다.

"어머니, 그만 안으로 들어가요."

바자로프는 이렇게 말하면서 어머니를 부축해 집 안으로 들어갔다. 그는 어머니를 푹신한 안락의자에 앉히고, 다시 아버지를 포옹한 다음 아르카디를 소개했다.

아버지가 인사를 받으며 말했다.

"만나서 진심으로 반갑네. 대접이 소홀하지 않을까 걱정이지만. 보다시피 우린 이렇게 살아요. 군대식이어서 간소하지. 여보, 이제 그만 진정해요. 왜 그렇게 마음이 약해? 손님 앞에서 이게 무슨 실례요."

어머니는 눈물을 훔치며 말했다.

"이해해 줘요. 내 아들을 영영 보지 못하고 죽는 줄 알았거든……."

"자, 이제 이렇게 만나지 않았소?"

아버지가 어머니의 말을 가로막았다. 그리고 "타뉴시카!" 하고 문 뒤에 숨어서 겁먹은 듯이 엿보고 있던 맨발의 소녀를 불렀다. 붉은색 원피스를 입고 있는 소녀는 열세 살가량 돼 보였다.

"마님께 물 한 잔 가져다 드리렴. 그럼, 여러분! 이제 퇴역 노병의 서재로 모시겠습니다."

아버지가 농담조로 말했다.

"어디 한 번만 더 안아 보자, 아들아. 어쩌면 이렇게 멋지게 자랐니!"

어머니가 애원하듯이 말했다. 바자로프는 어머니에게로 몸을 숙였다.

아버지가 어머니의 말을 반박했다.

"무슨 소리! 이제야 진짜 사나이가 된 거지! 그건 그렇고, 여보, 아리나! 당신도 어머니로서의 애정을 채웠으면 이제 이 귀한 손님의 배도 채워 줘야지."

어머니가 소파에서 몸을 일으켰다.

"걱정 말아요. 금방 상을 차릴게요. 아들이 삼 년 만에 왔는데 뭔들 못 하겠어요?"

"웃음거리가 되지 않도록 신경 써 줘요. 자, 여러분, 이제 갑시다. 아, 저기 티모페이치가 네게 인사를 하러 왔구나."

아버지는 닳아빠진 실내화를 달그락거리면서 부산스럽게 앞장을 섰다.

집 안에는 작은 방이 여섯 개 있었다. 아버지는 손님들을 서재로 안내했다. 다리가 굵은 탁자가 창가에 놓여 있었는데 그 위에는 오래 먼지에 찌들어 불에 그을린 것처럼 보이는 책들이 가득했다. 벽에는 터키 소총들과 채찍, 군도, 두 장의 지도, 해부도, 독일 의사 후펠란트의 초상화, 털실로 이름을 수놓은 검은 액자, 면허증이 끼워진 액자 등이 빼곡하게 걸려 있었다. 군데군데 움푹 꺼지고 찢어진 가죽 소파가 카렐리아산 자작나무로 만든 커다란 책장 사이에 자리하고 있었다. 책장에는 책이며 상자 더미, 박제된 새, 단지, 유리병 따위가 아무렇게나 진열되어 있었다. 그리고 방구석에는 망가진 전기 제품이 세워져 있었다.

아버지가 입을 열었다.

"아까도 말했지만, 우리 집 살림살이라는 게 야영을 하는 것과 별다를 바 없어서……."

바자로프가 가로막고 나섰다.

"그만하셔도 돼요. 우리가 페르시아 왕도 아니고, 궁전을 찾아온 것도 아니잖아요. 이 친구도 잘 알아요. 그나저나 이 친구를 어디 묵게 할까요?"

"곁채에 아주 좋은 방이 있어. 그곳이 제일 편할 게다."

"곁채를 지으셨어요?"

"그럼요. 목욕탕 있는 곳에……"

그때 티모페이치가 끼어들었다. 아버지는 서둘러 말을 끝냈다.

"그렇지, 목욕탕 바로 옆이지. 내가 지금 가서 준비를 해 놓아야겠다. 그럼 티모페이치, 자네가 짐을 그리로 옮겨 주게. 예브게니, 넌 이 서재를 쓰려무나. 방은 각자 써야지."

바자로프는 아버지가 방에서 나가자마자 말했다.

"봤지, 아르카디! 정말 재미있고 선량하시잖아. 자네 아버님처럼 괴짜야. 조금 다른 성격이긴 하지만 말이야. 몹시 수다스러우셔."

"그래, 어머님도 굉장한 분이신 것 같아."

아르카디가 대답했다.

"꾸밈이 없으신 분이지. 어떤 식사가 나올지 두고 봐."

그때 티모페이치가 바자로프의 가방을 끌고 들어왔다.

"오늘 돌아오실 줄 몰라서 쇠고기는 미처 준비하지 못했답니다."

"쇠고기가 없으면 뭐 어때? 있는 대로 먹으면 되지. 가난은 죄가 아니잖아."

"자네 아버님은 농노를 몇 명이나 데리고 계시나?"

아르카디가 갑자기 물었다.

"영지는 아버지 것이 아니라 어머니 거야. 농노는 열다섯 명쯤 되려나."

"모두 스물둘입니다."

티모페이치가 불만스런 목소리로 바로잡았다.

이윽고 실내화 끄는 소리가 탁탁 들리더니 아버지가 모습을 나타냈다. 그러고는 무슨 의식이라도 치르듯이 큰 소리로 말했다.

"아르카디……, 아르카디라고 했지? 여기 이 아이가 시중을 들어 줄 거야."

그는 뒤따라 들어온 소년을 가리켰다. 소년은 짧게 깎은 머리에 팔꿈치가 다 닳은 푸른색 상의를 걸친 채 남의 것으로 보이는 장화를 신고 있었다.

"이름은 페드카라네. 불편한 점이 있더라도 너그럽게 이해해 주게. 아들은 이런 말 하지 말라고 하지만……. 이 녀석은 담배 재는 법을 알아. 아, 담배 피우지?"

"파이프보다는 궐련을 태웁니다."

아르카디가 대답했다.

"오, 그렇군. 실은 나도 궐련을 좋아하는데 이런 시골에선 구하기가 아주 어렵지."

"자, 이제 불평은 그만하시고 소파에 앉으세요."

바자로프가 아버지의 말을 가로막고 나섰다. 아버지는 미소를 띠며 자리에 앉았다. 이마가 조금 더 좁고 입이 조금 더 크긴 하지만 아들과 무척 닮은 얼굴이었다.

아버지가 아들의 말에 대꾸했다.

"불평이라! 내가 시골구석에 산다고 손님 앞에서 동정이나 구하려는 게 아니야. 적어도 난 어떻게든 머리에 이끼가 끼지 않도록, 즉 시대에 뒤떨어지지 않게 살려고 노력하고 있어."

아버지는 주머니에서 노란색 명주 손수건을 꺼내 들었다. 그것은 조금 전에 아르카디 방으로 뛰어갔을 때 잽싸게 챙겨 가지고 온 것이었다. 그는 그것을 공중에 흔들면서 말을 이어 갔다.

"내 입으로 말하기는 좀 쑥스럽지만, 나로서는 적지 않은 희생을 무릅쓰면서 내 땅의 절반을 농민들에게 소작을 주고 있어. 양식 있는 사람이라면 당연히 그래야지. 하지만 다른 지주들은 그렇지 않은 모양이야. 게다가 난 과학이라든가 교육이라든가 하는 분야에도 관심이 많고……."

"그래서 저기 1855년도판 의학 신문 〈건강의 벗〉이 있는 거군요?"

바자로프가 대꾸하자, 아버지는 변명하듯 말했다.

"내 오랜 친구가 우정을 담아 보내 준 것이지. 우리도 골상학 정도는 알고 있거든."

아버지는 책장에 놓여 있는 석고 두상을 가리키며 이렇게 덧붙였다. 그런데 이 말은 바자로프보다 아르카디에게 하는 것이었다.

"또 쉰라인이나 라데마헤르에 대해서도 관심이 있지."

"여기서는 아직도 라데마헤르를 믿나 보지요?"

바자로프가 묻자 아버지는 짐짓 헛기침을 했다.

"뭐, 그런 건 젊은이들이 더 잘 알겠지. 우리가 젊은 세대를 어떻게 따라가겠어? 이제 너희가 우리를 대신하는 것이 맞지. 우리 때에도 체액설의 호프만이나 활력설의 브라운을 아주 우습게 보긴 했지. 하지만 그들도 한때는 천하를 떠들썩하게 했던 인물들이었어. 아마도 지금은 라데마헤르를 대신할 새 인물이 나타난 모양인데, 한 이십 년이 지나면 그 사람도 역시 웃음거리가 되고 말겠지."

"안심하세요, 아버지. 저희는 의학 자체를 무시하고 있기 때문에 그 누구도 존경하지 않아요."

바자로프가 말했다.

"그게 무슨 말이냐? 넌 의사가 되려고 하지 않니?"

"누구를 존경하는 것과 학문은 별개의 문제이지요."

아버지는 가운뎃손가락으로 아직 뜨거운 재가 남아 있는 파이프를 후벼 팠다.

"음, 그럴 수도 있겠지. 내가 뭘 알겠니? 나는 일개 퇴역 군의관일 뿐이고, 지금은 그저 농사일이나 파고들고 있으니까. 참, 난 자네 할아버님 여단에서 근무한 적이 있네."

그는 아르카디를 향해 말했다.

"젊을 때는 참 많은 일을 겪었지! 어지간한 사람은 다 만나 봤고! 자네 할아버님은 아주 존경받는 분이셨어. 진짜 군인이셨지."

"사실은 평범한 둔재였겠지요."

바자로프가 나른한 어투로 중얼거렸다.

"예브게니, 그게 무슨 말버릇이냐? 키르사노프 장군은 결코 그런 부류가 아니었다."

"아니, 그런 얘기는 그만두시죠. 저는 집 가까이 왔을 때 저 자작나무 숲을 보고 얼마나 좋았는지 몰라요. 참 훌륭하게 자랐더군요."

아버지는 바자로프의 말에 금세 활기를 띠었다.

"그래, 우리 집 정원이 어떻게 변했는지 잘 보거라! 내가 직접 나무를 심었지. 과일과 채소, 약초도 다. 너희가 아무리 똑똑해도 파라셀수스(스위스의 의사이자 화학자—옮긴이)가 말한 '풀이며 나무며 돌에 모든 것이 존재하노라.'라는 성스러운 진리를 다 알 수는 없을 걸? 난 일선에서 물러난 몸이지만 그래도 일주일에 두 번 정도는 옛날 솜씨를 발휘하지. 찾아오는 사람을 내쫓을 수는 없으니까. 가난한 사람들이 도움을 청하기도 하고. 이 지방에는 의사가 없으니 어쩌겠냐? 이웃에 퇴역 소령이 한 사람 있는데 그분도 환자들을 치료해 주고 있지. 의학 공부를 한 적이 있느냐고 물으니까, 배운 적은 없지만 박애주의 정신으로 하는 일이라나? 하하하, 박애주의라! 박애주의로 치료를 한다는 거지. 아하하!"

"페드카! 여기 파이프 좀 채우거라!"

그때 바자로프가 큰 소리로 하인을 불렀다. 그러거나 말거나, 아버지는 필사적으로 이야기를 이어 갔다.

"이 동네에 의사가 또 한 명 있단다. 한번은 그 의사가 환자를 찾아갔는데 벌써 저승으로 떠나 버렸더라지 뭐냐? 의사를 집 안으로 들여보내 주지 않자 당황한 나머지, 환자가 숨을 거두기 전에 딸꾹질을 했냐고 물었단다. 보호자가 아주 많이 했다고 대답하자, 그럼 됐다고 하고선 획 돌아서 나왔다는 거야. 아하하하!"

하지만 웃음을 터뜨린 건 아버지뿐이었다. 아르카디는 억지로 웃는 시늉만 했고, 바자로프는 기지개를 켰다. 그런 식의 대화가 한 시간가량 계속되었다. 얼마 후, 다행히 타뉴시카가 와서 식사가 준비되었다고 알렸다.

아버지가 먼저 일어나며 말했다.

"자, 갑시다! 우리 집 안주인이 이제부터 나보다 더 즐겁게 해 줄 터이니."

서둘러 차린 식사라지만 아주 푸짐한 데다 맛까지 좋았다. 다만 포도주 맛이 좀 별로였다. 티모페이치가 잘 아는 상인한테서 사 온 것이라는데, 구리 냄새인지 송진 냄새인지 모를 묘한 냄새가 났다.

어머니는 잘 차려입고 있었다. 비단 리본이 달린 레이스 모자를 쓰고, 꽃무늬 숄을 어깨에 두르고 있었다. 그런데 아들이 나타나자마자 다시 울먹였다. 다행히 이번에는 아버지가 달래야 할 정도는 아니었다. 식사는 바자로프와 아르카디 둘이서만 했다. 노부부는 이미 한참 전에 식사를 마쳤기 때문이다.

아버지는 두 사람이 식사하는 동안 더없이 흐뭇한 표정으로 방 안을 서성거렸다. 그는 나폴레옹의 정책과 이탈리아의 정세 따위에 대해 아주 심각하다는 듯이 이야기를 늘어놓았다. 어머니는 두 손으로 동그란 얼굴을 받치고는 아들에게서 한시도 눈을 떼지 않았다. 아들이 얼마나 묵고 갈지 궁금해서 미칠 지경이었지만, 겁이 나서 물어보지도 못하고 있었다.

'한 이틀 정도 있다가 간다고 하면 어쩌지?'

어머니는 이렇게 생각하며 마음을 졸이고 있었다.

아버지는 고기 요리가 나오자, 작은 샴페인 병을 가져왔다.

"자, 이런 시골에 살아도 좋은 자리를 빛낼 술은 있는 법이지!"

그는 호기롭게 말하면서 유리잔에 술을 따랐다. 이어서 "귀한 손님들의 건강을 위하여!"라고 외치고는 군대식으로 단숨에 잔을 비웠다.

고기를 먹고 나자 잼이 나왔다. 아르카디는 원래 단것을 좋아하지 않았지만, 조금씩은 맛보는 것이 예의라고 생각해 입에 넣었다. 바자로프가 잼을 보자마자 단박에 싫다면서 담배를 피워 무는 바람에 더더욱 거절하기가 어렵기도 했다.

그다음에는 크림과 버터, 과자, 그리고 차가 나왔다. 차까지 마시고 나자, 아버지는 저녁의 아름다운 경치를 감상하자며 모두를 정원으로 이끌었다. 그는 긴 의자 옆을 지나며 아르카디에게 속삭였다.

"나는 이 자리에 앉아 석양을 바라보며 철학적 명상에 잠기는 것을 좋아하지. 나 같은 은둔자에게 어울리지 않나? 그리고 저기 앞쪽에는 호라티우스(고대 로마의 시인―옮긴이)가 좋아하던 나무도 심어 놓았다네."

"무슨 나무인데요?"

바자로프가 아버지 말을 듣고 끼어들었다.

"아, 알잖니? 아카시아……."

바자로프가 시큰둥한 얼굴로 하품을 했다. 아버지가 그 모습을 보며 말했다.

"아무래도 나그네들이 모르페우스(그리스 신화에 나오는 꿈의 신―옮긴이)의 품에 안길 시각인 모양이군."

바자로프가 아버지의 말을 바로잡았다.

"한마디로 잘 시각이라는 거죠! 옳은 말씀이에요. 잘 시각이 다 됐어요."

바자로프는 잠자리에 들기 전에 어머니의 이마에 입을 맞췄다. 어머니는 아들을 끌어안은 다음, 등 뒤에서 몰래 성호를 세 번 그어 축복했다. 아버지는 아르카디를 방으로 안내하고서 "세상에서 가장 행복하고 편안한 휴식이 되기를 바라네." 하고 축복했다. 실제로 아르카디는 기분 좋게 잠을 잤다. 방 안에는 박하 향이 은은했고, 벽난로 뒤에서 귀뚜라미 두 마리가 번갈아 가며 울어 댔다.

아버지는 아르카디에게 방을 안내해 준 뒤 서재로 돌아왔다. 소파에 누워 있던 아들 옆에서 이야기를 좀 더 나누고 싶었던 것이다. 하지만 아들은 졸리다는 이유로 아버지를 곧장 내몰았다.

사실 바자로프는 아침까지 잠을 이룰 수가 없었다. 두 눈을 크게 부릅뜨고 어둠 속을 노려보고 있었다. 어린 시절의 추억에 사로잡혀서가 아니었다. 바로 얼마 전의 가슴 아픈 기억을 떨쳐 버리지 못했기 때문이다.

어머니는 우선 기도를 올렸다. 그러고 나서는 하녀 안피수시카와 끝도 없이 이야기를 나누었다. 안피수시카는 여주인 앞에 못 박힌 듯이 서서, 무슨 비밀이라도 말하듯이 도련님에 관해 제가 보고 느낀 것을 낱낱이 속삭였다.

어머니는 전형적인 러시아 귀족 부인으로, 이백 년 전의 모스크바에나 어울릴 사람이었다. 신앙심 깊고 감성적인 그녀는 무슨 일에서나 어떤 징조를 찾으려 애썼다. 그래서 점괘나 주문, 꿈 따위를 매우 깊게 믿었다. 또 떠돌이 행자들을 현인으로 받들고, 집 안의 귀신과 요정들을 모셨다. 부활절 밤에 기도하는 촛불이 꺼지지 않으면 그해 메밀 농사가 풍년이 든다거나, 버섯은 일단 사람 눈에 띄면 더 이상 자라지 않는다는 식의 미신을 절실하게 믿었다.

송아지 고기나 비둘기·가재·치즈·아스파라거스·돼지감자·토끼 고기는 먹지 않았고, 잘라 놓은 모양새에서 세례 요한의 목이 떠오른다며 수박도 먹지 않았다. 굴은 말만 들어도 몸서리를 쳤다. 그리고 맛있는 음식을 몹시 좋아했지만 금식일은 엄격하게 지켰다.

어머니는 하루에 열 시간이나 잠을 자곤 했지만, 아버지가 머리라도 아프다고 하면 한숨도 눈을 붙이지 않았다. 책이라고는 《알렉시, 일명 숲 속의 오두막집》(프랑스 작가 뒤크레 뒤메닐의 계몽 소설―옮긴이) 외에는 단 한 권도 읽어 본 적이 없었고, 글이라는 것도 일

년에 편지를 한두 통 쓰는 것이 고작이었다. 하지만 가사를 돌보거나 과일을 말리고 잼을 만드는 일에 대해서는 뭐든 다 알고 있었다. 그래도 손수 그런 일을 하는 경우는 없었다.

세상에는 명령을 내리는 주인과 거기에 복종하는 하인이 구분돼 있다고 믿었기 때문에, 농민이나 하인들이 비굴할 정도로 존경을 표하거나 이마가 땅에 닿도록 인사하는 것을 그다지 싫어하지 않았다. 하지만 그녀는 그 사람들을 온화하고 친절하게 대해 주었다. 거지 한 사람도 빈손으로 돌려보내지 않았고, 가끔 남의 흉을 보긴 했지만 진정으로 남을 비난하는 법이 없었다.

젊을 때는 꽤 미인 소리를 들었다. 클라비코드(피아노가 자리를 잡기 전에 유행했던 건반 현악기─옮긴이)도 치고 프랑스 어도 조금 했지만, 내키지 않은 결혼을 한 후 남편을 따라 이곳저곳을 떠도는 동안 그런 것들을 다 잊고 말았다. 대신 몸에 살이 붙었을 뿐.

그녀는 아들을 말할 수 없이 사랑했고 또 그만큼 어려워했다. 영지 관리는 남편에게 모두 맡겨 놓고 일체 간섭하지 않았다. 남편이 영지 개혁이라든가 앞으로의 계획 따위를 늘어놓으려고 하면, 그녀는 한숨을 쉬면서 손수건을 내저었다. 그녀는 걱정이 너무나 많아서 언젠가 커다란 불행이 찾아오지 않을까 두려워했고, 뭐든 슬픈 이야기가 떠오르면 금방 눈물을 쏟았다.

이튿날 아침, 아르카디는 눈을 뜨자마자 창문부터 활짝 열었다. 그러자 바자로프의 아버지가 눈에 들어왔다. 헐렁한 실내복의 허리를 수건으로 둘러맨 바실리는 채소밭을 열심히 갈고 있었다. 그는 아르카디를 보자 삽자루에 몸을 기대며 소리쳤다.

"잠은 잘 잤나?"

"예, 아주 푹 잤습니다."

아르카디가 대답했다.

"난 보다시피 무를 심으려고 이랑을 파고 있네. 신시나투스(고대 로마의 집정관을 지내다 관직에서 물러난 후 농촌에 은거한 현인―옮긴 이)처럼 말이야. 이제 이런 좋은 시대가 됐지 뭔가. 제 입에 들어갈 건 제 손으로 만들어 먹는 시대가 온 거지. 남에게 기대지 않고 제 힘을 들여서 말이야. 결국 장 자크 루소의 말이 옳았던 셈이야. 더욱 이 난 평민이니까. 내 아내처럼 뼈대 있는 가문 출신도 아니고……. 아, 차를 마시기 전에 이쪽 그늘로 나와서 신선한 아침 공기를 좀 마시는 게 어떤가?"

아르카디는 그 말을 듣고 밖으로 나갔다. 바실리가 기름때에 전 빵모자에 군대식으로 한쪽 손을 갖다 올리며 말했다.

"다시 한 번 말하지만 참으로 잘 왔네! 당연히 넉넉하고 편한 생 활에 익숙해져 있겠지만, 이 시대의 위대한 인물이라면 이런 오막 살이에서 잠시 머무는 것도 마다할 리 없지 않겠나?"

아르카디가 큰 소리로 답했다.

"별말씀을 다 하십니다. 저를 위대한 인물에 견주시다니요. 게다 가 전 그렇게 유복하게 자라지도 않았습니다."

바실리는 짐짓 친근한 표정을 지어 보이며 대꾸했다.

"그런 겸손한 말을! 나야 이제 고물이 다 됐지만, 그동안 세상의 쓴맛과 단맛을 다 보았지. 날아가는 새 뒤꽁지만 봐도 무슨 새인지 알 수 있을 정도라네. 난 나름대로 심리학자이고 관상학자야. 아, 그리고 내 아들과 가까이 지내는 걸 보니 참 흐뭇하네. 참, 아들 녀석은 방금 보았는데, 새벽부터 집 근처를 뛰어다니고 있지 뭔가? 그런데 혹시 내 아들과는 오래된 사이인가?"

"지난겨울에 만났습니다."

"그렇군. 한 가지 더 물어보고 싶은데……, 자네는 우리 아들을 어떻게 생각하나?"

"아드님은 제가 이제까지 만난 사람 중에서 가장 빼어난 친구입니다."

아르카디는 활기찬 목소리로 대답했다.

순간, 바실리의 두 눈이 둥그레지면서 두 뺨이 붉게 물들었다. 그러더니 그의 손에서 삽이 미끄러져 떨어졌다.

"그럼, 내 아들은……."

아르카디가 바실리의 말을 가로막았다.

"아마도 창창한 미래가 펼쳐질 겁니다. 틀림없이 가문을 빛낼 거예요. 저는 처음 만날 때부터 그걸 확신했습니다."

"그게……, 그게 정말인가?"

바실리는 입가로 번진, 감격에 찬 미소를 차마 감추지 못했다.

"제가 아드님과 어떻게 만났는지 궁금하시지요?"

"아, 꼭 그렇다기보다 그냥……."

아르카디는 오딘초바와 처음 만났던 날 밤 이상으로 최선을 다해서 바자로프에 대해 이야기했다.

바실리는 아르카디의 이야기에 귀를 기울인 채 코를 훌쩍거리기도 하고 수건을 만지작대기도 하고 자기 머리를 쓰다듬기도 했다. 그러다가 더 이상 참지 못하고 아르카디의 어깨에 입을 맞췄다.

"아, 자네가 나를 기쁘게 해 주었네. 난 아들을 거의 떠받들 정도로 사랑한다네. 내 아내는 더 말할 것도 없지. 그런데도 그런 마음을 드러낼 수가 없어. 그 녀석이 싫어하거든. 감정을 드러내는 걸 아주 질색하지. 사람들은 그 애의 그런 기질을 보고 거만하다느니 냉혹하다느니 비판하지만, 그 애에게 무턱대고 일반적인 잣대를 들이댈 순 없잖아. 다른 집 자식들은 어떻게든 부모에게서 돈을 뜯어 가려고 할 텐데, 그 애는 이제까지 우리에게 단 한 푼도 달라고 한 적이 없어."

"아주 정직한 친구니까요."

아르카디는 고개를 끄덕였다.

"사심이 없어서 그래. 난 우리 아들을 진심으로 자랑스럽게 생각한다네. 언젠가는 의학 방면에서 명성을 얻을 날이 오겠지?"

"의학 분야에서 최고의 의학자가 될 겁니다. 하지만 꼭 그 분야에서만 그렇다는 건 아닙니다."

"아니, 그럼 대체 어떤 분야에서?"

"지금은 딱히 말씀드리기가 어렵지만, 어쨌든 내로라하는 저명인사가 될 것입니다."

"저명인사라!"

바실리는 이 말을 되뇌며 깊은 생각에 잠겼다.

"마님께서 차 드시러 오시랍니다."

하녀 안피수시카가 큰 접시에 잘 익은 산딸기를 수북이 담아 가지고 지나가면서 말했다. 바실리는 그 말을 듣고 흠칫 사색에서 깨어났다.

"산딸기에 차가운 크림을 곁들일 테지?"

"예."

"그래, 차가운 거라야 하지! 체면 차릴 거 없이 많이 먹어요, 아르카디 니콜라예비치! 그런데 예브게니는 아직도 안 돌아왔나?"

"저, 여기 있어요."

아르카디가 묵었던 방에서 바자로프의 목소리가 들려왔다.

바실리가 그쪽으로 고개를 돌리며 말했다.

"아하! 친구를 찾으러 그 방에 갔구먼! 한발 늦었다. 우린 벌써 아까부터 여기서 이야기를 나누고 있었거든. 자, 이제 차를 마시러 가자꾸나. 어머니가 기다리신다. 그리고 너하고 상의할 게 좀 있다."

"뭔데요?"

"이곳에 담낭염으로 고생하는 농부가 있는데……."

"아, 황달이군요?"

"그렇지. 아주 만성이 된 고질병이지. 난 수레국화와 물레나물 같은 약초를 처방하고 당근을 많이 먹으라고 했단다. 소다도 주고……. 하지만 그런 것은 임시방편일 뿐이거든. 뭔가 좀 더 결정적인 처방이 필요해. 넌 의학을 비웃고 있긴 하지만, 내게 실질적인 조언을 해 줄 수 있지 않겠니? 여하튼 이 얘기는 나중에 하기로 하고, 일단 차를 마시러 가자."

아버지는 의자에서 활기차게 일어나더니, 〈악마 로베르〉(독일 작곡가 마이어베어의 오페라―옮긴이)를 흥얼거리기 시작했다.

법, 법, 법을 세우라
즐, 즐, 즐겁게 살기 위해!

"힘이 넘치시는군!"
바자로프가 창가에서 물러나며 중얼거렸다.

어느새 정오가 되었다. 태양은 하늘을 뒤덮은 희끄무레한 구름을 뚫고 뜨겁게 내리쬐었다. 만물이 깊은 정적에 잠겨 있었다. 한 무리의 수탉들만 무시로 울어 댔다. 하지만 그 소리를 들으면 이상하게도 더 졸리면서 고즈넉해졌다.

아르카디와 바자로프는 건초 낟가리 그늘에서, 아직 푸른빛이 도는 마른풀을 한 다발씩 깔고 누워 있었다. 바자로프가 먼저 입을 열었다.

"저 나무를 보면 어린 시절이 생각나. 오두막의 구덩이 옆에서 자라고 있었는데, 그때는 저 나무와 구덩이가 마법을 부린다고 믿었어. 그 곁에만 가면 외로움이 다 사라지는 것 같았거든. 어려서 그랬나 봐. 이렇게 어른이 되고 나서 보니까, 그 마법은 어디론가 사라져 버렸네."

"여기서 얼마나 오래 살았어?"

아르카디가 물었다.

"한 이 년 정도. 그 뒤로는 여기저기로 이사를 다녔지. 거의 떠돌이 생활이었어. 대개는 도시 언저리로……."

"이 집은 지은 지 오래됐나?"

"오래됐지. 외할아버지가 지으셨다니까."

"외할아버님은 어떤 분이셨는데?"

"나도 잘 몰라. 대위쯤 됐던 거 같은데. 수보로프 장군(1799년, 프랑스와의 전쟁기에 알프스를 넘어 스위스와 북이탈리아를 점령했던 러시아의 명장─옮긴이) 부하로 알프스를 넘었다고 하는데, 아마도 거짓말일 테지."

"아, 그래서 응접실에 수보로프 장군의 초상화가 걸려 있었구나. 난 여기처럼 예스럽고 정감 있는 집이 좋아. 아주 독특한 냄새가 나거든."

"흙벽돌 만들 때 넣은 전동싸리 냄새가 호롱 기름 냄새에 섞인 거 겠지. 하지만 이 사랑스러운 집에 파리는 왜 이리도 많은지……."

바자로프가 하품을 하며 대꾸했다.

"얘기 좀 해 봐. 자네, 어릴 때는 잔소리를 많이 듣지 않았나?"

아르카디가 물었다.

"우리 부모님은 엄격하지 않으셨어."

"자넨 부모님을 사랑하나?"

"당연히 사랑하지!"

"두 분도 자넬 아주 사랑하시더군!"

바자로프는 잠시 동안 아무 말이 없었다.

"내가 무슨 생각을 하는지 아나?"

바자로프는 깍지 낀 손을 머리에 받치면서 말했다.

"몰라. 뭔데?"

"'우리 부모님은 사는 게 참 즐거운 모양이다.'라는 생각. 아버지는 예순이 되어서도 분주하게 뛰어다니시잖아. 아픈 사람들을 치료도 해 주시면서. 그래서 그런지 농민들과도 아주 잘 지내시는 것 같아. 한마디로 흥에 겨우신 게지. 어머니도 좋아 보여. 매일매일 일어나는 일들에 일일이 슬퍼하시기도 하고 기뻐하시기도 하고……. 어쨌든 정신없이 바쁘시지. 하지만 난……."

"난?"

"난 여기 낟가리 밑에 누워서 이런 생각이나 하고 있잖나? 지금 내가 있는 이 좁은 공간은, 내가 없는 나머지 공간에 비하면 너무나도 작고 작을 뿐이다. 지금 내가 살아가는 이 시간도 내가 존재하지 않았던, 그리고 존재하지 않을 영원이라는 시간에 비하면 거의 무에 가깝다. 그런데도 이 점 같은 시간과 공간 속에서 심장이 뛰고 피가 돌며 뭔가를 간절히 원하고 있지……. 참으로 보잘것없어. 헛되기가 이를 데 없어!"

"자네가 말하는 건 모든 사람에게 해당되는……."

"맞아. 내 부모님들 얘기야. 그분들은 너무나 바빠서 무의미함 따위를 걱정할 겨를이 없으시지. 그런 것과는 아무런 상관도 없이 살아가시는데……, 나는 너무나 지겨워서 악이 받쳐."

"왜 악이 받쳐?"

"왜라니? 자네, 벌써 잊어버렸어?"

"아니, 다 기억해. 하지만 자네가 그렇게 화낼 필요가 있는지는 모르겠어."

"이봐, 아르카디! 자넨 사랑을 어린애들처럼 생각하고 있어. 꼬꼬꼬, 하고 불러 놓고는 정작 암탉이 다가오기 시작하면 걸음아 날 살려라 하고 도망친다 이거야! 난 그렇지 않아. 하지만 이런 이야기는 그만하자고. 부질없는 일을 자꾸 말해서 무엇하나? 부끄럽기만 하지."

바자로프는 옆으로 돌아누우며 계속 말을 이었다.

"여기 개미 좀 봐. 다 죽어 가는 파리를 끌고 가네. 잘한다, 잘해! 아무리 발버둥쳐도 봐주지 마라! 너흰 동물이니까 동정심 같은 건 가질 필요도 없어. 우리같이 스스로 상처받고 무너질 이유도 없다!"

"자네답지 않군! 자네가 언제 스스로 상처를 입었다고."

바자로프가 고개를 번쩍 들며 말했다.

"그러게. 스스로 상처받은 적도 없는데, 여자 따위에게 상처를 받다니! 이게 말이 되나? 아멘! 끝이야! 이 얘기는 절대로 다시 꺼내지 않겠어."

두 친구는 잠시 말없이 누워 있었다. 얼마 후, 바자로프가 먼저 입을 열었다.

"그래, 인간이란 참 이상한 존재야. 멀리서 볼 때는 우리 부모님처럼 이런 곳에서 한적하게 사는 생활이 더할 나위 없이 좋을 것 같지 않나? 먹고, 마시고, 자고…… 그저 자신이 가장 올바르게 살아간다고 믿으면 되지. 하지만 사실은 그게 아니거든. 시간이 갈수록 견딜 수 없이 지겨워지는 거지. 사람을 상대하고 싶어서 못 견뎌 하는 거야. 설령 욕설을 주고받는다 하더라도 다른 사람과 섞이고 싶어지는 거지."

"매 순간 의미 있는 삶을 살아야 할 텐데."

아르카디가 생각에 잠긴 목소리로 말했다.

"바로 그거야! 의미가 있다는 것은, 설사 그것이 거짓이라 하더라도 우선은 달콤한 법이지. 물론 의미 없는 것과 타협할 수도 있고. 하지만 그렇게 되면 온갖 번거로운 골칫거리가 생기는 게 문제란 말이야!"

"그런 골칫거리를 인정하지 않으면 되지."

"흠……, 그건 부정 일반론이야."

"그게 무슨 말이야?"

"예를 들어 계몽은 유익하다, 라고 말하면 그것은 일반론이지? 반대로 계몽은 해롭다고 한다면? 그건 부정 일반론인 셈이야. 좀 더 있어 보이는 듯하지만, 사실은 동전의 앞뒷면이나 다름없다는 뜻이야."

"그럼 진리는 어디에 있는데?"

"어디에? 메아리처럼 나도 '어디에?'라고 대답할 수밖에 없겠군."

"자네, 오늘 기분이 좀 울적한 모양이야."

"그래 보이나? 햇빛을 너무 많이 쬐었거나, 아니면 산딸기를 너무 많이 먹은 모양이로군."

"그런 경우에는 한숨 자는 것도 나쁘지 않지."

아르카디가 한마디 했다.

"좋아. 다만 내 얼굴을 들여다보지는 말게. 자는 사람의 얼굴은 누구든 멍청해 보이는 법이니까."

"자네는 누가 어떻게 생각하든 신경 쓰지 않잖아?"

"어찌 답해야 좋을까? 물론 참된 사람이라면 그런 걸 신경 쓰지 않겠지. 그에 대해 이러쿵저러쿵 생각할 것 없이 복종하거나 증오하게 되는 사람……. 그런 사람이 진짜 참된 사람이 아니겠나?"

아르카디는 잠시 생각에 잠겼다가 말했다.

"이상한 말이군! 난 증오하는 사람이 없는데."

"난 많아. 자네는 부드럽고 물렁한 사람이니 어디 남을 미워하겠나? 자넨 겁이 많고 자부심도 없어……."

"그럼 자네는 자부심이 높단 말인가? 자기 자신을 높게 평가하고 있단 말이지?"

아르카디가 말을 가로막았다. 바자로프는 잠시 입을 다물었다.

"내게 굴복하지 않을 사람을 만나게 된다면……."

바자로프는 뜸을 들이다 다시 말을 이었다.

"그러면 나 자신에 대한 생각을 바꿀 거야. 증오하겠어! 이를테면 오늘 필리프라는 이 동네 이장집 앞을 지나갈 때 말이야. 자네는 그

집이 참 멋지다고 말하면서 모든 농민이 저런 집에서 살 수 있게 된 다면 러시아가 완벽한 단계에 들어설 거라고 했지? 그래서 우리 모두 그렇게 되도록 노력해야 한다고. 하지만 난 필리프인지 시도르 인지 모를 그 가난한 농민들을 증오해. 내 껍질을 벗겨서 갖다 바친들 그들은 내게 고마워하지도 않을 거잖아. 설령 고맙다고 해도 그게 무슨 의미가 있겠어? 그런 자들이 깨끗한 집에서 살게 될 때쯤이면 내 몸에는 검버섯이 자라날 텐데……. 그다음엔 뭐가 있지?"

"됐어, 바자로프……. 오늘 자네 말을 듣고 있자니, 자네에겐 원칙이 없다고 비난하던 사람들 말에 동의하지 않을 수가 없네."

"자네 큰아버님처럼 말하는군. 일반적인 원칙이란 건 없어. 지금까지 그것도 모르고 있었나? 혹시 있다면 감각뿐이지. 모든 건 거기에 의존하는 거야."

"어째서?"

"날 예로 들어 볼까? 내가 부정적인 태도를 고집하는 것은 감각 탓이야. 나는 부정하는 것이 즐거워. 내 뇌 구조가 그렇게 생겨 먹었거든. 내가 왜 화학을 좋아하는 줄 아나? 자네는 왜 사과를 좋아하지? 모두 다 감각 때문이야. 다 똑같아."

"그래? 그럼 성실함도 감각 때문인가?"

"물론!"

"오, 예브게니……!"

아르카디가 슬픈 목소리로 이름을 부르자, 바자로프가 말을 가로막았다.

"아니, 왜? 구미에 맞지 않나? 틀렸어, 친구! 철저하게 뒤엎으려면 자신부터 내던져야 해! 하지만 이제 철학은 그만. '자연은 잠의 고요를 불러온다.' 푸시킨이 말했지."

"푸시킨이 그런 말을 했다니, 금시초문인걸."

"안 했을지도 모르지. 하지만 시인의 뇌가 분명 그렇게 말하도록 했을 거야. 푸시킨도 군인으로 복무한 적이 있잖아."

"푸시킨이 언제 군인으로 복무했나?"

"푸시킨 시를 좀 봐. '싸워라! 싸워라! 러시아의 명예를 위해!'라는 구절이 어디에나 다 나오잖아."

"왜 그런 소리를 꾸며 대고 있는 거야? 거의 중상모략 수준인걸."

"중상모략이라고? 무슨 그런 엄청난 말씀을!"

"그만! 잠이나 자는 게 낫겠어!"

아르카디가 화를 내며 돌아누웠다.

"대찬성입니다요!"

바자로프도 맞장구를 쳤다.

하지만 둘 다 쉽게 잠을 이루지 못했다. 적대적인 감정이 두 청년의 가슴을 사로잡고 있었다. 그러고 나서 오 분쯤 지났을까? 둘은 함께 눈을 뜨고서 말없이 서로를 건너다보았다.

아르카디가 먼저 입을 열었다.

"저기 봐. 단풍잎이 땅에 떨어지고 있어. 마치 나비가 날아가는 것 같군. 이상하지 않아? 가장 슬픈 죽음의 장면이 가장 즐겁고 생생한 것을 닮은 것이?"

바자로프가 버럭 소리를 질렀다.

"오, 아르카디! 제발 부탁이니까 말하면서 멋 좀 부리지 마."

"이젠 완전히 전제주의로군. 내 머릿속에 떠오른 말을 왜 하면 안 되는데?"

"그렇다면 나도 말해서 안 될 건 없잖아? 난 그렇게 꾸며서 하는 말은 점잖지 못하다고 생각해."

"그럼 점잖은 건 뭐야? 욕설 같은 건가?"

"에헤! 이것 봐. 꼭 자네 큰아버님 흉내를 내려는 것만 같아. 자네의 바보 큰아버님이 지금 이 말투를 듣는다면 참으로 기뻐하시겠어!"

"방금 큰아버지를 뭐라고 불렀지?"

"바보라고 불렀지."

"에이, 더 이상은 못 참겠어!"

아르카디가 냅다 소리를 질렀다. 하지만 바자로프는 흔들림 없는 목소리로 말했다.

"아하! 피는 물보다 진하다는 거야? 그런 감정은 아주 끈질겨서 절대로 털어 낼 수 없다는 걸 알아. 인간은 무엇이든 버릴 수도 있고, 어떤 편견에서든 벗어날 수도 있지. 하지만 남의 손수건을 훔친 형제를 도둑으로 인정하는 것은 웬만한 사람으로서는 할 수 없는 일이야. 문제는 바로 거기에 있어. 그렇지 않나?"

아르카디가 발끈해서 받아쳤다.

"혈육의 정 따위로 하는 말이 아니야. 하지만 자네는 그런 감정을 모르니까 그에 대해 이러쿵저러쿵하지 않는 게 좋겠어."

"그러니까 아르카디 키르사노프 군은 나보다 이해력이 훨씬 더 높으시다! 존경을 표합니다. 이젠 입 닥치겠습니다요."

"제발, 예브게니! 이러다 말싸움 나겠어."

"실컷 싸워 보는 것도 좋지. 아주 끝장을 볼 때까지 말이야."

"제발 좀! 그러다가 이대로 정말 끝나 버리면……?"

바자로프가 아르카디의 말을 잘랐다.

"주먹으로 하자고? 그래? 여기 건초 더미 위에서, 아주 목가적인데! 보는 사람도 없고 좋지 않아? 그런데 자네, 나한테는 안 될걸. 내가 먼저 목덜미를 확 잡으면……."

바자로프는 갈퀴 같은 손가락을 쫙 펼쳐 보였다. 아르카디는 옆으로 몸을 돌려 장난처럼 대항하는 시늉을 했다. 하지만 일그러진 미소와 불타는 눈길로 험악해진 친구의 얼굴을 맞닥뜨린 순간, 아르카디는 자신도 모르게 겁을 먹었다. 진짜 위협을 느꼈던 것이다.

그때 바실리의 목소리가 들려왔다.

"아, 여기들 숨어 있었구먼!"

손으로 짠 무명옷과 역시 손으로 짠 밀짚모자를 쓴 늙은 군의관이 청년들 앞에 모습을 드러냈다.

"한참 찾았어……. 그나저나 기막힌 장소를 골랐군그래. '대지'에 누워 '하늘'을 본다……. 그래, 거기엔 무슨 특별한 의미가 있는 거지?"

"하늘을 보는 건 재채기가 나올 때뿐인데요."

바자로프가 퉁명스럽게 대구하고는 아르카디를 향해 속삭였다.

"유감이야, 방해자가 나타나서."

"그만하면 됐어."

아르카디도 이렇게 속삭이며 친구의 손을 지그시 눌러 잡았다. 하지만 그런 충돌을 이길 우정이란 결코 없는 법이다.

"너희 같은 청년들을 보고 있자면 말이다."

아버지가 깍지 낀 두 손을 지팡이에 올려놓고 서서 고개를 까닥거리며 말했다.

"참 싫증이 나지 않는구나. 젊음의 힘과 꽃피는 청춘, 그 시절엔 많은 능력과 재능이 넘쳐나잖아! 그래⋯⋯, 마치 카스토르와 폴리데우케스(그리스 신화 속의 쌍둥이 형제로 용감하고 전술에 뛰어난 싸움의 신, 디오스쿠로이라고도 한다.─옮긴이) 같다고나 할까."

"아니, 웬 신화를 또 끌어다 대시나요! 이제 보니 왕년에 라틴 어 좀 하셨나 보네요! 국어 시간에 은메달이라도 받으셨어요, 예?"

바자로프가 비아냥거렸다.

"디오스쿠로이야, 디오스쿠로이!"

아버지가 소리쳤다.

"아, 아버지, 그만 치켜세워요."

"이런 때가 또 언제 온다고 그러냐? 어쨌든 이렇게 찾아 나선 데는 다 이유가 있다. 첫째는 이제 곧 점심을 먹을 시간이라는 거지. 둘째는 네가 미리 알아 둘 일이 있어서야. 예브게니, 넌 총명하니까 여자의 마음도 잘 이해해 주리라 믿는다만⋯⋯. 네 어머니가 말이지. 네가 돌아온 김에 기도식을 올렸으면 해서……. 하지만 기도식에 억지로 끌어들이려는 건 아니야. 이미 식은 끝났거든. 다만 저 알렉세이 신부님이……."

"사제요?"

"그래, 사제님 말이다. 그분이 우리 집에서 식사를 함께하시고 싶다고……. 난 전혀 생각도 못 하고 권하지도 않았는데……. 하지만 일이 그렇게 돼 버렸어……. 내 말뜻을 잘 못 알아들으셔서……. 그리고 네 어머니의 뜻도 그렇고 말이다……. 어쨌든 우리에겐 아주 친절하신 분이고 분별력도 있으신 분이니까……."

"설마 그분이 저희 몫까지 다 잡수시기로 했단 건 아니죠?"

아버지는 바자로프의 말에 웃음을 터뜨렸다.

"너는 참 당치도 않은 말을!"

"그럼 됐어요. 누구와 식사를 하든 무슨 상관이에요?"

아버지는 모자를 고쳐 쓰며 말했다.

"난 이미 네가 어떤 선입견도 초월해 있다는 걸 알고 있어. 나같이 예순둘이나 된 늙은이도 그런 것은 가지고 있지 않지. (바실리는 자기 자신이 기도식을 바라고 있었다는 건 입 밖에 내지 않았다. 사실 그는 아내 못지않게 신앙심이 깊었다.) 알렉세이 신부님은 전부터 너를 꼭 한 번 보고 싶어 하셨지. 분명 마음에 들어 하실 게다. 그분은 카드놀이도 굳이 마다하지 않으시고, 심지어 우리끼리 하는 얘기다만, 담배도 잘 피우신다."

"그래요? 그럼 식사 뒤에 한판 붙어 보죠. 제가 꼼짝 못하게 해 드릴 테니.”

“하하하, 두고 보자! 어떻게 될지는 아무도 모르지.”

“아니, 옛날처럼 또 그러시려고요?”

바자로프가 유별나게 강한 어조로 말했다. 아버지의 구릿빛 뺨이 조금 붉어졌다.

“예브게니, 그런 소리 하지 마라……. 다 지나간 일이잖냐? 그래, 좋다. 젊은 시절에 한때 카드에 빠져 있었다는 건 인정하마. 그래서 확실하게 대가를 치렀지! 그런데 이제 아주 덥구나. 나도 그늘로 좀 들어갈까? 괜찮겠지?”

“그럼요.”

아르카디가 대답했다.

아버지는 끙 소리를 내며 건초 위에 앉았다.

“너희가 누워 있는 모습을 보니, 군대 있을 때 야전 병원 막사 시절이 생각나는구나. 그땐 이런 건초 더미라도 있으면 정말 천국이겠다 싶었지.”

그는 한숨을 내쉬고는 말을 이었다.

“그때 참 많은 일이 있었지. 그래, 베사라비아에서 있었던 일인데, 페스트에 관련된 재미있는 이야기를 하나 해 줄까?”

바자로프가 말을 낚아챘다.

“블라디미르 훈장을 받으신 일 말예요? 알아요, 알아……. 그런데 오늘은 왜 그거 안 달고 나오셨어요?”

“말했잖냐? 난 선입견 같은 건 질색이라고.” (사실 그는 바로 전날 밤에 겉옷에서 그 붉은 띠 훈장을 떼어 놓았다.)

아버지가 페스트에 얽힌 이야기를 막 꺼내려는 순간, 바자로프가 잠이 든 시늉을 했다.

"녀석, 그새 잠들었네."

그는 아르카디에게 마음씨 좋게 눈을 찡긋하고는 큰 소리로 아들을 불렀다.

"예브게니, 일어나거라! 어서 가자, 점심 먹으러……."

알렉세이 신부는 살집이 좋고 훤칠했다. 그는 숱이 많은 머리를 단정하게 빗어 넘기고, 보랏빛 비단 제의에 수를 놓은 허리띠를 두르고 있었다. 아주 민첩하고 활달한 성격이었다. 게다가 청년들이 자신의 축복을 받기를 원하지 않는다는 것을 이미 안다는 듯이 먼저 악수를 청하는 등 자연스럽게 행동했다.

그는 자신을 굳이 내세우지도 않고 다른 사람을 탓하려고도 하지 않았다. 그저 신학교 학생들의 라틴 어 실력을 언급하며 웃음을 터뜨리거나 교구 주교들의 입장을 늘어놓으며 옹호하곤 했다. 포도주를 마시긴 했지만 석 잔째부터는 사양을 했다. 아르카디가 담배를 권하자, 받기는 했지만 집에 가져가겠다며 입에 물지는 않았다.

식사가 끝난 후, 신부는 감사 인사를 적당히 하고 카드놀이용 녹색 탁자 앞에 앉았다. 결국 그는 바자로프에게서 지폐 1루블 50코페이카를 따냈다. 어머니는 집에 은화 대신 지폐를 준비해 두고 있었다. (같은 액수라도 은화가 더 값이 나가기 때문이다.—옮긴이)

어머니는 카드놀이에 참여하지 않고 언제나처럼 주먹으로 턱을 괴고 아들 곁에 앉아 있었다. 그녀가 자리에서 일어날 때는 뭔가 새로운 음식을 가져오라고 시킬 때뿐이었다. 그녀는 아들을 보면 절로 움츠러들었고, 애정 어린 말 한마디 건네는 것조차 조심했다. 아들 역시 어머니에게 그런 기회를 주려고 하지 않았다. 게다가 남편까지 나서서 아들을 '성가시게' 하면 안 된다고 단단히 주의를 주었다. 바실리가 "젊은 애들은 그런 걸 좋아하지 않소."라며 거듭 강조했던 것이다. 아들에게서 잠시도 시선을 떼지 못하는 어머니의 눈에는 그저 복종과 다정함만이 담겨 있는 것은 아니었다. 호기심과 두려움이 뒤섞인 채 슬픔이 어려 있는 한편, 무언가 질책하는 듯한 기색도 엿보였다.

하지만 바자로프는 어머니의 눈빛을 살피고 있을 겨를이 없었다. 어머니를 쳐다보는 경우도 별로 없었지만, 있다고 해도 뭔가를 간단하게 물어볼 때뿐이었다. 그러다가 그가 딱 한 번 행운을 달라며 어머니에게 손을 내밀었다. 그녀는 자신의 부드러운 손을 아들의 거칠고 큰 손바닥 위에 조용히 올려놓았다. 그러고는 나직이 이렇게 물었다.

"어때? 행운이 들어섰니?"

"더 나빠졌어요."

바자로프가 무덤덤하게 웃으며 대답했다.

"아무래도 너무 전투적으로 나가는 것 같습니다."

알렉세이 신부가 붉은 구레나룻을 쓰다듬으며 말했다.

"나폴레옹 전술로 나갈 겁니다. 나폴레옹 전술이요."

아버지가 이렇게 응수하며 에이스를 던졌다.

"나폴레옹은 결국 세인트헬레나 섬으로 유배를 가고 말았지요."

신부는 이렇게 말하며 에이스를 으뜸 패로 잡아 눌렀다.

"애야, 구스베리 주스 한 잔 가져다줄까?"

어머니가 바자로프에게 물었다. 바자로프는 어깨만 으쓱했다.

이튿날 바자로프가 아르카디에게 말했다.

"안 되겠어! 내일 당장 떠나야겠어. 지루하기만 할 뿐, 공부를 하려고 해도 여기선 안 돼. 다시 자네 마을로 가자고. 실험 도구와 표본들도 다 거기에 있잖아. 최소한 자네 집에서는 방에 처박혀 있기라도 할 수 있지. 아버지는 내 곁에서 한 발짝도 떨어지려고 하지 않으시니 어디 몰래 틀어박혀 있을 수도 없고. 어머니도 그래. 어찌나 한숨을 자주 내쉬시는지. 막상 방으로 건너가 보면 별말씀도 없으시고 말이야."

"어머님이 마음 아파 하실 텐데. 아버님도 그렇고."

아르카디가 걱정스레 말했다.

"다시 돌아올 텐데, 뭐."

"언제?"

"페테르부르크로 돌아갈 때."

"어머님이 참 안되셨네."

"뭐라고? 밥깨나 얻어 드셨나 보군."

아르카디가 눈을 내리깔았다.

"예브게니, 자넨 어머님을 너무 몰라. 아주 지혜로운 분이셔. 정말이야. 오늘 아침에 한 삼십 분쯤 이야기를 나눴는데, 말씀도 재미있게 잘하시더라고."

"보나 마나 내 이야기만 하셨겠지."

"자네 얘기뿐만은 아니었어."

"그럴지도 모르지. 부모 자식보다 제삼자가 더 잘 볼 수도 있으니까. 하여간 여자와 삼십 분이나 이야기를 나눌 수 있다는 건 아주 좋은 징조야. 아무리 그래도 난 가야겠어."

"말 꺼내기도 쉽지 않을걸. 이 주 뒤에 할 일까지 생각해 놓고 계시던데."

"쉽진 않지. 더구나 오늘은 무슨 마가 끼었던지 아버지를 비아냥거리기까지 했어. 며칠 전에 아버지가 소작농 하나를 매질하라고 이르셨던 모양이야. 아주 잘하신 일이지. 아, 그렇게 놀란 눈으로 보지 마. 그 소작농은 지독한 주정뱅이에다 도둑질까지 했거든. 아버지는 내가 그걸 알게 되리라고는 생각지 못하셨던 모양이야. 어찌나 당황해하시던지. 게다가 이젠 그 정도가 아니라 아예 낙담하시게 만들 판이니……. 괜찮아! 금세 나아지겠지."

바자로프는 "괜찮아!"라고 말했지만, 자기 생각을 아버지에게 알릴 결심을 하는 데 꼬박 하루가 걸렸다.

서재에서 저녁 인사를 하며 일어서다가 짐짓 길게 하품을 하며 말을 꺼냈다.

"아버지……, 드릴 말씀이 있어요. 내일 페도트 역참으로 갈 수 있게 말 좀 준비해 주세요."

아버지는 아들의 말에 흠칫 놀랐다.

"왜? 아르카디가 떠나겠다더냐?"

"예, 저하고 같이요."

아버지는 그 자리에서 넘어질 듯이 몸을 비틀거렸다.

"너도 떠난다고?"

"예……, 가야 해요. 그러니 말 좀 준비해 주세요."

아버지는 입안으로 웅얼거리듯 말했다.

"알았다……, 역참으로……. 그런데 왜 갑자기……?"

"그 친구 집에 잠깐 다녀와야 해서요. 곧 다시 돌아올 겁니다."

"그래? 잠깐이라고? 알았다."

아버지는 손수건을 꺼내 코를 풀면서 거의 땅에 닿을 정도로 몸을 웅크렸다.

"그래, 말을 준비하도록 하마……. 하지만 어떻게 그렇게……. 난 좀 더 있을 줄 알았지……. 겨우 사흘을……. 삼 년 만에 와서 너무, 너무나 짧구나, 예브게니!"

"금방 다시 온다고 말씀드렸잖아요. 꼭 할 일이 있어서 그래요."

"꼭 할 일이라……. 어쩌겠니? 알았다. 네 어머니도 많이 놀라겠구나. 오늘도 이웃집 부인에게 꽃을 부탁하던데. 네 방을 꾸며 주려고 말이다."

아버지는 자신이 이른 새벽에 떨리는 손으로 티모페이치에게 낡은 지폐를 한 장 한 장 건네주며 이것저것 사 오라고 시킨 일은 굳이 말하지 않았다. 그는 무엇보다 식료품과 붉은 포도주에 세심하게 신경을 썼다. 아들이 그걸 특히 좋아한다는 사실을 알고 있었던 것이다.

아버지는 다시 말을 이었다.

"주저할 것 없다. 그럴 필요가 없지……."

그러고는 갑자기 입을 다물고 문 쪽으로 향했다.

"곧 돌아올게요, 아버지. 정말이에요."

하지만 아버지는 돌아보지도 않고 손만 내저으며 방을 나섰다. 침실로 간 그는 침대에 누워 자고 있는 아내를 보고 기도를 올리기 시작했다. 나지막이 기도를 올리려고 했지만, 결국 아내가 눈을 뜨고 말았다.

"당신이에요, 여보?"

아내가 물었다.

"나요, 여보!"

"그 애 방에서 오는 거예요? 여보, 한 가지 걱정되는 게 있어요. 예브게니가 소파에서 잠을 잘 수 있을까요? 안피수시카에게 당신 야전 매트리스를 깔고 새 베개를 가져다주라고 했어요. 우리 깃털 이불이라도 주면 좋겠지만 그 애는 푹신한 걸 싫어하니까."

"걱정 마. 잘 잘 거요. 주여, 우리 죄를 사하여 주소서……."

그는 속삭이듯 나직한 음성으로 기도를 계속했다. 아내가 가여워서 견딜 수 없었다. 하지만 이 밤에 아내를 슬픔에 휩싸이게 하고 싶지는 않았다.

이튿날 바자로프와 아르카디는 길을 나섰다. 아침부터 집 안 분위기가 침통했다. 안피수시카는 손에 들고 있던 접시를 떨어뜨렸다. 아버지는 어느 때보다 분주하게 움직였다. 목소리를 높이고 발을 구르곤 하는 모습이 억지로 기운을 내려는 것 같았다. 어머니는 조용히 흐느꼈다. 그나마 새벽부터 남편이 두 시간이나 다독이지 않았다면 완전히 정신이 나가 기절이라도 했을 것이다.

한 달 이상 걸리지 않을 것이라며 수없이 약속을 하고, 바자로프는 마침내 마차에 몸을 실었다. 말이 움직이자 종소리가 딸랑거리며 바퀴가 구르기 시작했다.

노부부만 남게 되자, 집까지 갑자기 쭈그러들고 쇠약해져 버린 것만 같았다. 방금 전만 해도 현관 앞에서 힘차게 손수건을 흔들어 대던 바실리는 의자에 털썩 주저앉아 고개를 가슴에 파묻었다. 그는 겨우겨우 말을 내뱉었다.

"우리를 버리고 가 버렸어. 우리와 지내는 게 견디기 힘들어서. 우리만, 우리만 외롭게 남았어, 이 손가락처럼!"

그는 몇 번이나 이렇게 똑같은 말을 반복하며 집게손가락을 앞으로 내밀곤 했다. 아내가 다가와 백발이 성성한 머리칼을 역시 눈처럼 하얗게 센 남편의 머리에 기대며 위로했다.

"할 수 없어요, 여보! 그 애도 이젠 다 커서 떨어져 나가는 거예요. 매처럼 왔다 가는 거지요. 오고 싶으면 날아오고 가고 싶으면 날아가는……. 우린 구멍 속의 버섯처럼 나란히 제자리에 앉아 있는 거고요. 난 당신 곁을 영원히 떠나지 않아요. 당신도 마찬가지일 테지요."

바실리는 얼굴을 감싸고 있던 손을 풀어 아내를 꼭 끌어안았다. 젊었을 때에도 그런 적이 없을 만큼 힘껏 끌어안았다. 아내가 그의 슬픔을 달래 주었던 것이다.

제 10 장

바보 같은 짓

두 친구는 별 뜻 없는 말만 가끔 나누었을 뿐, 거의 입을 다문 채 페도트의 역참까지 마차를 달렸다. 바자로프는 자신에 대한 불만이 가득했다. 아르카디는 그런 그가 불만스러웠다. 게다가 그는 마음속으로 이유를 알 수 없는 비애를 느끼고 있었는데, 그것은 오직 젊은 사람들만이 알 수 있는 그런 것이었다.

마부는 역참에서 말을 바꾸어 매고 나서, 오른쪽으로 갈 것인지 왼쪽으로 갈 것인지를 물었다. 아르카디는 흠칫 놀랐다. 오른쪽 길은 시내를 지나 집으로 통하는 길이고, 왼쪽 길은 오딘초바의 집으로 가는 길이기 때문이었다.

그는 바자로프를 흘깃 바라보고는 이렇게 물었다.

"예브게니, 왼쪽으로 갈까?"

바자로프가 모른 척 딴청을 부리며 퉁명스럽게 되물었다.

"그게 무슨 바보 같은 질문이야?"

"바보 같은 줄은 나도 아는데, 그게 뭐 대수라고. 처음 가는 것도 아니고."

아르카디가 대꾸했다. 바자로프는 모자를 푹 눌러쓰더니 한참 만에 대답했다.

"자네 맘대로 해!"

"그럼 왼쪽으로 가지!"

아르카디가 마부에게 소리쳤다. 마차는 니콜스코예 마을을 향해 달리기 시작했다. 바보 같은 짓을 저지른 두 친구는 입을 더 굳게 다물었다. 마치 서로에게 화가 난 사람들 같았다.

오딘초바의 집 현관에서 집사가 맞이하는 태도를 보는 순간, 그들은 이 즉흥적인 행동이 얼마나 경솔한 짓이었는지를 깨달았다. 그들을 기다리고 있는 사람은 아무도 없었다. 그래서 그들은 응접실에서 아주 오랫동안 어색하게 앉아 있어야만 했다.

한참 만에 오딘초바가 모습을 나타냈다. 예전처럼 친절하게 그들을 환영했지만, 이렇게 빨리 돌아온 것에 당혹스러움을 감추지 못했다. 머뭇거리는 몸짓이나 말투로 보아, 그들을 썩 반기지는 않는다는 것을 한눈에 알아차릴 수 있었다. 그래서 그들은 그저 지나는 길에 들렀을 뿐, 네 시간 뒤에는 시내로 다시 떠날 거라고 서둘러 변명을 해 버렸다. 오딘초바는 가볍게 놀라는 소리를 내뱉고는, 아르카디한테 부친에게 안부를 전해 달라고 부탁했다. 그리고 곧 이

모를 불러냈다. 아직 잠에서 덜 깬 늙은 공작 따님은 쭈글쭈글한 얼굴 탓인지 심기가 몹시 불편해 보였다. 카챠는 몸이 좋지 않다며 방에서 나오지도 않았다. 그제야 아르카디는 자신이 오딘초바 부인 못지않게 카챠를 보고 싶어 했다는 사실을 깨달았다.

시답잖은 얘기를 주고받는 동안, 네 시간이 훌쩍 지나갔다. 오딘초바는 이야기를 나누는 동안 미소를 짓지 않았다. 헤어질 때쯤에야 전처럼 우정 어린 마음이 되살아난 듯이 표정이 밝아졌다.

"요즘 좀 우울해서요. 하지만 신경 쓸 것 없어요. 나중에 또 방문해 줘요. 두 사람 다 꼭 다시 만나게 되길 바라요. 나중에 시간이 좀 지나면 이유를 말할게요."

그녀가 말했다.

바자로프와 아르카디는 말없이 고개를 숙여 인사한 뒤 마차에 올랐다. 그들은 단 한 번도 멈추지 않고 곧장 마리노 마을로 달려갔다. 그리하여 이튿날 저녁 무렵에는 마리노 마을에 무사히 도착하였다. 마차를 타고 오는 내내, 두 사람은 오딘초바의 이름을 한 번도 입에 올리지 않았다. 특히 바자로프는 입도 뻥긋하지 않은 채 아주 심각한 표정으로 길 쪽을 바라보고 있었다.

마리노 마을에서는 모두 뛰어나와 그들을 반겼다. 니콜라이는 아들이 오랫동안 돌아오지 않아서 걱정을 하던 참이었다. 페네치카가 두 눈을 반짝이며 달려와 '도련님들'의 도착을 알리자, 그는 발을 구르며 소파에서 뛰쳐 일어났다. 파벨도 적당히 반가워하며 친절한 미소를 짓고는 돌아온 방랑자들의 손을 잡아 흔들어 주었다. 이런저런 이야기와 질문들이 오갔다. 그 누구보다 말이 많은 쪽은 아르카디였다. 특히 한밤중까지 이어진 저녁 식사에서는 더욱더 그랬다.

니콜라이는 바로 얼마 전에 모스크바에서 가져온 영국산 흑맥주를 몇 병 내놓고는 두 뺨이 발그레해질 때까지 함께 마셨다. 그는 술을 마시는 내내, 어린아이 같은 웃음을 입가에 머금었다.

이런 들뜬 분위기는 하인들에게도 전해졌다. 두냐샤는 마치 불에 데기라도 한 것처럼 문을 쾅쾅 여닫으며 분주하게 왔다 갔다 했다. 표트르는 새벽 2시가 넘을 때까지 기타로 카자크 왈츠를 연주했다. 기타 선율은 조용한 대기 속으로 구슬프면서도 기분 좋게 울려 퍼졌다.

그렇다고 해서 마리노 마을의 일상이 순조롭게 돌아가고 있다는 것은 아니다. 가련한 니콜라이는 갖은 고초를 다 겪고 있었다. 농장 일에 대한 걱정이 하루하루 늘어만 갔다. 아무 재미도 없고 의미도 없는 것들이었다. 일꾼들과의 다툼은 이제 견디기가 힘들 지경이었다. 임금을 올려 달라고 조르는 자들이 있는가 하면, 미리 당겨 받아서 도망을 치는 자들도 있었다.

말은 자주 병에 걸렸고, 마구는 고장나기 일쑤였다. 작업은 대충 넘어가곤 했다. 모스크바에 주문해서 가져온 탈곡기는 너무 무거워서 별 도움이 되지 못했고, 다른 탈곡기는 한 번 쓰고 나서 아예 망가져 버렸다. 축사는 절반이 화재로 단숨에 날아갔다. 집에서 부리는 눈먼 노파가 소의 병을 연기로 그을려 고쳐 본답시고, 바람 부는 날 불붙은 장작개비를 우리 안으로 갖고 들어간 것이 화근이었다. 그런데 정작 노파는 이런 재앙이 생긴 것은 다, 주인어른이 난생처음 들어 본 치즈나 유제품을 만들어 팔려고 했기 때문이라고 우겼다.

관리인은 갑자기 게을러지고 살이 찌기 시작했다. 러시아 인은 '마음 편한 빵'을 먹으면 살이 찌는 법이다. 그러면서도 그는 니콜라이의 모습이 멀리서 보이기라도 하면, 자신이 부지런히 일한다는 것을 보여 주기 위해서 공연히 돼지 새끼들에게 막대기를 던지거나 웃통을 벗은 어린 머슴들을 윽박지르곤 했다. 하지만 대개는 낮잠이나 자는 게 대부분의 일과였다.

소작농들은 기한 안에 돈을 내지 못하자, 숲 속의 나무를 도벌해 팔아먹었다. 경비원들은 거의 매일 밤 농장에 딸린 목초지에서 농민들의 말을 내몰거나 잡아오느라 전쟁을 치르곤 했다. 하지만 하루 이틀 지난 뒤 농민들에게 말을 도로 돌려주는 것으로 흐지부지 끝나고 말았다. 공연히 남의 말을 데려다 여물만 먹인 셈이었다.

무엇보다 골치 아픈 것은 농민들 사이에서 일어나는 분쟁이었다. 동서간에 더 이상 한집에서 못살겠다고 하자, 형제간에 재산 다툼이 생기고 주먹다짐이 벌어졌다. 그러자 누가 시키기라도 한 듯이, 모두들 지주의 사무실로 달려와 시비를 가려 달라고 성가시게 굴었다. 낯짝이 얻어터지거나 술에 취한 상태로 몰려온 농민들은 소란을 피우며 아귀다툼을 벌였다. 남자들의 욕설 사이로는 으레 아낙네들의 찢어지는 비명 소리가 끼어들었다. 니콜라이는 애당초 쌍방이 수긍할 만한 판결을 내릴 수 없다는 걸 뻔히 알면서도, 서로 으르렁대는 양쪽의 말을 귀 아프게 들은 다음 목이 쉬도록 소리를 질러야 했다.

추수철에는 일손이 부족했다. 그 와중에 멀쩡하게 생긴 근처의 소지주가 1만 제곱미터당 2루블에 일꾼을 구해 주겠다며 뻔뻔스럽게 사기를 치기도 했다. 게다가 마을 아낙네들은 터무니없는 품삯을 요구해 왔다. 이렇게 갈팡질팡하는 사이에 곡물은 밭에서 썩어 가고, 추수는 좀처럼 진전되지 않았다. 그런데 엎친 데 덮친 격으로 농장후원위원회는 밀린 이자를 조속히 납부하라고 독촉을 해 댔다.

니콜라이는 절망적인 탄식을 입에 달고 살았다.

"이제 지쳤어! 같이 주먹질을 해 댈 수도 없고, 그렇다고 경찰을 부를 수도 없고……. 처벌하겠다고 엄포를 놓지 않고선 아무 일도 할 수 없어!"

"이런 때일수록 진정해야 해."

파벨은 이렇게 동생을 달랬지만, 그 역시도 입맛을 다시며 인상을 찌푸리고 콧수염을 비틀어 댔다.

바자로프는 이런 '북새통'에서 멀리 떨어져 있으려고 했다. 손님인 그가 참견할 일은 아니었다. 마리노 마을에 도착한 바로 다음 날부터 그는 개구리와 건초 더미에 사는 벌레, 그 외 화학 성분 분석 등에 관한 연구에만 매달려 지냈다.

아르카디는 아버지에게 크게 도움은 못 되더라도 최소한 돕고 싶다는 성의를 보여야 한다고 생각했다. 그래서 아버지의 불평을 참을성 있게 들어 주었다. 때로 조언을 곁들였는데, 실용적인 의미가 담겼다기보다는 그저 자신도 관심을 갖고 있다는 걸 내보이기 위한 최소한의 노력이었다. 사실 아르카디는 농사일이 싫지 않았다. 오히려 앞으로 농업 쪽 일에 종사한다면 아주 좋겠다고 즐거운 상상을 하기도 했다.

그 무렵, 아르카디의 머릿속은 전혀 다른 생각들로 가득 차 있었다. 온통 니콜스코예 마을 생각뿐이어서 스스로도 놀랄 지경이었다. 예전 같으면 부모님 집에서 바자로프와 함께 지내는 일이 갑갑하지 않느냐는 질문에, 뭐 그럴 일이 있겠냐며 그저 어깨만 으쓱거려 보였을 것이다. 하지만 지금은 갑갑하고 지루해서 견딜 수가 없었다. 그래서 하염없이 밖으로만 나돌았지만, 몸이 지칠 때까지 산책을 해도 별 도움이 되지 않았다.

어느 날 그는 아버지와 이런저런 이야기를 나누다가, 오딘초바의 어머니가 돌아가신 어머니에게 보낸 편지가 몇 통 있다는 말을 듣게 되었다. 아르카디는 아버지를 졸라 그 편지를 찾아냈다. 니콜라이는 스무 개나 되는 상자와 트렁크를 뒤진 끝에, 반쯤 곰팡이가 핀 종이 뭉치를 발견했다. 아르카디는 그제야 자기가 나아가야 할 목적을 찾기라도 한 듯이 한결 차분해졌다.

그는 지난번에 오딘초바가 했던 마지막 말을 되뇌었다.

'이유를 말할게요.'라고 했지. 분명히 그렇게 말했어. 이제 가 봐야겠어. 제기랄!'

그 순간 마지막 방문 때 맞닥뜨렸던 그녀의 냉담한 대접과 어색한 분위기가 떠오르자 저도 모르게 마음이 움츠러들었다. 망설임도 잠시, 결국은 '어떻게든 되겠지.' 하는 젊은이다운 패기와 그 누구의 도움도 받지 않고 혼자 힘으로 자신의 행운을 시험해 보고 싶다는 열망이 승리를 거두었다.

마리노 마을에 돌아온 지 열흘이 채 지나지 않은 날이었다. 그는 주일 학교 운영 제도를 알아보겠다는 구실로 혼자 시내에 나갔다가, 거기서 곧바로 니콜스코예 마을로 향했다. 쉴 새 없이 마부를 몰아세우는 모습이 흡사 전쟁터로 달려가는 청년 장교 같았다. 한편으로 두려운 마음이, 또 다른 한편으로 즐거운 마음이 뒤섞여 숨이 막힐 정도로 긴장이 되었다.

'중요한 것은 아무 생각도 할 필요가 없다는 것이다.'

그는 이렇게 스스로를 다독였다. 그런 그에게 "목 좀 축이시죠?" "한잔하시면 어떨까요?"라고 하면서 술집 앞을 지날 때마다 마차를 멈춰 세우는 마부가 밉상 그 자체였다. 그렇게나마 목을 축이고 나면, 마부는 말을 다그쳐 빠르게 마차를 몰았다.

드디어 낯익은 집의 높은 지붕이 눈에 들어왔다. 그러자 갑자기 아르카디의 머릿속에 '내가 도대체 무슨 짓을 하고 있는 거야?'라는 생각이 떠올랐다.

'그렇다고 돌아갈 수는 없잖아!'

세 마리 말은 보조를 맞춰 거침없이 앞으로 달려갔다. 마부는 고함을 치며 휘파람을 불었다. 말발굽과 마차 바퀴가 요란스럽게 다리를 건너가자, 잘 손질한 전나무 가로수 길이 눈앞에 펼쳐졌다……. 그때 짙은 녹음 속에 장밋빛 드레스가 언뜻 비쳤다. 그리고 파라솔 아래로 젊은 여자의 얼굴이 나타났다. 카챠였다. 그녀도 금세 그를 알아보았다. 아르카디는 달리던 마차를 멈추게 한 뒤, 잽싸게 뛰어내려 그녀에게로 다가갔다.

"어머나, 당신이었군요!"

그녀는 이렇게 외치며 얼굴을 붉혔다.

"언니 있는 데로 가요. 저쪽 정원에 나와 계세요. 아주 반가워하실 거예요."

카챠는 곧장 아르카디를 정원으로 안내했다. 아르카디는 카챠를 먼저 만난 것이 행운처럼 여겨졌다. 마치 친누이라도 만난 것처럼 기뻤다. 집사를 통해서 방문을 알릴 필요도 없으니 더욱더 잘된 일이었다.

모퉁이를 돌아서자 바로 오딘초바의 모습이 보였다. 그녀는 등을 지고 서 있다가 발소리를 듣고는 조용히 몸을 돌렸다. 아르카디는 약간 긴장했지만, 그녀가 던진 첫 마디를 듣자 마음이 한순간에 진정되었다.

"어서 오세요, 도망자님!"

그녀는 예의 그 차분한 목소리로 친절하게 맞아 주었다.

"카챠, 넌 이분을 어디서 찾아온 거니?"

"부인, 정말로 뜻밖의 물건을 찾아내서 가져왔습니다……."

아르카디가 입을 열었다.

"당신이 이렇게 온 것만으로도 충분히 기쁜데요?"

제 11 장

무모한 결투

바자로프는 이번 여행의 진짜 목적이 무엇인지 다 안다는 듯, 동정 반 비웃음 반이 섞인 태도로 아르카디를 배웅했다. 그리고 혼자 방 안에 틀어박혀서 연구에만 몰두했다. 이젠 파벨과 논쟁을 벌이는 일도 거의 없었다. 파벨은 바자로프 앞에서 유독 귀족적 태도를 취하려 했고, 의견을 말하기보다는 그저 의미 없는 말을 내뱉는 정도였기 때문이다. 딱 한 번, 당시 유행하던 발트 해 연안 귀족의 권리 문제에 관해 토론을 벌였을 뿐이다. 그마저도 파벨은 냉랭한 어조로 깍듯이 예의를 차리며 말을 끊었다.

"하긴, 우린 서로 이해를 못 하지. 나는 최소한 자네를 이해할 수 있는 영광을 갖지 못해서 유감일세."

바자로프가 소리쳤다.

"물론이지요! 인간은 전기가 어떻게 발생하는지, 태양에서 무슨 일이 벌어지고 있는지, 뭐든 이해할 능력이 있어요. 하지만 다른 사람이 왜 자기와 다르게 코를 푸는지는 도저히 이해할 수 없지요."

"뭐라고? 지금 날 조롱하는 건가?"

파벨은 이렇게 내뱉듯이 말하고는 바자로프 곁을 떠나 버렸다. 그러다가도 가끔씩 바자로프에게 들러 실험하는 모습을 보여 달라고 하기도 했다.

니콜라이는 형보다 훨씬 더 자주 바자로프를 찾았다. 만일 농장 일로 성가시지만 않았더라면 자신의 말대로 '공부'를 하러 매일이라도 찾아갔을 것이다. 그는 젊은 과학자를 방해하지 않으려고 노력했다. 방 한구석에 가만히 앉아 가끔 한두 마디 정도 신중하게 질문을 던질 뿐, 대체로는 바자로프가 하는 일을 조용히 지켜보기만 했다. 식사 시간에도 그는 화제를 물리학이나 지질학, 화학 등으로 돌리려고 애썼다. 정치 문제는 차치하고 농장 일과 관련된 얘기만 꺼내도 서로 충돌하거나 불쾌한 기분으로 대화를 끝맺기 일쑤였기 때문이다.

니콜라이가 보기에, 바자로프에 대한 형의 증오심은 조금도 사그라들지 않고 있었다. 다른 일도 많았지만, 사소한 일 한 가지로 그런 생각은 더욱 굳어졌다. 근교의 이곳저곳에 콜레라가 발생하고, 마리노 마을에서도 두 사람이 들것에 실려 나갔다. 그러던 어느 날 밤, 파벨이 갑작스레 발작을 일으켰다. 그러나 아침까지 고통에 시달리면서도 바자로프에게 진찰을 부탁하지 않았다. 이튿날 바자로프가

"왜 절 부르지 않으셨습니까?" 하고 묻자 그는 아주 창백한 얼굴로, 그러나 조금도 흐트러짐 없이 머리를 빗고 깔끔히 면도한 모습으로 이렇게 대답했다.

"기억 안 나는가? 자네 입으로 의학을 믿지 않는다고 말했잖나?"

그렇게 며칠이 지나갔다. 바자로프는 여전히 고집스럽게 연구에 몰두했다.

이 집안에서 바자로프가 마음을 터놓을 정도까지는 아니더라도, 그나마 즐거운 마음으로 이야기를 나눌 상대는 딱 한 사람뿐이었다. 바로 페네치카였다.

바자로프가 그녀와 얼굴을 마주치는 것은 대개 아침 일찍 정원이나 뒤뜰에서였다. 그가 직접 그녀의 방으로 찾아가는 일은 없었다. 그녀 역시 미챠를 목욕시켜도 좋을지 물어보려고 그의 방문 앞까지 단 한 번 찾아온 게 전부였다. 페네치카는 그를 신뢰했으며, 별로 두려워하지 않았다.

그녀는 니콜라이보다 바자로프와 함께 있을 때 더 편하고 자유롭게 행동했다. 왜 그런지 설명하기는 힘들었지만, 아마도 바자로프에게서는 남보다 우월한 귀족의 냄새가 나지 않기 때문이었을 것이다. 그녀는 귀족적인 면에 끌리기도 했지만, 그것을 몹시 두려워하기도 했다. 그녀 눈에 바자로프는 훌륭한 의사인 동시에 아주 평범한 사람이었다.

한번은 갑자기 머리가 아프고 현기증이 나자, 바자로프가 내미는 약숟가락 앞에서 스스럼없이 입을 벌리기도 했다. 그러나 니콜라이가 있을 때면 바자로프를 대하는 태도가 싹 달라졌다. 약삭빠르게 행동했다기보다는 그것이 니콜라이에 대한 예의라는 생각에서 그런 것이었다.

그즈음, 페네치카는 파벨을 전에 없이 두려워하고 있었다. 그는 언제부턴가 그녀를 주의 깊게 살피고 있었다. 갑자기 땅에서 솟아난 사람처럼 페네치카의 등 뒤에서 나타나 날카로운 표정으로 응시하곤 하는 것이었다.

"눈만 마주쳤을 뿐인데, 찬물을 뒤집어쓴 것처럼 온몸이 오싹해진다니까요."

페네치카는 두냐샤에게 이렇게 불평을 늘어놓곤 했는데, 두냐샤는 바자로프를 두고 하는 말이라고 생각하며 한숨을 내쉬었다. 그래서 바자로프는 자신도 모르는 사이에 두냐샤에게 잔혹한 폭군이 되어 가고 있었다.

페네치카는 바자로프를 매우 마음에 들어 했다. 바자로프도 그녀를 좋아했다. 그녀와 이야기를 나누고 있을 때면, 바자로프의 얼굴에 밝고 선량한 빛이 어렸다. 평소의 무신경한 태도에 장난기 어린 상냥한 눈길이 더해지곤 했다.

페네치카는 하루가 다르게 아름다워졌다. 젊은 여인에겐 여름철 장미처럼 어느 날 갑자기 봉오리가 터져 만개하는 시절이 있는 법이다. 이 무렵의 페네치카는 바로 그런 시절을 맞이하고 있었다. 유월의 더운 날씨마저도 그녀를 더욱 돋보이게 했다. 얇은 흰색 원피스를 입을 때면 그녀는 자신의 옷보다도 더 희고 가뿐해 보였다. 견디기 힘든 더위에 귓불까지 발그레하게 물든 모습은 몹시도 나른해 보였다. 아름다운 두 눈은 졸음에 겨워 어쩌지 못했다. 두 손이 자꾸만 무릎 위로 미끄러져 내려서 거의 아무 일도 할 수 없을 지경이었다. 걷기도 힘들 만큼 축 늘어져서는 계속해서 한숨을 내쉬며 투덜거렸다.

"찬물에 자주 목욕을 하는 것이 좋을 거요."

어느 날, 니콜라이가 페네치카에게 말했다. 그렇지 않아도 그는 페네치카를 위해 아직 말라붙지 않은 연못 하나에 천으로 포장을 쳐서 커다란 목욕장을 만들어 놓았다.

"아니에요, 니콜라이 페트로비치! 연못까지 가기도 전에 죽어 버릴 것 같아요. 거기까지 가는 길에 그늘이 하나도 없잖아요."

"그건 그래. 그늘이 전혀 없지."

니콜라이는 눈썹을 문지르며 이렇게 대답했다.

어느 날 아침, 6시가 좀 지난 시각이었다. 바자로프는 산책을 마치고 돌아오다가 페네치카를 발견했다. 그녀는 꽃은 이미 져 버렸지만, 여전히 짙푸른 라일락 숲 속 정자에 앉아 있었다. 머리에는 평소처럼 하얀 스카프를 대충 두르고 있었고, 곁에는 이슬에 젖은 붉고 하얀 장미가 한 다발 놓여 있었다.

바자로프는 페네치카에게 아침 인사를 건넸다.

"어머, 바자로프 씨!"

페네치카는 이렇게 말하고는 그를 쳐다보기 위해 스카프 한쪽을 살며시 들어 올렸다. 그러자 한쪽 팔꿈치가 드러났다. 바자로프가 그녀 곁에 앉으며 물었다.

"뭘 하고 있나요? 꽃다발을 만드는 건가요?"

"예, 아침 식탁을 꾸미려고요. 니콜라이 페트로비치께서 장미를 좋아하시거든요."

"아침 식사까지는 아직 멀었잖아요. 야, 꽃에 파묻히겠네요!"

"조금만 더 있으면 더워서 밖에 나갈 수가 없어서요. 지금에나 숨을 좀 쉴 수 있지요. 더위 때문에 몸이 많이 약해졌나 봐요. 설마 병이 난 건 아니겠지요?"

"무슨 말을 그렇게! 어디 맥박 좀 볼까요?"

바자로프가 그녀의 손을 잡고 맥을 짚어 보았다. 다행히 맥박 수를 잴 필요도 없을 만큼 활기차게 뛰었다. 바자로프는 그녀의 손을 놓으며 말했다.

"아이고, 앞으로 백 년은 더 사시겠네."

"오, 제발 말씀이라도!"

페네치카는 과장되게 탄성을 지르며 말했다.

"왜요? 오래 살고 싶지 않아요?"

"아무리 그래도 백 년이라뇨! 우리 할머니는 여든다섯 살에 돌아가셨는데, 말년에는 정말 많이 괴로워하셨어요. 얼굴빛은 새카맣고 귀도 안 들리고 허리는 꼬부라지고……. 게다가 늘 기침을 달고 계셨지요. 고통만 안고 있는 삶이었어요. 그건 살아도 사는 게 아니에요!"

"그럼 젊은 게 좋은 건가요?"

"그렇지 않아요?"

"그게 왜 좋지요?"

"왜라니요? 젊으니까 지금은 뭐든 할 수 있고, 어디든 갈 수 있고, 또 누구에게 굳이 부탁할 필요도 없고……. 이런 게 다 좋잖아요?"

"나에겐 다 마찬가지입니다. 젊든 늙든 말이지요."

"마찬가지라니요? 그럴 리가요."

"생각해 봐요, 페네치카. 내 젊음이 다 무슨 소용이겠어요? 혼자서 그저 가난하게 살 뿐인데……."

"그건 생각하기 나름이지요."

"그렇지 않아요. 그건 나 혼자만의 문제가 아니니까요."

페네치카는 바자로프를 힐끗 바라보고는 아무 말도 하지 않았다. 한참 뒤에 그녀가 다시 입을 열었다.

"무슨 책이에요?"

"학술서예요, 좀 어려운."

"항상 공부만 하나요? 지겹지 않아요? 이제 모르는 게 거의 없을 것 같은데요."

"무엇이든 다 안다고 말할 수는 없지요. 이 책 좀 읽어 봐요."

"난 그런 건 몰라요. 러시아 말로 된 건가요?"

페네치카가 이렇게 물으며, 묵직한 책을 양손으로 받아 들었다.

"아이고, 두꺼워라!"

"러시아 어로 쓴 책이에요."

"모르긴 마찬가지예요."

"나도 당신이 이해할 수 있는 책이라고는 생각하지 않습니다. 하지만 당신이 책 읽는 모습을 보고 싶어요. 당신은 책을 읽을 때 코끝을 아주 예쁘게 움직이거든요."

페네치카는 책을 펼쳐서 소리내어 몇 줄 읽어 보다가 이내 웃음을 터뜨렸다. 그러다 책이 손에서 미끄러져 땅으로 떨어졌다.

"당신은 웃는 모습도 참 사랑스럽습니다."

바자로프가 말했다.

"됐어요!"

"말할 때도 사랑스럽지요. 꼭 시냇물이 졸졸거리는 것 같아요."

페네치카가 얼굴을 돌렸다. 그녀는 꽃을 고르면서 말했다.

"무슨 말을 그렇게 해요! 나 같은 여자의 말이 귀에 들리기나 하려고요? 똑똑한 귀부인들하고만 교제해 왔을 텐데."

"페네치카, 그렇지 않아요. 내 말을 믿어요. 세상 그 어떤 똑똑한 부인도 당신의 발꿈치를 못 따라갈 겁니다."

"어머나! 또 당치도 않은 말을 꾸며서 하네요!"

페네치카는 이렇게 속삭이며 양손을 마주 잡았다. 바자로프가 땅에 떨어진 책을 주워 들며 장난스레 말했다.

"이건 약에 관한 책이에요. 근데 왜 집어 던졌어요?"

페네치카는 바자로프를 향해 고개를 돌리며 말했다.

"약이요? 아! 그거 알아요? 왜, 지난번에 나한테 물약을 주었잖아

요. 기억나요? 미챠가 이제 잠을 아주 잘 자게 됐어요. 정말로 고마
웠어요, 정말로."

바자로프가 미소를 지으며 대답했다.

"의사에게는 사례를 해야지요. 당신도 잘 알겠지만 의사란 사람
들은 이해관계에 밝거든요."

페네치카는 살며시 눈을 들어 바자로프를 바라보았다. 위쪽에서
내리비치는 밝은 햇살 때문에 그늘진 두 눈이 한결 짙어 보였다. 그
녀는 바자로프의 말이 진담인지 아닌지 알 수가 없었다.

"만일 그렇다면 니콜라이 페트로비치께 여쭤 보고……."

바자로프가 그녀의 말을 가로막았다.

"내가 돈을 원한다고 생각해요? 아닙니다. 당신한테 돈을 바라는
건 아닙니다."

"그럼 뭐를?"

"뭐냐고요? 맞혀 봐요."

"내가 어떻게 알아요!"

"내게 필요한 것은……, 바로 이 장미꽃 한 송이입니다."

페네치카는 웃음을 터뜨리며 손뼉을 쳤다. 바자로프의 말이 참으
로 재미있게 느껴졌던 것이다. 바자로프는 그런 그녀에게서 눈을
떼지 못했다.

"알겠어요. 그렇다면 어떤 걸로? 붉은색, 아니면 흰색?"

페네치카는 몸을 숙여 꽃을 고르기 시작했다.

"붉은색이요, 너무 크지 않은 걸로."

그녀가 곧 몸을 바로 세웠다.

"그럼, 이걸로 가져요."

페네치카는 이렇게 말하고는 이내 내민 손을 움츠렸다. 그리고 입술을 지그시 깨물더니, 정자로 들어오는 길 입구 쪽을 바라보며 귀를 기울였다.

"왜 그래요? 아르카디 아버님이신가요?"

바자로프가 목소리를 낮추어 물었다.

"아니요……, 그분은 벌써 농장에 나가신걸요. 그분이라면 걱정할 일도 아니고……. 파벨 페트로비치께서, 저기……."

"뭐라고요?"

"아마도 그분이 이쪽으로 오시는 것 같아요. 아니에요……. 아무도 없네요. 자, 이 꽃을 받아요."

페네치카는 바자로프에게 다시 장미를 내밀었다.

"왜 큰아버님을 무서워해요?"

"언제나 겁나게 하시거든요. 차라리 무슨 말씀이라도 하시면 좋을 텐데, 이상하게도 아무 말 없이 바라보기만 하세요. 당신도 그분을 썩 좋아하지는 않지요? 만나기만 하면 논쟁을 벌이잖아요. 무슨 내용인지는 잘 모르지만, 당신이 그분을 궁지에 몰아넣고 빙빙 돌려서……."

페네치카는 이렇게 말하면서, 바자로프가 정말로 파벨을 빙빙 돌리기라도 한다는 듯이 손을 돌려 가며 흉내를 냈다. 그 모습을 보고 바자로프는 설핏 미소를 지었다.

"혹시라도 내가 질 때는 내 편을 들어 줄 건가요?"

바자로프가 물었다.

"내가 어떻게 당신 편을 들어요? 그것보다도 누구든 절대로 당신을 이기지는 못할걸요."

"그렇게 생각해요? 나는 원하기만 하면 손가락 하나로도 날 넘어뜨릴 수 있는 손을 알고 있는데요."

"어떤 손인데요?"

"설마, 모른다는 거예요? 냄새를 맡아 봐요. 당신이 준 이 장미에서 얼마나 좋은 향기가 나는지."

페네치카는 고개를 내밀어 바자로프가 들고 있는 장미에 얼굴을 가까이 댔다. 스카프가 머리에서 어깨로 흘러내리면서 보드라운 머리칼이 드러났다.

"잠시만요. 향기는 함께 맡아야지요."

바자로프는 이렇게 말하고 고개를 숙이더니, 그녀의 열린 두 입술에 입을 맞추었다. 페네치카는 흠칫 놀라며 양손으로 바자로프의 가슴을 획 밀쳤다. 하지만 그리 세게 밀지는 않았다. 바자로프는 한층 더 세게 키스를 했다.

그때 라일락 숲 너머에서 마른기침 소리가 들려왔다. 페네치카는 순간적으로 벤치 끝 쪽으로 몸을 빼고 물러앉았다.

파벨 페트로비치였다. 그는 가볍게 알은체를 하고는 가시 돋친 목소리로 "아, 여기들 있었구먼." 하고는 발길을 돌려 멀어져 갔다. 페네치카는 장미꽃을 주섬주섬 챙겨서 급히 정자를 빠져나갔다.

"나빠요, 바자로프 씨!"

그녀는 자리를 뜨면서 바자로프에게 이렇게 속삭였다. 그 속삭임에는 진심에서 우러나온 책망이 담겨 있었다.

바자로프는 얼마 전에 있었던 또 다른 일이 떠올라서 금세 부끄러워졌다. 자신에게 침이라도 뱉고 싶은 심정이었다. 하지만 그는 곧바로 머리를 흔들고는 '본격적으로 바람둥이 짓을 하고 다니는' 자신을 빈정거리듯 축하하며 자기 방으로 향했다.

한편, 파벨은 정원에서 빠져나온 뒤 천천히 걸어서 숲까지 다다랐다. 그는 거기서 아주 오랫동안 서성거렸다.

니콜라이는 아침 식사 때를 맞춰 돌아온 파벨을 보고는 얼굴빛이 어둡다고 걱정하며 어디가 아픈 건 아닌지 물었다.

"너도 알다시피 내가 가끔 황달로 고생하잖아."

파벨이 나지막이 대답했다.

두 시간쯤 지난 뒤, 파벨은 바자로프의 방문을 두드렸다.

"우선, 연구를 방해해서 대단히 미안하네."

그는 창가에 놓인 의자에 앉더니 상아 손잡이가 달린 멋진 지팡이에 두 손을 얹었다. 평소에는 들고 다니지 않던 지팡이였다.

"자네 시간을 오 분만 뺏겠네. 그 이상은 절대로……."

"그러시죠. 시간이라면 충분합니다."

바자로프는 이렇게 대답했다. 사실 파벨이 방 문턱을 넘어 들어온 순간부터 그의 얼굴에 호기심이 어릿거렸다.

"오 분이면 충분하네. 한 가지 물어볼 게 있어서 왔네."

"물어볼 것이요? 그게 무엇입니까?"

"우선 끝까지 들어 주길 바라네. 자네가 내 아우의 집에 처음 왔을 때부터 난 자네와 대화 나누는 것을 아주 만족스럽게 여겼다네. 나의 여러 문제에 대해 자네의 의견을 기꺼이 들어 보기도 했지. 하지만 내가 기억하기로는 우리 사이에 아직까진 대결, 그러니까 결투에 대한 이야기는 한 번도 화제에 오른 적이 없지 않은가. 자넨 이 문제에 대해 어떻게 생각하는지 말해 줄 수 있겠나?"

파벨의 정면에 서 있던 바자로프는 탁자 끝에 자리를 잡으며 팔짱을 꼈다.

"제 생각은 이렇습니다. 결투란 이론적인 측면에서 보면 아주 어리석은 짓이지요. 하지만 현실적인 측면에서 보면 문제가 전혀 다릅니다."

"결투에 대한 이론적 견해와 상관없이, 자신이 모욕을 당한다면 기꺼이 되갚을 마음이 있다는 말인가?"

"예, 말씀하신 대로입니다."

"이거 정말 잘됐군. 자네에게서 그런 말을 듣다니 반갑기 그지없네. 자네 말이 날 미궁 속에서 꺼내 줬어⋯⋯."

"망설이느라 하지 못한 말씀이 있다는 뜻인가요?"

"어떻게 해석하든 상관없네. 난⋯⋯ 신학교의 쥐새끼는 아닐세. 자네와 내가 통한 걸로 충분하네. 난 자네와 결투하기로 결심했네."

바자로프가 눈을 크게 뜨며 되물었다.

"저하고요?"

"그렇네, 바로 자네하고."

"대체 뭐 때문에? 당치도 않은 말씀입니다."

"자네에게 그 이유를 설명해 줄 수도 있네. 하지만 나는 말하지 않는 편을 택하겠네. 자네는 내 취향으로 보면 이곳에 불필요한 존재일세. 난 자넬 도저히 참아 줄 수가 없어. 자넬 진심으로 경멸하고 있네. 만일 이걸로도 부족하다면……."

파벨의 눈이 번쩍이고 있었다. 바자로프의 눈도 불타올랐다.

"잘 알겠습니다. 더 이상의 설명은 필요 없습니다. 큰아버님께서는 저를 상대로 기사도 흉내라도 내 보시려는 환상에 젖어 계신 모양입니다. 그런 만족감을 맛보실 수 없게 거절할 수도 있겠습니다만, 저로서는 어찌 됐든 상관없습니다!"

"진심으로 고맙네. 내 청을 받아들여 주어서……. 덕분에 폭력적인 수단을 쓰지 않게 됐으니 얼마나 다행인가?"

바자로프가 냉랭한 목소리로 따지듯 말했다.

"그 말씀은 바로 그 지팡이를 사용하실 생각이었다는 뜻이로군요. 진정 옳으신 말씀입니다. 제게 일부러 모욕을 주실 필요는 없습니다. 큰아버님은 신사로서의 품위를 지키시고……, 저 역시 신사답게 그 요청을 받아들이겠습니다."

"훌륭하네."

파벨은 이렇게 말하고 지팡이를 한쪽 구석에 세워 놓았다.

"이제 결투의 조건에 대해 몇 마디 해야 되지 않겠나? 그 전에 혹시 형식적으로라도 작은 논쟁이라도 벌일 필요가 있을까? 그러면 내가 결투를 청한 구실이 생길 것 아닌가?"

"아닙니다. 그런 형식은 없는 편이 더 낫겠죠."

"나도 그렇게 생각하네. 그리고 우리가 충돌한 진짜 이유를 따져보는 것도 적당치 않고. 서로가 서로를 참을 수 없었다, 그 이상 뭐가 더 필요하겠나?"

"그렇지요. 달리 뭐가 더 필요하겠습니까?"

바자로프가 비꼬는 말투로 되물었다.

"결투의 조건에 대해서 말하자면, 입회인 같은 건 필요 없겠지? 찾을 수도 없을 것이고."

"그렇습니다. 찾을 데가 없지요."

"그럼, 이제 제안하겠네. 시각은 내일 아침 6시, 장소는 작은 숲 저쪽, 무기는 권총, 거리는 열 보로 하세."

"열 보요? 그러시죠. 그 정도 거리면 서로를 증오하기에 충분하겠네요."

"여덟 보로 해도 좋네."

"아무래도 상관없습니다."

"총알은 각자 두 발씩. 만일을 대비해서 각자 주머니에 쪽지를 넣어 두기로 하세. 자신의 죽음에 대해서는 각자가 책임을 진다고 말일세."

"그 점은 동의하기 힘들군요. 왠지 프랑스 소설 같은 냄새가 나서 자연스럽지가 않습니다."

바자로프가 이의를 제기했다.

"그럴지도 모르겠군. 하지만 살인 혐의를 받는다는 건 유쾌한 일이 아니지 않나?"

"그렇습니다. 그러나 그런 달갑지 않은 혐의를 피할 수 있는 방법이 따로 있지 않겠습니까? 입회인은 없다 해도 증인은 부를 수 있겠지요."

"적당한 사람이 있는가?"

"표트르입니다."

"표트르라면?"

"동생 되시는 분의 하인 말입니다. 현대적인 교육을 받은 자들 못지않게, 그런 역할쯤은 너끈히 해낼 사람으로 보입니다만."

"자네, 왠지 농담조로 말하는 것 같네만."

"천만에요. 잘 생각해 보시면 아주 상식적이고 간편한 방법이라는 걸 깨달으실 겁니다. '주머니 속의 동전은 감출 수가 없다.'는 말이 있지요. 표트르가 딱 그렇습니다. 그러니 제가 어떻게든 적당히 둘러대서 결투장에 데리고 나가도록 하겠습니다."

파벨이 의자에서 일어서며 툭 내뱉었다.

"여전히 농담을 하는군. 어쨌든 자네가 기꺼이 호의를 보였으니, 더 이상은 이의를 달지 않겠네. 참, 권총은 없겠지?"

"제가 뭐 때문에 권총을 가지고 다니겠습니까? 저는 군인이 아닙니다."

"그렇다면 내 권총을 제공하겠네. 나도 권총을 만져 본 지가 오 년이나 되었네. 그 점은 믿어도 좋네."

"그것참, 마음이 놓이는 정보로군요."

파벨은 지팡이를 집어 들었다.

"자, 이제 남은 건 자네가 다시 연구를 계속할 수 있도록 자리를 비켜 주는 일이겠지. 자, 그럼 안녕히."

파벨이 나간 후, 문 앞에 우두커니 서 있던 바자로프는 갑자기 크게 소리를 지르며 말했다.

"제기랄! 어떻게 이런 바보 같은 일이! 이따위 코미디가 어디 있어! 배운 개가 뒷발로 춤을 춘다더니. 하지만 거절할 수가 있어야지. 만일 그랬다면 지팡이를 마구 휘둘렀을 거야. 그랬다면……."

바자로프는 다음 생각을 머리에 떠올리자 얼굴이 창백해졌다. 그의 자존심이 왈칵 치밀어 올랐기 때문이다. 그랬다면 그를 고양이처럼 목 졸라 죽여 버렸을지도 몰랐다.

그는 현미경 앞으로 돌아와 앉았지만, 심장이 요동쳐서 침착하게 관찰할 수가 없었다.

"아침에 우리를 목격했나 보지? 아니, 그렇다고 동생을 대신해서 그런 식으로 나선다는 거야? 그깟 키스가 뭐라고……. 뭔가 다른 이유가 있는 거야. 그래! 자기가 사랑에 빠진 게 틀림없어. 분명해. 바로 그거였어. 얘기가 점점 복잡해지는데……. 아주 꼴사납게 됐군!"

그는 다시 중얼거렸다.

"어느 모로 보나 꼴사납게 됐어. 날아오는 총알에 이마를 드러내 놓아야 할 것이고, 또 어떻게 되든 이 집을 떠나야 할 테니 말이야. 여긴 아르카디도 있고, 사람 좋은 니콜라이 페트로비치도 있는데…… 정말로 꼴사납게 됐군, 꼴사납게 됐어……"

유난히 적막한 가운데 하루가 저물어 갔다. 페네치카는 마치 세상에서 사라진 사람처럼, 쥐구멍에라도 들어간 듯 자기 방에 틀어박혀 있었다. 한편, 니콜라이의 얼굴에는 수심이 가득했다. 특별히 기대를 걸고 있던 밀밭에 깜부기병이 발생했다는 보고를 받았기 때문이다. 파벨은 모두를, 심지어 프로코피치까지 얼음장같이 차갑고 정중하게 대해서 사람들의 마음을 짓눌렀다. 바자로프는 아버지에게 편지를 쓰기 시작했다. 하지만 이내 종이를 찢어서 책상 밑으로 던져 버렸다.

"죽으면 알게 되겠지. 하지만 난 죽지 않아. 난 오래오래 세상에 남아 고통을 겪게 될 거야."

그는 표트르에게 중요한 볼일이 있으니 내일 새벽에 자기 방으로 오라고 분부했다. 표트르는 바자로프가 자기를 데리고 페테르부르크에라도 가려는 줄로 생각했다.

바자로프는 늦게 잠자리에 들고도 밤새 악몽에 시달렸다. 꿈속에서 오딘초바가 눈앞을 휘저으며 나타나더니, 순식간에 자신의 어머니로 바뀌었다. 잠시 후, 검은 수염이 난 고양이 한 마리가 그 뒤를 따라왔는데, 자세히 살펴보니 페네치카였다. 그 뒤에는 거대한 나무가 된 파벨과 어쩔 수 없이 싸워야 하는 상황에 처했다.

새벽 4시에 표트르가 그를 깨우러 왔다. 바자로프는 즉시 옷을 챙겨 입고 밖으로 나갔다. 더없이 맑고 상쾌한 아침이었다. 희푸르게 밝아 오는 하늘에 양떼구름이 점점이 떠 있었다. 나뭇잎과 풀 위에 작은 이슬방울이 매달려 있었는데, 거미줄 위에서는 은빛으로 영롱하게 반짝였다. 어스름이 깔린 축축한 대지는 불그레한 새벽의 그림자를 아직 간직하고 있었다. 하늘에서는 종달새가 바삐 노래하고 있었다.

바자로프는 파벨과 결투를 약속한 숲으로 향했다. 숲 가장자리의 그늘에 자리를 잡고 앉아서야 표트르에게 왜 불렀는지를 털어놓았다. 이 교양 있는 하인은 금세라도 죽을 듯이 펄쩍 뛰었다. 바자로프는 그저 한쪽에서 지켜보기만 하면 된다고, 그 어떤 책임도 지게 하지 않겠다고 거듭 다짐하며 표트르를 진정시켰다.

"하지만 아주 중요한 역할을 맡은 거야."

바자로프가 덧붙였다.

표트르는 두 팔을 벌리고 고개를 떨구더니 새파랗게 질린 얼굴로 자작나무에 몸을 기댔다.

마리노 마을에서 이쪽으로 오자면 숲을 돌아 와야 했다. 그 길은 어제 이후 마차도, 사람도 다닌 흔적 없이 흙먼지만 수북하게 쌓여 있었다. 바자로프는 길 저편을 살펴보면서 자신도 모르게 풀을 뜯어 잘근잘근 씹었다. 그러면서 줄곧 자신에게 이렇게 되물었다.

'이게 무슨 어리석은 짓거리란 말인가?'

바자로프는 새벽 냉기에 두어 번 몸을 부르르 떨었다. 표트르가 침울한 얼굴로 그를 바라봐도 그저 빙그레 웃으며 미소로 답할 뿐이었다. 조금도 겁이 나진 않았다.

그때 길 저쪽에서 말발굽 소리가 들려왔다. 농부가 숲을 돌아 오는 모습이 보였다. 그는 말 두 마리를 몰고 있었다. 바자로프 옆을 지나면서 모자를 벗어 인사하지도 않고 그저 이상한 눈초리로 힐끔 바라보기만 했다. 표트르는 그게 무슨 나쁜 징조라도 되는 양 당황스런 표정을 지었다.

바자로프는 곰곰 생각에 잠겼다.

'저 농부는 일찍도 일어났네. 저자는 최소한 뭔가 할 일이라도 있어서 일찍 일어났겠지만 도대체 우린 이게 뭐야?'

"저기 오시는 것 같습니다."

그때 표트르가 나직이 속삭였다.

바자로프가 고개를 들자, 파벨의 모습이 눈에 들어왔다. 가벼운 줄무늬 재킷에 눈처럼 흰 바지를 입고 빠른 걸음으로 다가오고 있었다. 겨드랑이에는 푸른 천으로 감싼 상자를 끼고 있었다.

"기다리게 해서 미안하네."

그는 바자로프와 표트르에게 차례로 고개를 숙여 인사를 했다. 이 순간만큼은 표트르를 증인으로 받아들여 경의를 표했던 것이다.

"괜찮습니다. 저희도 방금 도착했습니다."

바자로프가 인사에 답했다.

"아, 그렇다면 다행이고! 보는 사람도, 방해할 사람도 없어 보이네. 그럼 이제 시작할까?"

파벨이 주위를 둘러보며 말했다.

"그러시죠."

"새삼 설명할 필요는 없을 것 같은데……."

"없습니다."

"직접 탄알을 장전하겠나?"

파벨이 상자에서 권총을 꺼내며 물었다.

"아닙니다. 해 주십시오. 전 거리를 재도록 하겠습니다. 제 다리가 더 길거든요."

바자로프는 웃으며 이렇게 말하고는 앞으로 걸어 나갔다.

"하나, 둘, 셋……."

"저기요, 예브게니 바실리치. 전 저기 멀리 떨어져 있겠습니다."

표트르가 어렵사리 말을 꺼냈다. 그는 마치 열병에라도 걸린 듯이 덜덜 떨고 있었다.

"넷, 다섯……, 그러게. 저기 멀리 떨어져 있게나. 나무 뒤에 서서 귀를 막고 있어도 좋지만 눈은 크게 뜨고 있어야 해. 누가 쓰러지면 달려와서 일으켜 주고. 여섯, 일곱, 여덟."

바자로프가 발걸음을 멈추고 파벨에게 고개를 돌리며 물었다.

"이쯤이면 될까요? 아니면 두 걸음 더 갈까요?"

"좋을 대로."

파벨은 두 번째 총알을 재우면서 대답했다.

"그럼 두 걸음 더 보태겠습니다."

바자로프는 구두 앞 끝으로 땅에 금을 그었다.

"여기가 경계선입니다. 그런데 이 경계선에서 우리는 몇 걸음씩 떨어지는 거죠? 이것 역시 중요한 문제잖아요. 어제는 이 점에 대해 아무 말씀이 없었지요."

"내 생각에 열 보면 되겠는데. 하나 골라잡게."

파벨이 바자로프에게 장전된 권총을 내밀며 말했다.

"그러겠습니다. 그런데 우리의 결투가 참 우스꽝스럽지 않은지요? 저기, 증인의 얼굴을 좀 보십시오."

"자네는 계속 그렇게 농담을 하고 싶은가? 나도 우리의 이런 모습이 정상이라고 보진 않네. 하지만 경고하는데, 난 지금 결코 장난을 하는 게 아닐세."

"아! 저도 우리가 서로를 끝내 버리기로 작정했다는 사실을 의심하지는 않습니다. 그렇다고 군이 웃음조차 거둘 필요는 없지 않겠습니까?"

"난 진지하게 싸우고 싶네."

파벨은 이렇게 말하고 자신의 자리로 갔다. 바자로프도 반대쪽으로 걸어가서 경계선으로부터 열 보 더 나아가 걸음을 멈추었다.

"준비됐나?"

파벨이 물었다.

"예, 됐습니다."

"자, 그럼 시작하세."

바자로프는 앞으로 조용히 한 걸음 내디뎠다. 파벨도 왼손을 주머니에 넣고 서서히 권총을 들어 올리며 바자로프를 향해 나아갔다.

바자로프는 속으로 중얼거렸다.

'내 코를 정조준하고 있군. 아주 결사적으로 노려보고 있어. 젠장! 정말 소름 끼치는 기분인걸. 난 저자의 가슴에 늘어진 시곗줄을 겨냥해야겠어……'

그때 뭔가가 날카로운 소리를 내며 바자로프의 귓전을 스쳐 지나갔다. 그와 동시에 총소리가 들렸다.

'소리가 들리는 걸 보니 맞진 않았군.'

그 순간, 이런 생각이 바자로프의 머릿속을 스치고 지나갔다. 그는 한 걸음을 더 내딛고는 제대로 겨누지도 않은 채 방아쇠를 당겼다. 곧이어 파벨이 약간 비틀거리며 한 손으로 허벅지를 움켜잡았다. 하얀색 바지 위로 피가 번져 나왔다.

바자로프는 권총을 집어 던지고 상대편에게로 달려갔다.

"다치셨습니까?"

바자로프가 황급히 물었다.

"자넨 날 경계선까지 오도록 할 권리가 있어. 크게 다치진 않았네. 각자 한 발이 더 남았지."

파벨이 말했다.

"아닙니다. 죄송하지만, 그건 다음에 하시죠. 이제 전 결투하는 사람이 아니라 의사입니다. 의사로서 먼저 상처를 봐야겠습니다. 표트르, 이리 와! 어서! 숨어 있지만 말고!"

바자로프는 이렇게 대답하고는 얼굴이 창백하게 질려 가는 파벨을 안아 부축했다.

"별것 아니라니까. 도움은 필요 없네. 다시 해야……, 다시……"

파벨이 더듬더듬 말을 이었다. 그는 자신의 콧수염을 만지려고 했으나 손에 힘이 풀리고 눈에 경련이 일면서 의식을 잃고 말았다.

"이건 또 뭡니까? 기절이라니! 나 참!"

바자로프는 파벨의 머리를 풀밭 위에 내려놓으며 고함을 쳤다.

"얼마나 다친 건지 좀 봐야겠군."

그는 손수건을 꺼내 피를 닦고 상처 주위를 만져 보았다.

"뼈에는 이상이 없네. 총알이 그리 깊이 박힌 것도 아니야. 근육만 조금 다쳤어. 3주만 지나면 춤이라도 추겠는걸……. 이 정도로 기절까지 하셔야 되나! 어쩜 이리 신경이 쇠약하신지! 피부는 또 왜 이렇게 종잇장처럼 얇아?"

"돌아가셨습니까?"

등 뒤에서 표트르가 떨리는 목소리로 조그맣게 물었다. 바자로프는 뒤를 돌아보며 소리쳤다.

"어서 가서 빨리 물을 가져와, 어서! 이분은 우리보다도 오래 사실 테니까 걱정 말고!"

그러나 개화되었다는 이 하인은 말을 알아듣지 못했는지, 제자리에 우두커니 서서 꼼짝도 하지 않았다. 그때 파벨이 천천히 눈을 뜨며 의식을 되찾았다.

"임종이시군요!"

표트르는 이렇게 중얼거리며 성호를 긋기 시작했다.

"자네 말이 옳아……. 이 바보 같은 몰골이라니!"

상처 입은 신사는 억지로 미소를 띠며 말했다.

"어서 가서 물을 가져오라니까! 뭘 해?"

바자로프가 다시 표트르에게 소리를 질렀다.

"아니, 괜찮네……. 잠시 현기증이 난 것뿐이야. 나, 좀 일으켜 앉혀 주게……. 그래, 이제 됐어……. 이 정도 상처는 아무 걸로나 동여매면 충분하네. 걸어서라도 집에 갈 수 있겠어. 아니면 마차를 부르면 되지. 자네가 괜찮다면 결투는 다시 하지 않는 걸로 하세. 자네의 태도는 정말 훌륭했어……. 오늘의……, 오늘의 태도 말일세."

"다 지나간 일입니다. 앞으로의 일도 너무 걱정하실 필요 없습니다. 제가 곧 떠나겠습니다. 그럼, 이제 다리에 붕대를 감도록 하지요. 상처는 심각하지 않지만 어서 지혈을 하는 것이 좋겠습니다. 그전에 이 얼빠진 표트르부터 정신 차리게 해야겠군요."

바자로프는 표트르의 목덜미를 잡아 흔들며 빨리 가서 마차를 준비해 오라고 지시했다.

"동생이 놀라지 않도록 주의하게. 무슨 일인지 말하지도 말고."

파벨이 표트르에게 당부했다. 그제야 표트르는 집 쪽으로 내달려갔다.

마차가 오기를 기다리는 동안, 두 적수는 아무 말 없이 땅바닥에 앉아 있었다. 파벨은 애써 바자로프의 얼굴을 외면하고 있었다. 어찌 됐든 화해는 하고 싶지 않았기 때문이다. 경거망동과 실패, 그리고 자신이 꾸민 이 사건의 전말이 수치스럽기 그지없었다. 그러는 한편, 사건이 이 정도에서 마무리되어 더없이 다행이라고 느끼고 있었다.

'적어도 여기에 더 머물러 있지는 않겠지. 그것만으로도 고마운 일이야.'

그는 속으로 이렇게 생각하고 있었다.

무겁고 어색한 침묵이 흘렀다. 두 사람 모두 마음이 무거웠다. 그들은 서로에게 자신의 마음을 들켜 버렸다는 사실을 알고 있었다. 이런 상황은 친구 사이라 해도 유쾌할 리가 없었다. 하물며 원수끼리 서로 자리를 비킬 수도 없는 상황에 있으니 더더욱 불쾌하지 않을 수 없었다.

"붕대가 다리를 너무 꽉 졸라매지 않았나요?"

마침내 바자로프가 입을 열었다.

"아니, 괜찮네. 아주 알맞게 잘됐네."

파벨은 이렇게 대답하고는 덧붙였다.

"동생은 쉬이 속지 않을 걸세. 그러니 정치 문제로 논쟁하다가 이렇게 됐다고 말하는 편이 좋을 것 같군."

"예, 제가 영국 예찬자들을 싸잡아 욕했다고 말씀하십시오."

바자로프는 기꺼이 동의했다.

"그럴듯하군. 그런데 저 사람은 우리를 보고 뭐라고 생각할 것 같은가?"

파벨은 지나가는 농부를 가리키며 물었다. 결투가 있기 직전에 말을 몰고 갔던 바로 그 농부가 다시 돌아가는 길이었다. 이번에는 '나리님'들을 보고는 모자를 벗어 인사를 했다.

"그걸 어찌 알겠습니까? 아무 생각도 하지 않는다고 보는 게 차라리 마음이 편하겠지요. 러시아 농민은 가장 신비로운, 정체불명의 인간이지요. 누가 러시아 농민을 알겠습니까? 그 자신도 자기를 모르는 판국인데……."

바자로프가 대답했다.

"오, 정확한 말이네!"

파벨은 이렇게 말을 꺼내다가 갑자기 큰 소리로 외쳤다.

"아니, 저 멍청이 같은 표트르가 시키지도 않은 일을! 저기, 내 동생이 달려오는 걸 보게!"

바자로프가 고개를 돌려 보니, 달리는 마차에 니콜라이가 창백한 얼굴로 앉아 있었다. 그는 마차가 채 멎지도 않았는데 뛰어내려서는 곧장 형에게로 달려들었다.

"이게 어찌 된 일인가? 이보게, 바자로프. 이게 대체 무슨 일이야?"

니콜라이가 흥분한 목소리로 물었다.

"아무 일도 아냐. 공연히 걱정을 끼쳤구먼. 바자로프와 내가 사소한 일로 좀 다퉜네. 내가 따끔한 대가를 치렀지."

바자로프 대신 파벨이 대답했다.

"아니, 대체 어쩌다가 이렇게 된 겁니까?"

"어떻게 말해야 하나? 바자로프가 로버트 필 경에 대해 불손한 언사를 하기에 그만……. 어쨌든 여기서 말해 둘 것은 이번 일은 전적으로 내 잘못이라는 거야. 바자로프의 태도는 아주 훌륭했네. 내가 먼저 결투를 신청했어."

"아, 여기 피가 흐르잖아요!"

"아니, 그럼 내 혈관에는 물이 흐를 줄 알았나? 이 정도 출혈은 오히려 몸에도 좋다잖아. 안 그런가, 의사 양반? 마차에 앉도록 좀 도와주게. 슬픈 표정 좀 그만 짓고. 내일이면 다 나을 거야. 그래그래, 잘됐어. 자, 어서 말을 몰게."

니콜라이는 마차를 따라 걸었고, 바자로프는 일부러 그 뒤로 처졌다.

"형님을 돌봐 주게. 시내에서 다른 의사가 올 때까지."

니콜라이가 바자로프에게 말했다. 바자로프는 말없이 고개를 끄덕였다.

한 시간쯤 뒤 파벨은 다리에 깨끗한 붕대를 감고 침대에 누워 있었다. 온 집안이 법석이었다. 페네치카는 어찌할 바를 몰랐다. 니콜라이는 말없이 제 손을 비비고 있었고, 파벨은 껄껄껄 웃으며 유독 바자로프에게만 농담을 건네곤 했다. 파벨은 엷은 마직 셔츠에 말쑥한 겉옷을 걸치고 터키모자를 썼다. 그는 창문의 커텐을 치지 못하게 했고, 금식을 해야 하는 처지에 대해 반농담조로 불평을 늘어놓았다.

밤이 되자 열이 오르고 두통이 시작됐다. 시내에서 의사가 왔다. 니콜라이는 괜찮다는 형의 말을 믿지 않았고, 바자로프로서도 차라리 그걸 바랐다. 바자로프는 하루 종일 노랗게 뜬 얼굴에 인상을 잔뜩 찌푸린 채 자기 방에 틀어박혀 있었다. 페네치카와는 두 번 마주쳤는데, 그때마다 그녀가 그를 피해 도망쳤다.

새로 온 의사는 찬 음식을 들라 권했고, 목숨이 위태로울 정도는 아니라는 바자로프의 의견을 다시금 확인시켜 주었다. 니콜라이는 형이 자신의 부주의로 다친 것이라고 의사에게 둘러댔다. 의사는 "으음!" 하고 신통치 않게 답했지만, 니콜라이가 은화 25루블을 쥐여 주자 금세 어투를 바꿨다.

"그렇지요. 이런 일도 종종 있는 법이지요."

그날 밤에는 아무도 자리에 눕지 않았고, 옷을 갈아입지도 않았다. 니콜라이는 까치발을 들고 형의 방에 들어갔다가 다시 까치발로 나오곤 했다. 파벨은 가끔씩 정신이 혼미해져서 가볍게 앓는 소리를 냈다.

한번은 니콜라이가 페네치카에게 레몬수 한 컵을 가져다 달라고 했다. 파벨은 페네치카를 지그시 바라보더니 단숨에 컵을 말끔히 비웠다.

파벨은 새벽녘까지 열이 조금씩 오르더니, 급기야 헛소리를 하기 시작했다. 처음에는 무슨 말인지 알 수 없게 중얼거리더니, 갑자기 두 눈을 번쩍 뜨고 침대 옆에서 걱정스럽게 들여다보고 있던 동생을 향해 불쑥 이렇게 말했다.

"니콜라이, 페네치카는 넬리와 닮은 데가 있어. 그렇지?"

"넬리라니, 그게 누구인가요, 형님?"

"누군지 몰라서 묻나? R 공작 부인 말이지……. 특히 얼굴 윗부분이 그래. 같은 혈통인 게 틀림없어."

니콜라이는 겉으론 아무 대답도 하지 않았지만, 사람의 의식 속에 옛 감정이 이토록 오랫동안 살아남아 있다는 사실에 놀라움을 금치 못했다.

'하필 이럴 때 그런 생각이 떠오르다니.'

니콜라이는 잠깐 생각에 잠겼다.

"아, 그 하찮은 여자를 이렇게 잊지 못하고 있다니!"

파벨은 머리에 손을 얹으며 신음하듯 말을 토했다. 잠시 뒤에는 이렇게도 중얼거렸다.

"도저히 참을 수 없어. 어디서 굴러 온, 돼먹지 못한 놈이 감히 누구한테 손을 대……."

니콜라이는 한숨을 짧게 내쉴 뿐이었다. 그는 이 말이 누구와 관련된 것인지 상상조차 하지 못했다.

이튿날 아침 8시쯤, 바자로프가 니콜라이를 찾아왔다. 그는 벌써 짐을 다 꾸리고 개구리며 곤충이며 새들을 다 놓아준 뒤였다.

"떠나려고?"

니콜라이가 물었다.

"예, 그렇습니다."

"자네의 심정은 충분히 이해하네. 불쌍한 내 형님이 잘못해서 벌을 받은 게지. 자네로서는 그 결투를 피할 수 없었을 것이라고 생각하네. 형님은 옛날 사람이라 성정이 불같은 데다 고집도 세지. 그래도 이만한 게 천만다행이야. 소문이 퍼지지 않도록 할 수 있는 조치는 다 취해 두었네."

"만일의 경우를 대비해 여기 제 주소를 남기고 가겠습니다."

바자로프가 태평한 목소리로 말했다.

"무슨 일이 있으려고? 아무 일도 없을 걸세. 누추한 내 집에서의 시간이……, 결국 이런 꼴로 끝나게 되어서 정말로 유감이야. 더욱이 아르카디 생각을 하면 안타깝기가……."

"아르카디와는 다시 만나게 될 겁니다. 혹시 제가 만나지 못하게 될 경우에는 아버님이 제 인사를 전해 주시길 바랍니다. 제가 미안해하더라는 것도요."

바자로프는 그렇게 니콜라이의 말허리를 잘랐다. 그는 언제나 '변명'과 '설명' 같은 것을 견딜 수 없어 했다.

"아니, 오히려 내가……."

니콜라이는 고개를 숙이며 다시 운을 뗐지만, 바자로프는 그 말이 끝나기도 전에 몸을 돌려 밖으로 나갔다.

바자로프가 마침내 떠난다는 것을 알게 된 파벨은 그와 만나기를 청한 뒤 악수를 건넸다. 그러나 바자로프는 그 순간마저 얼음장처럼 차가웠다. 파벨이 자신의 관대함을 과시하려 한다는 걸 익히 알고 있었던 것이다.

페네치카와는 작별 인사를 제대로 나눌 수 없었다. 다만 창문 틈새로 눈길을 나누었을 뿐이다. 그는 그녀의 얼굴이 슬퍼 보인다고 생각했다.

'저대로 끝나 버릴지도 모르지! 아니면 어떻게든 도망쳐 나오든지!'

표트르는 바자로프의 어깨에 얼굴을 묻고 울 만큼 몹시 서운해했다. 보다 못한 바자로프는 "아니 눈에다 저수지를 달았나?" 하며 그를 진정시켰다. 두냐샤는 자신의 감정을 감추려고 숲으로 도망쳐 버렸다.

이 모든 슬픔의 주인공인 바자로프는 마차에 올라 담배를 한 대 피워 물었다. 사 킬로미터미터쯤 달려서 모퉁이를 돌아갈 때쯤, 마침내 키르사노프 집안 영지와 저택이 나란히 보이자 침을 한 번 탁 뱉었을 뿐이다.

"빌어먹을 지주 나리들 같으니!"

그는 이렇게 내뱉고는 외투 깃을 바짝 여몄다.

파벨의 상처는 빠르게 회복되었다. 그러나 일주일을 꼬박 침대에 누워 있어야 했다. 그는 자기 표현대로 소위 '포로' 생활을 참을성 있게 견뎌 냈다. 다만 몸치장만큼은 여전히 부산을 떨며 포기하지 않았다. 틈나는 대로 여기저기 향수를 뿌리라고 명령을 내리기도 했다. 니콜라이는 그에게 잡지를 읽어 줬고, 페네치카는 언제나처럼 시중을 들며 수프며 레몬수며 달걀 반숙을 부지런히 날랐다.

페네치카는 그의 방에 들어갈 때마다 알 수 없는 두려움에 휩싸였다. 파벨과 바자로프의 예기치 않은 돌발 행동은 집안사람 모두를 놀라게 했다. 그중에서도 그녀가 받은 충격은 몹시 컸다. 프로코피치만이 조금도 당황하는 기색 없이 이렇게 말했다.

"결투란 것은 오랜 전통이 있지만, 훌륭한 어르신네끼리만 하는 일이지. 바자로프 같은 협잡꾼이 그런 짓을 하면 마구간에 처넣고 매질을 했다고."

페네치카는 양심에 꺼릴 것이 없었지만, 두 사람이 싸운 진짜 이유에 대해 생각하면 가끔씩 마음이 아팠다. 게다가 파벨은 여전히 그녀를 이상한 눈으로 살펴보고 있었다. 그 시선이 하도 집요해서 등을 돌리고 있을 때도 느껴질 정도였다. 그녀는 끝없는 마음의 불안 때문에 점점 더 수척해졌다. 하지만 그런 모습이 더더욱 사랑스러웠다.

어느 날 아침이었다. 파벨은 기분이 좋다면서 침대에서 몸을 일으켜 소파에 기댔다. 니콜라이는 그의 몸 상태를 살펴보고 일찌감치 농장으로 나갔다. 페네치카가 차를 가져와 탁자에 놓고 나가려 할 때, 파벨이 그녀를 불러 세웠다.

"뭘 그리 서두르시오, 페네치카? 무슨 급한 일이라도 있소?"

"아닙니다……. 아, 예, 저기, 농장에 차를 가져다줘야 해서."

"그 일이야 두냐샤가 할 것 아니오? 여기 환자 옆에 잠시 머물러 있다 가세요. 마침 할 얘기도 좀 있고 하니."

페네치카는 말없이 의자 끝에 걸터앉았다. 파벨은 잠시 콧수염을 만지작거리다 어렵사리 말을 꺼냈다.

"오래전부터 물어보고 싶었는데, 날 왜 그렇게 두려워하는 거요?"

"제가요?"

"그래요, 나를 제대로 쳐다보지도 못하잖소? 무슨 양심에 걸리는 일이라도 있소?"

페네치카는 얼굴이 빨개졌지만, 파벨의 시선을 애써 피하지 않았다. 그녀의 심장이 나지막이 두근거리기 시작했다.

"그럼 양심은 깨끗하시다?"

그가 다시 물었다.

"왜 제가 깨끗하지 않다고 생각하시나요?"

그녀가 조용히 되물었다.

"이유야 여러 가지가 있을 수 있지! 한데 미안해할 일이 있다면 그 대상이 누구겠소? 내게? 그건 말도 안 되지. 그럼, 이 집안의 다른 사람들에게? 그것 또한 있을 수 없는 일이고. 그렇다면 바로 내 동생에게 그래야 하지 않겠소? 니콜라이를 진짜로 사랑하오?"

"예, 사랑하고 있습니다."

"마음속 깊이? 진심으로?"

"예, 전 니콜라이 페트로비치를 진심으로 사랑합니다."

"정말이오? 날 봐요, 페네치카. 거짓말은 참으로 큰 죄악이라는 거 알지요?"

"거짓말이 아닙니다. 제가 니콜라이 페트로비치를 사랑하지 않는다면, 차라리 죽는 편이 나을 거예요!"

"그럼 누구와도 동생을 바꾸지 않겠다?"

"제가 누구와 그분을 바꿀 수 있단 말인가요?"

"뭐, 사람이야 없겠소? 이를테면 얼마 전에 여기를 떠난 사내도 있고."

페네치카가 자리에서 벌떡 일어섰다.

"오, 맙소사! 어떻게 그런 말씀을! 파벨 페트로비치! 왜 저를 이토록 괴롭히시는 거죠? 제가 뭘 잘못했다고 이러세요? 제게 어떻게 그런 말씀을 다 하세요?"

"페네치카, 내가 다 보았단 말이오……."

파벨이 슬픈 목소리로 말했다.

"무얼 보셨다는 거죠?"

"거기서……, 그 정자에서……."

페네치카는 귓불까지 새빨갛게 물들었다.

"제가 무슨 잘못을 했다고 그러시죠?"

그녀는 말하는 게 힘들어 보였다. 파벨은 몸을 바로 세웠다.

"죄가 없다? 조금도, 조금도 죄가 없으시다?"

"전 이 세상에서 단 한 사람을, 니콜라이 페트로비치만을 사랑합니다. 그리고 앞으로도 영원히 사랑할 겁니다!"

페네치카는 가까스로 힘을 내어 말했지만, 가슴속에 고인 울음이 목까지 치밀어 올랐다.

"보신 것이 뭐라고 해도, 전 이 세상 최후의 심판대에 올라서도 똑같이 말씀드릴 수 있습니다. 전 아무런 죄가 없습니다. 제가 만약 조금이라도 그런 의심을 받는다면 차라리 죽어 버리겠습니다. 저의 은인이신 니콜라이 페트로비치 앞에서 제가……."

이 대목에서 목소리가 그녀의 생각과는 다르게 울렸다. 그리고 동시에 그녀는 파벨이 자기 손을 꽉 잡는 것을 느꼈다. 그녀는 그의 얼굴을 바라보며 돌처럼 굳어 버렸다. 그는 이전보다 훨씬 창백해 보였지만, 두 눈은 더욱더 빛이 났다. 그리고 놀랍게도 굵은 눈물 한 줄기가 그의 뺨 위로 흘러내리고 있었다.

"페네치카! 사랑해 줘요. 내 동생을 사랑해 주시오! 정말로 착하고 좋은 사람이오! 세상 그 누가 온다 해도 그를 배신하지 마시오. 누구의 말에도 귀 기울이지 말아 주시오. 사랑을 주기만 하고 받지는 못하는 것만큼 끔찍한 일은 이 세상에 없어요. 불쌍한 니콜라이를 결코 버리지 말아요!"

속삭이는 듯한 그의 어조는 더없이 처절했다.

페네치카의 눈에서 눈물이 마르고 공포도 가라앉았다. 그녀는 놀라움을 감출 수가 없었다. 파벨 페트로비치가, 다름 아닌 저 파벨 페트로비치가 그녀의 손을 자신의 입술로 가져가더니, 입을 맞추는 것도 아니고 그저 발작적으로 숨을 들이쉬고 있었다. 페네치카는 어찌할 바를 몰랐다.

'아, 어쩌면 좋아. 다시 실신하시는 건 아닐까?'

하지만 바로 그 순간, 파벨의 영혼 속에서 죽어 버린 생명이 다시금 살아나고 있었다.

그때 삐걱거리는 계단을 올라오는 빠른 발걸음 소리가 들려왔다. 그는 그녀의 손을 얼른 놓아주며 멀찌감치 떨어지게 하고는 베개에 얼굴을 묻었다. 문이 열리고 상기된 표정의 니콜라이가, 제 아버지처럼 발그레하게 상기된 아들 미챠를 안고 들어섰다. 셔츠만 입은 미챠는 아버지의 가슴에 매달려 발가락으로 아버지의 외투에 달린 커다란 단추를 꼭 움켜쥔 채 바둥거렸다.

페네치카는 그대로 달려가서 부자를 끌어안으며 니콜라이의 어깨에 얼굴을 묻었다. 니콜라이는 속으로 흠칫 놀랐다. 수줍음 많고 얌전한 페네치카가 다른 사람 앞에서 이렇게 애정을 표현하는 경우는 한 번도 없었기 때문이다.

"무슨 일인가?"

그는 이렇게 말하고 형을 바라보고 나서 미챠를 그녀에게 넘겨주었다.

"어디가 안 좋으세요?"

니콜라이는 형에게 다가가며 물었다. 파벨은 손수건에 얼굴을 묻으며 말했다.

"아니……, 괜찮다……. 그 반대야. 지금 기분이 아주 좋거든."

"공연히 몸을 너무 일찍 일으키신 거 아닌가요? 그런데 페네치카, 어딜 가오?"

니콜라이가 막 방문을 닫고 나가는 페네치카를 향해 외쳤다.

"형님께 보여 드리려고 일부러 미챠를 데리고 왔는데……. 아, 저 녀석이 큰아버지가 보고 싶다고 해서 말이죠. 그런데 무슨 일이세요? 무슨 일이 있었던 것 같은데……."

"아우님!"

파벨이 근엄한 목소리로 입을 열었다. 니콜라이는 몸을 움츠렸다. 이유는 알 수 없었지만 어딘지 섬뜩한 느낌이 들었기 때문이다.

"아우님, 내 청 하나만 들어주게."

"무슨 청인데요? 말씀하세요."

"아주 중요한 부탁이야. 내 생각엔 네 인생의 모든 행복이 여기에 걸려 있어. 요즘 내가 줄곧 생각해 온 것인데……. 니콜라이, 네 의무를 다하도록 해. 명예롭고 고결한 인간의 의무. 누구보다 훌륭한 사람인 네가 보여 준…… 좋지 못한 행동을 이제 그만 떨쳐 버리도록 해."

"무슨 말씀을 하시는 건지요, 형님?"

"페네치카와의 결혼 말일세……. 그녀는 널 사랑하고, 또 네 아들의 어미잖나?"

니콜라이는 한 걸음 뒤로 물러서더니 손을 번쩍 들어 올렸다.

"아니, 제가 제대로 들은 걸까요? 전 이제까지 누구보다도 형님이 이 결혼을 반대하실 줄 알았어요. 그런데 먼저 그렇게 말씀하시다니요. 전 형님에 대한 존경심 때문에 방금 제 의무라고 말씀하신 일을 미루고 있었어요."

파벨이 쓸쓸한 미소를 지었다.

"그럴 때 존경은 참 쓸데없는 것이로구나. 난 이제 날 귀족주의자라고 비난하던 바자로프의 말이 옳았다는 생각이 들어. 니콜라이, 체면이나 차리고 세상 눈치나 보는 짓은 이제 그만둬야겠어. 이제 나이도 들었고 겸허해져야지. 쓸데없는 걱정거리는 다 저리 치워 버리고 살자. 지금 네 말대로 우리의 의무나 다하고 살잔 말이다. 그럼 덤으로 행복을 얻을지도 모르잖니?"

니콜라이는 형을 와락 끌어안았다.

"형님이 제 눈을 뜨게 해 주셨어요. 그래서 전 언제나 형님이 세상에서 둘도 없이 선량하고 지혜로운 분이라고 믿어 왔어요. 이제 보니 정말로 관대하고 사려 깊으신 분이에요."

니콜라이가 기쁨에 차서 환호하자 파벨이 팔을 내저으며 말렸다.

"됐다, 됐어. 그 사려 깊은 형의 다리 좀 누르지 말게. 나이 오십 줄에 신참 사관처럼 결투나 벌인 사려 깊은 형 아닌가? 그럼 이제 결정됐네. 페네치카는 내 제수가 된 거지……."

"고맙습니다, 형님! 그런데 아르카디는 뭐라고 할까요?"

"아르카디? 환호하겠지, 당연히! 그래, 대체 신분 제도가 다 뭐야? 이 19세기에 말이야!"

"아아, 형님, 파벨 형님! 다시 한 번 형님께 키스하게 해 주세요. 걱정 마세요, 조심스럽게 할 테니."

형제는 서로를 꽉 끌어안았다.

"어서 당장 이 소식을 전하고 싶지 않나?"

파벨이 물었다.

"그렇게 서두를 필요야……. 혹시 둘 사이에 무슨 얘기라도 오갔나요?"

"우리끼리 얘기라니? 무슨 말도 안 되는 소릴!"

"그럼 됐어요. 우선 건강부터 회복하세요. 우선 우리끼리만 알고 있는 걸로 해요. 그다음 일은 천천히 생각해 볼게요……."

"아니, 아직 결심이 서지 않았어?"

"아니요, 결심했어요. 진심으로 형님께 감사하죠. 자, 이제 그만 전 나가 보겠습니다. 좀 쉬셔야 해요. 의사가 절대 안정을 취하셔야 한다고 했잖아요……. 나중에 더 얘기해요. 이젠 한숨 주무세요. 그럼 편히 쉬세요."

'쟤는 어째서 내게 저렇게 고마워하는 거지? 자기가 할 수 있는 일이 아니었다는 듯이 말이야! 니콜라이가 결혼하면 난 이제 어디 멀리로 가서 살아야겠다. 드레스덴이든 피렌체든……. 거기서 평생 살아야지.'

혼자 남은 파벨은 문득 이런 생각이 들었다.

파벨은 이마에 향수를 찍어 바르고 눈을 감았다. 약간 여위고 잘생긴 그의 머리가 하얀 베개 위로 환하게 비쳐 드는 한낮의 햇빛을 받으며 마치 죽은 사람의 그것처럼 누워 있었다. 정말로 그는 죽은 사람이나 다름없었다.

제 12 장
사랑의 엇갈림

니콜스코예 마을의 정원에 있는 높다란 물푸레나무 밑 그늘의 긴 의자에 카챠와 아르카디가 나란히 앉아 있었다. 그 옆 땅바닥에는 피피가 기다란 몸을 우아하게 말고서, 사냥꾼들이 흔히 '토끼잠'이라고 부르는 자세로 누워 있었다.

아르카디도 카챠도 말이 없었다. 아르카디는 손에 책을 들고 있었고, 카챠는 바구니에서 흰 빵 부스러기를 집어 주변에 몰려온 참새들에게 던져 주고 있었다. 참새들은 대담하게도 발치에서 깡충깡충 뛰어다녔다. 산들바람이 나뭇잎을 흔들고, 황금빛 햇살이 너풀거리는 나뭇잎 사이로 이리저리 흔들리며 어둑한 길 위에, 그리고 피피의 누런 등 위에 점점이 어른거렸다. 아르카디와 카챠가 앉은 자리는 온전히 그늘이 깔려 있었다. 간간이 그녀의 머리 위에만 밝은 햇살 한 줄기가 내려앉아 빛나고 있었다.

한참 동안 둘 다 아무 말이 없었다. 그러나 침묵 속에 나란히 앉아 있다는 것만으로도 둘 사이의 친밀감이 엿보였다. 그들은 서로에 대해 아무 생각도 하지 않는 것 같았지만, 이렇게 가까이 앉아 있다는 것을 마음속으로 기뻐하고 있었다. 아르카디의 얼굴은 평온해 보였고, 카챠의 얼굴은 생기 있고 대담해 보였다.

아르카디가 먼저 입을 열었다.

"그거 알아요? 물푸레나무를 러시아 어로 야센('밝다'라는 뜻─옮긴이)이라고 부르는 거⋯⋯. 아주 딱 맞는 말 같아요. 저렇게 공기 속에서 밝고 투명하게 빛나는 나무는 또 없을 거예요."

카챠는 눈을 들어 위를 올려다보며 "그렇군요." 하고 대답했다.

'이 사람은 내가 멋을 부려 말을 해도 못마땅해하지 않아.'

아르카디는 속으로 생각했다.

"난 하이네를 좋아하지 않아요."

카챠가 아르카디의 손에 들린 책을 눈으로 가리키며 말했다.

"웃고 있거나 울고 있을 때의 하이네 말예요. 난 명상에 잠겨 있거나 슬픔에 젖어 있는 하이네를 좋아해요."

"난 웃고 있을 때도 좋은데."

"아마도 그건 당신에게 풍자적 경향의 낡은 흔적이 남아 있기 때문일 거예요."

'낡은 흔적이라⋯⋯.'

아르카디는 바자로프가 이 표현을 들었다면 뭐라고 했을지 생각해 보았다.

"두고 봐요. 이제 우리가 당신을 바꿔 놓을 거예요."

"누가 날 바꾼다고요, 당신이?"

"누구긴요. 언니지요. 그리고 이모님이요. 그저께는 교회에 바래다 드리기까지 했잖아요."

"거절할 수 없었던 거죠! 그리고 당신 언니야 나보다는 바자로프하고 죽이 잘 맞지요."

"그때는 언니도 당신처럼 그 사람의 영향을 받았나 봐요."

"그땐 그랬지요! 그럼 이제 내가 그 친구로부터 벗어났다는 것도 알아요?"

카챠는 잠시 입을 다물었다. 아르카디가 말했다.

"난 알고 있어요. 당신은 바자로프를 마음에 들어 하지 않았죠."

"그 사람에 대해선 뭐라 할 말이 없어요."

"카챠, 그거 알아요? 난 그런 대답을 절대 믿지 않아요……. 우리가 판단하지 못할 사람은 아무도 없지요! 그건 핑계일 뿐이에요."

"그렇다면 한번 말해 보죠. 그 사람이 맘에 들지 않았던 건 아네요. 하지만 왠지 낯설었어요. 그 사람 역시 나를 낯설어하는 것 같았고요. 하긴, 당신도 그 사람에겐 낯설어 보였어요."

"이유가 뭘까요?"

"어떻게 말해야 좋을까……. 그 사람이 맹수라면 우리는 가축이랄까요?"

"나도 가축이란 말입니까?"

카챠가 고개를 끄덕였다. 아르카디는 뒤통수를 긁적거렸다.

"이거 참……. 카챠, 그 말은 왠지 좀 모욕적으로 들리는데요?"

"그럼 맹수가 되고 싶어요?"

"맹수는 아니더라도 힘 있고 강한 사람은……."

"그건 바란다고 되는 게 아니에요……. 바자로프 씨는 그런 속성을 가지고 있잖아요."

"음! 그럼 당신 눈에는 바자로프가 언니에게 큰 영향력을 미치고 있었다는 건가요?"

"그럼요. 하지만 오랫동안 언니를 억눌러 잡아 놓을 수 있는 사람은 아무도 없어요."

카챠는 속삭이듯 말했다.

"왜 그렇게 생각하죠?"

"언니는 몹시 거만해서……, 아니, 이렇게 말하고 싶은 건 아니고……. 언니는 자신의 독립성을 매우 소중히 여기는 사람이라고 하는 게 옳겠죠."

"그걸 소중하게 여기지 않는 사람이 있나요?"

아르카디는 이렇게 물었지만, '뭐 하러 이런 얘기를 하고 있지?' 하는 생각이 들었다. 카챠도 똑같은 생각을 하고 있었다.

아르카디는 미소를 지으며 카챠에게 살며시 다가가 속삭였다.

"카챠, 사실은 조금 두려워하고 있는 거죠?"

"누구를요?"

"언니요."

아르카디가 자못 심각한 얼굴로 대답했다.

"당신은요?"

카챠가 오히려 되물었다.

"나도요."

"이번에 깜짝 놀랐어요. 언니가 당신에게 너무 잘해 주어서요. 지난번에 왔을 때와는 완전히 달라요."

"그래요?"

"몰랐어요? 어때요? 기쁘죠?"

아르카디는 잠시 생각에 잠겼다.

"언니가 어쩌다 나에게 호감을 갖게 됐을까요? 아마도 당신 어머님의 편지를 가져왔기 때문이겠지요?"

"그것도 그렇지만, 다른 이유도 있을걸요. 하지만 말하고 싶지 않아요."

"왜요?"

"말할 수 없어요."

"아! 누가 고집쟁이 아니랄까 봐."

"예, 고집 세요."

"관찰력도 있고."

아르카디는 잠시 아무 말이 없었다. 카챠는 그런 그를 흘깃 살펴보았다.

"혹시 화났어요? 무슨 생각을 하는 거예요?"

"당신의 그 예민한 관찰력이 대체 어디서 온 것일까, 생각하고 있

어요. 당신은 수줍음도 많고, 의심도 많고, 그래서 사람을 피하려고
만 하고……."

"난 오랫동안 혼자 살았어요. 생각이 많을 수밖에요. 그런데 내가
모든 사람을 피한다고 생각해요?"

아르카디는 따뜻한 시선으로 카챠를 바라보고는 말했다.

"아주 좋은 성품이에요. 당신처럼 부유한 사람들은 보통 그런 재
능을 갖기가 어렵죠. 그래서 그런 사람들은 진실에 다가갈 수가 없
는 겁니다. 러시아 황제도 바로 그렇지요."

"알다시피 내가 부자인 것은 아니지요."

아르카디는 카챠의 말에 깜짝 놀랐다.

'하긴, 영지는 모두 언니 것이지!'

하지만 그 생각이 불쾌감을 일으키지는 않았다.

"그런 말, 하기 어려울 텐데……. 잘했어요."

아르카디가 말했다.

"그게 무슨 뜻이죠?"

"말 그대로 잘했다고요. 숨기거나 가리는 것 없이 말입니다. 그런
데 나는 자신이 가난하다는 걸 일부러 드러내 말하는 사람의 심리
에는 일종의 자격지심 같은 것이 있다고 생각해요."

"난 언니 덕분에 부족함 없이 자랐어요. 재산에 대한 얘기는 어쩌
다 튀어나온 것이고요."

"그 자격지심 비슷한 것이 당신에게도 약간은 있지 않을까요?"

"이를테면요?"

"이를테면……. 부자에게는 시집을 가지 않으려고 한다든가……."

"그 사람을 아주 사랑하기만 한다면야……. 예, 그래요. 그렇더라도 결혼을 하진 않을 거예요."

"거봐요! 역시 그렇다니까!"

아르카디가 탄성을 질렀다. 그리고 잠시 뒤에 덧붙여 물었다.

"그런데 왜 부자에게 시집을 가지 않겠다는 거지요?"

"노래 가사를 보면, 짝이 맞지 않는 한 쌍은 늘 불행하게 끝나잖아요."

"혹시 남편을 이기고 싶어서 그런 건 아닐까요?"

"아, 전혀 아녜요! 반대로 난 아주 순종적인 아내가 될 거예요. 다만 불평등은 견디기 힘들겠죠. 자신을 존중하면서 남편도 존중할 수 있다면, 그것이 바로 행복이라고 생각해요. 하지만 예속된 삶은 싫어요. 그럴 거라면 차라리 이대로 살래요."

아르카디는 카챠의 말을 되뇌면서 말했다.

"이대로 산다? 그래요, 언니와 당신은 한 핏줄이지요. 당신도 언니처럼 아주 독립적이군요. 당신은 좀 더 숨기고 있을 뿐이고요."

"그럼 어떻게 해요?"

카챠가 물었다.

"당신도 언니처럼 총명해요. 언니 못지않아요."

카챠가 서둘러 말을 막았다.

"나를 언니와 비교하지 말아요. 나로선 그런 비교가 아주 불편해요. 깜빡한 모양이네요. 언니가 얼마나 예쁘고 똑똑한지……. 다른 사람이라면 몰라도 아르카디, 당신은 그런 말 하지 말아요. 게다가 그렇게 심각한 표정으로……."

"그게 무슨 뜻이죠? 혹시 내가 지금 농담하고 있다고 생각해요?"

"물론이죠. 농담이 아니라고 할 셈인가요?"

"내 말이 진심이라면? 내가 진정으로 말하지 못한 것이 있다면?"

"무슨 말인지 모르겠어요."

"정말요? 그렇다면 내가 당신의 관찰력을 너무 높이 평가한 모양이군요."

"뭐라고요?"

아르카디는 아무 대답도 하지 않고 고개를 돌렸다. 카챠는 남아 있던 빵 부스러기를 마저 참새들에게 던져 주었다. 하지만 그녀의 손놀림이 너무 커서 참새들은 먹이를 먹을 엄두를 내지 못하고 멀찌감치 도망가 버렸다.

아르카디가 침묵을 깨고 말했다.

"카챠! 이것만은 알아줘요. 난 이 세상 그 누구와도 당신을 바꾸고 싶지 않아요. 그게 당신의 언니랄지라도."

아르카디는 자기 입에서 튀어나온 말에 스스로 놀라기라도 한 듯, 벌떡 일어서서 재빨리 자리를 떠나 버렸다.

카챠는 두 손과 바구니를 무릎 위에 떨구고 고개를 숙인 채 아르카디의 뒷모습을 물끄러미 바라보았다. 그녀의 볼이 조금씩 붉게 물들어 갔다. 하지만 입가에 미소가 떠오른 것은 아니었다. 검은 두 눈에는 말로 표현하기 어려운 감정이 담겨 있었다. 그때 어디선가 오딘초바의 목소리가 들려왔다.

"너 혼자 있니? 아르카디 씨와 함께 나온 줄 알았는데."

어느새 나타났는지, 아주 우아하고 세련되게 차려입은 오딘초바가 양산 끝으로 피피의 귀를 간질이고 있었다. 카챠는 언니를 바라보며 대답했다.

"혼자예요."

"그렇구나. 그 사람은 방으로 돌아갔니?"

언니는 웃으면서 다시 물었다.

"예."

"같이 책 읽었어?"

"예."

오딘초바는 카챠의 턱에 손을 대고 얼굴을 조금 치켜들었다.

"싸운 건 아니겠지?"

"아녜요."

카챠는 이렇게 말하고 언니의 손을 살며시 떼어 놓았다.

"얘가 웬일로 이렇게 쌀쌀맞을까! 난 그 사람이 여기 있는 줄 알고 같이 산책이나 가자고 청하려 했지. 참, 시내에서 네 구두가 왔단다. 가서 신어 보렴. 어제 보니 네 구두가 너무 낡았더구나. 넌 외모에 너무 신경을 안 써. 이렇게 다리도 예쁘면서! 손도 예쁘고……. 넌 너무 치장을 몰라."

오딘초바는 아름다운 옷을 가볍게 바스락거리며 길을 따라 멀어져 갔다.

카챠는 하이네 시집을 들고 일어나 집으로 향했다. 그러나 새 구두를 신어 보러 가는 것은 아니었다.

'다리가 예쁘다고?'

그녀는 햇볕으로 뜨겁게 달구어진 테라스의 돌계단을 천천히, 그러나 가뿐하게 오르면서 생각했다.

'다리가 예쁘다고 했지……. 그래, 머지않아 그 사람이 이 발 앞에 무릎을 꿇을 거야…….'

그녀는 곧 부끄러운 생각이 들어서 남은 계단을 황급히 뛰어 올라갔다.

그때 아르카디는 자기 방으로 가기 위해 복도를 걸어가고 있었다. 그런데 집사가 뒤에서 쫓아오더니 바자로프가 방에서 기다리고 있다고 알려 주었다. 아르카디는 깜짝 놀라 소리쳤다.

"예브게니가? 온 지 오래됐나요?"

"방금 도착하셨습니다. 오딘초바 부인께는 알리지 말라며 직접 나리 방으로 안내해 달라고 하셨습니다."

'혹시 집에 무슨 일이 있는 건 아닐까?'

아르카디는 이렇게 생각하며 계단을 서둘러 올라가 방문을 활짝 열어젖혔다. 바자로프의 모습을 본 그는 우선 안심이 되었다. 하지만 좀 더 예리한 사람이라면 갑자기 찾아온 손님의 수척해진 얼굴에서 뭔가 불안한 신호를 읽어 내었을 것이다.

그는 먼지투성이 외투를 어깨에 걸치고 모자도 벗지 않은 채 전과 다름없이 당당한 모습으로 창가에 앉아 있었다. 아르카디가 요란하게 환성을 지르며 목덜미를 끌어안으려고 달려들었을 때에도 그대로 앉아서 꿈쩍을 하지 않았다.

"와, 생각도 못 했는데. 정말 잘 왔어!"

아르카디는 방 안을 이리저리 왔다 갔다 하면서 거푸 말했다. 그건 마치 자신이 기뻐하고 있다는 것을 스스로 믿고자, 또 남에게도 보여 주고자 하는 의식적인 행동 같았다.

"그래, 우리 집에는 별일 없지? 다들 잘 계시고, 응?"

"잘 계시네만 모두 건강한 것은 아니라네. 수다쟁이처럼 그러지 말고 어서 뭐든 마실 것 좀 내오라 이르고 이리 좀 앉아 봐. 간단하게 몇 가지 보고할 테니."

아르카디가 입을 다물자, 바자로프는 큰아버지와의 결투 사건에 대해 이야기했다. 아르카디는 너무 놀라서 거의 울 듯한 표정이 되었다. 그러나 그런 감정을 입에 올릴 필요는 없다고 생각해서, 큰아버지가 정말로 위험한 것은 아닌지 다시 물어보기만 했다.

바자로프는 상처는 아주 흥미롭지만, 의학적으로는 별것이 아니라고 대답했다. 아르카디는 억지웃음을 지었지만, 가슴 한구석에서 어쩐지 불쾌하고도 수치스러운 기분이 들었다. 바자로프도 그걸 알아차렸는지 곧바로 이렇게 말했다.

"봉건적인 사람들과 함께 살다 보면 그런 문제가 생길 수 있지. 그런 사람들 사이에 끼어 있으면 마치 기사라도 된 것처럼 경쟁적인 토너먼트에 끌려 들어가게 된다니까. 그래서 난 이제 부모님 집으로 가는 길이야. 가는 길에 잠깐 들른 거지……. 이런 사실을 말해 주려고. 아니, 사실은 쓸데없는 거짓말을 하고 있는지도 모르지. 그래, 내가 여기 들른 건……. 제기랄, 나도 모르겠어! 때로는 제 머리털을 움켜잡고, 밭에서 무를 뽑아 내던지듯 자신을 뽑아 던져 버리는 것도 나쁘지 않아. 내가 전에 며칠 동안 여기서 한 게 바로 그 짓이었거든……. 내가 여기 온 이유는 단지 내가 뽑혀 나간 자리, 내가 있던 밭이랑을 다시 한 번 보고 싶었던 거야."

"그 말에 나도 포함돼 있는 건가? 설마 나와 헤어지겠다는 건 아니겠지?"

아르카디는 흥분해서 목소리를 높였다. 바자로프는 눈을 부릅뜨고 아르카디를 뚫어지게 바라보았다.

"그게 슬프기라도 하다는 거야? 내 보기에 자넨 벌써 나와 헤어져 버린 것 같은데. 아주 신수가 훤하고 활기에 넘쳐……. 오딘초바 부인과 잘돼 가는 모양이군."

"뭐라고? 잘돼 가다니?"

"그 여자 때문에 여기에 온 게 아니란 말이야? 그래, 주일 학교 문제는 어떻게 돼 가나? 그 여자한테 푹 빠진 게 아니라고? 아니면 이제 쉬쉬할 때도 지난 건가?"

"예브게니, 자네 정말……. 내가 언제 자네에게 뭐든 숨긴 것이 있었나? 맹세코 말하지만, 자넨 뭔가 잘못 알아도 한참 잘못 알고 있어."

"으흠! 놀라운 소식이로군. 하지만 그렇게 열낼 건 없어. 이렇든 저렇든 나랑은 상관없으니까. 내가 낭만주의자라면, 우린 갈 길이 서로 다르다고 말하겠지. 하지만 나는 깨끗이 이렇게 말하겠어. 이제 지겨워졌다고."

바자로프가 나지막이 말했다.

"예브게니……."

"별일 아니잖아. 세상에 지겨워지는 일이 어디 한둘이겠어? 자, 이제 작별을 고해야 할 때라고 보는데. 여기 도착해서부터 난 혐오스런 기분을 감출 수가 없어. 그래서 말도 풀지 말고 그대로 기다리라고 해 놓았어."

"제발, 이런 법이 어디 있나!"

"왜 안 돼?"

"나는 그만두고라도, 이건 오딘초바 부인에게 정말로 큰 실례야. 틀림없이 자네를 보고 싶어 할 테니까."

"아니, 그렇지 않아."

"아니, 이번엔 내가 옳아. 왜 그렇게 자신을 감추려고 들어? 어차피 이렇게 된 거 솔직히 말해 봐. 자네가 여기 온 건 오딘초바 부인 때문이 아닌가?"

아르카디가 말했다.

"그럴지도 몰라. 하지만 오딘초바 부인에 대해선 자네가 잘못 알고 있는 거야."

아르카디 말이 옳았다. 오딘초바는 바자로프를 만나고 싶다며 집사를 통해 자기에게 들러 달라고 전해 왔다. 바자로프는 옷을 갈아입었다. 쉽게 갈아입을 수 있도록 새 양복을 가까이에 미리 챙겨 둔

듯했다.

오딘초바는 바자로프가 전에 느닷없이 사랑을 고백한 그 방이 아니라 응접실에서 그를 맞이했다. 그녀는 상냥하게 손을 내밀었지만 얼굴에서 긴장감을 온전히 지우지 못했다.

바자로프가 서둘러 입을 열었다.

"오딘초바 부인, 먼저 걱정하지 말라는 말을 하고 싶습니다. 나는 이미 오래전에 정신을 차렸기에, 다른 사람들도 나의 어리석은 행동을 다 잊었기를 바라고 있습니다. 이제 떠나면 오랫동안 만나지 못할 겁니다. 내가 유달리 마음 약한 사람은 아니지만, 그래도 당신이 나를 기억할 때마다 불쾌해할 거라고 생각하면 견딜 수가 없습니다."

오딘초바는 방금 높은 산에 올라선 사람처럼 크게 숨을 한 번 몰아쉬었다. 그리고 미소를 활짝 지었다. 그녀는 다시 한 번 바자로프에게 손을 내밀어 그의 손을 꽉 잡았다.

"옛일에 얽매이는 사람과는 상대하지 말라는 말이 있지요. 솔직히 말하면 당시 나에게 잘못이 없었다고 보긴 어려워요. 이제 다 잊고 다시 예전처럼 친구로 지내기로 해요. 꿈을 꾼 걸로 해요. 누가 꿈을 일일이 다 기억하겠어요?"

"그럼요. 누가 그런 걸 굳이 기억하겠습니까? 게다가 사랑이란 것은 어디까지나……, 가상의 감정일 뿐인 거죠."

"그럴까요? 그리 말해 주어서 참 다행이에요."

오딘초바와 바자로프는 그런 식으로 이야기를 주고받았다. 두 사람 다 서로 진실을 말하고 있다고 생각했다. 그러나 과연 그들의 말 속에 진실이, 완전한 진실이 담겨 있는 것일까?

오딘초바는 바자로프에게 아르카디의 집에서 무얼 하고 지냈는지 물었다. 바자로프는 파벨과의 결투에 대해 얘기하려다가, 여자들의 관심이나 끌고 싶어 하는 사람으로 비칠 것 같아서 그만두었다. 그저 내내 연구만 하고 지냈다고 대답했다.

오딘초바는 자기 이야기를 늘어놓았다.

"나는 한동안 우울해져서 외국에라도 나갈까, 하고 생각했어요……. 정말이에요! 그러다가 마음이 가라앉았더군요. 마침 당신 친구 아르카디 씨가 찾아와 줘서 다시 내 역할에 집중하게 되었지요."

"그게 어떤 역할인지 물어도 되겠습니까?"

"아주머니로서의 역할이랄까, 선생으로서의 역할이랄까, 아니면 어머니로서의? 뭐라고 해도 좋아요. 그런데 바자로프, 난 당신과 아르카디 씨가 왜 그렇게 친한지 전에는 잘 이해하지 못했어요. 아르카디 씨를 그다지 진지한 사람으로 생각하지 않았거든요. 하지만 이번에 보니 아주 현명한 사람이더군요……. 무엇보다 중요한 점은 젊다는 것이죠. 젊어요……. 우리들 같지 않아요."

"그 친구, 지금도 당신 앞에서 벌벌 떠나요?"

바자로프가 물었다. 오딘초바는 "떨다니요? 그럴 리가!" 하며 잠시 생각에 잠기더니 이렇게 덧붙였다.

"다만 전보다는 나를 훨씬 더 허물없이 대하지요. 얘기도 많이 하고요. 전에는 피해 다니기만 하더니만. 하긴 나도 별로 상대할 생각을 못 했지만요. 그 사람은 카챠하고 훨씬 더 친해요."

바자로프는 화가 불쑥 치밀었다.

"아르카디가 당신을 피해 다녔다고 말하지만, 그가 당신을 사랑했다는 걸 모르지 않을 텐데요."

바자로프는 차가운 미소를 지으며 말했다.

"네? 그 사람도?"

오딘초바는 자기도 모르게 이렇게 되물었다. 바자로프는 정중하게 고개를 끄덕였다.

"예, 그 친구도요. 진짜로 몰랐습니까?"

오딘초바는 눈을 내리깔았다.

"그런데 그건 오해인 것 같은데요, 바자로프."

"그렇지 않습니다. 하지만 이 말을 하지 않는 편이 나았을지도 모르겠군요."

바자로프는 이렇게 말하며, 속으로 '이제 더는 교활하게 굴지 말아요.' 하고 중얼거렸다.

"왜 말을 안 해요? 잘했어요. 그런데 난 당신이 한순간의 인상에 너무 큰 의미를 부여하는 건 아닌가 싶네요."

"그런 얘기는 이제 그만하죠."

"어째서요?"

그녀는 이렇게 반문하다가 이내 스스로 말머리를 돌렸다. 지난일은 다 잊어버리자고 말했고, 스스로도 다 잊었다고 믿고 있었다. 그래도 바자로프와 이야기를 나누는 자리가 그녀에게 어색하지 않을 수는 없었다.

결국 오딘초바와 바자로프의 대화는 오래가지 않았다. 오딘초바는 자꾸 혼자 생각에 잠기고 건성으로 대답했다. 마침내 그녀는 늙은 공작 따님과 카챠가 있는 방으로 가 보자고 제안했다.

"그런데 아르카디 씨는 어디 있니?"

오딘초바는 한 시간 이상이나 모습을 보이지 않고 있는 아르카디를 찾아오라고 사람을 보냈다. 그러나 아르카디는 쉽게 눈에 띄지 않았다. 그는 정원의 후미진 곳에 쓸쓸히 앉아서 깍지 낀 손으로 턱을 받친 채 곰곰이 생각에 잠겨 있었다. 그는 심각하고 진지했지만 우울하진 않았다.

그때쯤엔 오딘초바가 바자로프와 나란히 앉아 있으리라고 생각했다. 그 사실에는 전처럼 질투를 느끼지 않았다. 오히려 그의 얼굴은 은근하게 빛나고 있었다.

고인이 된 오딘초프는 신식을 좋아하지는 않았지만, '고상한 취미의 놀이'는 마다하지 않았다. 바로 그러한 이유로 그는 정원의 온실과 연못 사이에 러시아 벽돌로 그리스풍의 복도를 만들어 두었다. 긴 복도의 한쪽은 돌기둥이 늘어서 있고, 다른 한쪽은 벽으로 막혀 있었다.

오딘초프는 벽 쪽에 벽감(벽면을 오목하게 파서 만든 공간—옮긴이)을 여섯 개 만들어 놓고 거기에 놓을 조각상을 외국에서 들여올 계획이었다. 이 조각상들은 제각기 고독과 침묵, 사색, 우수, 수치, 감성을 표현하는 것이었다. 그중 입술에 손가락 하나를 갖다 대고 있는 침묵의 여신상이 가장 먼저 제자리에 놓이게 되었다.

그런데 바로 그날, 하인의 아이들이 그만 조각상의 코를 깨뜨리고 말았다. 이웃의 미장이가 '이전 것보다 두 배 더 멋진' 코를 새로 만들어서 달아 주겠다고 했지만, 오딘초프는 그냥 치워 버리라고 했다. 결국 그 조각상은 탈곡장 옆 헛간 구석에 처박히는 신세가 되고 말았는데, 그 후 오랜 세월 농가의 아낙네들에게 미신 비슷한 공포의 대상으로 자리 잡았다.

복도 앞쪽에는 오래전부터 관목들이 무성하게 자라 있어 푸른 수풀 위로 돌기둥의 머리 부분만이 보일 뿐이었다. 그래서 그 안은 한낮에도 서늘했다. 오딘초바는 뱀을 보고 놀란 다음부터 이곳에 오기를 꺼렸다. 하지만 카챠는 종종 찾아와 벽감 아래 크고 길다란 돌의자에 앉아 있곤 했다. 서늘한 그늘 속에서 책을 읽거나, 일을 하거나, 혹은 완전한 적막에 빠져들곤 했다.

바자로프가 온 다음 날, 아침 일찍 카챠는 자신이 좋아하는 그 의자에 앉아 있었다. 아르카디도 그 옆에 나란히 앉아 있었다. 그가 그녀에게 함께 그곳에 가자고 청했던 것이다.

아침 식사까지는 아직 한 시간이 남아 있었다. 이슬도 채 마르지 않았는데 벌써 한낮처럼 햇살이 뜨거웠다. 아르카디의 얼굴은 어제의 그 표정을 간직하고 있었다. 하지만 카챠는 머릿속에 걱정이 가득했다. 언니는 아침에 일어나 차를 한 잔 마시자마자, 카챠를 서재로 불러들였다. 그리고 아주 다정하게 말을 건넸다. 카챠는 언니의 이런 태도가 더 두려웠다.

언니는 그녀에게 아르카디 앞에서 행동거지에 주의하라, 단둘이 이야기하는 일이 없도록 하라, 이모님이나 집안사람들 눈에 띌 일을 만들지 말라고 하면서 주의를 주었다. 오딘초바는 이미 어제저녁부터 기분이 좋지 않았다. 카챠는 마치 무슨 죄를 지은 양 당황스러웠다. 그래서 아르카디의 청을 받았을 때, 이번이 마지막이라고 다짐하면서 밖으로 나온 것이었다.

아르카디는 망설임 속에서도 용기를 내어 입을 열었다.

"카챠, 내가 이 집에 와서 당신과 함께 지내는 행복을 맛본 이래 참으로 많은 이야기를 나눴습니다. 하지만 한 가지, 나로선 아주 중요한 문제에 대해 아직 한마디도 꺼내지 못했습니다. 어제 당신은 내가 이곳에 온 이후 새사람이 됐다고 했지요?"

카챠는 그가 무슨 말을 하려는지 짐작할 수가 없어서 똑바로 바라보고만 있었다. 아르카디는 카챠의 그런 시선을 붙잡기도 하고 피하기도 하며 말을 이어 갔다.

"실제로 난 많은 점에서 변했습니다. 그건 누구보다 당신이 더 잘 알 겁니다. 내가 이렇게 변한 것은 바로 당신 때문입니다."

"나 때문이라고요?"

카챠가 되물었다.

"난 이제 여기에 처음 왔을 때의 그 오만한 철부지가 아닙니다. 내 나이 스물셋. 쓸모 있는 사람이 되고, 또 진리에 내 온 힘을 바치자는 소망은 여전합니다. 난 이제까지 나 자신을 모르고 살았어요.

최근에 어떤 감정을 경험하고서야 비로소 눈을 뜰 수 있었습니다. 비록 나의 표현이 서툴러도 당신은 충분히 이해해 주리라 믿습니다……."

카챠는 아무 대답 없이 아르카디를 바라보던 시선을 거두었다. 아르카디는 한층 상기된 목소리로 다시 입을 열었다. 머리 위 벚나무 잎새 사이에서 되새 한 마리가 한가로이 노래를 부르고 있었다.

"명예를 중요시하는 사람은 언제나 진실된 말을 해야 한다고 봅니다……. 특히 자기와 아주 가까운 사람과 얘기할 때는……. 그래서 내가……, 내가 이 말을 하려는……."

어렵게 끌어가던 말이 이 대목에서 그만 엉켜 버렸다. 아르카디는 당황해서 말을 더듬거리다가 어쩔 수 없이 잠시 입을 다물었다. 카챠는 내내 눈을 내리깔고 있었다. 아르카디가 하려는 말이 무엇인지 알 수 없으니 그저 기다리는 수밖에 없었다.

아르카디가 다시 기운을 내서 입을 열었다.

"당신은 분명 깜짝 놀랄 겁니다. 더욱이 내 감정은 어느 면에서……, 어느 면에서 보자면 당신과 관계가 있거든요. 기억나나요? 어제 당신이 나더러 진지하지 못하다고 했지요?"

아르카디는 늪에 빠진 사람이 된 것 같았다. 한 발 한 발 내디딜수록 더 깊이 빠져들 걸 알면서도, 어떻게든 기어 나가려고 자꾸 서둘러 발을 뻗는 기분이었다.

"만일 내가 당신의 말을 믿을 수 있다면……."

그때 오딘초바의 또랑또랑한 목소리가 들려왔다.

아르카디의 입은 그대로 굳어 버렸고, 카챠의 얼굴은 하얗게 질렸다. 복도 앞에 우거진 수풀 속 오솔길을 따라 오딘초바와 바자로프가 함께 걸어가고 있었다. 카챠와 아르카디에게는 그들의 모습이 보이지 않았다. 하지만 말소리와 옷깃 스치는 소리, 심지어 숨소리까지 생생하게 들려왔다. 그들은 몇 걸음 더 걷다가 꼭 일부러 그러는 것처럼 아르카디와 카챠 바로 앞쪽에서 딱 멈춰 섰다.

오딘초바가 말을 계속했다.

"생각해 봐요. 우리가 잘못 생각했던 거예요. 우리 두 사람은 그렇게 어린 나이가 아니죠. 특히 나는 살 만큼 살았으니 지친 점도 없지 않죠. 터놓고 말해서 우린 처음에 서로에게 관심을 느끼고 호기심을 보이다가……."

"그러다가 내가 식어 버렸죠."

바자로프가 말을 가로챘다.

"우리가 다툰 이유는 그게 아니라는 걸 당신도 알잖아요. 어쨌든 우린 서로를 더 이상 필요로 하지 않는다는 것이 중요하죠. 우린 뭐랄까……. 그래요, 공통점이 너무 많아요. 처음에는 그걸 몰랐지요. 반면에 아르카디 씨는……."

"그 친구는 필요한가 보죠?"

바자로프가 잽싸게 물었다.

"그만해요, 바자로프! 당신은 그가 내게 관심이 있다고 말했지요? 그래요, 나도 진작부터 느끼고 있었어요. 내가 그의 숙모쯤 되는 나이라는 것도 잘 알아요. 솔직히 말하면 요즘 그에 대한 생각이 점점 더 많아지고 있어요. 그 젊고 생생한 감정에는 어쩔 수 없는 매력이 있잖아요……."

"그런 경우에는 매혹이라는 말이 더 어울리겠네요. 아르카디는 어제저녁에 나하고 속을 터놓고 얘기했는데, 당신이나 동생에 대한 얘기는 하나도 없었지요. 그건 아주 중대한 징후입니다."

바자로프가 오딘초바의 말을 거들었다. 평온하지만 어딘가 공허하게 들리는 그 목소리에는 쑥개를 썹은 듯한 쓰디쓴 감정이 묻어났다.

"카챠와 아르카디 씨는 꼭 남매처럼 지내요. 난 그런 점에 더 마음이 가요. 물론 그들이 그렇게 가까이 지내도록 내버려 둬서는 안 될지도 모르겠지만요."

오딘초바가 말했다.

"방금 그건……, 언니로서 하는 말인가요?"

바자로프가 느릿한 말투로 물었다.

"물론……. 그런데 우린 왜 여기에 서 있는 거죠? 게다가 당신과 이런 얘기를 나누다니, 참 이상하군요. 그렇죠? 당신은 내가 몹시 신뢰하고 있다는 사실을 잘 알지요? 당신은 아주 좋은 사람이니까요."

"난 전혀 좋은 사람이 아닙니다. 게다가 당신에게 아무 의미가 없는 사람이지요. 그러니 나더러 좋은 사람이라고 한들……, 그건 시체 머리에 꽃관을 씌우는 것과 조금도 다를 바가 없습니다."

"바자로프, 무엇이든 우리 마음대로 되는 건……."

오딘초바가 입을 열었다. 그러나 한 줄기 바람이 불어와 나뭇잎을 수선스럽게 흔들며 그녀의 말을 실어 가고 말았다.

"알다시피 당신은 자유로운 사람입니다."

잠시 뒤 바자로프가 말했다. 그러나 멀어지는 발걸음 소리 말고는 더 이상 아무 말도 들리지 않았다. 잠시 후 사방이 다시 조용해졌다.

아르카디는 카챠를 바라보았다. 그녀는 한층 더 깊이 고개를 떨군 채 앉아 있었다.

"카챠."

아르카디가 두 손을 모아 잡고 떨리는 목소리로 말했다.

"난 당신을 영원히 사랑하겠습니다. 당신 외에는 누구도 사랑하지 않겠습니다. 이 말을 하고 싶었습니다. 당신 생각을 듣고 싶습니다. 난 부자는 아니지만 모든 걸 당신께 바칠 수 있습니다……. 부디 내 손을 잡아 주겠습니까……? 대답이 없군요. 내 말을 믿지 못하나요? 내가 경솔한 사람으로 보이나요? 최근 며칠 동안을 돌아봐요. 내 말뜻을 알지요? 다른 모든 것은 흔적도 없이 사라져 버렸다는 것을, 당신은 오래전부터 확실하게 알고 있었잖아요? 날 봐요. 그리고 한마디만 해 줘요……. 사랑합니다. 당신을 사랑합니다. 제발 날 믿어 줘요!"

카챠는 한참 동안 생각에 잠겨 있다가 진중하면서도 밝은 눈빛으로 아르카디를 바라보았다. 이미 얼굴에는 환한 미소가 떠올라 있었다.

"예."

아르카디는 펄쩍 튀어 오르듯 자리에서 벌떡 일어섰다.

"방금 '예.'라고 했지요? 카챠! 그 말이 무슨 뜻이지요? 그러니까 당신을 사랑한다는 내 말을 믿는다는……. 그리고, 그리고……. 아, 도저히 나는 말할 수가……."

"예."

카챠가 다시 대답했다. 이번에는 아르카디도 그녀의 말뜻을 분명히 알아들었다. 그는 북받쳐 오르는 기쁨을 누르지 못하고 그녀의 아름다운 두 손을 가져다 자신의 가슴에 대었다. 그러고는 쓰러질 듯 서 있는 몸을 간신히 가누면서 그저 한마디만 반복해서 되뇌었다.

"카챠, 카챠……."

카챠의 눈에서는 천진한 눈물이 흘렀고, 그 눈물에 그녀 자신도 조용히 웃음을 지었다. 사랑하는 사람의 두 눈에 흐르는 눈물을 보지 못한 자는 이 세상의 행복을 맛보지 못한 사람이다. 감사와 부끄러움에 죽을 것만 같다가 세상에 다시없을 행복한 사람이 된다는 것, 그것은 지상에서 유일하게 행복한 순간이다.

이튿날 아침 일찍 오딘초바는 바자로프를 서재로 불렀다. 그리고 쓴웃음을 지으며 그에게 몇 겹으로 접은 편지지를 내밀었다. 거기엔 아르카디가 카챠에게 청혼한다는 내용이 적혀 있었다. 얼른 편지를 훑어본 바자로프는 순간적으로 화가 치밀어 올랐지만 속내를 드러내지 않으려고 꾹 참아야 했다.

바자로프가 입을 열었다.

"그랬군요. 바로 어제였지요? 카챠를 향한 아르카디의 마음은 여동생에 대한 우애 같은 것이라고요. 이제 어쩔 생각이죠?"

"당신의 지혜를 빌리고 싶군요."

오딘초바가 미소를 잊지 않으려 애쓰며 말했다. 바자로프 역시 웃음을 지었다. 물론 그는 결코 웃을 기분이 아니었다. 그녀 역시 마찬가지였다.

"내 생각에는 이 젊은이들을 축복해 주는 것 외에는 달리 방법이 없다고 봅니다. 여러모로 잘 어울리는 한 쌍이지요. 아르카디는 외아들이고, 키르사노프 집안은 재산이 상당하지요. 그의 아버님도 아주 좋으신 분이고요. 딱히 반대할 이유가 없어요."

오딘초바는 붉으락푸르락한 얼굴로 방 안을 잠시 서성이다가 말했다.

"그렇게 생각해요? 그렇고말고요. 나도 기뻐요. 반대할 이유가 없지요……. 카챠를 위해서도……, 그리고 아르카디 씨를 위해서도. 물론 그쪽 아버님의 승낙을 받아야겠지만. 소식을 보내야겠어요. 일이 이렇게 됐군요. 어제 내가 말했지요. 우리 둘 다 이제 늙은 사람이라고……. 그 말이 딱 맞았네요. 어떻게 내가 이걸 전혀 몰랐을까요? 정말로 놀라워요!"

오딘초바는 웃음을 터뜨렸지만, 그 웃음은 입가에서 이내 사라져 버렸다.

"요즘 젊은이들은 아주 영악하답니다."

바자로프가 이렇게 말하고 역시 웃음을 터뜨렸다.

잠시 침묵이 흐른 후, 바자로프가 다시 입을 열었다.

"자, 난 이제 작별을 해야겠습니다. 부디 결혼식이 잘 끝나기를 빌 겠습니다. 멀리서라도 축하를 보내지요."

오딘초바가 바자로프에게 몸을 휙 돌리며 말했다.

"간다고요? 왜 그렇게 서두르는 거예요? 좀 더 머물러 주어요……. 당신과 함께 얘기하는 것이 즐거워요……. 꼭 절벽 위를 걷는 것처 럼, 처음에는 겁이 나지만 조금 지나면 막 용기가 솟아나거든요. 좀 더 머물러 줘요."

"잡아 주어서 고맙습니다. 내 말재주를 칭찬해 준 것도요. 하지만 그동안 나와 아무 상관 없는 낯선 곳에서 너무 오래 뒹굴었습니다. 날치는 잠시 공중에 뛰어올라도 곧 다시 물속으로 첨벙 떨어지지 요. 나도 이제 내 소굴로 돌아가렵니다."

오딘초바는 바자로프를 빤히 쳐다보았다. 그의 창백한 얼굴에 씁 쓸한 미소가 경련처럼 지나갔다.

'날 사랑했던 사람!'

그녀는 이렇게 생각하며 안쓰러운 마음에 그에게 손을 내밀었다. 그러나 바자로프는 이미 그녀의 마음을 읽고 있었다.

"아닙니다!"

그는 한 발 뒤로 물러서며 말했다.

"난 가난한 사람이지만 이제까지 남의 동정을 받아 본 적은 없습니다. 자, 그럼 안녕히 계십시오. 부디 건강하길."

"꼭 다시 만날 수 있을 거라고 믿어요."

오딘초바는 자신도 모르게 앞으로 다가서며 말했다.

"살다 보면 불가능한 일이 어디 있겠습니까?"

바자로프는 이렇게 대답하고 고개를 숙여 인사하고 방을 나섰다.

그날 바자로프는 바닥에 웅크려 앉아서 트렁크에 짐을 챙겨 넣으며 아르카디에게 말했다.

"그래, 이제 둥지를 틀어 보시겠다, 이거지? 잘됐어. 좋은 일이야. 하지만 나를 속일 필요까지는 없잖나? 난 전혀 다르게 생각하고 있었는데."

아르카디가 대꾸했다.

"자네를 두고 올 때는 나도 일이 이렇게 되리라고는 전혀 생각지 못했어. 그러는 자네야말로 왜 자신을 속이고 그저 '좋은 일'이라는 거야? 내가 결혼에 대한 자네 생각을 모르는 것도 아닌데?"

"아이고, 이 친구야! 무슨 소릴 하는 거야! 이거, 지금 내가 하는 일을 보라고. 트렁크 속 빈틈마다 지푸라기를 구겨 넣고 있잖아. 우리 인생의 트렁크도 마찬가지야. 뭐라도 채워 넣는 거지. 그래야 빈틈이 생기지 않으니까. 이 말에 화를 내진 말게. 내가 카챠에 대해 늘 뭐라고 했는지 잘 알잖아. 세상에는 그저 한숨만 쉬어도 똑똑하다는 소릴 듣는 아가씨들이 많지만, 자네의 카챠는 건실하지. 그래, 너무 건실해서 자네를 꽉 쥐고 말걸. 그래, 당연히 그래야지."

바자로프는 트렁크 뚜껑을 탕 닫으며 말을 이었다.

"자, 다시 작별을 고해야겠군……. 더 이상 속일 것도 없어. 이미 알고 있겠지만, 이제 영원한 작별이야……. 현명한 선택이야. 자네는 우리의 이 쓰라리고 아프고 병든 생활에 적합하지 않았던 거지. 자네에겐 뻔뻔함이나 악독함 같은 게 없어. 젊은 사람의 용기……. 그래, 젊은 혈기 정도가 있을 뿐이지. 그런 건 우리가 해야 할 일에 어울리지 않아. 자네 같은 귀족들은 고상한 화해와 고상한 흥분, 그 이상은 모르지. 그래서 쓸모가 없어. 다시 말해 자네들은 싸우려고 하지 않아. 젊다고 자처하면서도 말이야. 하지만 우린 싸우기를 원해. 그럼! 우리의 먼지가 자네 눈을 멀게 하고 우리의 흙탕물이 자네를 더럽힐 거야. 자네는 우리처럼 될 수가 없어. 자네는 그저 자기 안에 빠져서 제 탓만 하는 걸로 만족하지. 우린 다른 사람을 꺾고 부숴야만 해. 자넨 좋은 친구이긴 하지만, 그저 진보주의자가 되고 싶은, 마음 약한 도련님일 뿐이지."

"자네, 정말 나를 영원히 보지 않을 작정이야? 이 마당에 내게 할 말이 그것밖에 없나?"

아르카디가 슬픈 목소리로 물었다. 바자로프가 뒤통수를 긁적거렸다.

"있어, 아르카디. 다른 할 말도 있긴 하지만 낭만주의 냄새가 나서 싫어. 눈물이나 날 얘기지, 뭐. 어쨌든 빨리 결혼해. 둥지를 잘 꾸리고 애도 가능한 한 많이 낳고. 좋은 시절에 태어날 테니 훌륭하지 않겠어? 우리와는 다르게. 에헤, 나 좀 봐. 마차가 기다리고 있는데. 안녕. 왜, 어떻게? 포옹이라도 할까?"

아르카디는 한때 자신의 스승이라고 생각했던 친구의 목을 꽉 끌어안았다. 두 눈에서 눈물이 와락 흘러내렸다.

바자로프가 조용히 말했다.

"아직도 어린애야, 어린애! 그럼 난 카챠에게 기대를 걸겠어. 두고 봐. 자넬 잘 위로해 줄 거야."

바자로프는 "안녕, 친구!"라고 외치며 마차에 올라탔다. 그리고 마구간 지붕에 나란히 앉아 있는 까마귀 한 쌍을 가리키며 이렇게 덧붙였다.

"저거야! 저걸 잘 연구하라고."

"그건 또 무슨 말이야?"

"무슨 말이냐니? 이거 엉터리 자연과학도 아냐? 아님, 벌써 잊어버렸나? 저 까마귀야말로 가장 예의 바르고 가족적인 새란 말이야. 자네가 본받을 대상이지! 자, 안녕!"

이윽고 마차가 덜컹거리는 소리를 내며 달리기 시작했다.

바자로프가 말한 그대로였다. 저녁에 카챠와 이야기를 나눌 때쯤엔 아르카디는 떠나 버린 스승에 대해서는 까맣게 잊고 있었다. 그는 벌써부터 카챠에게 고분고분해져 있었다. 그녀도 그걸 느끼고 있었지만 놀라지 않았다. 아르카디는 이튿날 아버지를 만나러 마리노 마을에 가기로 했다.

오딘초바는 젊은 두 사람을 굳이 어색하게 떨어뜨려 놓고 싶지는 않았다. 하지만 예의상 단둘이 너무 오래 있지 않도록 했다. 특히 두 사람이 공작 따님인 이모와 부닥치지 않도록 세심하게 신경을 썼다. 그녀는 이들이 곧 결혼한다는 소식만 듣고도 울고불고하면서 노발대발했기 때문이다.

오딘초바는 처음에 두 사람의 행복한 모습을 보고 있기가 괴로울까 봐 걱정했다. 그런데 막상 보고 있노라니 정반대였다. 마음이 무거워지기는커녕 즐겁고 행복하기까지 했다. 오딘초바는 이런 기분을 느끼며 좋기도 하고 슬프기도 했다.

'그래, 바자로프가 옳았어. 호기심, 호기심이었을 뿐⋯⋯. 나는 평온함을 사랑해. 그리고 이기주의도⋯⋯.'

그런 생각에 잠겨 있던 오딘초바가 갑자기 크게 소리쳤다.

"이봐요, 연인들! 사랑은 가상의 감정이 아닌가?"

카챠와 아르카디는 그 말이 무슨 뜻인지 전혀 이해하지 못했다. 사실 그들은 오딘초바를 가까이하려 하지 않았다. 우연히 엿들은 이야기가 두 사람의 머릿속에서 떠나지 않았기 때문이다. 그렇지만 오딘초바는 이내 두 사람을 편하게 만들어 주었다. 그건 어려운 일이 아니었다. 그녀 자신의 마음이 편안해졌기 때문이다.

제 13 장

지독한 상처

노부부는 생각보다 일찍 집에 돌아온 아들을 보고 무척 기뻐했다. 어머니는 야단법석을 피우며 집 안을 이리저리 뛰어다녔는데, 그걸 보고 아버지는 웬 자고새가 나타났느냐고 농담을 했다. 짧은 블라우스의 뒷자락이 꼭 꼬리 같아서 진짜 새처럼 보였던 것이다.

그러면서도 정작 아버지는 파이프 주둥이를 씹어 대면서 웅얼거리는가 하면, 손으로 목을 쥐고 연신 돌려 대곤 했다. 마치 목이 제대로 붙어 있는 건지 확인해 보려는 것 같았다. 그러다가 갑자기 입을 딱 벌린 채 아무 소리도 내지 않고 웃음을 터뜨리곤 했다.

"육 주 내내 있으려고 왔어요. 일해야 하니까. 아시죠, 아버지? 방해하지 마세요."

바자로프가 말했다.

"절대 방해하지 않는다. 아예 내 얼굴을 잊어버리게 해 주마!"

아버지는 이렇게 대답했다.

그는 약속을 엄수했다. 아들에게 서재를 내주고는 거의 모습을 드러내지 않았고, 아내에게도 쓸데없이 지나친 애정 표시는 하지 말라고 단단히 일러두었다.

그는 아내에게 이렇게 말했다.

"이봐요. 먼젓번에 예브게니가 왔을 때 말이오. 우리가 너무 자잘하게 괴롭힌 거야. 이제 우리 좀 영리해집시다."

어머니도 아버지 말에 기꺼이 동의했는데, 그러다 보니 좀 지나친 결과가 빚어졌다. 아들 얼굴을 겨우 식탁에서나 마주하다 보니, 말 한번 걸려고 해도 더럭 겁부터 나는 것이었다.

"얘야, 예브게니!"

어머니는 이렇게 불러 놓고는 정작 아들이 고개를 돌리기도 전에 손가방의 레이스를 만지작거리며 "아냐, 아냐. 됐다, 얘야." 하고 말을 주워 삼키기 일쑤였다. 그러고는 대신 남편에게로 가서 턱을 괴고 걱정스런 표정으로 물어보는 것이었다.

"여보, 오늘 우리 아들 점심은 뭘로 하지요? 야채수프, 아니면 고기수프로 할까요?"

"당신이 직접 물어보지 그래?"

"귀찮게 하면 안 되잖아요!"

그러나 곧 바자로프는 스스로 방에서 걸어 나왔다. 연구에는 싫증이 났고, 우울한 권태감과 막연한 불안감이 밀려왔던 것이다. 그의 몸에는 이상한 피로감이 묻어났다. 씩씩하고 활달하던 걸음걸이도 변했다. 혼자서는 산책을 나가지도 않았고, 반드시 누군가와 같이 가려고 했다. 차도 응접실에 나와 마셨고, 아버지와 함께 밭에 나가거나 '입을 닫고' 맞담배를 피우기도 했다. 한번은 알렉세이 신부의 소식을 묻기도 했다. 아버지는 처음에 이런 변화를 반가워했지만, 그 기쁨은 그리 오래가지 않았다.

어느 날, 아버지가 어머니에게 나지막이 말했다.

"저 애 때문에 속이 무너지는구먼. 뭔가 불만이 있거나 화가 나서 저러는 게 아냐. 차라리 그러면 낫지. 슬프고 우울한 거야. 그건 정말 끔찍한 거라고. 통 말도 없이 저러니, 차라리 우리에게 화라도 내면 좋으련만. 얼굴빛이 퀭한 것 좀 봐."

그 말을 듣고 어머니는 이렇게 탄식했다.

"오, 하느님, 주여! 목에 부적이라도 걸어 주면 좋으련만 그 애는 마다하겠죠?"

아버지는 몇 번인가 아주 조심스럽게 연구는 잘돼 가는지, 몸은 괜찮은지, 아르카디는 어찌 지내는지 물어보았다. 그때마다 바자로프는 마지못해 건성으로 대답했다. 그러다가 한번은 대화 중에 뭐라도 알아내려는 아버지의 속마음을 알아채고 벌컥 화를 내며 말했다.

"왜 그렇게 까치발을 들고 밤낮 제 주변을 맴도시는 거예요? 그런 수법은 전보다도 훨씬 안 좋아요."

"아니, 아니, 아니, 그런 게 아니다! 됐다!"

가련한 아버지는 허둥거리며 우물거렸다.

정치 문제로 대화를 시도해 봐도 별 소용이 없었다. 한번은 최근의 농노 해방 문제와 진보에 대해 말을 꺼내 아들의 공감을 얻으려 해 보았다. 그러나 아들은 여전히 냉담하기만 했다.

"어제 울타리 옆을 지나가는데, 농사꾼 아이들이 민요 대신 이런 노래를 부르더라고요. '정의의 시대가 다가오네. 가슴엔 사랑이 가득하여…….' 이런 게 바로 아버지가 말씀하시는 진보라는 거죠?"

바자로프는 가끔 마을로 내려가 농부들에게 무턱대고 말을 걸기도 했다.

"거, 인생이 뭐라고 생각하세요? 요즘 다들 하는 말이, 농민들에게 러시아의 힘과 미래가 있다는 거예요. 농민들로부터 새로운 시대가 시작될 거라고도 하고……. 오래지 않아 농민들이 진짜 언어도 법도 다 만들어 낼 거라던데요?"

그러면 어떤 농부는 아무 대답도 하지 않고, 어떤 농부는 이런 투로 몇 마디 늘어놓았다.

"우린 만들 수 있습죠……. 말하자면…… 우린, 이를테면 곁채를 어떻게 짓느냐 하는 걸……."

그러면 바자로프가 그의 말을 끊고 물었다.

"도대체 '미르'라는 게 뭐예요? 그게 세 마리 물고기가 떠받친 '미르'랑 뭐가 다르죠?"('미르'는 러시아의 '농민 공동체'를 뜻하며, 19세기 중반 러시아 인민주의자들은 여기에 새로운 사회의 희망이 걸려 있다고 믿었다. 한편 '미르'는 러시아 어로 '세계'와 '평화'라는 뜻도 지니고 있는데, 고대 러시아 신화에 따르면 세계는 세 마리의 물고기 위에 서 있다고 한

다.—옮긴이)

농부는 한 집안의 가장다운 의젓한 자세로 유려하게 설명했다.

"아이고, 그게 아니라요. 세 마리 물고기가 떠받치고 있는 건 바로 이 땅이에요. 우리 반대쪽에는, 다시 말해 미르 반대쪽에는 지주님들, 바로 나리의 부모님 같은 분들의 뜻이 있지요. 지주들이 더 엄하게 다루고 걷어 갈수록 농민들은 얌전해지는 거고요."

하루는 이 같은 대답을 들은 바자로프가 경멸하듯 어깨를 으쓱해 보이고 돌아섰다. 농부도 집 쪽으로 천천히 걸음을 옮기고 있었다. 그때 또 다른 농부가 제 오막살이 문 앞에서 음침한 얼굴로 고함을 지르듯이 소리쳐 물었다.

"무슨 얘기야? 밀린 소작료 얘기야, 뭐야?"

그는 좀 전에 두 사람이 대화하는 모습을 목격했던 것이다.

"아, 이 사람아! 무슨 놈의 소작료……. 그냥 말도 안 되는 소리를 지껄이고 있더라고. 혓바닥이라도 놀리고 싶었나 보지. 알잖아, 저들이 뭐 하나 제대로 알고서 지껄이냐고?"

바자로프와 얘기를 나누던 농부가 대꾸했다. 가장다운 의젓함이란 간데없고 거칠고 난폭하기만 한 목소리였다.

"알 리가 없지!"

다른 농부가 맞장구를 쳤다. 그리고 두 사람은 허리띠를 헐겁게 풀고 모자를 벗어 흔들며 일이 안 풀린다느니, 뭐가 궁하다느니, 하며 떠들어 대기 시작했다. 아아, 어찌하랴! 경멸하듯 어깨를 으쓱해 보이던 바자로프, 파벨과의 논쟁에서 농민들과 얘기를 나눌 수 있다고 자신하던 바자로프, 이 자신만만한 바자로프는 자신이 농민들 눈에는 그저 그런 어릿광대에 지나지 않는다는 사실을 꿈에도 몰랐다.

그러던 바자로프가 마침내 자기 할 일을 찾았다. 아버지가 농부의 다친 발에 붕대를 감아 주던 날이었다. 바자로프는 손이 떨려서 붕대를 제대로 감지 못하는 아버지를 거들어 주면서 자연스럽게 진료에 참여했다. 그는 자신의 처방을 스스로 비웃기도 하고, 그 처방을 금세 적용하는 아버지를 조롱하기도 했다.

그러나 아버지는 아들의 그런 태도에 전혀 개의치 않았다. 그것은 오히려 그의 마음을 편하게 해 주었다. 기름때에 전 실내복을 두 손가락으로 배 위에 모아 잡고 파이프를 빨아 대며 기꺼운 마음으로 바자로프의 얘기에 귀를 기울였다. 바자로프의 독설이 심할수록, 아버지는 시커먼 이빨을 몽땅 드러내고 기분 좋게 껄껄 웃으며 행복해했다.

심지어 그는 아들의 그닥 날카롭지도 않고 별 의미도 없는 말 한마디를 며칠이나 곱씹고 다닐 때도 있었다. 한번은 바자로프가 아침 기도를 하러 가는 아버지를 보고 "그건 아홉 번째나 할 일이에요."라고 말한 적이 있었다. 그러자 아버지는 한동안 아무 이유도 없이 그 말을 입에 달고 다녔다. 그러다가 아내에게 이렇게 속삭였다.

"오, 하느님, 감사합니다! 우울증이 나은 모양이야! 오늘은 나를 얼마나 닦아세우던지. 대단했어!"

아버지는 탄복할 만한 조수를 뒀다는 사실에 뿌듯한 마음을 주체할 수 없었다. 어느 날, 뿔처럼 솟은 모자를 쓴 아낙네가 찾아왔다.

아버지는 그녀에게 냉찜질용 액체가 든 작은 유리병과 연고 한 통을 내주며 말했다.

"그래그래. 이봐, 내 아들이 집에 와 있다는 사실에 감사해야 돼. 이제 최첨단 의학의 도움으로 치료받게 됐어. 알겠나, 무슨 말인지? 프랑스의 나폴레옹 황제도 이런 의사는 만나 보지 못했을걸."

아낙네는 무슨 뜻인지 알아듣지 못한 채 그저 감사하다는 짧은 인사와 함께 수건에 돌돌 말아 품속에 품어 온 달걀 네 알을 꺼내 놓았다.

한번은 바자로프가 옷감 행상의 이를 뽑아 준 적이 있었다. 별로 특이한 이빨도 아니건만, 아버지는 진기한 물건이나 되는 듯이 알뜰히 챙겨 뒀다. 그리고 나서 알렉세이 신부에게 그것을 내보이며 한없이 자랑을 하는 것이었다.

"이거 좀 보시오. 뿌리 좀 봐요! 그 녀석 힘이 장사더라고요. 아, 글쎄, 그 옷감 장수를 번쩍 들어서 허공에 흔들더라니까요……. 그 애는 떡갈나무라도 뽑아 낼 수 있을 거예요."

"거, 대단하군요!"

알렉세이 신부는 이 신바람 난 노인네를 어떻게 떼어 놓아야 할지 몰라서 아무렇게나 대답했다.

하루는 이웃 마을에 사는 농부가 티푸스에 걸린 제 동생을 데리고 왔다. 환자는 마차 짚단 위에 엎어져 죽어 가고 있었다. 검은 반점이 온몸을 덮었고, 이미 오래전에 의식을 잃은 상태였다. 바실리는 좀 더 일찍 데리고 왔으면 좋았을 텐데, 지금으로서는 어찌해 볼

도리가 없다고 말했다. 실제로 그 환자는 집으로 가던 마차 위에서 숨을 거뒀다.

그로부터 나흘 뒤, 바자로프가 아버지의 방으로 찾아와 질산은(은을 질산에 녹여서 얻는 무색투명한 결정으로, 의약·살균·산화제 등으로 쓰인다.—옮긴이)이 있는지 물었다.

"있지. 그런데 어디에 쓰려고?"

"필요한 데가 있어서······. 상처를 지지려고요."

"누구 상처를?"

"저요."

"그게 무슨 소리냐? 왜? 어디야?"

"여기 이 손가락이요. 오늘 마을에 갔다 왔어요. 며칠 전에 티푸스 환자를 데려왔던 그 농부가 사는 마을에요. 환자를 해부해 보려고요. 저도 해부해 본 지 오래돼서······."

"그래서?"

"그래서 마을 의사에게 같이하자고 부탁했지요. 그러다가 그만 베였어요."

아버지는 얼굴이 새파랗게 질려서 아무 말도 못 하고 서재로 달려가 질산은 조각을 들고 돌아왔다. 바자로프가 그걸 받아서 나가려고 하자, 아버지가 간절한 목소리로 말했다.

"얘야, 제발 내가 하게 해 다오."

바자로프는 싱긋 웃으며 대답했다.

"아버지도 실습을 좋아하시는군요!"

"농담은 그만둬라, 제발. 손가락 이리 내놔 봐라. 상처가 크진 않구나. 아프지 않냐?"

"아무 걱정 마시고 더 세게 문질러 보세요."

아버지는 움직이던 손을 멈췄다.

"예브게니, 어떻게 생각하냐? 쇠로 지지는 편이 낫지 않을까?"

"그걸 좀 더 빨리 했어야 할 거예요. 사실 이젠 질산은도 소용없어요. 만일 감염됐다면 이미 늦은걸요."

"뭐라고……? 늦었다고……?"

아버지는 간신히 이렇게 말했다.

"그럼요! 벌써 네 시간도 더 지났는걸요."

아버지는 상처를 다시 더 지졌다.

"아니, 마을 의사란 자가 질산은도 없다더냐?"

"없었어요."

"맙소사, 어떻게 의사란 놈이 상비약도 안 가지고 다녀?"

"그자의 해부용 칼을 보셨어야 하는데."

바자로프는 이렇게 말하며 밖으로 나갔다.

그날 저녁과 다음 날 내내, 아버지는 온갖 구실을 만들어 아들의 방을 떠나지 않았다. 그는 상처에 대해 단 한마디도 꺼내지 않고 애써 다른 이야기만 했다. 그러면서도 집요하게 아들의 눈을 들여다보며 걱정스럽게 동정을 살폈다. 결국 참지 못한 바자로프가 집을 떠나겠다고 윽박질렀다. 아버지는 더 이상 괴롭히지 않겠다고 약속했다. 더구나 아무것도 모르는 아내가 달라붙어 왜 애가 잠을 자지 못하느냐는 둥, 무슨 일이 있는 거냐는 둥 하면서 자꾸만 캐물었기 때문에 더 이상은 그럴 수 없기도 했다.

아버지는 꼬박 이틀 동안을 꾹 참고 지켜보았다. 하지만 몰래 살펴본 아들의 얼굴색이 몹시 마음에 걸렸다. 사흘째 되던 날의 점심 식사 시간에는 초조감이 견딜 수 없을 지경에 이르렀다. 바자로프가 고개를 숙이고 식탁에 앉아 음식에 거의 손도 대지 않고 있었기 때문이다.

"왜 먹지 않는 거냐, 예브게니? 오늘 요리가 아주 맛있게 된 것 같은데."

아버지는 아무렇지도 않은 표정으로 물었다.

"배가 고프지 않아서……요."

"입맛이 없어? 아니면 머리가…… 아픈 거냐?"

아버지가 기어 들어가는 목소리로 물었다.

"아파요. 왜 안 아프겠어요?"

어머니가 아들의 말에 긴장한 듯 몸을 곧추세웠다.

"제발 화내지 말고……. 예브게니, 네 맥을 좀 짚어 보자꾸나."

바자로프가 몸을 반쯤 일으켰다.

"맥은 짚어 볼 필요 없어요. 지금 열이 나고 있어요."

"오한도 있니?"

"예, 이제 가서 누워야겠어요. 보리차나 가져다주세요. 감기에 걸린 모양이에요. 틀림없이."

"그래그래, 간밤에 기침 소리가 들리더니만."

어머니가 멋모르고 거들었다.

"예, 감기예요."

바자로프는 이렇게 대답하고는 자리에서 일어나 제 방으로 갔다.

어머니는 분주하게 보리수 꽃잎차를 준비했고, 아버지는 옆방으로 들어가서 소리 없이 머리카락을 쥐어뜯었다.

그날 바자로프는 다시 일어나지 못했다. 줄곧 혼수상태에 빠져 있다가 자정이 지났을 때에야 간신히 눈을 떴지만, 흐릿한 등불 아래 자기를 지키고 있는 아버지를 보고는 나가라고 소리쳤다. 아버지는 두말하지 않고 나왔다가, 곧 다시 가만가만 발소리를 죽이고 돌아가서는 옷장 문 그림자에 몸을 반쯤 숨기고 아들에게서 눈을 떼지 못했다. 어머니 역시 자리에 눕지 못하고 수시로 서재 문 앞으로 가서 아들의 숨소리와 남편의 동정을 살폈다. 문 틈새로 보이는 것은 구부정하게 웅크린 남편의 등뿐이었지만, 그래도 그 모습을 보자 조금이나마 마음에 위로가 되었다.

다음 날 아침, 바자로프는 몸을 일으키려다 현기증이 나고 코피가 흘러 다시 눕고 말았다. 아버지는 말없이 아들의 시중을 들었다. 그때 어머니가 서재로 들어와 몸은 좀 어떠냐고 물었다. 바자로프는 "좀 나아요." 하고 대답하고는 벽 쪽으로 돌아누웠다. 아버지가 두 손을 내저으며 물리치자, 어머니는 울음을 참으려고 입술을 꼭 깨물고 밖으로 나갔다.

갑자기 온 집안에 암흑이 찾아온 것 같았다. 모두들 얼굴에 긴장한 빛이 역력했고 괴이한 정적이 흘렀다.

바자로프는 벽만 바라보고 누워 있었다. 아버지는 어떻게든 이런 저런 말을 걸어 보려고 했다. 그러나 그 모든 것이 바자로프를 괴롭게 할 뿐이었다. 결국 아버지는 팔걸이의자에 죽은 듯이 앉아 부질없이 손가락만 꺾어 댔다. 그는 잠깐씩 마당으로 나가서 말로는 표현할 수 없는, 경악스런 충격을 받은 얼굴로 물끄러미 서 있곤 했다. 그러다 아내가 질문을 퍼부어 대기라도 하면 아무 말 없이 아들에게로 돌아왔다.

다음 날 아침 일찍, 그는 결국 의사를 부르러 사람을 보내 놓았다. 아들이 이 사실을 뒤늦게 알고 화내지 않도록 미리 일러 둬야겠다고 생각했다.

바자로프는 멍한 시선으로 아버지 얼굴을 가만히 바라보더니 마실 것을 달라고 했다. 바실리는 물을 건네주며 손으로 이마를 짚어 보았다. 이마가 불덩이처럼 뜨거웠다.

"아버지, 일이 더럽게 됐어요. 티푸스에 감염됐나 봐요. 아무래도 며칠 뒤에 장사를 치르셔야 할 겁니다."

바자로프는 쉰 목소리로 천천히 말했다. 아버지는 누가 다리를 내리치기라도 한 것처럼 휘청거렸다.

"예브게니! 무슨 말을 하는 거냐? 정신 차려! 너는 감기에 걸려서 이렇게……."

"됐어요. 의사가 그렇게 말씀하시면 안 되지요. 감염됐다는 걸 아버지가 더 잘 아시잖아요."

바자로프는 아버지의 말을 가로막았다.

"그게 무슨……. 예브게니, 제발……."

"이것 좀 보세요."

바자로프는 이렇게 말하고 소매를 걷어 올렸다. 불길하게 생긴 붉은 반점들이 군데군데 보였다. 아버지는 소스라치게 놀라며 공포로 온몸이 얼어붙었다.

"설령……, 그러니까 만일……, 만일, 그래, 그게, 그러니까…… 일종의 감염이라 해도……."

아버지는 가까스로 혀를 놀렸다.

"농혈증이죠."

아들이 확고히 말했다.

"그래……, 일종의…… 전염병이……."

"농혈증이라니까요. 지난번에 수첩에 적어 놓으셨던 거 벌써 잊어버리셨어요?"

바자로프가 분명한 어조로 되풀이했다.

"아, 그래그래. 뭐라고 부르든 그건 네 말대로 하고……. 어쨌든 우린 널 치료해 낼 거다!"

"그런 말씀 마세요. 하여튼 그건 문제가 아니고요. 제가 이렇게 빨리 죽게 될 줄 몰랐어요. 솔직히 기분이 아주 더러워요. 이제는 아버지 어머니 두 분의 신앙심에 기대를 걸어 볼 수밖에 없겠어요. 그걸 시험해 볼 기회네요."

바자로프는 다시 물을 조금 마시고 말했다.

"한 가지 부탁이 있어요……. 제 머리가 아직 정상일 때 말씀드릴게요. 내일이나 모레쯤이면 제 뇌가 은퇴를 할 거예요. 지금도 제가 제대로 말하고 있는지 확신이 서질 않아요. 누워 있으면 주변에 붉은 개들이 몰려드는 것 같아요. 아버지가 저를 사냥감 삼아 개 떼를 끌고 오신 것 같아요. 꼭 술에 취한 기분이에요. 제 말이 무슨 뜻인지 아시겠어요?"

"그럼, 아주 정상적으로 말하고 있다."

"다행이네요. 의사를 불러온다고 하셨죠? 그건 아버지께나 위로가 될 거예요……. 제게도 위로가 되려면, 속히 사람을 좀 보내서……."

"아르카디에게 말이냐?"

아버지가 얼른 말을 받았다.

"아르카디? 그게 누구예요?"

바자로프는 기억을 되짚어 보며 천천히 말을 이었다.

"아, 그 햇병아리! 아니요, 그 친구는 그냥 두세요. 그놈은 진작에 까마귀가 됐지요. 놀라지 마세요. 여기까진 아직 헛소리가 아니에요. 안나 세르게예브나 오딘초바라고 하는 지주가 있어요. 아시죠? 그분께 사람을 좀 보내 주세요. 예브게니 바자로프라는 사람이 인사를 전하라더라, 그 사람이 지금 죽어 가고 있다, 그렇게 좀 전하라고 하세요. 해 주실 거죠?"

"그러마……. 다만 네가 죽어 가고 있다는 말은……, 그건 사실이 아니니……. 생각해 봐라. 그렇게 된다면 이 세상에 정의라는 것이 없는 거 아니냐……."

"저는 그런 건 몰라요. 다만 사람을 좀 보내 주세요."

"당장 가서 편지를 쓰마."

"아니, 인사를 전하라더라, 그렇게만. 더 이상은 필요 없어요. 아, 이제 다시 걔들에게 가 봐야겠어요. 이상해! 죽음에 대해 생각해 보고 싶은데 아무 생각도 할 수가 없어요. 그저 이상한 얼룩만 보이고……. 그 외엔 아무것도 보이지 않아."

그는 다시 벽 쪽으로 힘겹게 돌아누웠다. 아버지는 서재에서 나와 아내가 있는 침실로 들어가자마자 성상 앞에 고꾸라지듯 무릎을 꿇었다. 그는 신음하듯이 말했다.

"기도해 주오, 아리나! 기도를! 우리 아들이 죽어 가고 있소."

의사가, 질산은도 가지고 다니지 않는 바로 그 의사가 도착했다. 그는 진찰이 끝난 후, 시간을 끌며 치료하는 요법을 권하면서 회생 가능성에 대해 몇 마디 했다.

"나 같은 상태에서 저승으로 가지 않은 사람을 본 적 있어요?"

바자로프가 힘겹게 입을 열었다. 그리고 갑자기 침대 옆의 묵직한 탁자 다리를 잡더니 확 밀쳐 버렸다.

"힘은, 힘은 아직 그대로예요. 모든 게 다 그대론데 죽어야 하다니……! 늙은이라면 최소한 체념이라도 하겠지만 난……, 난 죽음을 부정해요. 하지만 죽음은 날 부정하지 않으니, 어쩔 수가 없지! 거기 누가 울고 있어요?"

그는 이렇게 말하고 나서 다시 덧붙였다.

"어머니? 가여운 어머니! 이제 그 맛있는 수프를 누굴 먹이시려나? 아버지? 아버지도 훌쩍거리시는 거예요? 아니, 하느님으로는 안 되시나 보죠? 그럼 철학이라도, 스토아 철학이라도 하세요. 예? 철학자라고 뽐내셨잖아요?"

"내가 무슨 철학자라고!"

아버지는 통곡하기 시작했다. 눈물이 하염없이 흘러내렸다.

바자로프의 증세는 시시각각 악화되었다. 병세가 급속히 나빠지고 있었다. 그러나 아직은 의식을 잃지 않았고, 말도 제법 알아들었다. 여전히 싸우고 있는 중이었다.

"헛소리 같은 건 하고 싶지 않아."

그는 주먹을 쥐며 중얼거렸다.

"다 쓸데없는 소리!"

그러곤 이런 소리도 뇌까렸다.

"8에서 10을 빼면 얼마가 나오더라?"

아버지는 미친 사람처럼 서성거리며 이런저런 방법을 궁리했지만, 결국 아들의 다리를 덮어 주는 것 말고는 할 수 있는 일이 거의 없었다.

"차가운 수건으로 감싸 주고……. 토하는 약을 좀……. 배에 겨자를 바르고……. 피를 빼 줘야지."

아버지는 긴장한 모습으로 중얼댔다.

임종 전까지 자리를 지켜 달라는 부탁을 받고 남아 있던 의사는 환자에게 레몬수를 마시게 했으나, 바자로프는 담배와 '힘을 좀 내고 몸을 덥힐 수 있는 것', 즉 술을 가져다 달라고 했다.

어머니는 문 옆의 의자에 앉아 있다가 잠깐씩 기도를 하러 나갔다 왔다. 며칠 전에 화장용 손거울이 손에서 미끄러져 산산조각이 났는데, 보통 그런 일은 불길한 징조로 여겨졌다. 안피수시카는 그녀에게 말 한마디 붙이지 못하고 있었다. 티모페이치는 전갈을 가지고 오딘초바에게 달려갔다.

밤새 바자로프의 상태는 좋지 않았다……. 심한 고열에 시달리며 괴로워하다, 아침 무렵에야 조금 나아진 듯했다. 그는 어머니에게 머리를 빗겨 달라고 부탁하고, 그 손에 입을 맞춘 다음 차를 두어 모금 마셨다. 아버지는 얼굴에 생기를 되찾고 힘주어 말했다.

"다행이다! 위기가, 위기가 왔다가…… 지나갔어."

"그건 아버지 생각이죠! 말이란 게 무슨 의미가 있어요? 위기가 지나갔다고 말하면 위로가 좀 되세요? 사람들이 아직 그런 말을 믿는다니 정말 놀라운 일이죠. 보세요. 누구더러 바보라고 하면, 줘 패지 않아도 기가 죽어 우울해지고 말죠. 그리고 똑똑하다고 말해 주면 돈을 주지 않아도 아주 좋아 죽거든요."

바자로프의 이 짤막한 연설은 이전의 '독설'을 떠올리게 하면서 아버지를 감동시켰다.

"브라보! 멋진 말이다, 멋진 말!"

그는 손뼉 치는 시늉을 하면서 탄성을 질렀다.

바자로프는 슬픈 표정으로 미소를 지었다.

"그런데 아버지가 보시기에는 위기가 지나간 거예요, 아니면 온 거예요?"

"좀 나아진 거지. 봐라, 이 모습을. 그러니 이렇게 기뻐하는 거 아니냐!"

아버지가 대답했다.

"그래요, 좋아요. 기뻐해서 나쁠 건 없지요. 그런데 사람은 보내셨어요? 제가 말씀드린……."

"그럼, 보냈고말고."

이 같은 변화는 오래가지 않았다. 발작이 다시 찾아왔다. 아버지는 아들 옆을 떠나지 않았다. 그는 뭔가 특별한 고뇌에 싸여 있는 것 같았다. 몇 번이나 무슨 말인가를 하려다 입을 다물었다. 그러다 마침내 입을 열었다.

"예브게니! 내 아들아, 소중하고 사랑스런 내 아들아!"

평소와 다른 어조를 띤 아버지의 목소리가 바자로프의 마음을 움직였다. 바자로프는 머리를 힘겹게 돌렸다. 정신을 잃지 않으려고 안간힘을 쓰는 표정이 역력했다.

"왜요, 아버지?"

"예브게니……."

아버지가 무릎을 털썩 꿇으며 다시 아들을 불렀다. 하지만 눈을 뜨지 못하고 있는 바자로프는 그 모습을 볼 수가 없었다.

"얘야, 넌 지금 좀 나아졌다. 하느님의 은혜로 곧 회복될 거다. 하지만 이 기회에 나와 네 어머니를 위해서, 정교인의 의무를 다해 다오! 너에게 이런 말을 하기가 정말 괴롭구나. 그런데 그보다 더 괴로운 건 네가 영원히……. 예브게니, 생각해 보렴……. 네가 정말 영원히……."

아버지는 말을 잇지 못했다. 그의 아들은 여전히 눈을 감고 있었지만 얼굴에 한순간 미묘한 표정이 떠올랐다. 마침내 바자로프가 이렇게 말했다.

"그래요. 그걸로 위로가 되신다면 거부하지 않을게요. 하지만 아직 좀 더 기다려 보세요. 나아지고 있다고 아버지가 그러셨잖아요."

"그럼, 나아지고말고, 나아지고말고. 하지만 모든 게 다 하느님 뜻에 달려 있으니, 우린 먼저 의무를 다하고 나서……."

바자로프가 말을 끊었다.

"아뇨, 좀 더 기다리겠어요. 위기가 오면 동의할게요. 만일 의식이 없어서 잘 못하면……. 뭐 어쩌겠어? 의식이 없는 사람도 마지막 성찬식은 해 줄 수 있을 테니까."

"제발, 예브게니……."

"더 기다리겠다니까요. 이제 좀 자야겠어요. 방해하지 마세요."

그리고 그는 머리를 다시 돌려 버렸다.

아버지는 몸을 일으켜 의자에 앉았다.

그때 용수철이 달린 고급 여행 마차 소리가 들려왔다. 외딴 시골에서는 한층 더 특별하게 울리는 그 소리에 아버지는 화들짝 놀랐다. 경쾌한 바퀴 소리가 점점 더 가까워지더니, 드디어 푸르륵거리는 말의 콧김 소리까지 들려왔다. 아버지는 벌떡 일어나 창가로 달려갔다. 말 네 필이 끄는 2인승 마차가 마당으로 들어서고 있었다. 그는 그것이 무엇을 뜻하는지 가릴 새도 없이, 이유를 알 수 없는 기쁨에 사로잡혀 현관으로 뛰어나갔다. 제복을 차려입은 하인이 마차 문을 열자, 검은 베일과 망토를 두른 귀부인이 내려섰다.

"오딘초바라고 합니다. 예브게니 바실리치는 아직 살아 있는 거죠? 아버님 되시는지요? 제가 의사를 한 분 모시고 왔습니다."

"제 아들의 은인이십니다!"

바실리는 흥분으로 몸을 떨며 부인의 손에 힘 있게 입을 맞췄다. 그녀가 데려온 의사가 뒤이어 마차에서 내렸다. 작은 키에 안경을 쓴 의사는 독일인 같아 보였다.

"살아 있습니다. 예브게니는 살아 있어요. 이제 됐습니다. 여보, 여보! 우리 집에 천사님이 오셨소⋯⋯."

"어떻게 이런 일이! 오 주여!"

어머니가 응접실에서 뛰어나오며 떠듬거렸다. 그녀는 영문도 모른 채 곧장 현관 앞에서 오딘초바의 발 앞에 쓰러지며 미친 사람처럼 그녀의 옷자락에 입을 맞추어 대기 시작했다.

"이러지 마세요! 어서 일어나세요!"

오딘초바가 손을 내저었다. 하지만 어머니는 그 말이 귀에 들어오지 않았다. 아버지는 그저 "천사께서! 천사께서!"라는 말만 되뇌고 있었다.

"환자는 어디 있습니까?"

참다못한 의사가 불만스런 목소리로 물었다.

"여기, 이쪽으로 절 따라오십시오."

정신을 차린 아버지는 서둘러 대답했다.

"예!"

독일인 의사는 억지웃음을 지으며 대답했다.

아버지는 의사를 서재로 안내했다. 그는 몸을 굽혀 아들의 귀에 대고 말했다.

"오딘초바 부인께서 의사 선생님을 모시고 왔구나."

바자로프는 깜짝 놀라 눈을 떴다.

"지금 뭐라고 하셨어요?"

"오딘초바 부인이 오셨다고. 널 위해 의사 선생님도 모시고 왔어."

바자로프는 주위를 휘둘러보았다.

"오딘초바 부인이 여기에……. 어서 만나게 해 주세요."

"그래. 곧 만날 수 있다, 예브게니. 우선 의사 선생님과 얘기를 좀 나누고 나서. 내가 병세를 설명드리마."

바자로프가 독일인 의사를 바라보았다.

"그래요, 어서 말씀하세요. 대신 라틴 어로만 하지 마세요."

의사는 독일 억양이 강하게 풍기는 러시아 어로 더듬더듬 상담을 하기 시작했다.

삼십 분쯤 지났을 때, 오딘초바가 아버지의 안내를 받아 서재로 들어섰다. 독일인 의사는 오딘초바에게 회복될 가망이 없다고 슬쩍 귀띔해 주었다.

그녀는 바자로프를 보고 방문 앞에 멈춰 섰다. 안간힘을 써서 자신을 바라보는 몽롱한 눈과 열에 들떠 죽어 가는 얼굴에 충격을 받았던 것이다. 그저 섬뜩하고 꺼림칙한 두려움만이 느껴졌다. 만일 그를 사랑하고 있었다면 이런 느낌을 받지 않았을 거라는 생각이 순간적으로 머리를 스치고 지나갔다.

바자로프가 힘겹게 입을 열었다.

"감사합니다. 이렇게 찾아오리라고는 기대도 하지 못했는데. 잘 됐네요. 이래서 지난번에 말한 대로 다시 만나게 되는군요."

"오딘초바 부인께서 이렇게 친절하시게도……."

아버지가 눈치 없이 끼어들었다.

"아버지, 자리 좀 비켜 주세요. 오딘초바 부인, 괜찮겠죠? 아무래도 이젠……."

그는 힘없이 늘어진 몸으로 고갯짓을 했다.

아버지가 밖으로 나가자, 바자로프가 다시 인사를 건넸다.

"정말 고맙습니다. 꼭 황제 같으시네요. 황제도 죽어 가는 사람이 부르면 찾아온다잖아요."

"바자로프, 나는 희망을 가지고……."

"여전하군요, 오딘초바 부인. 진실을 말합시다. 난 이제 끝났어요. 마차 바퀴에 깔린 겁니다. 미래에 대해 생각할 게 아무것도 없어요. 이제까지 죽음을 겁내 본 적은 없지만……. 곧 정신을 잃고 '쉭' 가는 거죠. 무슨 말을 해야 할지 모르겠지만……, 난 당신을 사랑했습니다! 이런 말은 전에도 아무 의미가 없었는데, 하물며 지금에는……. 내 사랑의 형식은 이미 무너져 버렸어요. 내가 더 하고 싶은 말은……, 당신은 참 아름다우십니다. 이제야 당신은 내 앞에서, 정말 아름답게……."

오딘초바는 자신도 모르게 몸서리를 쳤다.

"괜찮습니다. 불안해하지 말아요……. 거기 앉아요. 내게 가까이 오지는 말고요. 감염될 수 있으니까."

오딘초바는 빠른 걸음으로 방을 가로질러 바자로프가 누워 있는 침대 옆 의자에 앉았다. 그가 속삭이듯 말했다.

"고맙기 짝이 없군요! 오, 이렇게 가까이에서 보게 되다니……. 정말 아름답고 청초한 분이 이 끔찍한 방에……. 하지만 이제 안녕입니다! 오래오래 살아요. 그게 가장 행복한 일입니다. 시간이 남아 있을 때 인생을 행복하게 살도록 해요. 봐요, 이 흉물스런 몰골을, 짓밟힌 벌레가 아직 꿈틀거리고 있는 모양을. 그런데도 난 할 일이 많다고 우기고 있지요. 죽긴 왜 죽냐고……. 스스로를 거인이라고 생각하면서. 하지만 이제 그 거인이라는 자가 할 일은 그저 꼴사납지 않게 죽는 것뿐입니다. 아무도 신경 쓰지 않겠지만……. 뭐, 상관없어요. 난 누군가 보라고 죽는 건 아니니까."

바자로프는 말을 멈추고 손을 뻗어 컵을 찾았다. 오딘초바는 두려운 듯 숨을 몰아쉬며 장갑 낀 손으로 그에게 물을 먹여 주었다.

바자로프가 다시 입을 열었다.

"당신은 날 잊겠죠. 죽은 자는 산 자의 친구가 될 수 없으니까. 아버지는 당신을 붙잡고 러시아가 아까운 인재를 잃었다고 하시겠죠……. 말도 안 되는 소리지만, 늙은 아버지의 말씀이니 그냥 들어 주어요……. 어린애 달래듯이……. 알겠죠? 우리 어머니 좀 잘 달래 주고요. 그분들은, 당신이 사는 상류 사회에서는 대낮에 등불을 들고서도 찾지 못할 사람들입니다……. 난 러시아에 필요한 사람이야……. 아니, 아니야, 필요 없어. 그럼 누가 필요해? 구두장이가 필요하고, 양복장이가 필요하고, 고기 장수……, 고기를 팔고, 고기 장수가……. 잠깐, 내가 지금 무슨 소리를……. 저기 숲이 있는데……."

바자로프는 이마에 손을 얹었다.

오딘초바는 몸을 기울여 그의 얼굴을 들여다보았다.

"바자로프, 내가 여기 있어요……."

그는 이마에서 손을 휙 치우더니 몸을 조금 일으켰다. 그러고는 가까스로 힘을 내어 "안녕히."라고 말을 뗐다. 두 눈에 마지막 불꽃이 번쩍이고 있었다.

"안녕히……. 그런데 내가 그때 당신에게 입맞춤을 못 했지요. 죽어 가는 등불을 한번 불어 주세요. 영원히 꺼져 버리도록……."

오딘초바는 그의 이마에 입술을 가져다 댔다.

"아, 됐습니다!"

그는 이렇게 말하고 다시 베개로 머리를 풀썩 떨어뜨렸다.

"이제…… 어둠이……."

오딘초바는 조용히 방에서 나왔다.

"어떻습니까?"

아버지가 속삭이듯 물었다.

"잠이 들었습니다."

그녀가 들릴락 말릴락 하게 대답했다.

바자로프는 다시 깨어나지 못했다. 그는 저녁 무렵에 완전히 혼수상태에 빠졌다가 이튿날 기어이 숨을 거뒀다. 임종 전에 알렉세이 신부가 그를 위해 종교 의식을 올렸다. 성유식을 하고 성유가 가슴에 닿자 그의 한쪽 눈이 열렸다. 그 눈에 사제복을 입은 신부, 연기가 피어오르는 향로, 성상 앞의 촛불이 어른거렸다. 창백하게 굳어 가는 얼굴에 공포의 전율 같은 것이 순간적으로 스쳐 갔다.

마침내 그가 마지막 숨을 내쉰 순간, 온 집안에서 오열이 터져 나왔다. 아버지는 발작을 일으키듯 광분했다.

"저주하고 말 거야. 하늘을 저주할 거야. 저주해, 저주하겠어!"

그는 갈라진 목소리로 소리쳤다. 하늘을 향해 위협적으로 주먹을 휘두르는 그의 얼굴이 벌겋게 일그러졌다.

어머니는 눈물범벅이 된 채 아버지의 목에 매달렸다. 그 바람에 둘은 함께 앞으로 고꾸라지고 말았다.

"이렇게, 나란히 두 사람이 머리를 바닥에다가……, 한낮에 지쳐서 머리를 떨군 양처럼……."

그 후 하녀의 방으로 돌아간 안피수시카는 그 모습을 이렇게 설명했다.

하지만 한낮의 폭염 뒤에도 저녁은 오고 밤이 오는 법이다. 그러면 지치고 힘든 자들은 다시 고요한 은신처로 돌아와 달콤한 잠을 이룬다…….

제 14 장

순결한 꽃

여섯 달이 흘렀다. 하얀 겨울에 접어들었다. 구름 한 점 없이 맑고 만물이 얼어붙는 혹한의 날씨, 단단하게 굳어서 기분 나쁘게 빠각거리는 눈, 불그레한 나무 위 서리, 엷은 에메랄드빛 하늘, 굴뚝 위에 모자 모양으로 피어오르는 연기, 문이 열리는 순간 뭉게뭉게 쏟아져 나오는 수증기, 벌레에 쏘인 듯 정신이 바짝 든 사람들, 추위에 바들거리며 바삐 달려가는 말들……. 1월의 하루가 기울어 가고 있었다. 저녁 추위는 더욱 매서워 대기마저 얼어붙고 핏빛 저녁노을도 빠르게 사그라졌다.

마리노 마을의 지주 저택 창문에 불이 켜졌다. 검은 프록코트에 하얀 장갑을 낀 프로코피치가 엄숙한 자세로 일곱 사람 분의 식탁을 차리고 있었다. 일주일 전, 작은 교구 교회에서 두 쌍의 결혼식이

하객도 얼마 없이 조용히 치러졌다. 아르카디와 카챠, 니콜라이와 페네치카의 결혼식이었다. 그리고 오늘, 일 때문에 모스크바로 가는 파벨을 위해 송별연이 준비되었다. 오딘초바 부인은 젊은 동생 부부에게 재산을 넉넉하게 나눠 주고, 결혼식이 끝나자마자 모스크바로 떠나 버렸다.

약속 시간이 되자 모두 식탁에 모였다. 미챠도 자리 하나를 차지했다. 금실 은실로 수놓은 두건을 쓴 유모도 함께했다. 파벨은 카챠와 페네치카 사이에 점잖게 자리를 잡았고, '새신랑들'은 각자 아내 곁에 앉았다.

우리의 주인공들은 그사이에 많이 달라져 있었다. 모두들 훨씬 훤칠해졌고 한결 성숙해졌다. 파벨 페트로비치만이 조금 야위었는데, 오히려 그것이 그의 외모에 우아하고 귀족적인 풍모를 더해 주었다. 페네치카는 완전히 다른 사람이 돼 있었다. 그녀는 산뜻한 비단 원피스 차림에, 머리에는 넓은 벨벳 장식, 목에는 금목걸이를 하고 경건하고 단정하게 앉아 있었다.

그녀의 경건함은 자기 자신을 향한 것이면서 주변 사람들을 향한 것이었다. 그녀는 '용서해 주세요. 하지만 전 죄가 없어요.'라고 말하고 싶은 사람의 미소를 짓고 있었다. 그녀만 그런 것은 아니었다. 다들 미소를 짓고 있었지만 뭔가 용서를 구하려는 사람들 같았다. 다소 어색하고 슬픈 듯한 표정을 짓고 있지만, 사실은 다들 기분이 아주 좋았다.

우스워 보일 정도로 서로에게 친절하게 대하는 모습이, 마치 이 사

람들 전부가 마치 순박한 코미디를 공연하기로 사전에 약속이라도
한 것만 같았다. 그중에서도 가장 평온해 보이는 사람은 카챠였다.
그녀는 신실한 눈길로 주변을 돌아보곤 했다. 니콜라이가 며느리를
얼마나 아끼는지는 벌써부터 한눈에 알 수 있었다.

만찬이 끝나 갈 무렵, 니콜라이가 술잔을 들고 일어서 파벨을 바
라보며 말했다.

"사랑하는 형님, 형님은 정녕 우릴 버리고 떠나시는군요. 긴 시간
은 아닐지라도, 그래도 전 형님께……. 아니, 그러니까 우리가……,
얼마나 우리가……. 아, 우리는 참 연설을 못해서 탈이라니까. 아르
카디, 네가 좀 해라."

"아니요, 아버지. 전 아무 준비도 못 했어요."

"난 많이 준비했는데도 이 모양이다! 형님! 그냥 한번 안아 보게
해 주세요. 건강하세요. 그리고 되도록 빨리 우리 곁으로 돌아와 주
세요!"

파벨은 모두와 입을 맞추며 작별 인사를 나누었다. 물론 미챠도
빼놓지 않았다. 페네치카에게는 특별히 손에 입을 맞췄다. 그녀는
아직 손을 내미는 데 익숙하지 않은 모습이었다.

파벨은 두 번째 술잔을 비우고 깊은 한숨을 내쉬며 말했다.

"다들 행복하세요, 여러분! 안녕히!"

그는 마지막 인사를 영어로 했지만 아무도 주목하지 않았다. 그
러나 모두들 감동한 것만은 사실이었다.

"바자로프를 추억하며."

카챠가 남편의 귀에 대고 이렇게 속삭이며 술잔을 부딪쳤다. 아르카디는 대답하듯 그녀의 손을 꼭 쥐었지만, 그 건배의 말을 소리 내어 제안할 수는 없었다.

이제 이야기는 다 끝난 것 같다. 하지만 우리의 주인공들이 지금은 어떻게 지내고 있는지 알고 싶어 하는 독자들도 있을 것이다. 우린 기꺼이 그런 독자들의 궁금증에 답해 줄 준비가 돼 있다.

안나 세르게예브나 오딘초바는 결혼했다. 사랑이 아니라 신념에 따른 결혼이었다. 그녀는 미래의 러시아 지도자가 될 만한 인물, 즉 아주 뛰어난 머리에 견실하고 실용적인 감각과 확고한 의지, 빼어난 연설 능력을 갖춘 젊고 선량하며 얼음처럼 차가운 법률가를 남편으로 맞이했다. 그들은 서로에게 아주 흡족해하며 살고 있으니, 아마도 살다 보면 행복에까지 도달하지 않을까…….

공작 따님은 세상을 떠났고, 그날로 모두의 기억에서 잊혀졌다.

키르사노프 집안의 아버지와 아들, 니콜라이와 아르카디는 마리노 마을에 정착했다. 그들의 사업은 자리를 잘 잡아 가고 있다. 아르카디는 열성적인 경영자가 됐고, 농장은 이제 상당한 수익을 올리고 있다. 니콜라이 페트로비치는 농노 해방 조정관이 되어 있는 힘을 다해 노력하고 있다. 그는 담당 구역을 쉬지 않고 돌아다니며 장황한 연설을 펼치고 있다.

사실대로 말하자면, 니콜라이는 교양 있는 귀족과 무식한 귀족 그 어느 쪽도 전혀 만족시키지 못하고 있다. 이쪽이나 저쪽이나 여린 성품의 니콜라이가 다루기에는 너무 힘든 상대이기 때문이다.

카챠, 즉 카테리나 세르게예브나는 아들 콜랴를 낳았다. 미챠는 이제 제멋대로 지껄이고 마음껏 뛰어놀 정도로 컸다. 페네치카, 즉 페도시야 니콜라예브나는 남편과 미챠 다음으로 며느리를 아꼈다. 카챠가 피아노 앞에 앉으면 페네치카는 하루 종일이라도 그 옆을 떠나지 않고 붙어 있었다.

아, 표트르는 어떻게 지내는가. 어리석으면서도 거드름 피우기 좋아하던 태도는 아예 굳어져 버렸고, 결혼을 해서 신부 지참금도 상당히 챙겼다. 신부는 시내 채소밭 주인의 딸로, 괜찮은 혼처가 두 군데나 있었는데도 신랑감들에게 시계가 없다는 이유 하나만으로 거절해 버렸다. 하지만 표트르에게 있는 것은 오직 시계뿐이었다. 아, 빤질빤질한 에나멜 반장화도 있었지.

독일 드레스덴의 브릴 테라스 산책로에서 2~4시 사이, 산책하기 가장 좋은 시각이 되면 벌써부터 백발이 성성한 쉰 살가량의 남자를 만날 수 있다. 통풍을 앓는지 팔다리의 움직임은 자유롭지 못하지만, 옷차림은 늘 멋지고 우아한 이 인물은 오랫동안 상류 사교계를 경험한 사람에게서만 볼 수 있는 아주 특별한 흔적을 간직하고 있다. 바로 파벨 페트로비치다.

그는 건강을 회복하기 위해 모스크바에서 외국으로 나갔다가 드레스덴에 정착했다. 그곳에서 많은 영국인들과 알고 지낼 뿐 아니라 오고 가는 러시아 인들과도 자주 교류하고 있다. 그는 영국인들을 대할 때 겸손하달 정도로 공손한 태도를 취하는데, 그렇다고 위엄을 잃는 것은 아니다.

영국인들은 그를 조금 따분한 사람이라고 생각하면서도 '완벽한 신사'라며 존경을 표한다. 러시아 인을 대할 때면 한결 풀어져서 있는 대로 성질을 내거나, 자기나 다른 사람에 대해 조롱 섞인 농담을 던지기도 한다. 그러나 그 모든 것이 그가 하면 아주 다정하게 느껴지기도 하고, 허물없어 보이기도 하고, 또 크게 예의를 벗어나지 않은 것처럼 보인다.

그는 슬라브주의자로서의 견해를 견지하고 있다. 상류 사회에서는 그러한 견해가 매우 존경받을 만한 것으로 통하고 있기 때문이다. 그는 러시아 책은 읽지 않지만, 책상 위에 러시아 농민이 신는 투박한 나무껍질 신발 모양의 은제 재떨이를 놓아두고 있다.

러시아 여행자들은 끝없이 그를 쫓아다닌다. 잠깐 저항 진영에 몸담았던 마트베이 콜랴진도 보헤미아 온천으로 가는 길에 위풍당당하게 그를 방문했다. 현지 독일인들과는 자주 만나지 않지만 그들은 파벨 페트로비치를 거의 숭배하듯이 떠받든다.

궁정 악단이나 극장 표 따위를 키르사노프 남작보다 쉽고 빠르게 구할 수 있는 사람은 없을 것이다. 그는 될 수 있는 한 선행을 베풀려고 노력한다. 여전히 사람들 입에 오르내릴 일을 벌이는 걸 보면, 그가 젊은 시절 사교계의 유명인사로 이름을 날린 데도 다 그럴 만한 이유가 있어 보인다.

하지만 이제 그에게 산다는 것은 힘겨운 일이다. 그 자신이 생각했던 것보다 더욱 힘든 삶이 이어지고 있다……. 러시아 교회의 한

구석, 벽에 몸을 기댄 채 생각에 잠겨 오랫동안 꼼짝도 하지 않고 고통스럽게 입술을 깨물고 있다가 문득 정신을 차려 남몰래 성호를 그어 대는 그의 모습을 한 번이라도 본다면, 그 힘겨움이 어떤 것인지 알 수 있을 것이다.

쿠크시나도 외국으로 나갔다. 그녀는 지금 하이델베르크에서 이제 자연과학이 아니라 건축학을 공부하고 있다. 그녀 말에 따르면 그녀는 건축학의 새로운 법칙을 발견했다고 한다. 그녀는 전과 마찬가지로 대학생들, 특히 물리학이나 화학을 공부하러 하이델베르크로 몰려온 젊은 러시아 대학생들과 어울려 다닌다. 러시아 대학생들은 보통 처음에는 사물에 대한 냉철한 시각으로 순진한 독일 교수들을 놀라게 하지만, 나중에는 무위도식과 게으르기 짝이 없는 행동으로 다시 그들을 놀라게 한다.

질소와 산소도 구별하지 못하면서도 세상에 대한 부정과 자만심으로 가득한 두서너 명의 화학도들과 함께, 그리고 그 훌륭하다는 옐리셰비치와 함께, 자신도 역시 위대해질 준비를 하고 있는 시트니코프는 페테르부르크를 빈둥거리며 그 자신의 신념에 따르면 바자로프의 '과업'을 계승하고 있다.

얼마 전에는 누군가로부터 폭행을 당했는데, 그 역시 가만있지는 않았다고 한다. 즉 어느 정체도 알 수 없는 잡지에 정체도 모를 글 한 줄을 써서 자기를 때린 자를 겁쟁이라고 암시했다는 것이다. 그는 이런 게 바로 아이러니라고 말하고 다녔다. 그의 아버지는 여전히 그를 함부로 부려먹었고, 아내는 그를 바보 또는 문학가로 여기고 있었다.

러시아의 구석진 시골에 자그마한 마을 공동묘지가 있다. 우리네 묘지가 다 그렇듯이 여기도 그 모양이 서글프다. 묘지 주변에 파 놓은 도랑은 이미 무성한 잡초로 뒤덮여 있고, 회색 나무 십자가들은 칠이 벗겨지고 옆으로 기울어져 밑에서부터 썩어 가고 있다. 돌 비석들은 누군가 밑에서 밀어 올리기라도 한 듯 모두 조금씩 비뚤어져 있다. 앙상한 나무 두세 그루가 겨우 약간씩 그늘을 떨구고 있고, 양 떼가 함부로 무덤 사이를 짓밟고 다닌다.

그중에 사람들의 손길을 타지도 않고 동물들의 발길도 닿지 않은 무덤이 하나 있다. 새벽녘 여명이면 새들만이 그 위에 내려앉아 노래를 한다. 무덤에는 철책이 둘러쳐져 있고, 양옆으로 어린 전나무 두 그루가 자라고 있다. 바로 예브게니 바실리치 바자로프의 무덤이다.

그리 멀지 않은 마을에 사는 이제 늙을 대로 늙고 약해진 두 노인이 이 무덤을 자주 찾는다. 그들은 서로에게 의지해 힘겹게 걸음을 내디딘다. 무덤 철책에 다다르면 쓰러지듯 무릎을 꿇고 가슴 아프게 눈물지으며 아들이 누워 있는 무덤 앞의 말없는 묘비를 하염없이 들여다본다.

그러고는 서로 한두 마디 말을 주고받으며 비석의 먼지를 닦아내고 전나무 가지를 매만진 후, 다시 기도를 올린다. 그들은 좀처럼 이곳을 떠나지 못한다. 여기에 있으면 아들 곁에 있는 것만 같고, 아들에 대한 기억도 한층 가까이 느껴지기 때문이다…….

그들의 기도, 그들의 눈물은 모두 헛된 것인가? 사랑은, 이처럼 성스럽고 헌신적인 사랑은 아무 보람이 없는 것일까? 아니다! 아무리 이 무덤 속에 열정에 불타는 죄 많은 반역의 심장이 잠들어 있다 해도 무덤 위에 핀 꽃들은 순결한 눈으로 온화하게 우리를 바라본다. 그 꽃들이 우리에게 말하는 것은 영원한 안식, '비정한' 자연의 위대한 안식만이 아니다. 그 꽃들은 우리에게 영원한 화해와 무한한 삶에 대해서도 말해 주고 있다.

아버지들과 아들들,
두 세계의 충돌과 화해

전종옥 _ 서울 마곡중학교 국어 교사

고대에도 '요즘 애들'은 있었다

"요즘 애들, 너무 버릇없어!"

베수비오 화산재에 묻혀 있다 발굴된 로마의 폼페이 유적에 적혀 있다는 문구다. 지금도 어른들끼리 모인 자리면 으레 튀어 나오는 '요즘 애들'이라는 말이 그만큼이나 오랜 역사를 지녔다 는 것이다.

기성세대와 신세대 사이의 골 깊은 신경전은 어제오늘 일이 아니다. 그래도 낳고 기른 정으로 이어진 부모 자식 사이는 좀 낫 지 않을까? 엄마와 딸, 아버지와 아들! 세상에 이보다 더 가까운 관계가 어디 있단 말인가? 그러나 우리의 바람을 애써 외면하기 라도 하듯, 부모와 자식 사이의 다툼은 오늘도 계속된다. 어쩌면 가장 가까워서 가장 풀기 어려운 관계인지도 모른다.

정신 분석학자 지그문트 프로이트는 아버지와 아들의 관계 를 '오이디푸스 콤플렉스'로 풀려고 했다. '오이디푸스'가 누구던 가? 그리스 신화의 영웅 아닌가?

그리스 테베의 왕 라이오스는 아들 오이디푸스가 태어나기 전 에 끔찍한 신탁을 받는다. 그것은 자신이 아들의 손에 왕위를 빼 앗기고 목숨까지 잃을 운명이라는 내용이었다. 라이오스는 이제 막 태 어난 아들을 죽이려 하지만, 오이디 푸스는 우여곡절 끝에 목숨을 건져 타국에서 자라난다.

그리고 테베로 돌아와 그가 누구 인지도 모른 채 아버지 라이오스를 죽인 뒤, 왕위에 올라 과부가 된 자

로마 시대 프레스코화에 묘사된 오이디푸스와 라이오스

세대 차이는 시공을 초월한 인류의 화두이다. ©Joi Ito(왼쪽) ©Xflickrx(오른쪽)

기 어머니와 결혼하는 비극의 주인공이 된다.

프로이트는 유아, 특히 성장기 남자아이가 어머니에게 강한 애착을 느껴 아버지를 경쟁자로 여기는 잠재의식이 있음을 주장하고, 이를 '오이디푸스 콤플렉스'라 이름 지었다. 그러나 이 같은 분석이 아니더라도 사춘기를 지나온 이들이라면 누구나 알고 있을 것이다. 부모 자식 사이의 잦은 대립과 의견 충돌은 피할 수 없는 통과의례 중 하나라는 것을.

21세기 오늘도 어느 집에선 부모와 자식 간에 실랑이가 한창이다.

"컴퓨터 게임 좀 그만해라." vs "머리 좀 식히려고 하는 거예요."

"치마가 왜 그리 짧니?" vs "요즘 이 정도면 긴 거예요."

"스마트폰 좀 그만 만져라." vs "다들 이걸로 얘기하는데 어떻게 나만 안 해요?"

"쟤들은 왜 옷을 저렇게 입고 노래를 부르냐?" vs "걸그룹은 원래 노래보다 몸매랑 춤이에요."

어느 쪽이 옳은지는 알 수 없다. 다만, 이 정도의 대화와 다툼은 달콤한 성장통쯤으로 바라볼 수 있어야 한다. 머잖아, 진로와 진학에 대한 생각이 충돌하기도 하고, 세상을 바라보는 관점과 시각, 즉 가치관이 정면으로 충돌하기도 할 테니까.

19세기 중반, 러시아의 '요즘 애들'은 어땠을까? 우리와는 자연 환경이 딴판인 데다 최초의 사회주의 혁명이 일어났던 나라이니 뭐가 달라도 좀 다르지 않을까? 궁금하면 들어오라고, 투르게네프의 《아버지와 아들》이 우리에게 손짓을 한다.

아버지들과 아들들, 그 숙명의 라이벌

시골 지주인 니콜라이는 도시로 유학 간 아들이 학업을 마치면, 함께 영지(마리노 마을)를 꾸려 나갈 기대에 차 있다. 그런데 아들 아르카디는 예상치 못한 손님과 함께 귀향한다. 의사 자격시험을 준비 중인 친구 바자로프이다. 그는 아르카디의 집에서 생물 해부 실험을 하며 시간을 보낸다.

바자로프는 그 어떤 '권위'와 '원칙'도 인정하지 않고, '사실'과 '과학'만을 믿는 젊은이로서, 이른바 '허무주의자'이다. 그의 생각과 태도는 귀족주의적 삶에 빠져 있는 파벨(아르카디의 큰아버지)과 사사건건 충돌을 일으킨다. 니콜라이는 바자로프가 아르카디에게 미칠 영향이 두려워 전전긍긍한다.

바자로프와 아르카디는 바람도 쐴 겸 시내에 나갔다가 무도회에 초대를 받는다. 그곳에서 시골 대지주인 미망인 오딘초바를 만나게 된다. 아르카디는 그녀의 매력에 흠뻑 빠지고, 오딘초바에게 바자로프를 '세상 그 무엇도 믿지 않겠다는 용기'를 지닌 사람이라고 소개한다. 오딘초바는 이에 호기심을 느끼고 두 청년

허무주의자의 대명사, 바자로프

'허무주의'는 라틴 어 '니힐(nihil)'에서 탄생한 '니힐리즘'을 번역한 말이다. 니힐은 '아무것도 아님' 또는 '아무것도 없음'을 뜻하므로, 허무주의란 보편적으로 옳다고 인정되는 가치, 즉 도덕규범·문화·생활양식 등을 전적으로 부정하는 사상적 흐름을 가리킨다고 할 수 있다.

이 말은 18세기 말에 독일 철학자 야코비가 처음 만들어 사용했다고 전해진다. 그는 인간의 이성은 필연적으로 허무에 빠지게 된다고 하면서 무신론적 세계관을 '허무주의'로 비판했다.

한동안 이 말은 주로 부정적이고 경멸적인 의미를 띠고서 사용됐다. 한 예로 프랑스 혁명기 사전에서는 허무주의자에 대해 이렇게 설명하고 있다.

19세기 러시아 사실주의 회화의 거장이 묘사한 허무주의자 ⓒIlyaRepin, 1883

"정치적으로 편견이 없는 자로부터 건달패까지 포함하며, 그들의 성향은 언제나 부정적이다."

러시아에서도 주로 보수파들이 진보파들을 공격할 때, '무지한 자, 파괴를 위한 파괴를 추구하는 자, 남들보다 진보적이라고 인정받기를 원하는 자' 등의 의미를 담아 썼다. 그런데 1862년에 《아버지와 아들》이 발표되고 나서 상황이 확 달라졌다.

작품 속에서 아르카디가 바자로프를 '허무주의자'라고 부른 후, 이 말은 낡은 귀족 지식인을 밀어낸 새로운 지식인, 즉 '혁명적 민주주의자들'이라는 긍정적 의미를 품게 되었다. 그러나 정작 러시아의 혁명적 민주주의자들은 이 작품에 대해 불만을 표시했다. 자신들의 모습을 닮은 바자로프가 허무주의자라는 부정적인 명칭으로 불린 것에 분노한 것이었다. 어쨌든 이 작품이 사회적 논란의 중심에 서면서 '허무주의자'라는 말은 전 세계로 유행처럼 퍼져 나가게 되었다.

그런가 하면, 자본주의가 심화되면서 계급 갈등과 유럽 문명의 위기가 고조되는 상황에서 등장한 철학자 니체는 허무주의를 "최고의 모든 가치가 그 가치를 상실한 것, 목적이 없고 '무엇을 위해서'라는 물음에 답할 수 없는 것"이라고 풀이했다. 니체가 투르게네프의 작품을 읽고 영향을 받았다고 생각하는 사람들은 니체의 《즐거운 학문》에 등장하는 '광인'에게서 바자로프를 발견하기도 한다.

1959년 러시아에서 제작된 영화의 루마니아어판 포스터(위)와 2015년 한국 국립극단의 연극 포스터(아래). 《아버지와 아들》은 지금 이 순간에도 영화로, 드라마로, 연극으로, 새 옷을 갈아입고 다시 태어나고 있다.

을 자신의 영지 니콜스코예 마을로 초대한다.

오딘초바는 아르카디에게 동생 카챠를 소개해 주고, 자신은 바자로프와 주로 시간을 보낸다. 오딘초바의 관심 밖으로 밀려난 아르카디는 자연히 카챠와 가까워진다. 그렇게 보름 가까이 시간을 따로따로 보내며 두 친구는 점점 사이가 멀어진다.

바자로프는 오딘초바에게 사랑을 느끼지만, 그것을 허황된 감정이라 여기고 고향 집으로 떠나기로 마음먹는다. 그러다 오딘초바에게 어렵사리 사랑을 고백하지만, 막상 그녀가 포옹을 거부하자 떠날 결심을 굳힌다. 결국 아르카디도 그를 따라나서면서, 둘은 함께 바자로프의 고향 집으로 향한다.

바자로프의 부모 바실리와 아리나는 삼 년만에 돌아온 아들과 함께 지내는 매 순간 행복감을 감추지 못한다. 하지만 바자로프는 그곳 생활에 답답함을 느낀 나머지, 고작 사흘 만에 할 일이 있다는 핑계를 만들어 부모의 곁을 떠난다. 아들을 사랑하면서도 두려워하는 아버지와 어머니는 차마 아들을 붙잡지 못한다.

길을 떠난 두 청년은 무작정 니콜스코예 마을로 가서 오딘초바를 방문하지만, 환영을 받지 못하고 다시 마리노 마을로 떠난다. 바자로프는 마음을 다잡으려 연구에 전념하지만, 아르카디는 니콜스코예 마을의 여인들에게 향하는 마음을 누르지 못한다. 급기야 주일 학교 핑계를 대고서 홀로 니콜스코예 마을로 향한다.

한편, 바자로프는 니콜라이의 연인 페네치카에게 차츰 관심이 깊어 간다. 어느 날 바자로프는 페네치카와 정자에서 얘기를 나누다 갑자기 입을 맞추고, 마침 산책을 나왔던 파벨이 그 장면을 목격하게 된다. 분노에 찬 파벨은 바자로프를 찾아가 결투를 청하고, 바자로프는 결투를 받아들인 뒤 파벨에게 가벼운 총상을 입힌다.

이 일로 아르카디의 집을 떠나게 된 바자로프는, 아버지의 집으로 돌아가던 중 니콜스코예 마을에 들른다. 그리고 오딘초바에게 자신이 했던 어리석은 행동을 잊어 달라고 부탁한다. 한편 아르카디는 카챠에게 사랑을 고백하고 청혼한다. 아르카디와 카챠의 결혼 소식을 들은 바자로프는 아르카디에게 이별을 고한다.

바자로프의 노부모는 아들이 뜻밖에 빨리 돌아오자 뛸 듯이 기뻐한다. 바자로프는 연구를 계속하려고 하지만 깊은 우울에 시달린다. 마을 사람들의 자잘한 질병을 치료해 주며 하루하루를 버티던 어느 날, 장티푸스 환자의 시체 해부에 참여했다가 감염이 되고 만다. 바자로프의 병세는 급속히 악화되고, 그 소식을 듣고 달려온 오딘초바와 작별 인사를 나눈 뒤 세상을 떠난다.

6개월 뒤, 니콜라이와 페네치카, 아르카디와 카챠 두 쌍이 결혼식을 올린다. 파벨은 모스크바로 떠났다가 독일 드레스덴에 정착하고, 오딘초바는 젊은 법률가와 재혼한다. 아르카디는 마리노 마을에서 어엿한 농장 경영자로 자리를 잡고, 니콜라이는 농노 해방의 조정관으로 일한다. 그리고 시골의 노부부, 바실리와 아리나는 이따금 아들 바자로프의 무덤을 찾아가 기도를 올리며 지낸다.

시베리아의 날씨보다 더 혹독했던 시대

18세기 영국에서 시작된 산업 혁명의 물결은 유럽 전역으로 퍼져 나갔다. 장원 경제의 토대가 되었던 봉건제는 급격히 무너지고, 산업은 농업 중심에서 공업 중심으로 빠르게 변모했다.

이러한 물질세계의 변화는 정신세계의 변화와 함께했다. 이미 17세기부터 갈릴레이와 케플러, 뉴턴 등을 거치면서 자연과학적 지식이 눈부신 발전을 거듭했고, 루소 등 계몽주의 철학자들이 활약하면서 혁명 정신이 싹텄다. 1789년 프랑스 대혁명을 시작으로 '인간은 태어나면서부터 누구나 자유와 평등의 권리를 지닌다'는 인권 사상이 서유럽 세계를 뒤흔들었다. 그 와중에 나폴레옹이라는 영웅이 등장했고, 바야흐로 19세기가 시작되었다.

나폴레옹은 처음에 자유·평등·박애 정신을 온 유럽에 퍼뜨리겠다는 야심을 품고 있었다. 그러나 차츰 유럽 패권에 욕심을 내고 침략자가 되어 전 유럽을 휩쓴다. 1805년 프랑스에 맞선 영국

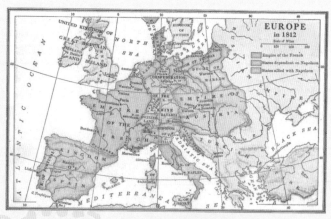

1812년 유럽 지도. 나폴레옹은 러시아, 영국 등을 제외한 유럽 대륙 대부분을 장악했다.

을 봉쇄하는 데 실패하고, 1812년에 러시아의 모스크바에 원정을 갔다가 수많은 희생을 치른 채 패배하고 쫓겨난다. 나폴레옹의 몰락과 동시 유럽 각국의 왕과 귀족들은 더 가혹한 절대 왕정 체제로 돌아선다.

러시아는 도시를 불태워 식량 보급을 차단해 나폴레옹을 몰아냈다. ©Adam Albrecht, 1841

19세기 러시아는 당시 유럽의 산업 발전과 정신 혁명의 흐름에서 가장 뒤처져 있었다. 인구의 75퍼센트를 차지하는 농부 및 농노들은 농노제와 전제 정치로 빈곤한 삶에 빠져 있었다. 하지만 러시아 황실과 귀족들은 걷잡을 수 없이 밀려드는 자유주의의 파도에 맞서 어떻게든 자신들의 특권을 유지하기 위해 전쟁을 벌이고 사회 운동에 탄압을 가했다.

1854년경 러시아의 시대상을 풍자한 카툰. 농노들이 담배 자루처럼 묶여 귀족과 대지주들 사이에서 거래되고 있다. ©Gustav Doré, 1854

그러나 19세기 중엽에 이르자, 더 이상 농노제를 고집할 수 없는 상황에 처하게 된다. 이에 차르(러시아의 군주)는 1861년에 농노 해방을 단행한다. 지주들의 반발은 당연했다. 해방된 농노들의 삶 역시 하루아침에 좋아질 턱이 없었다. 바로 그 혼돈과 해방의 시대 속에서 《아버지와 아들》(1862)이 발표됐다.

투르게네프는 19세기 러시아의 현실을 현미경으로 미생물을 관찰하듯, 미세한 움직임까지 세세하게 기록했다. 농노 해방 전후 시기의 사회상은 말할 것도 없고, 그 시대를 살아가는 인간 내면의 모순까지 표현해 내어 '19세기의 가장 훌륭한 소설', '사회

데카브리스트, 위로부터의 혁명을 꿈꾸다

러시아에서 후퇴하는 나폴레옹 군대를 파리까지 추격해 간 용감한 청년 귀족들이 있었다. 그런데 웬걸, 적진으로 쳐들어간 그들은 서유럽 사회의 자유로운 분위기에 큰 충격을 받아 조국의 비참한 현실에 눈 뜨게 된다. 분노한 이들은 비밀 결사를 조직해, 농노 해방과 입헌 정치 실현을 목표로 삼았다. 드디어 1825년 12월 14일, 전제 정치와 농노 제도 타도를 외치는 선언문이 낭독됐다.

그러나 이들의 반란은 황제 니콜라이의 발포 명령과 함께 순식간에 진압됐다. 121명의 가담자가 재판을 받았고, 그 가운데 주동자 5명이 처형당했으며, 31명이 감옥에 갇히고, 나머지는 모두 시베리아로 유배 당했다.

이후 사람들은 이들에게 '데카브리스트'라는 이름을 붙였다. '데카브리'는 러시아 어로 12월을 뜻하니, 데카브리스트란 12월의 사람들, 즉 12월 혁명 당원이라는 뜻이다. 데카브리스트의 난은 러시아 최초의 근대적 혁명으로 역사에 기록됐다. 한편 니콜라이 1세는 이 사건으로 자유주의 운동에 위협을 느껴, 이후 전제 정치를 강화하게 된다.

데카브리스트의 난 ⓒVasily Timm, 1853

적인 문제가 찌꺼기 없이 완전히 예술로 승화된 작품'이라는 찬사를 받았다.

그것은 작가가 그 시대를 한눈에 꿰뚫을 수 있는 인물들을 창조해 냈기 때문이다. 투르게네프는 중심인물과 주변 인물의 특징을 다채롭게 표현하며 세대 간, 계급 간의 갈등뿐만 아니라 같은 세대와 계급 사이에도 존재하는 미묘한 차이를 섬세하게 풀어냈다.

아들이여, 아버지의 시대에 계란을 던져라!

작품의 원제는 '아버지들과 아들들'. 제목에 걸맞게 특정 세대를 대표하는 인물들이 매우 뚜렷하게 제시돼 있다. 먼저, 아들들 이야기부터 해 보자.

아들 세대의 첫 번째 기수, 바자로프. 이 명민하고 저돌적인 청년을 보노라면, '영원한 반항아' 영화배우 제임스 딘이 떠오른다. 실제로 바자로프는 '허무주의자'란 말을 세상에 유행시킨 반항의 아이콘이고, 세계 문학사에 한 획을 그은 캐릭터이다. 작가 자신은 바자로프에 대해 이렇게 적었다.

제임스 딘은 영화 〈이유 없는 반항〉으로 1950년대에 십 대를 대변하는 스타로 떠올랐다.

"내게는 음침하고 거세고 커다랗고 강렬하고 악의에 찬 형상이 하나 떠올랐다. 그러나 그 형상은 아직 미래의 문턱에 서 있기에 머지않아 파괴될 운명이었다."

바자로프는 군의관 출신 아버지 밑에서, 결코 풍요롭다고 할수 없는 유년기를 보냈다. 그의 아버지는 얼마 안 되는 영지를 일찌감치 농노들에게 나눠 줬으니, 앞으로도 집안 형편이 더 나아질 리는 없다. 바자로프는 자신의 미래 역시 '시골 의사'이리라고내다보고 있다. 그러면서도 타고난 것보다 스스로 갈고닦은 자기 자신에 대한 긍지는 하늘을 찌를 듯 높다. 자신을 새로운 시대를 열 '신'이나 '거인'으로 여길 정도로.

"사람은 스스로 배워야 하는 거야. 대체 시대라는 게 뭐야? 내가왜 시대에 따라 좌우되어야 하지? 시대가 나를 따르도록 하는 편이 낫지 않나?"

의학도이자 과학도인 그는 과학이 아닌 대부분을, 예술·철학·종교·권위·원칙·전통, 심지어는 사랑까지도 부정한다. 그 모든것이 인간이 억지로 신경을 곤두세워 만들어 낸 골칫거리, 또 사회 발전의 장애물일 뿐이라고 생각하는 것이다. 투르게네프는그런 바자로프에게 '허무주의자'라는 이름을 부여한다.

여기 또 한 명의 아들이 있다. 지주의 아들 아르카디. 유복한환경에서 자랐으며 '나는 세상에 증오하는 사람이 하나도 없다'고 얘기하는 선량한 부잣집 도련님이다. 그런 아르카디 역시 새로운 시대에 대한 열정과 동경을 품고 있다.

그렇기에 자신의 내면을 성장시킨 바자로프를 스승처럼 따르는 한편, 여전히 과거의 가치관에 묶여 있는 아버지 세대를 동정하고 애틋하게 여긴다. 말하자면 아버지 세대의 인생을 이해하려는 쪽이지, 전통의 파괴자와는 거리가 한참 멀다.

이렇게 보면, 아들 세대라고 해서 무턱대고 한 줄로 엮을 수는

바자로프의 실제 모델이 있다고?

투르게네프는 기차에서 만난 시골의사 D, 그리고 그와 비슷한
사람들을 관찰한 결과 바자로프라는 인물을 만들어 냈다고 밝힌
바 있다.

많은 연구자들은 이 외에도 당대 러시아의 뛰어난 자연과학자들
과 지식인들의 모습이 반영되어 있다고 분석하기도 한다. 그중
에서 빠지지 않는 대표적 인물이 바로 벨린스키이다.

비사리온 벨린스키(1811~1848)는 러시아 지식인의 양심, 또는
아버지로 불린다. 그는 귀족 출신들이 주름잡고 있던 지식인 사
회에서 보기 드물게 중간 계급, 즉 잡계급 출신이었다. 그런 그
가 러시아 문학계에 미친 영향력은 어마어마했다.

학생 시절에 농노 제도를 반대하는 희곡을 발표해 퇴학을 당했
으며, 비평가로 활동하면서 문학의 상업주의를 비판하고 사회적
책임을 주장했다. 그가 가장 지지했던 문학 갈래는 사실주의 소
설이었고, 그와의 우정은 이전까지 낭만적 서사시의 세계에 빠
져 있던 투르게네프에게 많은 영향을 미쳤다.

벨린스키의 초상화. 투르게네프는 《아버
지와 아들》 앞머리에서 이 책을 비평가 벨
린스키에게 바친다고 밝혔다. 그는 투르게
네프 문학 인생에 있어 친구 겸 스승이나
다름없는 존재였기 때문이다.

> 벨린스키의 이미지 자체는 특히 그의 사후에 그에게 충
> 성을 맹세한 문인들의 표상이 됐다. 그 이후로 단 한 명
> 의 러시아 작가도 글을 쓴다는 것이 무엇보다 진실을 증
> 언하는 것이라는 관념으로부터 완전히 자유롭지 못하
> 게 됐다. ……작가에게는 자기 시대와 자기가 사는 사회
> 의 중심적인 문제로부터 시선을 돌릴 권리가 전혀 없다
> 는 것이다.
>
> —이사야 벌린, 《러시아 사상가》, 조준래 옮김

투르게네프의 창작 노트에 남아 있는 바
자로프의 얼굴 스케치

없을 것 같다. 그들의 시대가 불안정하고 변화무쌍했던 것처럼, 한길인 듯하지만 모두가 각자의 길을 걷고 있을 뿐이었다. 자신의 출신 배경과 성장 과정, 놓여 있는 상황에 맞게.

네가 이 아비의 마음을 알아?

아버지가 있기에 아들이 있다. 즉, 그들의 DNA와 키움, 보살핌, 가르침 없이 아들은 만들어질 수 없다는 말이다. 이젠 아버지들을 만나 볼 차례이다.

파벨은 아버지 세대 선두에서 투철한 사명감으로 아들 세대에 맞선다. 한창때는 빼어난 외모와 세련된 풍모로 사교계를 사로잡았다. 지금은 사교계를 은퇴한 지 오래, 촌구석 동생 집에 얹혀 사는 처지이지만, 고결한 향수 냄새부터 빳빳하게 다린 목깃까지, 죄다 최고의 품격을 자랑한다. 그는 뭇 지주들의 구태의연한 사고방식에 냉소를 아끼지 않는다. 그래서 사람들은 그를 진보적이라고까지 평가한다. 지주와 귀족들 세계에서는 자타 공인, 자유주의적 귀족의 모범인 셈이다.

그런 인물이니, 아들 세대에게 한물간 사람 취급당하는 것을 견딜 수 없다. '내가 이룩해 놓은 세상에서 갖은 단물을 빨아먹고 자란 너희가, 나를 깡그리 무시하다니!' 그는 모든 것을 파괴하겠다며 불도저처럼 달려드는 젊은이들을 이렇게 비꼰다. 요즘 어른들과 크게 다를 바 없다.

"옛날엔 청년들이 공부를 열심히 했지. 그래야 무식하다는 소리를 듣지 않았으니까. 그런데 요즘 청년들은 그저 '세상 모든 게 다

2005년 러시아에서 제작된 5부작 드라마 속 바자로프와 아르카디(왼쪽)와 2014년 영국에서 상연된 연극 속 니콜라이와 아르카디 ⓒJohan Persson(오른쪽)

헛것이다!'라고 해 버리면 그걸로 만사 끝이지. 허무주의자라나 뭐라나."

여기 또 한 명의 아버지가 있다. 아르카디의 아버지이며 파벨의 동생인 니콜라이다. 그는 1812년 조국 전쟁에 참전했던 부친에게 물려받은 거대한 영지에 많은 농노를 거느리고 있다. 그러나 농노 해방을 부정하는 꽉 막힌 부류의 귀족은 아니다. 시대의 흐름을 거스르지 않고 물이 흘러가는 대로 따라가면 된다고 생각한다. 그런 까닭에 형 파벨처럼 바자로프와 크게 충돌하지도 않는다. 오히려 바자로프가 예사롭지 않은 젊은이임을 알고 아들 세대에게서 배우려 한다.

"저 애들에게는 우리가 갖지 못한 뭔가가 있어. 젊음 때문만은 아니야."

그는 신세대의 오만불손한 등장을 비교적 담담히 받아들인다. 다만 슬픈 건, 아들이 한층 멀게 느껴진다는 점이다. 그렇지만 그거리나마 좁혀 보려는 노력을 늦추지 않는다. 자신이 사랑하는 푸시킨의 시집을 접고, 아들이 건넨 낯선 과학서를 읽으면서.

아버지들은 자신들의 마음을 몰라주는 아들들이 야속했고, 아들들은 바위 같은 아버지들의 시대를 깨뜨리기 위해 끊임없이 계란을 던져야 했다. 부모와 자식 간의 이해가 깊어지기엔 아직 시대가 무르익지 않았고, 또 시간이 더 필요했기 때문이다.

갈등의 깊디깊은 뿌리를 찾아서

'아버지 세대'와 '아들 세대'의 갈등. 투르게네프는 왜 세대 갈등을 소설의 소재로 삼은 것일까? 단순히 세대 갈등을 다루고 있다면 이 소설이 그토록 많은 소란과 논쟁을 불러일으킬 수 있었을까?

총부리를 겨누고 삿대질을 하는 비평가들에 둘러싸인 투르게네프의 모습. 의연한 포즈와 거대한 몸집이 비평가들의 모습을 우습게 보이게 한다. ⓒAl Lebedev, 1879

투르게네프는 앞서 발표한 작품《루진》(1856)에서 '잉여 인간'을 그려 낸다. 주인공 루진은 독일 관념 철학 이론으로 무장한, 그러나 그 이론을 실천할 능력은 없는 지식인이다.《아버지와 아들》에서도 어딘가 이와 비슷한 인상을 주는 잉여 인간을 발견할 수 있다. 일은 하지 않으면서 세상을 논하고, 귀족으로서 자신의 권위를 내세우는 파벨이 그렇다.

변혁과 저항의 시대정신으로 똘똘 뭉친 바자로프가 이런 파벨을 내버려

러시아 문학사상 가장 뜨거운 논쟁터

《아버지와 아들》은 러시아 문학사를 통틀어 가장 뜨거운 논쟁을 불러일으킨 작품으로도 유명하다. 농노 해방 등 당시의 시대 상황과 맞물려 보수와 진보로 날카롭게 대립하던 두 진영은 특히 작품 속 바자로프에 대한 묘사에 매우 격렬하게 반응했다.

> "작가가 니힐리스트인 바자로프의 장점을 과장하고 마치 명예로운 전사라도 되는 것처럼 그에게 존경을 보내고 있다."-보수 진영

> "(니힐리즘을 반대하는) 작가가 바자로프를 통해 혁명적 민주주의자들을 웃음거리로 만들고 사실을 왜곡하며 헐뜯었다."-진보 진영

심지어는 젊은이들을 깎아내리기 위해 잡지 편집자와 함께 기획한 소설이라는 소문까지 나돌았다. 보다 못한 도스토예프스키는 이 끝없는 논쟁에 대해 일침을 놓았다. "우리는 투르게네프가 감히 ……우리들보다 더 좋은 무엇인가를 추구했다는 이유 때문"에 비난하고 있다며, "온전한 허무주의에도 불구하고 불안해하고 우울해하는 바자로프"는 "위대한 마음의 징후"라며 투르게네프에 대한 지지를 밝혔다.

1965년에 러시아에서 출간된《아버지와 아들》

당시 러시아는 언론이나 출판물에 대한 검열이 매우 엄격했고, 작가를 비롯한 지식인들에게 이념에 따른 줄서기를 강요했다. 《아버지와 아들》을 둘러싼 줄기찬 논쟁은 그러한 시대의 뼈아픈 초상이라고 볼 수도 있겠다.

둘 리가 없다. 그가 파벨 앞에서 '귀족입네, 하는 건달'들에 대해 직격탄을 날리자, 파벨은 바자로프를 향해 '자신이 진보적인 줄 알지만 칼미크족 마차에 앉아 있는 편이 더 어울리는 야만인'이라며 반격한다. 이는 사회 변혁을 꿈꾸던 혁명가들과 개혁을 완강히 거부하던 귀족들의 격돌을 떠오르게 한다.

즉 '귀족주의자'와 '허무주의자' 사이에 벌어진 언쟁은 세대 간의 충돌을 넘어선 사상의 충돌이다. 구세대가 되고 만 아버지들이 푸시킨을 읽는 세대라면, 아들들은 뷔히너의《힘과 질료》를 읽는 세대이다. 이는 낭만주의 대 과학주의의 대결처럼 보이기도 한다. 한 발 더 나가서는 귀족 계급 출신 자유주의자와 잡계급 출신 민주주의자의 대립이다.

잘 살펴보면, 투르게네프는 작품 속에 여러 갈래의 갈등 구조를 심어 두었다. 세대 간의 갈등뿐 아니라 한 세대 안에서도 갈등은 빚어진다. 한때는 단짝처럼 붙어 지냈던 바자로프와 아르카디도 끝내는 다른 길을 걷게 된다. 아르카디를 향한 바자로프의 마지막 일갈은 우정이라는 안갯속에 감춰져 있던 뾰족한 대립각을 한눈에 드러내 보인다.

"자네 같은 귀족들은 고상한 화해와 고상한 흥분, 그 이상은 모르지. 그래서 쓸모가 없어. 다시 말하자면 자네들은 싸우려고 하지 않아. 젊다고 자처하면서도 말이야. 하지만 우린 싸우기를 원해. 그럼! 우리의 먼지가 자네 눈을 멀게 하고 우리의 흙탕물이 자네를 더럽힐 거야. 그래, 자네는 우리처럼 될 수가 없어. 자네는 그저 자기 안에 빠져서 제 탓만 하는 걸로 만족하지. 우린 다른 사람을 꺾고 부숴야만 해. 자넨 좋은 친구이긴 하지만, 그저 진보주의자가 되고 싶은, 마음 약한 도련님일 뿐이지."

이는 귀족 지주 아버지를 둔 아르카디와 군의관 아버지를 둔 바자로프의 계급 차이를 드러내는 대목일 것이다.

이처럼 세대 차이를 앞세운 작품 속 갈등의 축은 사상·계급 갈등으로까지 의미를 넓혀 나간다.

희망과 절망의 경계에서
시대의 진통을 기록하다

《아버지와 아들》은 농노 해방 이듬해에 발표되기는 했지만, 작품의 구체적 배경은 농노 해방 직전, 즉 1859년 5월 이후의 상황을 다루고 있다. 그래서 작품 곳곳에서 농노 해방 과도기의 모습을 찾아볼 수 있다.

아직 '농노 해방'이 법으로 지정된 때는 아니었지만, 자유주의적이고 진보적인 귀족의 영지에서는 농노가 자유를 얻기도 했다. 그런데 농민들의 삶은 얼마나 나아졌을까? 안타깝게도 별로 나아지지 않았다. 오히려 더 나빠지기까지 했다.

지나가는 농민들은 마치 일부러 그러기라도 한 것처럼 하나같이 누더기 옷을 걸치고 형편없이 야윈 말을 타고 있었다. ……도랑가에서는 털이 듬성듬성한 가죽만 걸친 소들이 탐욕스럽게 풀을 뜯고 있었다. 그 모습이 꼭 정체를 알수 없는 죽음의 매서운 발톱에서 겨우 도망쳐 나온 것처럼 느껴졌다.

임금을 올려 달라고 조르는 자들이 있는가 하면, 미리 당겨 받아서 도망을 치는 자들도 있었다. ……소작농들은 기한안에 돈을 내지 못하자, 숲 속의 나무를 도벌해 팔아먹었다. ……마을 아낙네들

농민 공동체 미르 ©Sergey Korovin, 1893

두 마리 토끼를 잡아라! 러시아 농노 해방의 실체

화가 바실리 페로프는 농노 해방령을 듣던 당시, 교회에서 목격한 장면을 이렇게 기록했다.

> 민중이 무엇을 느꼈는지 말하기는 어렵다. 그들은 돌처럼 굳어졌고, 아무 소리도 움직임도 없이 서 있었다. ……떠들썩함도, 환호도, 환희도 없었다. 가만히 그들은 어떤 의혹감을 가지고 조용히 집으로 흩어졌다. —김은희,《그림으로 읽는 러시아》에서 재인용

19세기에 들어서까지 러시아 인구의 75퍼센트는 농민이었고, 그중 대부분이 농노였다. 알렉산드르 2세는 1856년 지주들에게 자발적으로 농노를 해방시키길 권했다. 그리고 드디어 1861년 2월 19일, 농노 해방령이 공식 발표됐다. 이로써 알렉산드르 2세는 '해방자 차르'라는 명예로운 이름을 얻었다.

황제는 왜 이런 선택을 했을까? 무엇보다도 기계 공업 시대를 떠받칠 자유로운 임금 노동자가 필요했다. 또 19세기에만 1,500회 가까이 일어난 농민 폭동도 심각한 사회 문제로 떠오르고 있었다. 서유럽에서 흘러든 인본주의 사상 역시 농노 해방을 부추겼다. 알렉산드르 2세는 이러다 혁명을 맞이하느니, 먼저 나서서 농노제를 폐지를 시키는 쪽이 낫다고 판단한 것이다.

이제 농노들은 자유로운 농민이 되어 사랑하는 이와 결혼을 하고 취업을 하며 자신의 재산을 가질 자격을 얻었다. 그러나 자유가 생계까지'해결해 준 것은 아니었다. 그들은 다시 노예만큼 가혹한 착취에 시달려야 했다. 그 이유는 다음과 같다.

농민들은 지주에게 땅을 구입할 자격을 얻었지만, 대부분의 땅덩이는 시세보다 비싼 값에 책정됐다. 당연히 농민들에게는 땅을 살 능력이 없었다. 정부와 농민 공동체 '미르'가 대신 값을 치르고, 농민은 빚을 지게 되었다.

즉 1861년의 '농노 해방령'은 반란의 에너지를 무마하고, 농노들을 자본주의 시스템 안에 재편하는 두 마리 토끼를 잡기 위한 것이었다.

농노 해방 포고령을 듣는 사람들 ⓒBoris Kustodiev, 1907

농노 해방 선언서를 읽는 농노들 ⓒGrigoriy Myasoyedov, 1873

은 터무니없는 품삯을 요구해 왔다. 이렇게 갈팡질팡하는 사이에 곡물은 밭에서 썩어 가고, 추수는 좀처럼 진전되지 않았다.

자유주의적 귀족 니콜라이가 농노 신분에서 벗어난 농민들에게 토지를 소작지로 제공한 후의 모습이다. 무엇 하나 제대로 돌아가는 게 없다. 이 장면만을 보면 농노 해방이 농노를 비롯한 모두에게 고통일 뿐이 아니었나 싶을 정도다.

더욱 흥미로운 것은, 새로운 시대를 운운하던 바자로프의 모습이다. 그는 실제 생활에서는 결코 농민들과 끈끈한 관계를 맺지 못했다.

아아, 어찌하랴! 경멸하듯 어깨를 으쓱해 보이던 바자로프, 파벨과의 논쟁에서 농민들과 얘기를 나눌 수 있다고 자신하던 바자로프, 이 자신만만한 바자로프는 자신이 농민들 눈에는 그저 그런 어릿광대에 지나지 않는다는 사실을 꿈에도 몰랐다.

바자로프는 자신이 농민들보다 우월하다는 믿음 때문에 그들을 경멸하고 일방적인 계몽의 대상으로 바라보았다. 그러나 농민들의 입장은 또 달랐다. 그들의 눈에 바자로프 같은 지식인들은 삶의 고달픔이 뭔지도 모르면서 개혁이나 지껄여 대는 헛똑똑이에 지나지 않았다.

영웅이 되길 자처하는 바자로프마저 시대적 모순에 속한 '광대'에 지나지 않았다는 냉철한 현실 인식. 함부로 희망과 이상, 진보를 이야기하기엔 아직 이르다는 것일까? 쉽게 뜨거워지고 빨리 식어 버리는 오늘날의 세상에서도 투르게네프의 시선이 더 없이 집요하고 섬세하게, 그래서 소중하게 느껴지는 이유는 바로 여기에 있다.

사랑을 보면, 사람이 보인다

이 수많은 갈등의 씨줄과 날줄 속에서도 사랑은 싹튼다. 《햄릿》의 햄릿과 오필리어, 《적과 흑》의 쥘리엥 소렐과 드 레날 부인, 《누구를 위하여 종은 울리나》의 로버트 조던과 마리아. 모두 가슴 아픈 사랑의 주인공이니, 사랑 얘기 없이는 명작이 되기 어려운 모양이다.

그런데 이번 사랑의 주인공은 유독 남다르다. 남녀의 사랑은 생리적 현상이요, 가족애 따위는 구닥다리 전통문화요, 혁명은 뜨거운 사랑 대신 냉정한 비판 정신으로 하는 것이라고 생각하는 바자로프! 그 반역의 심장에도 큐피드의 화살은 날아와 박힌다.

"대체 남녀 사이에 무슨 신비로운 관계가 있다는 거야? 우리 같은 생리학자들 눈에는 그게 어떤 관계인지 빤히 보이지."라며 호언장담하던 그가 오딘초바를 만나 낭만주의자가 되어 버린 것이다. 찔러도 피 한 방울 나지 않을 것처럼 냉정한 이론가 바자로프의 마음 역시 사랑이라는 작은 돌멩이에 사정없이 파문을 일으키고 마는 작은 연못에 불과했던 것이다.

우리는 그렇게 첫사랑을 통해 세상을 한 번 다 살아 낸 듯한 '인생의 시뮬레이션'을 경험한다. 누군가를 처음으로 사랑하는 것은 곧 지구를 한 바퀴 다 돌아야 만날 수 있을 것 같은, 우리 안의 수많은 타인을 만나는 것이다. ─정여울, 《마음의 서재》에서

투르게네프의 《첫사랑》에 부친 위의 글귀를 빌려 말해 보자면, 바자로프 역시 오딘초바를 사랑하면서 낯선 자신을 만난 것이리라. 존재의 뿌리를 뒤흔들어 놓는 사랑을 난생처음 맞닥뜨린 순간! 그런데 하필 이게 무슨 비극이란 말인가? 세상의 그 많은 여인들 가운데, 그가 사랑한 사람은 '나르시시스트'의 모습을

뭇 요정들의 사랑을 차갑게 거절한 아름다운 청년 나르키소스. 그에게는 '사랑하는 것을 얻지 못할 저주'가 내려진다. 결국 그는 물에 비친 자기 자신의 모습을 사랑하게 된다. ⓒJohn Waterhouse, 1903

하고 있었다.

그녀는 ……거울에 비친 자신의 모습을 바라보았다. 고개를 살짝 젖힌 채, 반쯤 감긴 듯한 눈과 입술, 얼굴에는 의미를 알 수 없는 미소가 번져 있었다.

그녀는 사랑에 빠지고 싶어 하면서도, 열정에 사로잡히기보다는 자기의 중심을 잃지 않기 위해 애쓰는 사람이다. 합리적 조건을 따져 안정

2004년, 캐나다에서 올린 연극 〈성스러운 것은 없다〉의 오딘초바와 바자로프 ⓒAndree Lanthier

적 삶을 추구하는 그녀의 모습은 어찌 보면 바자로프보다 더 지독한 현실주의자처럼 보이기도 한다.

이로써 바자로프는 겹겹이 모순 속에 둘러싸이게 된다. 안 그래도 머리는 사랑을 믿지 않는데, 가슴으로는 사랑에 빠진 자기를 인정하지 않을 수가 없다. 마음을 주고 싶지만, 마음을 받을 수는 없다. 그러니, 그는 막막한 심정에서 "사랑은 가상의 감정"이라는 공허한 말을 되뇔 뿐이다.

물론 바자로프와 오딘초바의 사랑이 이루어졌다면 우리는 사뭇 다른 결론을 보았을지도 모른다. 행복한 결말이건 비극적 결말이건, 이 허무주의자가 경험한 사랑에 대해 내린 새로운 결론을 들어 볼 수 있었을 테니까.

더 나아가, 그 사랑은 단지 남녀의 사랑에서 그치지 않았을지도 모른다. 부모 자식 간의 사랑, 친구 간의 사랑, 학문에 대한 사랑, 자신이 살고 있는 시대에 대한 사랑 또한 사랑이 아니겠는가.

어쩌면 바자로프의 인생관은 사랑에 대한 정의로부터 어떻게

달라졌을지 모른다. 그러나 정작 투르게네프는 바자로프에게 사랑에 관한 대답을 재촉하지 않는다. 대신 바자로프가 침묵하고 있는 무덤 앞으로 우리를 불러왔다.

사랑은 정말 가상의 감정인가

우리는 거기, 동물의 발길조차 닿지 않는 외진 무덤 앞에서, 가시밭길을 지나듯 힘겹게 걸어오는 두 노인의 모습을 보게 된다.

돌이켜 보면 아르카디 집안의 사랑은 주거니 받거니 반응이 있는 사랑인데, 바자로프 집안은 그렇질 못했다. 융통성 없이 까칠하기만 한 바자로프 때문이다. 부모는 목이 빠지게 기다리건만, 아들이라는 작자는 집 근처까지 와서도 자기 하고 싶은 일만 하며 주위를 맴돈다. 오죽하면 하인을 보내 우연한 만남을 가장해서 집을 떠올리게 했겠는가?

긴 기다림 끝에 짧은 시간 아들을 품 안에서 먹이고 재울 수 있는 기쁨도 찾아왔었다. 하지만 기쁨은 딱 거기까지였으니, '호사다마'라 했던가? 귀하디귀한 아들이 치명적인 전염병에 감염되어 흙의 품으로 떠나가고 만다. 이렇게 될 줄 알았더라면 차라리 돌아오길 바라지 말 것을!

아들의 무덤을 방문한 바자로프의 부모 ⓒ Vasily Perov, 1874

러시아 인의 이름 짓기

러시아 인의 이름은 이름(예브게니), 부칭(바실리치), 성(바자로프)으로 이루어져 있다. 보통의 경우 이름을 부르는데, 격식을 차려 정중하게 부를 때는 이름과 부칭(예브게니 바실리치, 아르카디 니콜라예비치)을 부르고 공식적으로 부를 경우에는 성 앞에 직함이나 '씨'를 붙인다. 즉 의사 바자로프, 바자로프 씨가 공식적인 존칭인 것. '예브게니 바실리치' 라고 말하면 '바실리의 아들 예브게니'라 는 의미이다.

이 작품의 작가는 이반 세르게예비치 투르게네프이니, 본인의 이름은 '이반'이고, 아버지는 '세르게이'이며, 성(집안의 이름) 은 '투르게네프'인 것이다.

투르게네프의 서명

그들의 기도, 그들의 눈물은 모두 헛된 것인가? 사랑은, 이처럼 성스럽고 헌신적인 사랑은 아무 보람이 없는 것일까?

작품의 대미를 장식하는 이 질문은 사실 바자로프에 대한 반문처럼 느껴진다. "정말 사랑은 가상의 감정일까?" 그것은 작가가 지금 이 순간도 고통스러운 싸움을 계속하고 있는 딸과 아들에게, 부모들에게, 연인들에게, 운동가들에게, 우리 모두에게 던지는 질문이기도 할 것이다.

모든 가치 있는 갈등은, 사랑하는 자의 몫이란 말일까? 격동하던 러시아 평원을 감싸 안던 은근하면서도 뜨거운 사랑의 강물은 인류가 계속되는 한 깎아지른 듯한 갈등의 골짜기를 쉼 없이 흘러갈 것이다.

이반 투르게네프,
전환기 러시아의 새벽빛을 기록한 작가

1818년, 중부 러시아 오룔 현 스파스코예의 거대한 영지. 투르게네프는 농노 1000여 명을 거느린 대지주의 둘째 아들로 태어났다. 기울어 가는 귀족 가문 출신으로 도박에 매달렸던 아버지와 농노를 사람이 아닌 물건처럼 다루는 포악한 어머니. 투르게네프의 유년 시절은 유복하지만 결코 밝지도 따뜻하지도 않았다. 무엇보다 그의 암울했던 유년기 기억을 떠받치고 있는 것은 참혹한 농노 제도였다.

1833년에 모스크바 대학 철학부 언어 문학과, 1835년에 페테르부르크 대학 문과부 철학과에서 공부하면서, 서구 사회를 휩쓴 계몽적이고 진보적인 사상을 받아들이는 한편, 문학가로서의 꿈을 꾸기 시작했다. 졸업 후에는 셰익스피어와 바이런의 작품 번역을 시도하기도 했다.

1843년 무렵의 투르게네프

1838년, 니콜라이 1세 치하의 봉건적이고 억압적인 국내 상황을 못 견뎌 독일 베를린 대학에 입학했다. 이 유학 생활을 통해 투르게네프는 좀 더 본격적으로 서구의 계몽주의에서 러시아의 미래를 탐색하게 되었다.

1841년에 귀국하여 고향에서 자리를 잡았고, 25세가 되던 1843년에 자신의 인생을 바꿀 두 사람을 만났다. 한 사람은 비평가 비사리온 벨린스키였다. 그는 투르게네프의 서사시 《파라샤》를 격찬했고, 이후

폴린 비아르도

투르게네프는 평생 벨린스키와 우정을 나누며 그로부터 많은 영향을 받았다. 즉 이전까지 서정시의 세계에 머물러 있던 투르게네프의 문학 세계는 벨린스키와의 만남을 통해 사실주의 서사의 세계로 축을 이동해 갔다.

또 한 사람은 폴린 비아르도라는 프랑스 출신 오페라 가수였다. 그녀에게는 이미 가정이 있었지만 투르게네프는 아름다운 여인이자, 재능 있는 예술가인 그녀를 평생에 걸쳐 따라다니게 된다. 그녀는 한평생 기꺼이 그의 친구이자 독자가 되어 주었다.

벨린스키와 비아르도 두 사람과의 만남을 통해, 투르게네프는 잠시 근무하던 내무성 근무를 2년 만에 그만두고 창작 활동에 전념하기 시작했다. 그러고는 1847년부터 비아르도를 따라 해외 체류를 했다. 투르게네프는 러시아를 떠날 당시의 심정을 이렇게 고백했다.

나는 원수와 잘 싸우기 위해 그와 나 사이에 적절한 거리를 둬야 했다. 내가 보기에 이 원수에게는 명백한 형식과 악명 높은 이름이 있었다. 바로 농노 제도. 나는 절대로 그것과 화해하지 않을 것을, 끝까지 싸울 것을 결심했다. 그것이 내게는 곧 한니발의 맹세였다.

조국 카르타고를 집어삼킨 로마와 일생을 걸고 싸우겠다는 것이 아홉 살 한니발의 맹세였다. 그러니, 농노 제도를 향한 투르게

그들은 무슨 책을 읽고 있었나?

"당신이 무엇을 읽었는지 얘기해 보라. 그러면 나는 당신이 어떤 사람인지 말해 주겠다."라는 말이 있다. 우리가 읽은 책은 우리 삶과 내면의 일부가 된다는 뜻일 터이다.

《아버지와 아들》에는 지금 우리에게는 낯설지만, 당대에는 국경을 뛰어넘는 초특급 베스트셀러 또는 세상을 떠들썩하게 했던 불온한 문제작들이 다수 등장한다. 소설 곳곳에 등장하는 책 소품들은 관련된 등장인물의 캐릭터를 더욱 생생하게 만들어 준다.

푸시킨의 서사시 《집시들》(러시아, 1827년 출간)

니콜라이가 아르카디에게 빼앗긴 책. 시인 자신이 집시들과 함께했던 유랑 생활이 작품의 바탕이 되었다. 도시 남자 알레코는 사랑하는 집시 여인 젬피라를 따라 집시 생활을 시작한다. 알레코는 집시의 자유를 동경했지만 새로운 사랑에 빠진 젬피라를 살해해 집시 사회로부터 추방당한다.

《집시들》(1827년 판본)

루트비히 뷔히너 《힘과 물질》(독일, 1855년 출간)

아르카디가 니콜라이의 손에 쥐어 준 책. 독일인 의사 뷔히너는 세상의 모든 것을 힘과 물질의 상호작용으로 설명한다. 인간의 정신 역시 뇌를 이루는 물질과 힘의 작용일 뿐이라고. 이런 주장에 큰 충격을 받은 보수적인 대학 사회는 그를 학계에서 추방하기에 이른다.

《힘과 물질》(1855년 판본)

쥘 미슐레 《사랑》(프랑스, 1859년 출간)

쿠크시나가 여성을 공격할 시간에 차라리 책이나 읽으라며 언급한 책. 역사학자 쥘 미슐레의 야심작으로, 출간 당시 외설로 치부되며 금기시되기도 했지만 오늘날엔 '사랑을 다룬 고전 중의 고전'으로 꼽히고 있다. 우리나라에는 《여자의 사랑》이란 제목으로 출간되었다.

《사랑》(1930년대 판본)

네프의 저 맹세 속에 담긴 저항 의지가 어떤 것이었는지 짐작이 가능하다.

1847년에 잡지 《동시대인》에 연작 소설 〈사냥꾼의 수기〉를 발표하면서 본격적으로 농노 제도를 고발한 투르게네프는 정부의 '블랙리스트' 속 단골손님이 되었다. 1850년에는 어머니가 세상을 떠나자 고향 땅 스파스코예의 농노를 해방시켰다.

주로 러시아 상류 사회와 지주들을 풍자한 작품을 발표해 1852년에는 구속되었다가, 고향에서 1년 넘게 가택 연금 신세가 되기도 했다.

잡지 《동시대인》의 기고가들. 앞줄 두 번째에 투르게네프가 앉아 있고 그 뒤에 톨스토이가 서 있다. ⓒLevitsky, 1856

풍자 만화 '《사냥꾼의 수기》 화형식'. 왼쪽에서 두 번째 투르게네프는 발이 쇠사슬에 묶인 모습으로 표현되어 있고 화면 오른쪽 제복을 입은 관료들이 책을 불태우고 있다. ⓒLN Vaksel, 1852

같은 해 《사냥꾼의 수기》가 책으로 엮여 나왔는데, 이 출판을 허가한 검열관은 면직을 당했다고 한다.

이후 뛰어난 지성을 지녔음에도 현실 속에서 삶의 목표를 발견하지 못했던 1830~1840년대 '잉여 인간'을 형상화한 《루진》(1856)을 발표해 장편 작가로서의 기반을 굳혔다. 이어 몰락하는 귀족 계급의 이야기를 담은 《귀족의 보금자리》(1859), 농노 해방 전야의 시대 상황을 그린 《전날 밤》(1860), 허무주의자라는 말을 전 세계에 유행하게 한 《아버지와 아들》(1862), 농노 해방 후 러시아 사회를 그린 《연기》(1867), 인민주의 운동의 문제를 파헤친 마지막 장편 소설 《처녀지》(1877) 등을 발표했다.

1883년, 파리 교외 비아르도의 집에서 세상을 떠났다. 벨린스키 곁에 묻히고 싶다는 유언에 따라, 그의 유해는 페테르부르크의 볼코프 묘지에 안장되었다.

19세기 러시아가 맞은 새벽빛을, 그 더디게 밝아 오는 과도기의 맴동을 집요하리만치 느린 호흡으로, 한결같은 우직함으로 펜 끝에 담아낸 투르게네프. 그가 있었기에 우리는 문학이 역사의 산증인이 되는 거대한 장관을 오늘도 목격할 수 있다.

상트페테르부르크 볼코프의 투르게네프 묘지

푸른숲
징검다리
클래식
0 4 0

아버지와 아들

첫판 1쇄 펴낸날 2016년 4월 29일
　　5쇄 펴낸날 2025년 1월 15일

지은이 이반 투르게네프　**옮긴이** 이강은
발행인 조한나
주니어 본부장 박창희
편집 박진홍 정예림 강민영
디자인 전윤정 김혜은
마케팅 김인진 김은희
회계 양여진 김주연

펴낸곳 (주)도서출판 푸른숲
출판등록 2003년 12월 17일 제2003-000032호
주소 경기도 파주시 심학산로 10, 우편번호 10881
전화 031) 955-9010　**팩스** 031) 955-9009
이메일 psoopjr@prunsoop.co.kr　**인스타그램** @psoopjr
홈페이지 www.prunsoop.co.kr

ⓒ 푸른숲주니어, 2016
ISBN 979-11-5675-033-8　44890
　　　978-89-7184-464-9　(세트)